クセノポン

キュロスの教育

西洋古典叢書

凡　例

一、本書はクセノポン『キュロスの教育』と題し、大キュロスを理想的な王としてその生涯を歴史小説風に描写し、人間形成と政治、軍事上の教訓を与えるものである。『アナバシス』とともにクセノポンの二大主著になっている。

二、訳出にあたっては、E・C・マーチャントによるオックスフォード版（Marchant. E. C., *Xenophontis Opera Omnia, Institutio Cyri*, Oxford Classical Text, IV, 1960）を底本にした。そしてW・ミラーのロウブ版（Miller, W., *Xenophon, Cyropaedia*, Loeb Classical Library, 2vols., London/Cambridge, Massachusets, 1994）およびR・ニッケルのアルテミス版（Nickel, R., *Xenophon, Kyropädie — Die Erziehung des Kyros*, München, 1992）、Ch・H・デルナー（Dörner, Ch. H., *Xenophons Cyropädie*, Aufs neue übersetzt u. durch Anmerkungen erläutert, Berlin, 1855-1917）を参考にした。

三、ギリシア語をカタカナで表記するに当っては、

（1）*θ, φ, χ* と *τ, π, κ* を区別しない。

（2）母音の長短の区別については、固有名詞のみ原則として音引を省いた。

四、訳文中の［　］内は底本の校訂者が削除して読むとよいと判断したのであり、（　）は同じ校訂者が読みやすくするために付したものである。訳者もこれに従った。

五、日本語で複数に訳さなくとも複数の意味にとれる場合は、単数で訳し、そうでない場合は複数に訳している。なお、直訳すると一様に「……人」となる場合、前後の文脈から、「……

王」「……兵」「……軍」「……人」「……（種族名・地域名・国名）」などと意味をとりやすいように訳した。

人称代名詞の訳では、誰を指しているのか分かりにくい場合、固有名詞を使って訳し、さらに会話文において「あなた」、「君」などにあたる人称代名詞を目上の父親、母親、叔父などには「父上」、「母上」、「叔父上」などと、王、王子などには「わが君」、「殿下」などと、目下の部下などには「お前」などと訳している。そして、話者には目上にたいして丁重な言葉使いを、目下にたいしてぞんざいな言い方をさせている。

軍事に関する名称もできるだけ平易な言葉を使って訳す努力をしているが、やむをえない場合は、現代の軍隊の用語を使用している。たとえば、軍隊の編成に関する小隊、中隊、大隊など、行進における隊形の縦隊、横隊など、その他戦列、斥候、歩哨などである。

会話文中にはしばしば「彼は言った」という句が挿入されている。これを訳していると、非常に読みにくいから、不必要と思われる場合は訳すのを省略した。

六、訳文中のゴシック体漢数字は節を示している。

七、巻末に固有名詞、事項の索引を掲載する。

目次

キュロスの教育

松本仁助訳

第一巻

第一章

一　いかに多くの民主制が、民主制以外の何らかの政治体制下にあることを望む者たちにより、転覆させられたかを、またいかに多くの君主制が、いかに多くの寡頭制が、すでに民衆により打倒されたかを、さらに僭主になろうと意図した者のある者たちは、瞬く間に追放されたことを、さらに、彼らのうちでいかほどの時間であろうととにかく権力を維持し続けた者たちが、いかに賢明であり幸福であったかと賛嘆されているのを、われわれは時には考慮することがあった。個人の家でも多くの者が召使を所有しており、そのうちのある者たちは通常より多くの召使を抱えているが、他の者たちにはごく少数の召使しかいない。それにもかかわらず、主人たちがこの少数の召使を服従させることさえまったくできないでいるのにわれわれは気づいている、と思っていた。

二　なお、これに加えて牛飼は牛の、馬の飼育者は馬の支配者であると、さらに牧夫と言われる者はすべて動物を監督するから、これらの動物の支配者であると見なされるのは当然だ、とわれわれは考えていた。しかも、これらの家畜はすべて、人間が支配者に服従する以上に、牧夫に服従しょうとするのをわれわれは目にしている、と思う。家畜は牧夫が行かせようと思う所ならどこへでも行くし、牧夫が連れていく場所ならどこであろうとその場所で草を食べるし、牧夫が遠ざけようと思えばその場所を離れるからである。そのうえ、家畜は、自分から得られる利益を、牧夫の思いどおりに使用させている。さらに、われわれはいかなる家畜もこれまで牧夫と対立して従わなかったり、牧夫が利益を享受するのを許さなかったりするのを、聞いたことがなかった。それどころか、家畜は自分の支配者や自分から利益を受ける者にとってより、すべてのよそ者にとってのほうが御しにくいのである。ところが、人間は自分を支配しようと企てる者を見れば、その者に反抗して共闘するが、それ以外の者にはそのような行動をとらない。

三　実際、以上のことを考慮すると、われわれは、本来人間には人間を支配するよりも、他の動物を支配するほうが容易である、と判断するようになったのである。だが、ペルシア人にキュロスという人が[1]おり、その人がまことに多くの人間、多くの都城、多くの種族を自分に隷属させたということを心に留めるなら、人間を支配するのは賢明な方法でなされるなら、不可能でも困難でもない、とわれわれは考え直さざるをえないだろう。ある者たちはキュロスから何日も、他の者たちは何ヵ月もかかる道程の距離を隔てていても、心から彼に服従しているのであり、また、彼をこれまで一度も見たことのなかった者たちや、彼を見ること

（1）ペルシア王大キュロス（前五五九－五三〇年）のこと。本編の主人公。これにたいし『アナバシス』のキュロス（前四〇一年死去）は小キュロスと言われる。小キュロスはダレイオスとパルサティスの息子で、兄の王アルタクセルクセスに謀反を起こし、首都に攻め上ったがバビュロンの北にあるクナクサで戦死した。

などできないことをよく承知している者たちでも、彼に忠誠を尽くしているのをとにかくわれわれは知っている。なにはともあれ、人々は彼に衷心から従っていた。

四　というのも、キュロスは事実他の王たちと、すなわち支配権を父から継承した王たちとも、自力で権力を獲得した王たちともおおいに異なっていたからである。たとえば、スキュティア王[1]はスキュティア人が非常に多くても、さらにそのうえ他のいかなる種族をも支配することなどできないだろう。彼は自分の種族を支配し続けると、満足しているのである。このようにトラキア王[2]もトラキア人を、イリュリア王[3]もイリュリア人を支配しているのに満足しており、他の諸種族も同様である、とわれわれは聞いている。少なくともヨーロッパの諸種族は現在に到るまで自由であり、相互に独立している、と言われている。だが、キュロスはアジアの諸種族も同じように独立していたのを知ると、ペルシア軍の小部隊を率いて出発し、メディア人[4]とヒュルカニア人[5]の同意を得てその統率者となり、シリア人[6]、アッシリア人[7]、アラビア人[8]、カッパドキア人[9]、両プリュギア人[10]、リュディア人[11]、カリア人[12]、フエニキア人[13]、バビュロニア人[14]を征服し、バクトリア人[15]、インド人[16]、キリキア人[17]、同じようにサカイ人[18]、パプラゴニア人[19]、マガディダイ人[20]を、さらにその名を述べることなどできない他の多くの種族を支配し、なおもアジアのギリシア人を支配したうえ、海に向かってくだり、キュプロス人とエジプト人を支配したのであった。

五　したがって、キュロスは自分と言葉が同じでない、相互に言葉の通じないこれら諸種族を統治したのにもかかわらず、このように広大な領地に自分から受ける恐怖を行き渡らせることができたから、すべての者を恐れさせることになり、誰も彼を攻撃しなかったのである。しかも、彼は自分を喜ばせたいという願望

(1) ドナウ川下流、黒海とカスピ海北部の地域に居住する種族スキュティア人の王。

(2) マケドニアと黒海の間にある地域に居住する種族トラキア人の王。

(3) ギリシアの北部、アドリア海に面した地域に居住する種族イリュリア人の王。

(4) カスピ海の南と南西地域を領土とする種族。ヘロドトスは、本編の主人公大キュロスがメディアを統合した、と記している。そして、これ以後ギリシアではメディア人がペルシア人と同意義で使用された。

(5) カスピ海南東沿岸、イラン高原の北西部地域を領土とする種族。

(6) エウプラテス川、アラビア、タウロス山脈、地中海に囲まれた地域（フェニキア、パレスチナを含む）を領土とする種族。

(7) メソポタミアの東、ティグリス川の中、上流地域を領土とする種族。

(8) 南西アジアのアラビア地域（時にはシリア、メソポタミアをも含む）を領土とする種族。

(9) 小アジア内陸東部の地域を領土とする種族。

(10) 小アジア西部の内陸（大プリュギア）とヘレスポントスとプロポンティスの南部地域（小プルギア、トロアスとも言われる）を領土とする種族。

(11) 小アジアの西岸中央から南にある地域を領土とする種族。首都はサルディス。

(12) 小アジア西南、リュディアの南部にある山岳の沿岸地域を領土とする種族。

(13) シリアとパレスティナの沿岸地域を領土とする種族。首都をシドンに置く。この種族は航海、貿易、海賊を生業にしていた。

(14) エウプラテス川とティグリス川の下流地域を領土とする種族。首都はバビュロン。

(15) アフガニスタン北東部、オクソス川中流南部に広がる地域を領土とする種族。

(16) 現在はインドとパキスタンに分属しているパンジャブ地域を領土とする種族。

(17) 小アジアの南東、タウロス山脈南側、パンピュリアとシリアの間、カッパドキアとリュカオニアの南側にある地域を領土とする種族。

(18) ヒュルカニアに隣接し、カスピ海東部地域を領土とする種族。

(19) 小アジア北部の黒海沿岸地域を領土とする種族。

(20) 不明の種族。

を人々の心に引き起こすことができたので、人々は常に彼の意志によって導かれることを欲した。また、彼は実に多くの種族を支配していたから、東であれ、西であれ、北であれ、南であれ、王宮からどの方向に進み始めようとも、これらの種族の地を通過するのは、容易ならぬことであったろう。

六　われわれはこの人を賛嘆すべき人であると信じ、この人が人間を支配するのにこのように優れていたのはどのような生まれの人であったからなのか、また、どのような性格を持っていたからなのか、さらには、どのような教育を受けたからなのかを調べた。そこで、彼について知ったこと、また理解したと信じることをこれから詳述していこう。

第二章

一　キュロスはペルシアの王カンビュセスを父として生まれた、と言われている。このカンビュセスはペルセイダイの血筋を引いていた。ペルセイダイという名はペルセウス(1)に由来している。また、彼がマンダネを母として生まれたという点では意見が一致している。このマンダネはかつてメディアの王であったアステュアゲスの娘であった。キュロスは容姿では極めて美しく、精神では非常に優しく、このうえもなく知識欲があり、名誉心がもっとも強く生まれていたから、賛美されるためにはあらゆる苦難に耐え、あらゆる危険に立ち向かった、と今も異国人によって語られ、歌われている。

二　彼はこのような容姿と精神の資質を持っていた、と言われている。だが、彼はとにかくペルシアの法律に従って教育されたのである。この法律は公共の福祉にたいする配慮から始まっていると見なされているが、ほとんどの国家ではこの配慮から始まっていない。たいていの国々は国民に自分の子供たちを教育したいように教育し、年長者たち自身には人生を過ごしたいように過ごすことを許してはいる。だが、その一方で、盗みをしてはいけない、強奪してはいけない、力ずくで人の家に侵入してはいけない、権利もないのに人を殴ってはいけない、姦通してはいけない、支配者に従わないといけない、そのほかにもこのようなことを国民に命じるからである。そして、国民の誰かがこれらの法のいずれかを犯すと、国がその者を罰するのである。三　だが、ペルシアの法律は国民が初めから臆病なことあるいは恥ずべきことを求めるような者にならないように、と予め配慮している。その配慮とは次のとおりである。

ペルシア人たちはいわゆる自由広場[2]を所有しており、そこに王宮とそのほかに役所が建っている。そこからは商品と商人たち、それに彼らの叫び声と無作法な振る舞いが排除され、他の場所に押しやられ、彼らの喧騒が、教養のある人たちの上品な生活を妨げないようになっている。**四**　役所の周りのこの広場は、四つの部分に分けられている。これらの部分のうち一つは少年たちに、もう一つは青年たちに、他の一つは壮年

---

(1) ゼウスとダナエの息子。メドゥサを倒してアンドロメダを救い、妻にした。ペルセイダイとはペルセウスの子孫たちという意味である。

(2) クセノポン自身が説明しているように、無教養な、不作法な者たちが排除され、教養のある人たちの生活が妨げられないという意味の自由な広場である。このような広場はテッサリアにもあった、と言われている（アリストテレス『政治学』第七巻第十二章参照）。

たちに、残りの一つは兵役年齢を過ぎた者たちに当てられている[1]。以上の者たちはそれぞれ法律により自分らの場所に出ることになっている。すなわち、少年たちと壮年たちは夜明けとともに広場に出ていなければならないが、長老たちは広場に出ていなければならないと定められた日を除いては自分らの都合のよい時に出ていればよい。しかし、青年たちは結婚している者たちを除き、役所の周りで軽武装をして寝ることになっている。青年たちは前もって広場に出ているように言われていなければ調べられることもないが、あまり広場に出ていないのはよくない。

五 以上の各年齢層には、指導者が一二人いる。それは、ペルシアが一二の部族に分かれているからである。少年たちのためには、長老たちのなかから少年たちをもっとも立派にすると見なされている者が、青年たちには、壮年たちのうちから青年たちをもっとも立派にすると評価される者が指導者に選ばれている。壮年たちを指導する者としては、最高位の役所から指示され、命令されたことをもっともよく達成する者たちに鍛えあげると信じられる者たちが選ばれている。国民がもっとも優れた者であるようにペルシアがどのような配慮をしたのかがより明白になるよう、各年齢層に指示された義務をこれから詳しく述べよう。

六 少年たちは学校に通い、正義を学んで過ごしている。そして、この目的のために少年たちは学校に行くと言われているが、それは、ちょうどわれわれの国で少年が文字を学ぶために学校に行く、と言われているようなものである。少年の指導者たちは一日の大部分を彼らの争いごとに正邪の判決をくだして過ごしている。成人の場合と同様に、少年たちにも窃盗、強奪、暴力、詐欺、中傷その他当然起こりうる事柄についておたがいを非難しあうことがあるからである。彼ら指導者は少年たちがこれらの不正を何か犯したと判断すると、処罰する。七　彼らは不正に告発した者を見つけると、その者も裁く。彼らは人々がたがいにもっともひどく憎みあう原因となる非難も裁くが、忘恩のために裁かれることはまったくない。ところが、恩を返すことができるのに、それをしないでいる少年に気づくと、彼らはこの者を厳しく罰する。これらの忘恩の徒は神々、両親、祖国、友人にたいする義務をとりわけなおざりにしている、と信じているからである。忘恩には無恥が伴う、と思われている。この忘恩はあらゆる恥辱へもっとも強力に先導するもの、と見なされているのである。

八　彼らは少年たちに節制を教える。この点では、年長者たちでさえ毎日節制して過ごしているのを目にするのは、少年たちが節制するのを学ぶうえで非常に役立つ。また、彼らは指導者たちに服従することも少年たちに教える。このことにも、年長者たちが指導者たちにとくに強く服従しているのを少年たちが見るのは、おおいに役立つ。さらに、指導者たちは飲食に関する忍耐をも教える。このことにも、指導者たちが許可する以前には、年長者たちが飢えのために持ち場を離れないのを少年たちが目にすること、また、少年たちが母の側でなく、指導者たちに指示されて教師の側で食事することが、まことによく役に立つのである。少年たちは家から食料としてパンを、調味料にオランダガラシを(2)、喉が渇いた時に川から汲むための水筒を持ってきている。そのうえ、少年たちは弓を射、槍を投げることを学ぶ。

(1) 壮年になってから二五年を過ごし、長老たちの仲間入りをした者たち。本章一三、一四参照。

(2) この植物の種子を辛子のようにして食べた。

少年たちは六歳から一七歳までは以上のことをするが、その後は少年のグループを離れて青年のグループに入る。

九　ところで、青年たちは以下のようにして過ごす。彼らは少年のグループを離れると、それから一〇年間は、さきに述べたように国家の警備と節制のために、役所の周りで寝るのである。それは、この年齢層はとくに配慮を必要とする、と思われているからである。彼らは国家のために必要なら、日中でも指導者たちの役に立つように身を委ねる。しかも、彼らはすべて必要な場合役所の周りに留まる。だが、王は狩猟に出かける時、警備隊の半分を連れ出す。王は狩猟を一ヵ月にしばしば行なう。狩猟に出ていく者たちは弓と箙(えびら)の他に鞘に入れた剣か鉈鎌(なたがま)を、さらに楕円形の盾と二本の投槍を持っていかねばならない。投槍の一本は投げるためであり、他の一本は必要なら格闘の際に使用するためである。一〇　ペルシアでは狩猟が戦争にもっとも適切な訓練と見なされていたから、狩猟の費用は国庫から支出されている。そして、王は戦争では彼らの司令官であるように、狩猟でも彼自身が狩猟するだけでなく、他の者たちも狩猟できるように、と配慮するのである。それは狩猟が、朝早く起きることや、寒さと暑さに耐えることに慣れさせ、歩き、走る鍛錬をさせるからであり、さらに獲物が現われると、弓を射たり、槍を投げたりしなければならないからである。そのうえ、強い野獣が立ち向かってくる場合には、しばしば心を奮い立たさねばならないし、近くに迫った野獣はもちろん倒さねばならないうえに、攻撃を仕かけようとする野獣を警戒しなければならないからである。だから、戦争にあるが狩猟にないものを見出すのは、容易でない。

一一　狩猟に出かける者たちは、当然少年たちより多くの昼食を持っていくが、他の点では少年たちと変わりはない。ところで、狩猟していると昼食をとれないこともあるだろう。彼らが獲物のためにもっと長く留まらねばならないか、他の理由から狩猟で時を過ごそうと願うなら、この昼食を夕食でとり、翌日はまた夕食時まで狩猟するのである。そして、彼らは一日分の食費しか出費していないから、この二日間を一日と計算している。彼らは自分を鍛えるために以上の行動をとり、戦争においても必要とあれば、食事の回数を減らせるようにしているのである。この年齢の者たちは狩猟した獲物を調味料にもするが、獲物を得られない場合はオランダガラシを調味料にしている。彼らがパンの調味料にオランダガラシしか持っていないと、おいしく食べられないだろうと、あるいは水だけを飲む場合は、おいしく飲めないだろうと思う人がいるなら、その人は空腹の人には大麦パンや小麦パンを食べるのがいかにおいしいか、喉の渇いた人には水を飲むのがどれほどおいしいか、を思い起こすとよい。

一二　他方、残留部隊は少年の時に習った他のことつまり弓を射たり、槍を投げたりする訓練をして時間を過ごし、たえずたがいに技を競いあう。これらの競技には公のものもあり、賞品も提供される。部隊にもっとも熟練した、もっとも勇敢な、もっとも信頼に足る者がもっとも多くいる場合、国民は彼らの現在の指導者だけでなく、彼らを少年の時に教育した者も誉め称えるのである。警備をしたり、犯罪を発見したり、盗賊を追跡したりする必要のある場合や、そのほかに力のある者たちあるいは速く走る者たちを必要とするような場合には役所が残留している青年たちを用いる。

青年たちは以上のようなことをするのである。一〇年過ごすと、彼らは壮年のグループに入る。一三　これらの者たちは青年のグループを離れた後二五年間次のように過ごす。まず、彼らは、国家がすでに思慮を有しているうえに力のある者たちを要求しなければならない場合には、青年たちと同じように、国家に役立つようにと役所に身を委ねるのである。そして、どこかへ遠征しなければならない場合は、このように教育された者たちは弓も投槍も持たずに、接近戦用の武器と言われるもの、すなわち胸の回りには胸鎧を着用し、左手には編細工盾を持ち、右手には短剣か手斧を持って遠征する。なお、ペルシア兵たちがこのような武器を携行している様子は絵に描かれている。また、役人もすべて、子供の教師たちを除いて、この壮年のグループから選ばれている。

壮年になって二五年過ごすと、これらの壮年男子は誕生から数えて五〇歳以上の年齢になっているだろう。その時には、彼らは壮年のグループを離れて、名実ともに長老たちの仲間入りをすることになる。

一四　ところで、これらの長老はもはや自国外への遠征には従軍せず、国に留まって公共と個人の事件すべてについて判決をくだす。これらの者は裁判で人を死刑にもするし、すべての役人を選びもするのである。青年あるいは壮年の男子で法をなおざりにする者がおれば、その者を各部族長か彼ら以外にその意志のある者が告発し、長老たちが聴取して放逐する。放逐された者は残りの人生を恥辱のうちに送ることになる。

一五　ペルシア人の国制すべてがいっそう明らかになるように、少し前に戻って話すことにする。すでに述べられていることもあり、ここではごくわずかの言葉を述べるだけで、この国制は明らかになるからである。ところで、ペルシア人は約一二万人いる、と言われている。これらのペルシア人のいかなる者も、法の下で名誉を得たり官職に就いたりするのを妨げられていない。そして、ペルシア人はすべて、正義を学ぶ公共の学校に自分の子供を通わせることができる。だが、子供を学校に通わせるのは子供を養うことができて働かせなくてよい者たちであり、子供を養うことができない者たちは、通わせられない。公共の教師たちのもとで教育を受けた少年たちは、青年のグループで青年時代を過ごすことができる。しかし、このような教育を終えられない少年たちは、青年のグループに入って青年時代を送ることはできない。また、青年のグループ内で法に定められたことを遂行している者たちは、壮年のグループ入りをして官職に就き、名誉を得ることができる。だが、青年のグループで過ごさない者たちは、壮年の仲間に入れない。なお、壮年男子のグループで非難を受けずに過ごした者たちは、長老の仲間入りをする。このように長老たちはあらゆる徳を身につけた者、とされている。これがペルシア人の国制であり、これを遵守することにより、彼らはもっとも優れた者になれる、と信じているのである。

一六　ところで、彼らの節度のある食事とその食事したものを消化した証拠が、現在でも残っている。それは、今でもペルシア人には、唾を吐いたり、洟(はな)をかんだり、身体にガスを溜めて姿を見せたりするのは、恥ずかしいことであり、また小便のために、あるいはほかに何かこのようなことのためにどこかへ行くのを見られるのも恥ずべきことだ、ということである。節度のある食事をし、水分が他の何らかの方法で排泄されるように、身体を鍛えて水分をなくしていたのでなければ、このような上品な態度はとりえないだろう。

われわれは実際このことをすべてのペルシア人について話すことができる。だが今は、話を始めた目的であるキュロスの活動を、子供の時から述べることにしよう。

第三章

一　キュロスは一二歳かそれより少し年長になるまで、これまで述べてきたような教育を受けた。彼は必要なことを早く学び、いかなることも見事にしかも勇敢にする点で、同年齢のすべての者よりも明らかに優れていた。この頃、アステュアゲスが自分の娘と彼女の息子を呼び寄せた。彼はその息子が美しく立派であると聞き、会いたい、と願っていたからである。そこで、マンダネが自ら息子のキュロスを連れて父のもとへ向かった。

二　到着するやいなや、キュロスはアステュアゲスを見て母の父であると認め、生まれつき優しい子供であったから、昔から一緒に生活して愛情を抱いている人がするように、すぐに彼に接吻した。彼がアイシャドウをし、顔に化粧をし、鬘(かつら)を被っているのをキュロスは見たが、そのようなことをするのはメディア人の間で慣習になっていたからである。これらのすべてはメディア風であり、赤紫色の肌着、長い衣服、首につけられた首飾り、両腕にはめられた腕輪もそうであった。だが、ペルシア本国では、現在でもなお衣服ははるかに粗末であり、生活も質素である。祖父の装身具を見た彼は祖父を見つめて言った、「お母様、僕のお祖父様はなんと立派なのでしょう」。そこで、母親が彼に、「お父様とこのお祖父様とどちらが立派だと思うの」と尋ねた。すると、キュロスは答えた、「お母様、僕のお父様はペルシア人のなかではもっとも立派です。だが、この僕のお祖父様は僕が路上と宮廷で会いましたメディア人のうちではもっとも立派です」。

三　祖父は彼に接吻を返し、美しい衣服を着せ、首飾りと腕輪を名誉の印としてつけてやった。そして、祖父はどこかへ馬で出かける場合、彼自身も常にしていたように、金の鋲を打った馬勒(ばろく)(1)を置いた馬に彼を乗せて連れていった。キュロスは美しいものを愛し、名誉を求める子供であったから、衣服を喜び、乗馬を学ぶのを非常に楽しんだ。というのは、ペルシアの土地は山が多くて、馬を養い馬に乗るのが困難であり、馬を見るのが非常に稀であったからである。

四　アステュアゲスが娘と一緒にキュロスとも食事を共にした時のことであるが、彼は子供ができるだけおいしい食事をして故郷への思いを弱めてくれるようにと願い、前菜とあらゆる種類のスープと料理を彼の前に置いた。だが、キュロスは次のように言った、と言われている。「お祖父様、これらすべてのお皿に手を伸ばし、これらあらゆる種類の料理を味わわなければならないのでしたら、お祖父様は食事をされるのに大変な苦労をされますね」。

アステュアゲスは言った、「何だって、この食事のほうがペルシア人の食事よりはるかにすばらしい、とお前は思わないのか」。

これにキュロスは答えた［と言われている］、「いいえ、お祖父様、そうでなく、僕らの所では満腹への道が、お祖父様たちの所よりはるかに平坦でまっすぐなのです。パンと肉が僕らを満腹にさせてくれますが、お祖父様たちは僕らと同じものを目指して急がれるのに、多くの迷路を上や下へとさ迷われて、僕らがすでに早

(1) 馬具の一部で頭に着ける面繋(おもがい)、轡(くつわ)、手綱の総称。

く到着している所にやっとの思いで来られるのです」。

五　「だが、わが子よ、このような放浪をするのは、不快ではないのだ」とアステュアゲスは言い、「お前も食べればおいしいことが分かるだろう」と述べた。

「しかし、お祖父様も」とキュロスは言った、「この料理を不快に思っておられるのが、僕には分かります」。

アステュアゲスも尋ねた、「わが子よ、いったいお前は何を根拠に判断して、そのように言うのか」。

彼は言った、「お祖父様は、パンを取られます時は、ぜんぜん手を拭かれませんが、これらの料理に触れられる時は、すぐに手をナプキンできれいにされ、まるで手が食べ物で汚れるのを非常に嫌がっておられるように、見えますから」。

六　これにたいしてアステュアゲスは、「では、わが子よ、お前がそのように思うのなら、力強い若者になって故郷に帰るよう、十分に肉を食べるがよい」と言った。彼はこのように言うと同時に、キュロスの前に野獣と家畜の肉を数多く置いた。

キュロスも多くの肉を見ると言った、「お祖父様が僕にくださったこれらの肉をすべて、僕の思いどおりにしてよいのですか」。

彼は、「ゼウスにかけて、わが子よ、わしはお前にそうするように与えたのだ」と言った。

七　そこで、キュロスは肉を取ると、祖父に仕える召使たちに言葉を添えて分け与えた、「お前には僕に乗馬を熱心に教えてくれたから、この肉をやろう。お前には僕に投槍をくれたから、この肉をやろう。今は僕がこの肉を持っているのだから。お前にはお祖父様によく仕えてくれているから、また、お前には僕のお母様を大切にしてくれているから、これらの肉をやろう」。彼はこのようにして受け取った肉をすべて分け与えた。

八　「だが」とアステュアゲスは言った、「わしがとくに重んじている酌人のサカスには何も与えないのか」。このサカスはたまたま美男子であるとともに、アステュアゲスとの面談を必要とする者は中に入れ、中に入れるのを適当でないと思う者は中に入れるのを拒否する役目に就いていた。

キュロスもまったく物怖じしない子供のように、大胆に次のように尋ねた、「お祖父様、どうしてこの者をそれほど重んじられるのですか」。

アステュアゲスも冗談で答えて、「お前は彼が美しく上品に葡萄酒を注いでいるのが分からないのかね」と言った。アジアの王たちの酌人は巧みに葡萄酒を注ぎ、溢れることなく満たし、その杯を三本指で運んで渡すのだが、それも、彼らは飲もうとする人に酒杯をもっとも受け取りやすく渡すように持っていくのである。

九　「お祖父様」と彼は言った、「僕にも酒杯を渡すよう、サカスに命じてください。僕もできればお祖父様の飲みやすいようにうまく注いで、お祖父様によく思われたいのです」。

そこで、彼は酒杯をキュロスに与えるよう、サカスに命じた。キュロスは酒杯を受け取ると、サカスのするのを見ていたから、そのとおりによく酒杯を洗い、とにかく真剣で勿体ぶった顔つきをして、酒杯を運び祖父に渡したので、母親とアステュアゲスは大笑いした。キュロス自身も吹き出しながら祖父に跳びつき、接吻すると同時に言った、「サカスよ、お前は首だ。僕がお前を役目から追放する。僕はお前より上手に葡萄酒を注ぐだけでなく、僕自身が葡萄酒を飲み干さないからな」。

王の酌人は酒杯を渡すと、酒杯から杓で葡萄酒を汲みとって左手に注ぎ、それを飲むことになっているから、毒を注いでも酌人には利益にならないのである。

一〇　この後すぐに、アステュアゲスは冗談に言った、「お前は他のことではサカスの真似をしているのに、なぜ葡萄酒を飲まなかったのか」。

「もちろん、ゼウスにかけまして」と彼は言った、「酒杯に毒が入っていたのではないか、と恐れたからですよ。というのも、お祖父様が誕生日にお友達を招待されました時、僕は彼がお祖父様たちに毒を注ぎ込んだのをしっかりとこの目で見ましたから」。

「わが子よ、」と彼は言った、「お前はどのようにしてそれを知ったのか」。

「お祖父様たちが、ゼウスにかけまして、心身ともにふらふらしておられたのを見ましたから。まず、僕ら子供には禁止されていますことを、お祖父様たちご自身がしておられたのです。お祖父様たちすべてが同時に大声をあげられ、相手の言うことを何も聞いておられませんでした。お祖父様たちはまったく滑稽な歌を歌われ、しかも歌っておられる人に耳を傾けておられないのに、歌っておられる人がこのうえもなくすばらしく歌っている、と誓われました。お祖父様たちはそれぞれご自分の強さを語られましたが、踊られようとして立ち上がられますと、リズムに合わせて踊られるどころか、まっすぐに立たれることさえできなかったのです。お祖父様はご自分が王でありますことを、他の人たちはお祖父様が支配者でおられることをすっかり忘れておられたのです。その時に、僕がまず知りましたのが、お祖父様たちのしておられたのが言論の自由だ、ということでした。とにかく、お祖父様たちは黙っておられませんでした」。

二一　アステュアゲスも言った、「わが子よ、お前の父は葡萄酒を飲んでも酔わないのか」。

「そうです、ゼウスにかけまして、酔われません」と彼は言った。

「では、彼は、どうして葡萄酒を飲むのか」。

「喉の渇きを癒しておられるのです。他の害は何も受けられません。お祖父様、僕が思いますのに、お父様には、葡萄酒を注ぐサカスのような者がいないからですよ」。

母親も「だが、わが子よ、お前はどうしてそのようにサカスを敵視するの」と言った。

そこで、キュロスは言った、「僕は、ゼウスにかけまして、彼が嫌いなのです。僕がお祖父様の所へ行きたいと思って走っていく時、このひどい奴がしばしば邪魔をするのです。だが、お祖父様、お願いです。彼に言うことを聞かせるのに、僕に三日間の猶予をください」。

すると、アステュアゲスは言った、「それで、どのようにして彼に言うことを聞かせるのかね」。

これにキュロスは答えた、「この男のように入口に立ち、その後に彼が朝食に行こうとした時、朝食はとれないよ、王様は二、三の方々と重要な相談をされておられるからね、と僕は言うのです。次に、彼が夕食に来る時には、王様はお風呂だよ、と言います。彼がどうしても食事をしたくてたまらなくなると、王様はご婦人方の所にいる、と言いましょう。この男が僕をお祖父様から引き離して苦しめているように、しばらくの間僕はこの男を苦しめるでしょう」。

一二　キュロスは夕食の時にはこのように彼らを喜ばせていた。そして、日中は祖父か母の兄弟が何かを必要としているのに彼が気づくと、他の者が彼に先んじてその必要な物を渡すのは、困難であった。できることは何でもして彼らの意をかなえるのが、キュロスには大変な喜びだったからである。

一三　マンダネが夫のもとに帰る準備をしていた時、アステュアゲスは彼女にキュロスをおいて帰ってくれるように頼んだ。だが、どのようなことでも父親の気に入るようにしたいが、嫌がる子供を残していくのはむずかしいと思う、というのが彼女の返答であった。

一四　そこで、アステュアゲスはキュロスに言った、「わが子よ、お前がわしのもとに留まるなら、まず、お前がわしの所へ来るのに、サカスに左右されないようにして、お前が来たいと思えば、何時でも来られるようにしてやろう。いや、お前がもっと頻繁にわしの所に来てくれると、ありがたいのだ。次に、わしの馬やお前の望む他の物を使うがよい。そして、お前が帰国する時には、お前自身の欲しい馬を連れて帰るとよい。また、夕食時に節度を守るのがよいのなら、お前の思いどおりにするがよい。さらに、わしは現在猟場にいる野獣をお前の好きなようにさせてやるし、ほかにもあらゆる種類の動物を集めてやろう。これらの動物を、お前は乗馬を学び次第、大人の男のように追い立て、矢を放ち、槍を投げて倒せ。わしはお前に遊び仲間の子供たちも提供してやるし、お前の欲しがる他の物も、わしに言えば、すべて手に入れられるようにしてやろう」。

一五　アステュアゲスがこう言うと、母親はキュロスに留まるつもりなのか、帰るつもりなのか尋ねた。キュロスは躊躇せず即座に留まるつもりである、と言った。そして、彼は、母親になぜ留まるのかと問い返されると、次のように言った、と言われている。「お母様、僕は故郷では同年齢の者たちのなかで槍を投げ、弓を射るのにもっとも優れていますし、またそれにふさわしい名声を得ています。しかしここでは、僕は馬に乗るのに同年齢の者たちより劣っているのを知っています。お母様、このことが僕をひどく苦しめているのを、よく分かってください。だが、お母様が僕をここに残され、僕が乗馬を学んでペルシアに戻りますと、優れた歩兵であるかの地の者たちに容易に勝てる、と思います。また、僕がメディアに来れば、こちらの立派な騎士たちのなかでも、もっとも優れた騎士としてお祖父様ご自身をお助けするように努力します」。

一六　そこで、母親は言った、「わが子よ、お前の先生たちがかの地にいるのに、お前はこの地でどのようにして正義を学ぶのか」。

キュロスも言った、「お母様、僕はその正義を完全に身につけています」。

「お前にはどうしてそれが分かるのか」とマンダネは言った。

彼は言った、「僕がすでに正義を十分に心得ているというので、先生は僕に他の者を裁かせられたからです。それに、裁定では僕が正しく裁定しませんでしたから、一度懲らしめに打たれたことがありました。

一七　そして、その裁定は次のようなものでした。小さな衣服を着た大きな少年が、小さな少年の着ている大きな衣服を剝ぎとり、自分の衣服を小さな少年に着せ、小さな少年の衣服を自分が着用しました。そこで、僕はそれぞれが身丈にあった衣服を着るほうがどちらにとってもよいことだと判断し、この者たちにそのような裁定をくだしました。だが、このことで先生は僕を打って次のように言われました。衣服が身体に合っているかどうかの裁定者が僕であれば、そのようにすべきだろう。だが、衣服がどちらのものであるかの判決をくだすのが必要な時は、誰がそれを所有するのが正しいのか、ということが考慮されるべきなのだ。力ずくで剝いだ者がその衣服を保持するのが正しいのか、それとも衣服を作った者が、あるいはそれを買った者が所有するのが正しいのか、ということなのだ。彼は適法であることが正しいのであり、違法なことが不正なのだから、裁判官は常に法に従って判断をくだすべきだ、と要求されたのでした。こういうわけですから、お母様、僕は正義というものをすでに完全に理解しています。だが、本当に僕が正義について何かをさらに必要とするようになりますと、ここにおられるお祖父様が僕に教えてくださいましょう」。

一八 「だが、わが子よ」と母親は言った、「お祖父様の所とペルシアでは正義は同じでない、と言われているのですよ。お祖父様はご自分をメディアにあるすべてのものの支配者にされましたが、ペルシアでは平等の権利を持つことが正義である、と見なされているのですから。お前のお父様は国家の命令を遂行され、また国家の指示を受けられる最初の人なのです。お父様には心でなく法が基準なのです。だから、お前は故郷に戻ってくる時、このお祖父様から王の原則に代わって、すべての者より多くのものを所有しなければならないと信じる僭主の原則を学んで帰り、鞭で打たれて死ぬことのないように心するがよい」。

「だが、お母様」とキュロスは言った、「お母様のお父様はより多く所有することより、より少なく所有することを教育されますのに、人並以上に優れておられますよ。いや、このお祖父様がメディア人のすべてにご自分より少なく所有するように教えられるのを、お母様は見ておられるはずです。だから、お母様のお父様は他の誰にも、僕にも必要以上に所有することを学ばせて送り返されることはない、と安心されるといいですよ」。

第四章

一　キュロスはこのように多く喋った。結局母親は去り、キュロスは残り、そこで育った。いち早く彼は同年齢の者たちと親しくなり、故郷にいるような気持ちであった。また、彼は同年齢者たちの父親を訪れ、彼らの息子を愛していることを示して、父親たちの心をたちまちのうちにとらえた。その結果、父親たちは何か王に求める物があれば、それを自分らの手に入れられるように、キュロスに頼め、と息子らに言いつけた。また、キュロスも優しくて名誉心が強かったから、少年たちが彼に求めた物を手に入れるのを、何よりも重視した。二　アステュアゲスもキュロスが自分に求めた物を拒否して、彼を悲しませるようなことはできなかった。というのも、祖父が病気になった時、彼は祖父の側を離れず、また泣きやみもしないで、自分の祖父が死ぬのではないかと極度に恐れていたのが、誰の目にも明らかであったからである。さらには、夜にアステュアゲスが何かを欲しがると、キュロスがまっ先に気づき、誰よりも早く飛び起き、彼が喜ぶと思う物を手にするのを手助けして、アステュアゲスの心を完全にとらえたからである。

三　おそらく、彼は人並み以上に饒舌であっただろう。だが、それは一つには、自分が行動する時にはその説明をし、自分が判決をくだす時には他の者たちの弁明を聞くように、と教師に強制された教育によっていたからであり、ほかには、彼の好奇心が強かったから、側にいる者たちにどうしてそうなっているのか、と彼自身が常にいろいろ尋ねたり、頭脳明晰であるから、自分が他の者たちから尋ねられることにも即座に答えたりしたからである。しかし、若くして大きく成長した者の身体には、少年期が露呈する若々しさが見てとれるように、キュロスのお喋りからも厚かましさではなく、素朴さと優しさが透けて見えていた。だから、人は黙っている彼の側にいるよりも、むしろ彼からもっと多くのことを聞くのを、願ったのである。

四 だが、彼は年を経て青年に近い年頃になり、身体が大きくなると、言葉数をずっと少なくし、声を一段と低くした。そして、恥じらいに満ちていたから、年長者たちに出会うと何時も赤面した。彼はすべての者に一様にぶつかる小犬のような振る舞いを、これまでのようにはもはや無分別に示さなかった。このように、彼は人並み以上に穏やかであったが、交際してみるとこのうえもなく魅力的だったのである。すなわち、同年齢の者たちがしばしばたがいに競いあう競技の種目でも、自分がまさっていると分かっている種目は、自分と競いあう仲間たちに勧めはせず、自分が劣っているのがよく分かっている種目を、自分のほうが仲間たちよりも巧みにするだろう、と言って始めるのであった。たとえば、彼は馬に飛び乗ると、まだ上手な乗り手でないのに、まっ先に馬上から矢を射たり、槍を投げたりして競技を始め、自分が負けると、おおいに自分を笑いとばしたのである。

五 彼はしかし、負けたことを理由にして、負けた競技種目の訓練を避けたりせず、次にはもっと巧みにしようと努力して時を過ごしたから、たちまちのうちに馬術では同年齢者たちと同等の域に到達し、しかも馬術を愛していたからすぐに彼らを追い越し、あっという間に猟場の野獣を追い立て、射当て、殺して、一頭も残さず狩り尽くしてしまった。その結果、アステュアゲスは彼のために野獣を集めることがもはやできなくなっていた。キュロスは祖父が彼のために多くの野獣を集めてやろうと思っても、それができないでいるのに気づくと、彼に言った、「お祖父様はどうして野獣を求めるのに苦労されねばならないのですか。僕を叔父様と一緒に狩猟に送り出してくだされば、僕は目にする野獣を僕のために飼育されている、と思いますよ」。六　彼は狩猟に出ることを非常に願っていたが、子供の時のようにねだることができず、祖父の前に出るのをじっと控えていた。彼は以前自分を祖父の所へ行かせないとサカスを非難したが、自身がすでに自分にたいしてサカスになっていたのである。彼は祖父の都合のよい時が分からなければ、祖父の前に行かなくなっていたし、祖父のもとに行ける［好都合な］時は、必ず知らせてくれるように、とサカスに頼んでいたからである。サカスもすでに他のすべての者ともどもキュロスを心から愛していた。

七　ところで、アステュアゲスは彼がとりわけ猟場外での狩猟に出たがっているのを知ると、彼を叔父と一緒に行かせ、彼らとともに中年の護衛兵たちを騎乗させて送り出したが、その目的は、足場の悪い土地から、また野獣が現われた場合野獣から彼を護らせるためであった。そこで、キュロスは従う護衛兵たちに、近づいてはいけない野獣と心配せずに追跡してよい野獣のことを熱心に尋ねた。彼らは次のように言った、熊、猪、獅子（しし）、豹（ひょう）は近づいた者をすでに多く殺しているが、鹿、野呂鹿（のろしか）、野生の羊、野生の驢馬（ろば）は害を加えない、と。また、彼らは次のようなことも語った、足場の悪い土地も野獣と同じように用心しなければならない、すでに多くの者が馬もろとも谷底に落ちているから、と。

八　キュロスはこれらすべてのことを熱心に覚え込んだ。しかし、彼は鹿が跳び出すのを見ると、聞いたことをすべて忘れ、鹿が逃げていく方向以外は何も目に入れずに、追跡した。そして、何かの拍子に彼の馬が跳び上がり、着地の時に膝を着いたので、危うく彼を頭越しに振り落としそうになった。だが、キュロスはやっとの思いで馬上に留まり、馬も立ち上がった。そして、平坦な土地に来ると、槍を投げて鹿を倒したが、それは大きくて立派な代物であった。彼はもちろんひどく喜んだ。しかし、護衛兵たちは馬で駆けつけ、彼を叱り、どれほどの危険に陥っていたのかを告げて、彼のことを王に言いつける、と息巻いた。キュロスは馬から下りて立っていたが、彼らの言うことを聞いて不快な思いをした。だが、彼は犬をけしかける叫び声を聞くと、憑かれたように馬に跳び乗り、猪がこちらに向かって突進してくるのを見ると、それに立ち向かって馬を進め、その額に狙いを定めて投げ槍を過たずに命中させ、猪を倒した。九　この時には叔父さえその大胆さを見て彼を叱った。だが、彼は叱られているのに、この叔父に自分の捕えた獲物を持ち帰り、祖父に与えるのを許してほしい、と願った。叔父は次のように言った、と言われている。「父上がお前の追跡をお知りになると、お前をお叱りになるばかりか、お前にそれを許した、と言われてわしをもお叱りになるだろう」。

「では、お祖父様が望まれますなら」と彼は言った、「僕がお祖父様に獲物を差しあげました後で、お祖父様が僕を鞭打たれるとよいでしょう。叔父様も罰したいだけ、僕を罰してください。だが、この獲物をお祖父様に差しあげるのだけは、僕の思いどおりにさせてください」。

すると、叔父のキュアクサレスが最後に言った、「思いどおりにするがよい。すくなくとも、今は、お前がわしらの王様のように、思えるからな」。

一〇　こうして、キュロスは獲物を持ち帰って祖父に贈り、彼自身が祖父のためにそれらの獲物を狩猟で得たのだ、と言った。そして、投げ槍を祖父には見せようとせず、祖父が見ると思われる場所に、その血塗れの投げ槍を置いた。そこで、アステュアゲスは、「わが子よ、お前の贈り物は喜んで受け取ろう。だが、わしはお前が危険に曝されるのなら、このような物は何一つ必要としないのだ」と言った。

すると、キュロスは言った、「お祖父様が必要とされないのでしたら、お願いです。それらの獲物を僕に与えてください。僕はそれらを仲間たちに分けてやります」。

「わが子よ」とアステュアゲスは言った、「これらの獲物とその他の物もお前の欲しいだけ受け取って、分けてやりたい者に分けるとよかろう」。

二一　キュロスはそれらを受け取って運び去ると、少年たちに与えながら言った、「お前たち、僕らが猟場で狩猟していた時は、子供騙しのようなことをしていたのだ。そこでは、ちょうど縛られた動物を狩猟しているように思えるのだ。まず、猟場の動物は狭い場所におり、次には、痩せて疥癬（かいせん）に罹っていた。そのうえ、このうちのある動物は跛（びっこ）であり、他の動物は不具であった。しかし、山と牧草地にいる野獣は、実に立派で、実に大きく、実に艶があるように見えたのだ。そして、鹿は翼があるように天に向かって飛び上がり、猪は言われているとおり勇敢な兵士たちのように突進してきたが、その大きさのために打ち損なうことはなかった。実際、それらの野獣は死んでしまっていても、生きて囲いの中に入れられているあれらの動物より立派である、と思えるのだ。ところで、お前たちの父親はお前たちを狩猟に行かせないのか」。

「アステュアゲス王様がお命じになれば、なんの問題もありません」と少年たちは答えた。

二二　そこで、キュロスは言った、「僕らのためにアステュアゲス王様に言ってくれる人は、誰かいないのか」。

「若君以上にどなたがうまく王様を説得できるのでしょう」と彼らは言った。

「いや、ゼウスにかけて」と彼は言った、「僕はどのような人間になってしまったのか、分からないのだ。僕はもう以前のようにお祖父様に話しかけられないし、目も向けられないからだ。この状態が進むと、僕はまったく間抜けな愚か者にならないか、と心配しているのだ。小さな子供の頃は、並外れたお喋りに思われていたのだが」。

すると、少年たちは言った、「困ったことを仰いました。若君がいざという時にわたしらのためにしてくださらないと、わたしらは若君にお願いすることを他の誰かに頼まなければなりません」。
一三　これを聞いたキュロスは苦しみ、黙って去った。だが、彼は、自分と少年たちのために、何ら臆することなく祖父に話しかけて少年たちの必要としていることを遂行する方法を考え出した後、勇気を出せ、と自分を励まして中へ入った。そこで、彼は次のように話し始めた。「召使の誰かがお祖父様のもとから逃げ去り、お祖父様がその者を捕えられますと、その者をどのようになさいますか、仰っていただけませんか」。
「もちろん、鎖につないで働かせるよ」と祖父は言った。

「その者が自分の意志で戻ってきますと、どう扱われましょうか」。

「二度と逃げないように、そいつを鞭で打ち、あらためて使ってやるよ」と彼は言った。

「お祖父様」とキュロスは言った、「今が僕を鞭で打つ準備をされる時です。僕はお祖父様から逃れ、仲間たちを連れて狩猟に行く計画をしていますから」。

すると、アステュアゲスは言った、「前もって言ってくれてよかった。わしはお前にここから出ることを禁止するよ。わずかな肉のために娘の子供を行方知れずにすると、大変だからな」。

一四　これを聞いたキュロスは祖父の言いつけに従って留まり、悲しみ塞ぎ込んで黙り続けていた。アステュアゲスは彼がひどく苦しんでいるのに気づき、彼を喜ばせようと思い、狩りに連れ出した。そして、多くの歩兵と騎兵と少年を集めると、乗馬に適した土地へ野獣を追い込み、大狩猟会を催した。アステュアゲス自身も王の威光を示してその場におり、キュロスが狩猟に満足するまでは、皆の者に槍を投げるのを禁じた。しかし、キュロスは、祖父に他の者たちの槍投げを妨げないように、と次のように言った、「お祖父様、僕に楽しく狩猟をさせるおつもりでしたら、僕の仲間すべてを駆り立て、競わせ、各人に最善を尽くさせるようにしてください」。

一五　そこで、アステュアゲスはこれを許し、彼らが競いあって野獣に突き進み、追い詰め、槍を投げる様子を自分の場所から見ていた。彼はキュロスが喜びのあまり黙っていることができず、血統のよい小犬のように、野獣に近づくと大声をあげ、各人の名前を呼んで励ましているのを喜んでいた。また、彼はキュロスがある者を嘲るのを見たり、他の者をぜんぜん嫉妬心なく誉め称えるのを「知ったりして」楽しんでいた。とにかく最後に、アステュアゲスは多くの野獣を携えて帰った。その時の狩猟が非常に楽しかったから、彼はその後も可能な時には何時もキュロスと出かけ、他の多くの者以外にキュロスのために子供らも連れていった。

こうして、キュロスはすべての者に楽しみと利益を与え、いかなる人にも損害を加えることなく、大部分の時間を過ごしたのである。

一六　キュロスが一五、六歳になった頃、アッシリア王の息子が結婚を控えていたが、彼はその時自ら狩猟したい、と望んだ。ところで、彼はアッシリアとメディアの国境地帯には戦争のために狩猟されていない野獣が多くいると聞いていたので、その地へ出かけていきたい、と思った。彼は危険なく狩猟するようにと、自分のために野獣を灌木林から耕地や平坦地へと追い出す役目を負った多くの騎兵と軽装歩兵を率いてきた。彼らの城砦があり、守備隊もいる所に到着すると、彼は翌日早く狩猟するために食事をした。

一七　夕方になると、すでに前任の守備隊と交代する要員として都城から騎兵隊と歩兵隊が来た。そこで、彼は強力な軍隊を手に入れた、と思った。二つの守備隊が同じ場所にいるうえに、彼自身が多くの騎兵と歩兵を率いてきていたからである。そういうわけで、彼はメディアの土地を略奪するのが最善だ、と見なした。また、この行為のほうが狩猟よりもすばらしいと思い、犠牲用の家畜がおびただしく得られる、と信じた。こうして、彼は朝早く起きると軍隊を率いて出発し、歩兵隊を集結させて国境に残す一方、自身は騎兵隊とともにメディアの城砦に向かって前進し、もっとも勇敢な兵士の大部分を自分の手元においてそこに留まった。それは、メディアの守備隊が援軍として駆けつけ、侵入した兵士たちに攻撃を加えないようにするためであった。このようにすると、彼は略奪に適した兵士たちに隊を組ませて、各方面への侵入に向かわせ、遭遇する家畜は皆捕えて、自分の所へ追い立ててくるように命じた。

兵士たちは命令を実行した。一八　敵が国内にいるとの知らせがアステュアゲスに伝えられると、彼自身側近たちと国境に向かい、彼の息子も居合わせた騎兵隊を率いて同じく国境へと出撃した。さらに、アステュアゲスは他のすべての者にも援助に向かえ、と命令した。ところで、アッシリアの多くの兵士が整列し、騎兵隊も静かにしているのを見ると、メディア兵たちも立ちどまってしまった。

キュロスは他の兵士たちが総力をあげて出撃するのを目にすると、自身もその時初めて武具を着用して出撃したが、このようなことがある、とは思っても見なかった。彼はこの完全武装を熱望していたのである。それに、祖父が彼の身体に合わせて作らせた武具は一分の狂いもなく合い、実にすばらしかった。このように完全武装した彼は馬に乗って進んでいった。アステュアゲスは誰の命令で彼が来たのかと驚いたが、自分の側に留まっているように、と彼に言った。

一九　キュロスは多くの騎兵が向こう側にいるのを見ると尋ねた、「お祖父様、静かに馬に乗っているあそこの兵士らは、敵なのですか」。
「確かに敵だよ」と彼は言った。

「あちらで馬を駆っている兵士らもですか」と彼は言った。

「もちろん彼らもだよ」。

「ゼウスにかけまして、お祖父様」と彼は言った、「とにかく惨めな姿をした兵士らが、惨めな痩せ馬で、われわれの財産を奪っているではありませんか。われわれの幾人かが彼らに突っ込むべきではないですか」。

「だが、わが子よ」と彼は言った、「敵の騎兵隊が組んでいる隊形の密集度が、お前には分からないか。わしらが略奪している騎兵たちを攻撃すれば、「敵の騎兵隊が」逆にわしらを分断するだろう。わしらの主力部隊はまだ到着していないのだ」。

「しかし、お祖父様が」とキュロスは言った、「ここに留まって、援軍を迎えられますのなら、ここにいる敵の騎兵隊は恐怖を抱いて動かないでしょうが、家畜を連れ去っていく敵の騎兵たちは、われわれの一部の者が自分らを攻めに来るのを目にしますと、ただちに家畜を手放しましょう」。

二〇　このようなことを彼が言うと、アステュアゲスは適切な指摘がなされた、と思った。彼はキュロスが洞察力を持ち、思慮深いのに感嘆しながら、自分の息子に騎兵の一隊を率いて家畜を連れていく敵の騎兵たちに突進せよ、と命じた。そして、彼は次のように言った、「ここにいる敵の騎兵隊がお前のほうに移動すると、わしはこの騎兵隊を攻撃する。そうすれば、この騎兵隊はわしらのほうに注意を向けざるをえないだろう」。

こうして、キュアクサレスは勇敢な馬と兵士たちを率いて前進した。キュロスは彼らが出発するのを見ると、自分も急いで出発し、すぐに隊列の先頭に立った。もちろん、キュアクサレスはその後に従い、他の者たちも遅れることはなかった。一方、家畜を略奪した敵兵たちは彼らが近づいてくるのを見ると、掠奪物を捨てて逃走した。二一　キュロスに従った兵士たちは彼らの退路を遮断し、捕えた敵兵たちをただちに打擲（ちょうちゃく）したが、キュロスはまっ先になって打擲した。敵兵たちのうちですでにキュロスらの手を逃れていた者たちの背後をも彼らは追いかけ、逃さずに何人かを捕えた。

血筋の良い犬でも無経験のために不注意に猪に向かっていくように、キュロスも捕えた者を打擲することに夢中になって突っ走り、ほかになんの配慮もしなかった。

敵は味方が苦境にあるのを見ると、隊列を前進させた。敵がそうしたのは、自分らの前進を見て、メディア兵たちが追跡を中止する、と期待したからであった。二二　キュロスはそれでも追跡をやめず、喜びのあまり叔父に声をかけながら追跡し、敵を圧迫して、全面的な逃走をさせていた。キュアクサレスももちろん父親に恥じないためであろうが、追跡していた。他の兵士たちも従ったが、このような状況下では、敵に向かうと必ずしも勇敢でない兵士たちでも、ことのほか熱心に追跡した。

アステュアゲスは無謀な追跡をしている味方の兵士たちと、密集した隊形を組んで戦いを挑んでくる敵を見ると、息子とキュロスが無秩序な状態で態勢の整った敵の手に落ちて、被害を受けないかと心配し、ただちに敵に向かっていった。

二三　敵はメディア軍が前進してくるのを見ると立ち止まり、ある兵士たちは槍を構え、他の兵士たちは弓を引き絞ったが、そうしたのは、メディア軍も射程内に入るとほとんどが常にしているように立ち止まるだろう、と予期したからであった。というのも、もっとも接近するまでは、たがいに近づきながらしばしば夕方まで飛び道具で戦うのが通常だったからである。だが、敵は味方が自分らのほうに逃げてくるのを、しかもキュロスの兵士たちがその背後を追跡しながら自分らに向かって突き進んでくるのを、さらにはアステュアゲスが騎兵隊を率いてすでに射程内に入っているのを見ると、方向を転じて間近に迫る追跡者たちから全力をあげて逃げたのである。

メディア兵たちは多くの敵兵を捕えた。そして、捕えた馬や兵士たちを強打し、倒れた敵兵たちを殺害した。しかも、彼らはアッシリアの歩兵隊に追いつくまでは、立ち止まらなかった。しかしその時、彼らはもっと大きな部隊の待ち伏せが潜んでいるかも知れない、と恐れて留まった。

二四　アステュアゲスはただちに引き返した。彼は騎兵隊の勝利を非常に喜んだが、キュロスにはどう言えばよいのか、分からなかった。それは、キュロスがこの勝利の立役者であるのは分かっていたが、彼は無鉄砲極まりない、とアステュアゲスは判断したからである。また事実、他の者たちが戻っていこうとした時にも、彼のみは馬を走り回らせ、戦死者を見るのに心を奪われていた。そして、命令を受けた兵士たちがやっとの思いで彼をその場から引き離し、アステュアゲスのもとへ連れていったのである。戦死者たちを見回っていた自分に怒っている祖父の顔つきを見ると、祖父の前に出るのを彼は自分を連れ帰った兵士らよりずっと後にした。

二五　メディアでは彼は以上のことをした。そして、他のすべての者が物語や歌でキュロスのことを語った。アステュアゲスは以前も彼を誉めていたが、今では彼にこのうえもなく驚嘆していた。キュロスの父カンビュセスはこのことを知って喜んだ。だが、キュロスがすでに大人の行為を遂行していると聞いた時、彼はキュロスにペルシアで通例の義務を果たさせるために、呼び戻すことにした。その時、キュロスも父が怒り、国が非難しないように帰国するつもりである、と述べたそうである。アステュアゲスも彼を送り帰さねばならない、と思った。

そこで、アステュアゲスは、自分が所有するつもりであった馬を彼に与え、キュロスを愛しており、同時に友を助け敵を苦しめることができる男になってほしいとの大きな希望を彼に抱いていたから、その他の多くの荷物を纏める手伝いをして、彼を送り出した。キュロスが帰る時には、すべての者が、少年、［仲間］大人、老人それにアステュアゲス自身も馬に乗って彼を見送った。そして、涙を流さずに戻ってきた者は誰もいなかった、と言われた。二六　キュロス自身も多くの涙を流したそうである。彼はアステュアゲスが自分に与えてくれた多くの贈り物を、仲間たちに分け与え、最後には自分の着ていたメディア風の服を脱ぎ、それを彼のとくに愛していた者に［その印として］与えた、と人々は言っている。ところが、贈り物を受け取り、手に入れた者たちは、それらをアステュアゲスに返し、アステュアゲスはそれらを受け取り、キュロスに送り返したので、キュロスはまたそれをメディアに、「僕がお祖父様に恥ずかしい思いをしないで、再度そちらに参れるようにと望まれますなら、僕が与えました者にその贈り物を所有することをお許しください」との伝言をつけて返送した、と言われている。アステュアゲスはそれを聞き、キュロスの告げたとおりにしたそうである。

二七　愛情の話に言及しなければならないとすると、次のことが言われることになる。キュロスが去ることになり、彼らがたがいに分かれようとした時、親族の者たちはペルシアの慣習に従い、彼の口に接吻して送り出した。ペルシア人たちは現在もそのようにしているのである。ところで、メディア人にはまことにすばらしい一人の男がおり、その者がかなり長い間にわたってキュロスの美しさに魂を奪われていた。その者はキュロスに親族が接吻するのを見ると、後に残り、他の者たちが去ると、キュロスの所に行き、「キュロス若君、自分だけは若君の親族になるのを、認めていただけないでしょうか」と言った。

「どういうことなのか」とキュロスは言った、「お前もわしの親族でありたい、と言うのか」。

「そうです」と彼は言った。

「そういうことだから」とキュロスは言った、「お前はわしを見つめていたのだな。わしはお前がそうしているのにしばしば気づいていたよ」。

「若君の前に行きたい、と何時も思っていましたが」と彼は言った、「とても恥ずかしかったのです」。

「親族であれば恥ずかしがる必要はないよ」と言うと同時に、キュロスは彼に近づき接吻した。

二八　すると、このメディアの男は接吻を受けた後で尋ねた、「ペルシアではこのように親族が接吻するのが習慣なのですか」。

「そうなのだ」と彼は言った、「長い間別れていた後で再会した時か、たがいに別れる時にな」。

「では、今が」とメディアの男が言った、「若君はとにかく自分にもう一度接吻される時ですよ。若君もお気づきのように、自分はすぐに出発するのですからね」。

そこで、キュロスはもう一度接吻して彼を送り出し、去っていった。だが、何ほどの道程も行かないうちに、そのメディアの男が、汗をかいた馬に乗って戻ってきた。キュロスは彼を見て言った、「どうしたのだ。何か言おうとしていて、言い忘れたのか」。

「ゼウスにかけまして、そうではありません」と彼は言った、「長い間別れていて戻ってきたのです」。

キュロスも言った、「いや、ゼウスにかけて、従兄弟よ、ほんの短い間ではないか」。

「どのように短いのですか」とメディアの男は言った、「若君はご存じないのですか、キュロス若君、このようにすばらしい若君を見ることができないと、瞬きする間でさえも自分にはこのうえもなく長い時間に思われるのですよ」。

そこで、キュロスは涙を流して笑い、自分は短期間で彼らの所に戻ってくるし、望むなら彼は瞬きもせずに自分を見ることができるのだから、と元気づけるように言って去らせた。

第五章

一　キュロスはこのようにして去り、ペルシァでもう一年間少年のグループにいた、と言われている。少年たちは初め彼がメディアで豊かに生活することを学んで帰ってきた、と言ってからかった。しかし、彼らは彼が自分らと同じように喜んで飲食するのを見た時、また、祭りで宴会があった場合、彼が自分の分け前を人に与えて、自分の分け前を更に要求することなどしないのに気づいた時、そのうえ、彼が他のことでも自分らより優れているのを知った時、再び彼の前に平伏したのであった。

彼がこの教育段階を終え、すでに青年のグループに入った時、青年たちの間でもまた義務を遂行し、忍耐し、年長者たちを尊敬し、役人たちに服従する点で彼は抜きん出ている、と思われた。

二　時が経ち、アステュアゲスがメディアで死亡し、アステュアゲスの息子、キュロスの母の兄弟キュアクサレスが、メディアの王位に就いた。

当時、アッシリア王は巨大な種族のシリア人全体を制圧し、アラビア王を臣従させ、ヒュルカニアを隷属させ、バクトリアを封じ込めたので、メディアを弱体化すれば、周辺の種族すべてを容易に支配できる、と信じた。というのも、彼はメディア人が近辺の種族のうちでもっとも強力である、と思っていたからである。

三　そこで、彼は自分の支配下にあるすべての種族とリュディア王クロイソス、カッパドキア王、両プリュギア、パプラゴニア、インド、カリア、キリキアに使者を送り、メディア人とペルシア人を非難する一方で、これらの種族は大きくて強力であり、同じ目的で団結し、相互に結婚しているから、誰かが先んじてこれらの種族を弱めなければ、これらは危険を冒しても各種族を個別に攻撃し、征服するだろう、と言った。ある種族はこの言葉を信じ、他の種族は贈り物と金に誘惑されて、彼と同盟を結んだ。彼はそのようなものを多く所有していたのである。

四 ［アステュアゲスの子］キュアクサレスは自分に敵対する連合諸種族の陰謀と戦争準備を知ると、自身はただちにできるだけの対抗準備をする一方で、ペルシア政府(1)と彼の姉妹を妻とするペルシア王カンビュセスに使者を送った。また、キュロスにも人を遣わして、ペルシア政府が軍隊を送ってくれるなら、これらの兵士の司令官として来る努力をしてくれ、と頼んだ。キュロスがすでに青年のグループで一〇年を過ごし、壮年のグループに入っていたからである。

五 キュロスがこの申し出を受け入れると、長老の議員たちは彼をメディアに派遣する軍隊の司令官に選んだ。彼らは彼に貴族(2)たち二〇〇人を選ぶことを、さらにこの二〇〇人の各々に四人を、それも貴族の中から選ぶことを許した。そこで、この人数は一〇〇〇人になる。さらに、彼らはこの一〇〇〇人の各々にペルシア平民(3)から一〇人の軽装歩兵、一〇人の投石兵、一〇人の弓兵を選ぶように命じるのであった。こうして、弓兵が一万人、軽装歩兵が一万人、投石兵が一万人になることになった。しかも、これとは別に初めに選ばれた一〇〇〇人の兵士がいるわけであった。このような多数の軍隊がキュロスに与えられることになったのである。

六　ところで、彼は選ばれるとまず神々に犠牲を捧げた。そして、吉兆を得ると、二〇〇人を選んだ。この者たちがそれぞれ四人を選ぶと、最初に彼は次のように言った。

七　「友人たちよ、わしがお前たちを選んだのは、今初めてお前たちを優れている、と認めたからではない。国家がよいと見なしていることをお前たちが懸命に遂行し、国家が恥ずべきであると信じていることを徹底的に拒否しているのを、わしが子供の頃から見てきているからだ。そこで、わし自身が意に背いてこの役目に就いたのではない理由と、お前たちに呼びかけた理由を明らかにしたい。

八　このわしは先祖がわしらにけっして劣っていない、と認識してきた。とにかく、彼らも徳の行為と見なされていることを実践して、日々を送ったのだ。しかし、彼らがこのような優れた人間として獲得したものを、すなわちペルシアの国にとってあるいは自分自身にとって善なるものを、わしはもはや見ることができないのだ。九　それは、わしが思うには、いかなる徳も人間によって実行されないのは、善人となっても悪人より利益を多く受けられないからだ。目前の快楽を避ける者たちは、楽しまないためにでなく、この自制により将来何倍もの楽しみを得るためにそうするのだ。弁舌に優れようと熱心になる者たちが弁舌の修練をするのは、巧みな弁舌をやめないためでなく、雄弁で人々を説得して多大の利益を得よう、と希望するからだ。また、軍事の訓練をする者たちが訓練をするのは、戦うのをやめないためでなく、軍事に優れること

（1）次節の長老議員たちのことを指す。
（2）教育、政治、職務、身分に同等の権利を持つ貴族たち。
（3）貴族と対立する一般庶民。

により多くの富と幸福それに偉大な名誉を自分自身と国家のために獲得する、と信じているからだ。

一〇　このような苦労をしながら、その成果を得る以前に自分を老齢により弱るままにするなら、そのような者たちは、立派な農夫になろうと努力する者がよい種まきをし、よい植えつけをしているにもかかわらず、その収穫をしなければならない時に、収穫しないまま果実が大地に再び落下するのに任せているのと変らない、とわしは思う。さらに、闘技者が多くの訓練を積み、勝利を得るのにふさわしくなりながら、競技に参加せずに時を過ごすなら、この者が愚かであるとの非難を免れないのは当然だ、と思う。一一　お前たち、わしらはそういう目にあわないようにしよう。わしらには子供の頃から立派で優れた行動をとるように修練してきた自覚があるのだから、敵に向かっていこうではないか。敵は訓練を積んでいないから、わしらと戦えないのをわしはよく知っている。弓を射たり、槍を投げたり、馬を駆けたりする心得があっても、苦労しなければならない場合に、苦労に耐える能力に劣っている者たちは優れた戦士ではない。敵は戦争の苦労にたいする訓練を受けていないのだ。また、起きていなければならない時に、眠りに負ける者たちも戦士ではない。敵は眠りでも訓練されていない。しかし、苦労と不寝で優れていても、味方と敵に対処すべき方法を学んでいない者たちは、役に立たない。敵がこのもっとも重要な教育を受けていないのは、明白なのだ。

一二　他の者たちが昼を利用できるのと同じように、お前たちは夜を利用できるだろう。そして、お前たちは苦労を楽しい人生への案内者と見なし、空腹を調味料として利用し、ライオンより容易に水を飲まないことに耐え、あらゆるもののうちでもっともすばらしい、もっとも戦争に適した宝物を、心に蓄えている。なぜなら、お前たちは誉められるのを他のいかなることよりも喜ぶからだ。こういうわけで、称賛を求める者たちは喜んであらゆる苦労を引き受け、あらゆる危険を冒さねばならないのだ。

一三　わしがお前たちについてこのように言いながら、別の考えをしているなら、自分を欺いているのだ。というのは、このようなことがお前たちによって行なわれないなら、わしの責任になるからだ。わしはもちろんわしの経験、お前たちのわしへの善意、敵の愚かさから、このよい希望がわしを欺かない、と信じている。わしらは異国の財産を不正に求めていると思われないのだから、勇気を出して出発しよう。敵が進軍して不正な攻撃を始め、友人たちがわしらを援軍として呼んでいるのだ。実際、自らを護るより正しいこと、あるいは友人たちを援助するよりすばらしいことがあるのだろうか。

一四　わしが神々を軽んぜずに出撃するのは確かにお前たちを勇気づける、と思う。それは、お前たちがわしとしばしば同席しているから、わしが重大なことだけでなく、些細なことも神々の同意を得て始めていることを知っているからだ」。

最後に彼は言った、「これ以上は何も言う必要はない。では、お前たち、兵士たちを選び、その他の準備を整え次第、彼らを率いてメディアに向かえ。わしは一足先に父上の所に戻り、敵の状況をできるだけ早く知り、神の助力を得てできるだけ立派な戦いをするのに必要な準備をすることにする」。

そこで、彼らは言われたことをした。

第六章

一　キュロスは家に戻り、父祖代々の尊崇するヘスティア[1]、ゼウスおよび他の神々に祈った後、遠征に向かった。父親も彼に同行した。彼らが戸外に出ると、稲光がし、雷が鳴り、キュロスに吉兆を示した、と言われている。この現象が起こると、最高神の前兆が誰の目にも明らかであったから、彼らはそれ以上ほかになんの鳥占いもせずに、前進した。二　進みいくキュロスに父親は以下のことを話し始めた。

「わが子よ、神々が慈しみ深く、好意をもってお前を送り出してくださったのは、犠牲や天の兆しにより明らかだ。また、このことはお前自身も知っているところだ。わしはお前にこの点について入念に教育を受けさせたが、それは次の目的のためなのだ。つまり、お前が神々の助言を他の解釈者たちを通じて理解するためでなく、自ら見うるものを見、聞きうるものを聞いて認識するためであり、占師たちが神々から示される前兆とは異なることを述べてお前を騙す場合でも、彼らの意のままにならないようにするためなのだ。また、それは、お前が占師がいなくても神々の前兆の扱いに困らず、お前の占の能力により神々から示される前兆を認識し、それに従うためでもあるのだ」。

三　「確かに、父上」とキュロスは言った、「わたしは父上の言葉に従い、恵み深い神々がわれわれへの助言を望んでくださるように、できるだけ配慮し続けます。と言いますのも、わたしはかつて父上から次のことをお聞きしたのを、思い起こすからです。それは、困った時にへつらわず、もっともうまくいっている時にとりわけ神々を忘れずにいる者が、人間からと同様に神々からもより多くの成果を得るのは当然だろう、ということです。そして、友人たちにも同じような配慮を示さねばならない、と父上は言われました」。

四　「今は、わが子よ」と彼は言った、「その配慮のために、お前はいっそう喜んで神々への祈願に赴き、しかも、お前は神々をけっして疎かにしないのを自覚していると信じるから、祈願したことが成就されるのをさらに強く希望するのではないか」。

「そうですとも、父上」と彼は言った、「わたしは友人たちにたいするように、神々にたいしています」。

五　「わが子よ」と彼は言った、「お前は覚えているか。神々が与えてくださったものを理解する人間たちはそれを理解しない人間たちより幸せな生活を送り、働く者たちは怠ける者たちより多くのことを達成し、用心深い者たちは不用心な者たちより安全に生涯を送ることをわしらがかつて信じたのを。また、このことから、自分自身の果たすべき義務を履行する者たちが神々に恩恵を願うべきであることをわしらが信じたのを」。

六　「はい、ゼウスにかけまして」とキュロスは言った、「わたしは父上からそのようなことを聞いたのを覚えています。言うまでもありませんが、わたしはその言葉に従わなければなりませんし、そのうえ、父上が何時も次のように言っておられましたのを存じています。すなわち、馬に乗るのを学ばない者たちが騎馬

(1) 家の竈と火の、家庭と国家和合の女神。言い換えれば家族と都市を保護するのが彼女の職分。クロノスとレアの娘、ゼウスの姉妹。

戦に勝つようにと、弓を射る能力のない者たちが、弓を射る能力のある者たちに勝つようにと神々に祈願すること、船の舵をとれない者たちが船を操縦して船を救いたいと祈ること、なお、種を播かない者たちが立派な穀物が生成するのを願うこと、さらには、警戒心のない者たちが戦争での保全を祈願すること、このようなことはすべて神々の掟に反しているから許されない、ということです。さらには、不法を求める者たちが人間たちの間で何も為し遂げられないのと同じように、不正を願う者たちが神々の間で何も達成できないのは当然である、と父上は言われました」。

七 「わが子よ、かつてわしとお前が議論した内容をお前は覚えているだろう。その内容は自分自身が本当に立派で優れた者になり、自分と家族が食糧を十分に所有するように配慮できる人がいるなら、その人の行為は満足のいく立派なものであろう、ということであった。それは確かに価値のある行為である。だが、他の人間たちを支配し、彼らにあらゆる必需品を十分に所有させ、彼らすべてに人間として生きさせるすべを心得ることがまさに感嘆すべきことだ、とわしらには思えるのだ」。

八 「はい、ゼウスにかけまして、」と彼は言った、「わたしは父上がそのように話されたのを覚えています。だから、立派に支配するのが途方もなく困難な仕事であるのにわたしも同意いたします。今も、支配そのものについて考慮しますと、わたしはその点同じ意見を持っています。しかし、他の者たちに目を向けますと、これらの者がくだらぬ者であるのに支配し続け、わたしらの敵対者になろうとしているのが分かっていますのに、このような者らに向かって進撃して、戦う意気を示すことなく平伏するのは実に恥ずべきこと、と思われます。わたしらの友人たち(1)を最初の例に挙げるのですが、彼らのなかには、支配者は支配下の者たちより高価な食事をし、多くの黄金を家に所有し、長時間の睡眠をとり、あらゆる点で苦労のない人生を送ることにより支配下の者たちと異ならねばならない、と考えている者がいるのをわたしは知っています。だが、支配者は安逸に暮らすことによるのでなく、前もって工夫をし、労をいとわないことにより、支配下の者たちと異ならねばならない、と思います」。

九 「しかし、わが子よ」と彼は言った、「実際のところ、人間とでなく、克服するのが容易でない事情そのものと戦わなければならない場合が、かなりあるのだ。もちろん、お前には分かっているのだろうが、一例を挙げると、お前の軍隊に食糧がなければ、お前の指揮権は失われている、ということだ」。

「父上」と彼は言った、「叔父上がどれほど多くの人数であろうと、ここから進撃していくすべての兵士に食糧を提供する、と言われているのは言うまでもありません」。

「わが子よ」と彼は言った、「お前はこれらの必需品がキュアクサレスから供給される、と信じて進軍するのか」。

「そうですとも」とキュロスは言った。

「では、どうなのだ」と彼は言った、「彼がどれだけ多くのものを所有しているのか、お前に分かっているのか」。

「いえ、ゼウスにかけまして、ぜんぜん知りません」とキュロスは言った。

(1) メディア人のこと。

「それなのに、お前はこの不確かなものを信じているのか。お前は多くのものを必要とするだろうし、彼も今は他の多くの物を消費しなければならないのを、お前は認識していないのか」。

「知っていますとも」とキュロスは言った。

「では」と彼は言った、「彼が出費のために資金に窮するか、故意に嘘をついていると、お前は軍隊の必需品をどうするのか」。

「もちろん困りますよ。それでは、父上」と彼は言った、「われわれがまだ友好国にいる間に、わたしの手でも必需品を獲得できる手段を何かご存じでしたら、仰ってください」。

一〇 「わが子よ」と彼は言った、「お前はこの手段を得る方策を尋ねるのか。この手段は兵力を維持する者以外から得られないのは、当然でないか。お前はここから歩兵隊を率いて進軍する。そして、その歩兵隊の代わりに、他の何倍の兵力であろうとお前がそれを受け取らないのをわしは承知している。しかも、お前には同盟軍になるもっとも強力なメディア騎兵隊がいるのだ。ところで、お前たちに好意を寄せたいと思っていながら、また、害を受けるのを恐れていながら、お前たちへの援助を拒否する国など周辺にある、とお前は思うのか。お前はこのことをキュアクサレスと一緒に考えて、必需品に困らないようにし、しかも、その確保に慣れるためにも、調達手段を考案しなければならないのだ。だが、わしの思うところでは、何よりも重要なこととして、次のことをお前は覚えておけ。それは、窮乏がお前を強要するまで、必需品の入手を先送りすることをしてはならない、ということだ。いや、十分に所有している場合にこそ、困窮の場合の工夫を前もってしておくべきなのだ。窮乏しているように見えない時に頼めば、より多くの物が得られるからだ。そのうえ、お前は自分の兵士たちからも非難されないだろう。こうすることにより、お前はむしろ他の者たちからも尊敬を得ることになる。また、お前が兵力を用いて誰かに味方したり、敵対したりする場合にも、お前が必需品を所有しているかぎり、兵士たちはむしろ進んでお前に従うだろう。そして、味方するにも敵対するにも十分な力のあることをもっともよく示せる時にこそ、いっそう説得的な言葉を述べうることをお前はしっかりと心得ておけ」。

一一「確かに」と彼は言った、「父上の言われましたことはすべて正しい、と思われます。だがとりわけ、今受け取れると告げられている物については、兵士の誰もがわたしになんの感謝も示さないだろうと言われましたのは正しい、と思います。兵士たちはどういう報酬で叔父上が自分らを同盟軍として呼び寄せておられるのかを知っているからです。しかし、約束された物以上に得られる物がありますと、彼らはそれを名誉と思いましょうし、それを与える者に感謝しますのは当然でしょう。ところで、友人たちの役に立ち、その見返りの援助を受けうる、しかも、敵対者たちを［捕えて］罰する努力をしうる兵力を有しながら、必需品の調達を疎かにするのは、田畑とそれを耕す働き手を所有している者が土地を無用の休閑地にしている場合に劣らず恥ずかしいこと、と思われませんか。友好国においても、敵国においてもわたしは兵士たちのために必需品を確保するのをけっして疎かにしない、と信じてください」。

一二「ではどうだ、わが子よ」と彼は言った、「かつてわしらが軽んじてはならないと見なしていた他のことを、お前は覚えているか」。

「よく覚えていますよ」と彼は言った、「わたしに司令官であることを教えたと言う者に報酬を払うために、父上の所へお金を貰いに行きました時、父上はわたしにお金を渡されながら、およそ次のようなことを尋ねられました。「わが子よ」と父上は言われました、「お前が報酬を払う男は司令官の職務としての家政のこともちろん何か述べただろうな。兵士たちは家で使用する召使たちに劣らず食糧を必要とするからだが」と。わたしが正直に答えて、「彼はそのことについてはまったく何も言いませんでした」と言いました時、父上は再度尋ねられました、「その男は健康や体力についてお前に何か話さなかったか。司令官は軍隊の指揮と同様にこれらのことにも留意しなければならないからな」と。一三　わたしがそのことも否定しますと、父上はまた尋ねられました、「軍事のうちでもっとも役立つ技術を彼はお前に教えたか」と。わたしがそれも否定しますと、父上は、「気力は、一切の行動をとるうえで、無気力より完全にまさっている」と仰って、また、次のことを尋ねられました、「彼は軍隊に気力を吹き込めるように、お前を教育したか」と。わたしがそれも否定しますと、父上はさらに問い正されました、「軍隊に服従を教えるのに、どのような工夫をすれば、もっとも効果が上がるかについて彼は何か言ったか」と。一四　この点もまったく言及されていないことが明らかになりますと、父上は最後にわたしに尋ねられました、「彼はいったいお前に何を教えて司令術を教育した、と言っているのか」と。そこで、わたしは、「戦術です」と答えました。すると、父上は笑ってわたしに「食糧を持たずに、健康でなく、戦争のために考え出された技術を心得ず、兵士に服従されずに、戦術の何が軍隊に役立つのか」と個々に説明されながら、詳しく語られました。戦術が司令術のほんの一部にすぎないことを父上が明らかにしてくださいました時、それらの司令術を教えていただけましょうかと尋ねましたところ、父上は「司令官にふさわしいと見なされる人物のもとに行き、その者と話しあって司令術がすべてどのように習得されるのかを知るがよい」とわたしに命じられました。一五　その後、わたしは司令術にもっとも優れている、と聞きました人々の所におりました。ところで、食糧については、叔父上がわれわれに提供してくださる物が手に入りますと十分であるとわたしは信じていますし、健康に関しましては、兵士の健康を求める諸都城も医者たちを選び、司令官たちが兵士たちのために医者たちを連れていくと聞いていますし、見てもいます。ですから、この地位に就きますと、わたしはただちにこのことに配慮しました。そして、父上、わたしは医術を十分に心得ている者たちを連れていこう、と思っています」。

一六　これに答えて父は言った、「それはそうとして、わが子よ、衣服が破れるとそれを修理する者たちがいるように、お前の言うこの医者たちも病人が出た時にこれらの者を治療するのだ。だが、お前にはこのことより健康への配慮のほうがはるかに重要だ。お前はまず軍隊が病気に罹らないように、気をつけねばならない」。

「では、父上」と彼は言った、「わたしはどうすればそうすることができるようになるのでしょうか」。

「お前がしばらくの間同じ場所に留まろうとする場合、まず何よりも健康によい陣営を設営するのを疎かにしてはならない、ということだ。このことを配慮すれば、お前は健康によい場所を過つことなく見出せるだろう。常日頃不健康な土地と健康な土地のことを人々が口にしているからだ。しかも、それらの土地のいずれにも確かな証人となるのが住人の肉体と顔色なのだ。次に、土地を注視するだけでは十分でなく、お前自身の健康を配慮する努力をいかにすべきかを、心得ておかねばならないのだ」。

一七　キュロスも言った、「第一に、ゼウスにかけまして、わたしはけっして食べすぎないように努めます。食べすぎは耐えがたいからです。次に、わたしは食べた物を肉体の鍛錬によって消化します。こうしますと、健康はいっそう持続的になりますし、力が加わる、と信じますから」。

「わが子よ」と彼は言った、「では、他のことにもこのように留意しなければならないな」。

「父上」と彼は言った、「そもそも兵士たちには身体を鍛える自由な時間があるのでしょうか」。

「いや」と父は言った、「ゼウスにかけて、兵士たちはその時間を持てるだけでなく、持つようにしなければならないのだ。軍隊は義務を遂行しようとすれば、敵に損害を、自軍に利益をもたらすことをけっしてやめてはならないからだ。ところで、怠惰な人間は自分一人の生活の糧を得るのさえ非常に困難だ。だが、それよりはるかに困難なのは、わが子よ、怠惰な一家全体が生活の資を見出すことだ。しかし、何にもまして困難なのは、怠惰な軍隊を養うことなのだ。軍隊には食い手が非常に多く、しかも、それらの者は最小の食糧を携えて出発し、得た物は惜しみなく使ってしまうからだ。だから、軍隊はけっして怠惰であってはならないのだ」。


一八 「父上は」と彼は言った、「怠惰な農夫がなんの役にも立たないように、怠惰な司令官もなんの役にも立たない、と仰っておられるように思われます」。

「わしは」と彼は言った、「精励な司令官とは、神が妨害されなければ、兵士たちに必需品をもっとも多く携えさせると同時に、肉体をもっとも優れた状態に維持させるようにするものだ、と保証しよう」。

「確かに」と彼は言った、「各軍事の習熟に関しましては、父上、戦闘競技を布告して各兵士に賞を与える者が、各競技の修練をもっともよくさせていますから、訓練を終えてすでに用意のでき上がっている者たちを必要な時に使用できる、と思われます」。

「まったくお前の言うとおりだ。わが子よ」と彼は言った、「そのようにすれば、戦列が合唱舞踊隊のように常にその義務を遂行するのをお前は目にするようになる、とよく承知しておけ」。

一九 「それだけではありません」とキュロスは言った、「兵士たちに熱意を持たせる点でも、人間に希望を抱かせうること以上に適切なものはない、と思います」。

「しかし、わが子よ」と彼は言った、「それは、狩猟で人が獲物を見つけた時に、何時も呼び名で犬に呼びかける場合のようなものだ。初めは、その人の犬が進んでその人に従うのは確かであるが、何度も犬を欺くと、最後には、人が本当に獲物を見つけて呼びかけても、犬はその人に従わなくなる。希望についてもそうなのだ。誰かがよい期待を抱かせながら、それをしばしば裏切れば、そういう人は真実の希望を言った時でも、説得できなくなる。人は、わが子よ、自分が明確に知らないことを言うのは、避けねばならない。また、他の者に言わせる場合でも、同じ望ましい成果があげられるかも知れない。だが、その場合、自分の言った励ましの言葉をできるだけ信頼させねばならないが、それには最大の危険を冒す覚悟が必要なのだ」。

「ゼウスにかけまして、父上、確かに」とキュロスは言った、「仰るとおりだと思いますし、わたしもそのほうを望みます。二〇 しかし、父上、わたしは兵士たちを服従させておくのに無経験でない、と思っています。父上がわたしに子供の時からすぐに服従の教育をされ、ご自身に服従するようわたしに強制してこられたからです。次に、父上がわたしを教師たちに預けられましたから、彼らもまたこの同じ教育をしたのです。わたしらが青年のグループに入っていました時には、指導者がこの同じ教育に強い配慮を示していました。そして、多くの法がとりわけ次の二つのことを、支配することと支配されることを教えている、とわたしは信じています。ですから、以上のことを考慮しますと、すべてのうちでもっともよく服従させるのは、服従する者を誉め称え、服従しない者を辱め、懲らしめることである、と思われます」。

二二「その道は、わが子よ、強制された服従にも通じている。しかし、それよりはるかによいこと、すなわち進んで服従することに通じる他の道のほうが、近道なのだ。人々は自分らより賢明な者を自分らに役立つ者と見なし、この者に喜んで服従するからだ。このことは他の多くの者に、とりわけ病人たちの場合に当てはまるのが、お前には分かるだろう。病人たちは治癒に必要なことを指示してくれる人たちを熱心に呼び寄せる。海上でも船客たちは操舵手たちの指示に懸命に従う。また、人々は自分より道をよく知っていると思う者たちから離れるのを非常に嫌がる。だが、服従することにより何らかの災厄を受けると思う場合は、人々は懲罰にも屈しようとしないし、贈り物にも心を動かそうとしない。自分の災厄になる贈り物は誰も進んで受け取らないからだ」。

二三「父上、部下たちを服従させておくには、部下たちより賢明であると思われるのがもっとも効果がある、と仰るのですね」。

「そうだとも」と彼は言った。

「では、父上、どうすれば人は、自分自身についてのそのような名声を、もっとも早く得ることができるのでしょうか」。

「わが子よ」と彼は言った、「お前が賢明であるようにと願っている事柄については、本当に賢明になる以外に賢明である、と思われる近道はないのだ。個々のことを考察すると、わしが真実を述べているのがお前に分かるだろう。たとえば、お前がよい農夫でないのによい農夫と思われたい、あるいはよい騎兵、よい医者、よい笛吹き、あるいはよいその他の者と思われたいと望むなら、そのためにどれほど多くの工夫をしなければならないかを考えてみよ。また、お前が名誉を得るために、多くの者に自分を誉めるように説得し、彼らすべてに立派な装備を獲得してやっても、その当座は騙しおおせるが、すこし後になって試されると、お前の正体は暴露され、そのうえお前がペテン師であることも明らかになるだろう」。

二三「人が将来のことを予知するうえで本当に賢明になるのには、どうすればよいのでしょう」。

「わが子よ」と彼は言った、「お前が戦術を学んだように、学べば学んだことを理解できるのは自明の理だ。しかし、人間の学べない、人間的思慮で予見できないことは予言の術によって神々から知ることで、お前は他の者たちより賢明になるのだ。そして、実行するのがよいとお前が認識していることを実行するように配慮することだ。なぜなら、賢明な人は必要なものを無視せず、むしろそれへの配慮をするからだ」。

二四「実際、わたしはもっとも重要な問題の一つと見なしているのですが、部下たちに愛される道は人が友人たちによって愛されるのを願う場合にとる道と同じなのは、明白です。人は友人たちに親切であることを明かにしなければならない、と思われますから」。

「だが、わが子よ」と彼は言った、「人が親切にしたいと思う者たちに何時でも親切にできるようにするのは、むずかしいことなのだ。しかし、彼らに善事が起これればともに喜ぶ者として、彼らが災厄に遭えばともに悲しんで彼らの困難を取り除く努力をする者として、彼らが害を被るのではないかと心配して害を受けないように配慮してやる努力をする者として自分を示すこと、こういうことをしてむしろ彼らの身近にいてやらなければならないのだ。二五　司令官は戦闘行動をとっている時でも、夏であれば太陽の熱に、冬であれば寒さに部下たちよりよく耐えねばならないのは、言うまでもない。また、苦難を経ねばならない場合には、労苦によりよく耐えねばならないのだ。これらすべては部下たちに愛されるのに役立つからだ」。

「父上は」と彼は言った、「司令官があらゆる点で部下たちより耐久力がなければならない、と仰るのですね」。

「わしは確かにそう言っている」と彼は言った、「だが、わが子よ、そのことは心配するな。同じ肉体をしていても、同じ苦労が司令官と兵士を同じように捕えるのでない。自分の行為は人の目から逃れられないという自覚そのものと名誉が司令官の苦労を軽減する、とよく心得ておけ」。

二六「ところで、父上、兵士たちが必要なものを備え、健康であり、苦労に耐えることができ、戦術を習得し、名誉を重んじて勇敢であることを示し、不服従よりも服従を好む場合に、できるだけ早く敵と戦おうと願う者が賢明である、と思われませんか」。

「ゼウスにかけて」と彼は言った、「そうすることにより優位に立てる、と思うならな。そうでない場合、わし自身が有能であり、部下たちが有能であると思えば、わしはなおさら用心するが、それはちょうどわしらが他のもっとも価値があると思っているものをもっとも安全に保持しよう、と努力するようなものだ」。

二七「では、父上、どうすればもっともよく敵より優位に立てるのでしょうか」。

「ゼウスにかけて、わが子よ」と彼は言った、「お前が質問しているのは、けっして容易な、単純なことではないのだ。これをし遂げようと思う者は陰謀を企む、本心を明かさない、狡猾な人間で、詐欺師、泥棒、盗賊で、あらゆる点において敵を騙せる者でなければならない、とよく承知しておくのだ」。

キュロスは笑って言った、「とんでもないことですよ、父上、わたしが父上の仰るような人間にならなければならない、と仰られますのは」。

「わが子よ」と彼は言った、「そういう人間であると同時に、お前はもっとも正しい人間であり、もっとも法を守る人間であってくれ」。

二八 「わたしらが」と彼は言った、「少年であり、青年であった時には、父上方はどうして先に仰られたことと反対のことを教えられたのでしょうか」。

「ゼウスにかけて、確かに」と彼は言った、「友人たちと市民たちにはお前たちは今もそうするのだ、と教えているよ。だが、敵対者たちには災厄をもたらせるようにとお前たちが多くの悪事を学んでいるのを、知らないのか」。

「知りませんよ、本当に」と彼は言った、「少なくともわたしは、父上」。

「何のために」と彼は言った、「お前たちは弓で射ることを、何のために猪を網と穴で罠（わな）にかけることを、なぜ鹿を足罠と網で捕えることを学んでいたのか。お前たちはなぜ獅子や熊や豹とは対等の立場に立った戦いをしないで、何時も何らかの優位な立場を得て戦おうと努めていたのか。それとも、これらすべては悪事であり、欺瞞であり、罠であり、優位に立つことである、とお前は認識していないのか」。

二九 「ゼウスにかけまして、確かに」と彼は言った、「野獣にはそうでしょう。しかし、人間には誰かを騙（だま）そうとしていると見られるだけでも、ひどく殴られるのは分かっていますよ」。

「わしの思うのに、わしらは人間に矢を射ることも、槍を投げることもお前たちに許さなくて、これまでのところ、友人たちを傷つけないように、標的に投げるのを教えてきたが、それは、戦争になればお前たちが人間をも標的にして射ることができるようにするためであったのだ。わしらがお前たちに人間たちの間で騙したり、優位な立場に立ったりするようにでなく、野獣の場合にそうするように教育していたのは、そうすることによりお前たちが友人たちを傷つけないようにし、しかも戦争が起こった場合に、敵を騙して優位に立つのに慣れているためだったのだ」。

三〇　「それでは父上」と彼は言った、「人間たちに親切にし苦痛も与えるという両方のことを心得ているのが有用だとしますと、この両方のことを教えるのも人間たちには必要でしょうね」。

三一　「わが子よ」と彼は言った、「わしらの先祖の頃には、お前が求めるような、子供たちに正義を教える子供たちの教師がいた、と言われている。すなわち、嘘をつくな、だが嘘をつけ、騙すな、だが騙せ、悪口を言うな、だが悪口を言え、優位な立場をとるな、だが優位な立場をとれということを。彼はこれらの事柄のうち、友人たちにするべきことと敵対者たちにするべきことを区別していた。そのうえ、彼は次のことを教えていたのだ。つまり、善いことのためなら友人たちをも欺くことを、善いことのためなら友人たちの物を盗むことも正しいことなのだということを。三二　このようなことを教えた者は、ギリシア人たちがレスリングにおいても騙すことを教え、たがいに騙しあえるように少年たちを訓練すると言われているように、相互に騙しあう修練を少年たちにさせねばならなかったのだ。だから、このようにうまく騙し、うまく優位な立場に立つことに優れた才能を示し、おそらく貪欲であるのにも不向きでない者たちは、友人たちを出し抜いて優位な立場に立とうとする努力を拒みはしなかったのだ。三三　この結果、とにかく現在でもなおわしらが守っている法令が定められたのだ。それは、召使たちにはわしら自身に真実を言い、欺瞞の行動をとらず、優位な立場に立たないようにとわしらは教えているが、まったくそのとおりに少年たちを教育すべきであり、彼らがこれに反した行動をすれば、この慣習に慣れてもっと従順な市民になるようにと罰をくだす、ということだ。三四　だが、少年たちが今のお前の年齢になれば、彼らに敵対者たちを攻撃するのに有効なことも教えるのは危険でない、と思われていた。お前たちが相互に尊敬しあって育てられているから、度を過ごして野蛮な市民たちになることはもはやない、と信じられているからだ。それはちょうど、強い情欲に放縦が加わって、若者たちが過度の情欲に身を委ねることのないように、とわしらが非常に若い者たちの前で愛欲についてあまり話さないようにしているのと同じだ」。

三五「ゼウスにかけましてそのとおりです」と彼は言った、「ところで、わたしはこの優位に立つのを学ぶのに遅れていますから、父上、敵に優位に立てる方法を教えてくださるのでしたら、惜しまずにお教えください」。

「とにかくできるだけ」と彼は言った、「お前自身の軍隊が秩序を保っている時に無秩序な状態にある敵を、武装している時に武装していない敵を、起きている時に寝ている敵を急襲するように工夫せよ。また、お前自身が敵に見えず、お前には敵が見えている時に、お前自身が堅固な場所にいて、敵が不利な状態にある時に立ち向かえ」。

三六　「では、父上」と彼は言った、「どうすれば敵がそのような過ちを犯している時に、攻撃できるのでしょうか」。

「わが子よ」と彼は言った、「お前たちも敵もこのような危険な状況をしばしば示さざるをえないのだ。どちらも食事をしなければならないし、どちらも寝なければならないうえに、朝早くにはすべての者がほとんど同時に生理上の欲求から外に出なければならず、その場合にはどんな道であろうと、そこにある道を利用しなければならないからだ。以上のことがすべて分かると、お前たち自身がもっとも弱体になっていると気づいている状況では、お前はとくに防備をよく固め、敵がもっとも制圧されやすい状態であるのを知ると、何をおいても攻撃しなければならないのだ」。

三七　「このことにおいてだけ」とキュロスは言った、「優位が得られるのですか、それとも他のことにおいてもでしょうか」。

「わが子よ」と彼は言った、「他のことにおいてのほうがはるかに優位に立てられるのだ。今述べたことは、通例すべての者が避けられないことと分かっているので、強固な防備をするからだ。だが、敵を欺く者は敵を安心させ、無防備な状態にして襲い、追跡に移ると敵を無防備にして逃亡させ、不利な土地に誘い込んで攻撃することができるのだ。三八　もちろん、お前はこれらすべてに勉学意欲を持っているが、これらの習得したことだけを用いるのでなく、お前自身が敵にたいする術策の考案者でなければならないのだ。それは、音楽家も学んだ曲だけを演奏するだけでなく、ほかにも新しい曲を作る努力をするようなものだ。音楽でも新しく華やかな曲が大きな喝采を博すのだが、軍事でも新しい戦術がはるかに高い評価を受けるのだ。新しい戦術のほうが敵を欺くのにより成果をあげられるからだ。

三九　ところで、わが子よ、小動物によく用いる術策を人間たちに使用するだけで、敵にたいしてはるかに優位に立てる、と思わないか。つまり、お前は厳しく寒い冬に起き、夜の間に鳥を捕えによく行き、鳥が騒ぐ前に罠を仕かけ、荒らした土地を荒らされていない土地に見せかけていた。お前の鳥はよく調教されており、同族の鳥を欺いてお前の役に立った。お前自身は待ち伏せして鳥を見るが、鳥には見られないようにしていた。そして、鳥が逃げる前に罠を引っ張る訓練をしていた。四〇　お前はまた、野兎が夜に草を食べて昼を避けるから、臭いで野兎を見つけ出す犬を飼育していた。しかも、野兎は見つけられると速く逃げるから、全速力で捕えるように訓練した別の犬も連れていくようにしていた。だが、野兎がこれらの犬からも逃れる場合に、お前は野兎の通り道と逃げ込んで摑まる場所を知っていたから、その場所に網を見えにくく張るようにしていた。すると、野兎は懸命に逃げているうちに、落ち込んで網に絡まることになる。そこで、お前は野兎がそこから逃げないように、その様子を見張る者たちを置いて、近くからすぐに襲いかかれるようにする。そして、お前自身は野兎のすぐ後ろに迫り、叫び声をあげて驚かせたから、野兎はぼうっとして捕えられることになる。しかも、お前は前方にいる者たちに声を出さないように命じ、身を潜めて待ち伏せさせていたのだ。

四一　だから、先に述べたように、以上のような工夫を人間たちにも応用するなら、お前が敵に敗北するとは、わしにはとても思えないのだ。しかし、もし平地の遮るもののない所で武装した両軍が戦わねばならないことになると、わが子よ、早くから準備して優位に立つことが大きな威力を発揮するのだ。そして、兵士たちの身体がよく鍛錬され、精神がよく研磨され、戦術がよく研究されている場合、わしはそのことを優位に立つ、と言う。四二 お前への服従が期待される兵士たちがすべて自分自身のために配慮してほしいとお前に求めることも、よく知っておかねばならない。だから、けっして無思慮であってはならないし、夜には昼になれば部下がお前のために何をするのかを、昼には夜のことがもっともうまく行くように、と前もって考えるようにしろ。四三 どのように戦闘隊形を組まねばならないのか。どのように昼あるいは夜に狭い道あるいは広い道を、山道あるいは平らな道を行進しなければならないのか。どのように野営し、夜と昼の歩哨たちをどのように配置しなければならないのか。敵に向かってどのように前進し、あるいは敵から退却しなければならないのか。どのように敵の都城に沿って行進し、あるいは城壁に向かって前進し、または退却しなければならないのか。どのようにして峡谷あるいは川を渡らねばならないのか。どのようにして騎兵隊あるいは槍兵隊あるいは弓兵隊を避けねばならないのか。縦隊で行軍している時に敵が現われれば、どのように対抗すべきか。戦列を組んで前進している時に、敵が前方以外の場所から現われれば、どのように敵に向かって進むべきか。どうすれば敵のことをもっともよく知りうるのか、あるいはどうすれば自分のことが敵に知られなくてすむのか。これらすべてのことをなぜわしがお前に語らねばならないのか。このわしが知っていることはすべて、お前はしばしば耳にしてきたのだからな。また、それらの知識を何か持っていると見なされる者がほかにいる場合、お前はその者を無視してそれらの知識を身につけないでいたことはなかった。だから、わしが思うのに、状況に応じてそれらの知識をそれぞれお前が役立つと信じるように、使用すべきなのだ。

四四　わが子よ、お前はわしからまた次のことを、それももっとも重要なことを学ぶのだ。つまり、人間たちはどの行動からよい結果が得られるのかがまったく分からずに推測によって行動するものだということを心得て、犠牲による前兆や鳥による予兆に背いて、自分自身も軍隊も危険に曝してはならない、ということだ。四五　また、このことは歴史的事実そのものから知ることができよう。すなわち、多くの、それももっとも賢いと見なされた者たちが国々を説得して戦争を始めさせたが、攻撃するように説得された国々が戦争を仕かけられた国々によって滅ぼされているのだ。そして、多くの者が多くの個人や国家を偉大にしながら、それらの偉大になった個人や国家によって最大の災害を被ってきたのだ。また、多くの者が友人として扱い、親切にし、また親切にされることのできる者たちを友人としてよりもむしろ奴隷として扱おうとしたために、その者たちによって罰せられたのだ。さらに、多くの者は自分の運命を楽しく生きることに満足せず、すべての者の支配者であろうと欲したために、自分の所有しているものまで失った。そのうえ、多くの者は切望する富を手に入れながら、その富のために滅んだのだ。四六　このように、人間の知恵は、籤を引いた者が当ったことをするようにしか、最善のものを選べないのだ。だが、神々は、わが子よ、永遠に存在しておられ、過去のことと現在のこと、およびこのすべてのことから起こること、これら一切のことを知っておられる。そして、人間たちが神々に意見を求めると、神々は好意を持っておられる者たちにはしなければならないことと、してはならないことを前もって知らせてくださるのだ。だが、神々がすべての者に助言する意図を持っておられなくても、なんの不思議もない。なぜなら、神々は配慮しようと思われない者たちには、配慮される必要がないからだ」。

第二巻

第一章

一　このように話しながら、彼らはペルシアの国境に到着した。彼らの右手に鷲が現われて先行した時、彼らはペルシアの国土を支配する神々と英雄たちに好意と恩寵を持って自分らを送り出してくれるように、と祈った。こうして、彼らは国境を越えていった。彼らは国境を越えると、また、メディアの国土を支配する神々に、好意を持ち、恵み深く自分たちを受け入れてくださいと祈った。以上のことをすると、彼らは習慣どおりにたがいに抱きあって別れを告げた後、父はペルシアへ戻っていき、キュロスはメディアへ向かい、キュアクサレスのもとへと進んでいった。

二　キュロスがメディアに到着し、キュアクサレスの所へ行くと、彼らはまず習慣どおりに抱擁し、次に、キュアクサレスは率いてきている軍隊の勢力はどれほどなのか、とキュロスに尋ねた。

「三万人」と彼は言った、「彼らは傭兵で、以前にも叔父上たちの所に来ておりました。ほかには、これまで国外に出たことのなかった貴族の出身者たちが来ています」。

「彼らの人数は」とキュアクサレスは尋ねた。

三「人数を聞かれると」とキュロスは言った、「叔父上は喜ばれないでしょう。しかし、この貴族と呼ばれる者たちは小人数でありましても、他の多人数であるペルシア人たちを容易に支配することを、心に留めておいてください。ところで、叔父上は彼らを必要とされるのでしょうか、それとも叔父上の心配は無駄だったのでしょうか。敵は攻め寄せてこないのでしょうか」。

「敵は来るよ」と彼は言った、「それも多数がね」。

四「敵が来るのはどうして確かなのでしょうか」。

「多くの者が」と彼は言った、「敵の国から来て、それぞれ違った言い方で言っているが、結局皆同じことを言っているからだ」。

「われわれはその敵と戦わねばならないのですね」。

「どうしても戦わねばならないのだ」と彼は言った。

「では」とキュロスは言った、「叔父上が知っておられるのなら、攻め寄せる勢力がどれほどのものであるのかを、また逆にわれわれの勢力を、わたしに仰ってくださいませんか。わたしたちが最善の戦いをする方法を相談しますには、両方の勢力を知っておく必要があるからです」。

「聞いてくれ」とキュアクサレスは言った。五「リュデイアのクロイソスは一万の騎兵と四万以上の軽装歩兵と弓兵を率いて攻めてくる、と言われている。大プリュギアの支配者アルタカマスは約八〇〇〇の騎兵に、槍兵と軽装歩兵をあわせて四万をくだらない兵士を率いており、カッパドキア王アリバイオスは六〇〇〇の騎兵と三万をくだらない弓兵と軽装歩兵を、アラビア王のアラグドスは約一万の騎兵と約一〇〇台の戦車およびおびただしい数の投石兵を率いて攻めてくる、ということだ。しかし、アジアに住んでいるギリシア人が従軍しているかどうかについては確かなことは何も言われていない。だが、ヘレスポントス(1)に面するプリュギア(2)からはガバイドスが指揮して六〇〇〇の騎兵と約一万の軽装歩兵をカユストル・ペディオン(3)に集結させている、と言われている。しかし、カリアとキリキアとパプラゴニアは要請を受けたが応じていないようだ。ところで、バビュロンおよびその他のアッシリアを支配下においているアッシリア王は、わしの思うところでは、二万以下ではない騎兵と、確かなところだが、二〇〇をくだらない戦車と非常に多いと思われる歩兵を率いて攻め寄せるだろう。いずれにせよ、彼はここに攻め込んだ時は何時もこのようにしていたのだ」。

六 「叔父上は」とキュロスは言った、「敵の騎兵は六万であり、軽装歩兵と弓兵は二〇万以上である、と言われました。では、叔父上の兵力がどれほどなのか、仰ってください」。

「メディアの騎兵は」と彼は言った、「一万を超し、わが国が編成できる軽装歩兵と弓兵は六万ぐらいだろう。隣国のアルメニア(4)からは四〇〇〇の騎兵と二万の歩兵がわしらを援助してくれるだろう」。

「叔父上は」とキュロスは言った、「われわれの騎兵は敵の四分の一であり、歩兵はおよそ敵の半分である、と仰られるのですね」。

七 「では」とキュアクサレスは言った、「お前が連れてきたというペルシア兵は少なくない、と言うのか」。

「いや、われわれが」とキュロスは言った、「兵士をさらに必要とするのかしないのかは、後で相談しましよう。それよりも、各部隊がどのような戦い方をするのか、わたしに仰ってください」。

「ほとんどすべての兵士が」とキュアクサレスは言った「同じ戦い方をする。つまり、敵兵も味方の兵士も弓兵と槍兵なのだ」。

「武器がそのようでしたら」とキュロスは言った、「飛び道具による戦いをしなければなりませんね」。

八 「確かにそうしなければならない」とキュアクサレスは言った。

「そのような戦いでは、数の多いほうが勝利を得ます。と言いますのは、数の少ないほうが数の多いほうによって傷つけられ全滅させられるのは、数の多いほうが数の少ないほうによるより、はるかに早いからです」。

「もしそうなら、キュロスよ、ペルシアに使者を送り、戦争の形勢がメディアに不利になればペルシアに危険が及ぶとペルシアに教える一方で、さらに多くの兵力を要求するのがもっともよい方法ではないのか」。

「しかし」とキュロスは言った、「ペルシア人すべてが来たとしましても、数では敵にまさることができません。このことをよくお分かりください」。

---

(1) エーゲ海とプロポンティス海を結ぶ海峡。七頁註(10)に関係の記述がある。

(2) 小プリュギアのこと。七頁註(10)参照。

(3) 東部プリュギアを流れるカユストリオス川の側に位置する都市。

(4) エウプラテス川、ティグリス川、アラクセス川の上流にある高地地域。

九　「お前はこれよりよい方法をほかに何か見出しているのか」。

「わたしが」とキュロスは言った、「叔父上の立場にいますと、できるだけ速くこの国に来るすべてのペルシア兵のために、ペルシアから来る貴族と言われる者たちが所有しているような武器を作ってやるでしょう。それは、胸の回りに着ける鎧、左手用の盾、右手用の剣あるいは斧です。それらを用意してくださると、叔父上はわれわれには敵との接近戦をもっとも安全にしてくださり、敵には踏み留まるよりも逃げるほうを選ばさせられましょう。そして、留まる敵兵たちにはわれわれ自身が向かっていきますし、敵兵たちのうちで逃げる兵士たちは叔父上たちと騎兵たちにお任せし、敵兵たちに留まる余裕も、退く余裕も与えないようにします」。

一〇　キュロスがこのように言うと、キュアクサレスはもっともなことが述べられたと思い、これ以上多くの兵士を呼び寄せることにもはや言及せず、上述の武器を準備した。その準備が整った頃、ペルシアの貴族たちがペルシアから軍隊を率いて到着した。

一一　その時、キュロスは彼らを集めて言った、と言われている。「友人たちよ、お前たち自身は敵と接近戦をするように完全武装し、心の準備もできているのがわしには分かっている。だが、お前たちに従ってきたペルシア兵たちができるだけ遠くに配置されて戦うように武装されているのを知って、お前たちが少数で、味方を欠いた状態で多数の敵に遭遇すれば、損害を受けるのではないか、とわしは心配した。ところが、お前たちは非の打ちどころのない肉体をした兵士たちを率いてきてくれたのだ。彼らにはわしらと同じ武器が与えられよう。そして、彼らの心を勇気づけるのがわしらの仕事だ。指揮官は、自分の勇敢さを示すばかりでなく、部下たちもできるだけ勇敢になるように配慮しなければならないからだ」。

一二　彼はこのように言った。すべての者はさらに多くの者と一緒に戦えると思い、喜んだ。彼らの一人がまた次のように述べた。一三「おそらく、自分らとともに戦うことになります者たちが武器を受け取ります時、自分らのために何か述べてくださるように、と自分がキュロス殿下に助言いたしますと、奇妙なことを言う、とお思いになりましょう。しかし、自分が助言いたしますのは、善いことも悪いこともできる能力をもっともよく備えておられる方々のお言葉が聞く者たちの心にとりわけ強く訴えますのを、知っているからであります。そして、この能力を備えておられる方々が贈り物をされます場合には、たとえその方々の贈り物が、贈られる者たちと同じ身分の者たちからの贈り物より少ない場合でありましても、それを受け取る者たちは高い価値のある物、と見なします。そして、今は、ペルシアの戦友たちは自分らから励まされますより、キュロス殿下からの励ましを受けますほうをはるかに喜びます。貴族にされます者たちは王様のご子息と司令官によって貴族にされますほうを、自分らによって同じ貴族にされます場合よりも、彼ら自身にとってはこの名誉を確実に保持できるもの、と思いましょう。だからと言って、自分らの役割がなくなってはいけないのでありまして、自分らはあらゆる手段を講じまして、兵士たちの心を奮い立たせねばなりません。兵士たちをより勇敢にするものは自分らにとりまして有用でありますから」。

一四　そこで、キュロスは武器を中央に置かせると、すべてのペルシア兵を集めて次のように語った。

一五「ペルシア兵たちよ、お前たちはわしらと同じ土地に生まれ育ち、わしらに劣らない身体であるから、わしらに引けをとらない勇敢な精神を持つのがふさわしいのだ。だが、このような資質があるのに、お前たちは祖国でわしらと同じ権利を共有していなかった。この権利の共有から除外されたのは、わしらがそのように決定したからでなく、お前たちが食糧を入手しなければならなかった、という事情によるのだ。しかし今は、お前たちがその食糧を受けられるように、わしが神々の助力を得て配慮することにしよう。お前たちが望むなら、わしらの所有する武器を手にして、わしらと同じ危険に立ち向かえるのだ。そして、この戦いですばらしい戦果が上がれば、わしらと同じ名誉を共有してよい、という評価をお前たちは受けられるのだ。

一六　さて、お前たちもわしらも以前は弓兵であり、槍兵であった。お前たちがその武器を扱う上でわしらより劣っていても、なんの不思議もない。お前たちにはその武術に励む余裕がわしらのようにはなかったからだ。だが、ここにある武器を装備すれば、わしらはお前たちにけっしてまさりはしない。胸鎧は各人の胸の回りに密着するし、わしらすべてが常に携えている盾は左手に、剣あるいは斧は右手に持ち、この武器で打ち損じる心配もせずに、わしらは敵を打ちのめすに違いない。一七　この武装をしている場合、わしらはすべて勇気以外に相手をしのげない。この勇気を育てることが、わしらと同じようにお前たちにもふさわしいのだ。一切の美しいもの、善いものを獲得し、保持する勝利、この勝利を求めることがわしらにもお前たちにもともにふさわしいのだ。弱者の所有するすべてのものを強者に贈る力、この力をわしらもお前たちも同等に必要とすべきなのだ」。

一八　最後に彼は言った、「お前たちはすべてを聞き終わった。武器を見よ。希望する者はそれを手に取り、わしらと同じ軍の中隊長[1]の名簿に登録してもらえ。だが、傭兵の地位に満足する者は傭兵の武器[2]を持ち続けよ」。

彼はこのように言った。一九　ペルシア兵たちはこれを聞くと、同じ苦労に耐え、同じ報いを受けるように要請されながら、それに同意する意欲がなければ、生涯を通じてなすすべもなく過ごすことになるのは当然だ、と思った。こうして、すべての者は登録してもらい、武器を受け取った。

二〇　敵が近づいてきていると言われながら、まだ到着していない間に、キュロスは自分の部下たちの肉体を鍛えて強くし、戦術を教え、軍事に向けて精神をたくましくする努力をした。二一　まず、彼はキュアクサレスから召使たちを得ると、兵士たちの必要とする物をすべて作り、各兵士に十分な提供をするように、と彼らに命じた。この準備をすると、彼が兵士たちにするべきこととして残したのは、軍事に関する訓練だけであった。彼は多くのことに心を向けるのをやめて、一つのことに精神を集中する者たちが各々のことにもっとも優れるようになる、と認識していたようであった。軍事訓練そのものでも、彼は弓と投槍の練習を兵士たちにさせず、剣、盾、胸鎧で戦う訓練だけを許した。その結果、彼は、敵とは接近戦で戦わねばなら

(1) 軍の構成と構成員の名称は現代の軍隊用語で訳した。第二巻第一章二二以下に出てくる軍隊の名称も同じである。キュロス軍の編成はつぎの通りである。五人の兵士が軍隊の最小部分を構成し、これを五人隊と言い、その指揮官を五人隊長と言っている。これを現代の軍隊用語で班および班長と訳す。つぎに二つの班が一〇人隊となり、その指揮官が一〇人隊長と言われているが、それぞれを分隊、分隊長と訳す。さらに分隊が五組でロコス（小隊）が構成され、ロカゴス（小隊長）が指揮する。小隊が二組でタクシス（中隊）となり、タクシアルコス（中隊長）が指揮官になる。一〇組の中隊で一〇〇〇人隊すなわち大隊を構成し、その指揮官は一〇〇〇人隊長つまり大隊長である。大隊が一〇組で一万人隊になる。これを連隊と、一万人隊長を連隊長と訳す。

(2) 弓と投槍。

ないと、でなければ、自分らが味方としてはなんの役にも立たないと認めなければならない、とすぐに兵士たちに思わせたのである。だが、自分を育ててくれた者たちのために戦う目的にのみ育てられたと思っている者たちが、味方として役に立たないことを容認するのは、困難なことである。

二二　なおこれに加えて、競争心を駆り立てるものには人々が訓練をはるかに激しくする意欲を持つことに気づいていた彼は、兵士たちが訓練すれば有益であると判断したすべてのことで競技を行なうように、と布告した。彼の布告は次のようであった。それは、兵士は自分が指揮官に服従する者、労をいとわない者、規律を重んじて危険を顧みない者、兵士の義務を認識する者、武器を美しく整備する者、さらに、これらと類似のすべてのことにおいて名誉を重んじる者であるのを示すこと、班長は自分が勇敢な兵士であると同時に班をできるだけ優れたものとして、分隊長は分隊を、小隊長は小隊を同じように立派なものとして示すこと、中隊長は自分が非の打ちどころのない中隊長であり、自分の部下の指揮官たちがその指揮下にある者たちにも義務を遂行させるように配慮するのを示すこと、であった。

二三　彼は賞を次のように提示した。それは、中隊長たちには自分の中隊を最強の状態に仕上げたと思われる者たちが大隊長になること、小隊長たちのうちで自分の小隊を最強のものとして示した者たちが中隊長の地位に昇進すること、分隊長たちのうちで最強の分隊を仕上げた者たちが小隊長の、また班長たちのうちからも同じようにして分隊長の、さらに兵士たちのうちで自分をもっとも優れていると示す者が班長の地位に就くことであった。これらすべての指揮官がまず部下たちに尊敬されるのは当然のこととして、次には各指揮官にふさわしい他の名誉が付随したのである。そのうえ、将来さらによい運命が開ければ、称賛に値する指揮官たちはこれまで以上に大きな希望を抱けるのであった。二四　彼は全中隊と全小隊に、同じように分隊と班にそれらの隊が指揮官たちにもっとも信頼されており、命じられた訓練をもっとも熱心にすると思われる場合には、勝利の賞を与える、と告げた。これらの隊に与えられた勝利の賞は、多数の兵士にとって適切なものであった。

以上のことが告げられて、軍隊は訓練をした。

二五　彼は中隊長の数だけの天幕を、それも各中隊に十分な大きさのものを用意した。中隊の兵士は一〇〇人であった。このように、彼らは天幕を中隊ごとに張っていた。天幕で一緒に生活するのは将来の戦いに有益である、と彼は信じていた。彼らは同じ生活の糧を受けているのをたがいに目にして知っているから、ほかに較べて悪い状態にあるという口実がなく、そのために敵にたいして他の兵士より劣る行動をとれないからであった。また、一緒に天幕暮らしをすれば、たがいを知りあうのにも役立つ、と彼は思っていた。知りあうと、すべての者はいっそう強く羞恥心を抱くようになると思われる一方、人に見られていない者たちはおそらく暗闇の中にいる者たちのように、むしろ安逸を貪るように思われるのである。二六　また、彼は天幕で共同生活をすることが、彼らに自分の部署を正確に知らしめるのにもおおいに役立っている、と思っていた。なぜなら、中隊長たちは中隊を自分の指揮下に置いて、中隊が一列縦隊で行進する時のように、小隊長たちは小隊を同様に、分隊長たちは分隊を、班長たちは班を秩序立てて維持していたからである。二七　自分の部署を正確に知っていることは、混乱に陥れられないためにも、また混乱に陥れられた場合にはいち速く正常に戻すためにも非常に有益である、と彼は考えていた。それはちょうど、石材と木材が接合される場合、それらがどれほど乱雑に投げ捨てられていても、その各部分にどの場所のものであるかが明確に分かるように印がついていると、容易に繋ぎあわされるようなものである。二八 さらに、共同生活をする兵士たちには、たがいに相手を見捨てることが少なくなるという利益も得られる、と思われた。動物でさえ、一緒に育てられると、たがいに引き離される場合には、相手に異常な愛着を抱くのを彼は目にしていたからである。

二九 キュロスは汗をかかない兵士たちには朝食や昼食をけっしてとらせないようにすることも考慮していた。すなわち、彼らを狩猟に連れ出して汗をかかせたり、汗をかかせるような遊びを考え出したり、彼らに仕事をさせなければならない場合、彼らが汗をかかないで戻ってくることのないように、仕事をする手本を示したりしたのである。それには、このようにすることが食事をおいしくし、健康にし、さらには苦労に耐えるのに役立つ、という考えがあった。また、兵士たちが苦労するのはたがいにより好意的になるのに役立つと彼は考えたが、それには、馬でさえともに苦労すれば、相互にいっそう温和になって一緒に立っていた、という理由があったのである。そのうえ、自分自身をよく鍛錬しているのを自覚している兵士たちは敵にはいっそう勇敢になるのである。

三〇 キュロスは食事に招待した将兵たちを収容するのに十分な大きさに自分の天幕を張った。彼はたいていの場合適当と思われる数の中隊長を招待した。だが、時には小隊長、分隊長、班長の幾人かを、時には兵士の幾人かを招待した。いや、班全体、分隊全体、小隊全体、さらには中隊全体を招待することもあった。また、彼は自分がしてもらいたいと思っていたことをしてくれた者たちがいるのを見ると、その者たちを招待して名誉を与えた。そして、正餐に招待された者たちに供せられる料理は常に彼と同じ料理であった。

三二 彼は軍隊の召使たちにもすべての物を何時も同じ分け前で取らせた。軍隊の召使たちは伝令たちや使者たちと同じように栄誉を受けるべきである、と彼は考えていた。召使たちは忠実で、軍事に精通し、賢明であるうえに頑健で、速く、果断で、泰然としていなければならない、と信じていたからである。さらに、もっとも優れていると見なされている者たちが備えている特質を召使たちも所有していなければならず、いかなる仕事も拒否せず、指揮官が命じたすべてのことをするのが自分らの義務だと見なすように鍛錬しなければならない、とキュロスは認識していた。

第二章

一 キュロスは食事をする時は何時も、このうえもなく快適であると同時に勇敢な行為をするようにしむける会話が持たれるように、と気を遣っていた。時には、次のような話になることもあった。「ところで、お前たち」と彼は言った、「わしらの新しい戦友たちはわしらと同じ方法で教育されていないから、わしらより劣っている、と思われるのか、それとも、一緒にいる場合でも、敵と戦わねばならない場合でも、わしらと違わない、と思われるか」。

二 ヒュスタスパスが答えて言った、「彼らが敵にどのような振る舞いをしますか、自分にはまったく分かりません。だが、彼らの二、三の者は一緒にいますのには非常に気むずかしい、と思われます。近頃、キユアクサレス王様が各中隊に犠牲獣の肉を送り届けてくださいました。そして、肉が順番に渡され、自分ら各人には三切れかそれ以上が当たりました。料理人が最初の一巡をこの自分から始めまして、渡して回りました。彼が二巡目に入って渡して回ろうとしました時、自分は最後の者から始めて逆に渡していくように、と命じました。**三**　すると、輪の中間に座っていました兵士たちの一人が、大声をあげて言いました、「ゼウスにかけまして、中間にいるわたしどもから渡し始めようとされないのは、公平でありません」と。それを聞きまして、中間に座っている兵士たちはその兵士が他の兵士たちより小さい肉切れを受け取ったと思っているのかと自分も困惑しまして、彼に自分の所へすぐに来るように、と呼びかけました。すると、彼は命令どおりにし、この点で非の打ちどころのない服従を示しました。だが、順番に渡される肉が自分らに回ってきました時には、自分らが最後に受け取りましたからだと思いますが、もっとも小さい肉切れが残っていました。その時、あの兵士は見るからに大変不機嫌になりまして、次のように独り言を言いました、「わしが今ここで呼ばれる運命にあるとはな[1]」と。**四**　そこで、自分は言いました、「気にするな。料理人はすぐにわしらから渡し始めるし、お前が最初にもっとも大きな肉切れを受け取るのだからな」と。するとその時、料理人が三巡目の肉切れを順番に渡していきましたが、それは、先に渡された肉の残りでした。あの兵士も受け取りましたが、彼は他の兵士たちより小さい肉切れを受け取った、と思いました。それで、彼は他の肉切れを受け取ろうとしまして、受け取った肉切れを投げ捨てました。すると、料理人は彼が肉を少しも食べたがっていないのだ、と思いまして、他の兵士に肉切れを渡していきましたから、彼は別の肉切れを受け取れませんでした。**五**　こういうわけで、彼はこの不運に耐えられないばかりに、受け取りました肉切れを無駄にしましただけでなく、残っていましたソースも、驚きと不運への怒りから、不機嫌になってひっくり返してしまいました。自分らの一番近くにいました小隊長はこれを見て拍手し、笑って楽しんでいました。自分は咳をするふりをしました。笑いに耐えられませんでしたから。こういう兵士を、キュロス殿下、自分らの戦友の一人として殿下にお示しいたします」。

彼らは当然これを笑った。六　だが、中隊長たちの他の一人が次のように語った、「キュロス殿下、おそらく彼は気むずかしい兵士に出くわしたのでしょう。自分のほうは、殿下が自分らに戦列についての指示を出されました後、自分らを解散させられました時、殿下から学びましたことを各自の中隊に教えるようにと命じられましたから、自分も他の者たちがしましたように出かけていきまして、一つの小隊を指導しました。自分はまず小隊長を彼の位置に立たせ、彼の背後で一人の若い兵士と他の兵士たちに必要と思われる整列をさせました。それから、前方に立ち、小隊長に目を向け、頃合いを見て前進を命じました。七　すると、殿下、なんと、その若い兵士が小隊長の前に出て、先頭を行進しました。自分はそれを見て言いました、「おい、お前は何をしているのか」と。そこで、その兵士は言いました、「中隊長殿が命じられますように、前に出ております」と。自分も言いました、「わしはお前だけでなく、すべての兵士に前進を命じたのだ」と。これを聞いたその兵士は戦友たちのほうに向き直って言いました、「お前らには中隊長殿が叱っておられるのが耳に入らないのか。中隊長殿は兵士のすべてに前進するように命令しておられるのだぞ」と。すると、

（1）「何と運の悪いことか」の意味。

すべての兵士が小隊長の側を通り過ぎて、自分のほうに向かってきました。八　そこで、小隊長が彼らを元の位置に戻らせようとしますと、彼らは腹を立てて言いました、「どちらに従えばよろしいのですか。一方は前進を命じられますし、他方はそれを許されないからです」と。だが、自分は我慢してこれを怒らず、彼らを改めて元の位置に着けさせて言いました、「前の者が先に動かない前には、後ろの者は誰も動かず、すべての者が前の者に従うことだけに専念するのだ」と。九　ペルシアに行く者が自分の所に来まして、自分が家族宛に書きました手紙を彼に渡すようにと求めました時、小隊長がその手紙のある場所を知っていましたから、小隊長に走って手紙を持ってくるように命じました。彼は走りましたし、あの若い兵士が胸鎧を着用し、手斧を持ったままで彼に従っていきました。この若い兵士を見た小隊の他の兵士すべても、一緒に走りました。そして、兵士たちは手紙を持って戻ってきました。このように、少なくとも自分のこの小隊は殿下に指示されましたことを完全に実行しています」。

一〇　他の中隊長たちは当然この手紙の護衛を笑った。だが、キュロスは言った、「ゼウスとすべての神々よ、わしらが戦友として率いている兵士たちは実に心をとらえやすく、彼らの大部分はわずかな肉によっても関係を修復して、友人として受け入れられるほどなのだ。また、彼らは与えられた命令を理解する以前に服従するほど従順なのだ。わしはこのような兵士たち以外にはどのような兵士も率いることを願う必要はない、と思う」。

一一　キュロスは笑いながらこのように兵士たちを称えた。ちょうどその時、天幕に中隊長の一人でアグライタダスという名の人並み以上に厳格な性格の者がいて、およそ次のように言った、「キュロス殿下、殿下はこの連中の言いましたことを本当だ、とお思いでしょうか」。

「だが、彼らは」とキュロスは言った、「どういうつもりで嘘をついているのだろう」。

「連中は笑わせようと思い、あのように男のことを話し、法螺を吹いたのに違いありません」。

一二 そこで、キュロスは、「黙るがよい」と言った、「この者たちを法螺吹き、と言うでないぞ。法螺吹きという名は実際より金持であると、また勇敢であると見せかける者たちや、する能力のないことをしようと約束する、それも何かを得たり、何かの利益を得るために約束することが明らかである者たちにつけられる、とわしには思われるのだ。だが、自分の利益にもならず、聞いている者の不利益にもならず、いかなる損失にもならないように笑いを考え出すこの者たちは法螺吹きと呼ばれるよりも、洗練された、機知に富んだ者たちと呼ばれるほうが、正しいのではないか」。

一三 キュロスはこのように笑わせた者たちを弁護した。そこで、小隊の愉快な話を語った中隊長自身が言った、「アグライタダスよ、幾人かの作家が詩や物語で悲しい話を作りあげて涙を流させようと試みているように、わしらがお前を泣かせようと努力するなら、お前はわしらを激しく非難するとよいだろう。だが今は、わしらがお前を喜ばせ、なんの害も加えようと思っていないのをお前自身も知っているのに、わしらをこんなにひどく罵しるとはな」。

一四 「いや、ゼウスにかけて」とアグライタダスは言った、「わしが罵るのは正当なのだ。友人たちのために笑いを案出する者は、友人たちを泣かせる者よりはるかに価値の低いことを行なっている、とわしは信じるからだ。お前も正しい考え方をするなら、わしが真実を言っているのが分かるだろう。涙で父親たちは息子たちを思慮深くさせ、教師たちは子供に良い知識を与え、法律も市民たちを泣かせることで正義に向かわせるのだ。だが、笑いを引き起こす者たちが肉体の役に立ち、家政や国政を司るうえで精神をより長じさせる、と言えるのか」。

一五　この後、ヒュスタスパスがおよそ次のように言った、「アグライタダスよ、お前がわしの意見に従うなら、そのおおいに価値のあるものを敵に大盤振る舞いして、彼らを泣かせるとよい。だが、ここにいる友人のわしらにはなんとしてもこの少ない価値の笑いを惜しみなく与えてほしいのだ。お前が笑いを多く貯えているのを知っているからだ。しかも、お前自身がそれを使い尽くしておらず、また友人たちにも客人たちにも進んで笑いを提供していない。だから、お前はわしらに笑いを提供してはいけない、という口実を使えないのだ」。

すると、アグライタダスは言った、「ヒュスタスパスよ、お前はわしから笑いを得られる、と思っているのか」。

そこで、この中隊長が言った、「いや、ゼウスにかけて、本当にどうかしているよ。お前から笑いを得ようなんて。お前からは笑いを引き出すより、火を起こすほうが楽だ、と思えるからな」。

一六　これには他の者たちももちろん笑ったが、彼らが彼の性格を知っていたからである。これにはアグライタダスも微笑んだ。キュロスは彼が晴れやかになったのを見て、「中隊長よ」と言った、「至極真面目な者を刺激し、わしらの笑い者にして傷つけるのはよくない。しかも、彼は笑いの大敵だからな」。

一七　この話はこれで終わった。この後クリュサンタスが次のように語った。一八　「ところで、キュロス殿下と列席のすべての者たち、自分は人並以上に優れた者たちも、人より劣った評価をされる者たちも自分らと一緒に出陣してきたのを知っております。ところが、勝利を得ますと、これらの者はすべて同じ分け前に与る、と信じていましょう。しかし、自分はこの世で劣った者と優れた者を同等に評価することほど不公平なことはない、と思っております」。

そこで、キュロスは答えて言った、「では、神々にかけて、お前たち、わしらが苦労した結果、神が勝利を授けられる場合、すべての者に平等に分け前を与えるのと、各人の業績を考慮してそれに比例した褒賞を与えるのと、どちらがよいと思うのかを討議しようと軍隊に提案するのが、わしらのとる最善の方法ではないか」。

一九　「どうして」とクリュサンタスは言った、「それについて議論する必要がありましょう。殿下がそうしようと宣言なされますとよいのではありませんか。競技も賞品も殿下はそのように布告されたのではないでしょうか」。

「いや、ゼウスにかけて」とキュロスは言った、「これとあれとでは同じでない。遠征する兵士たちは戦って獲得した物を彼らの共有物と見なしている、とわしは思っている。だが、彼らは軍隊の指揮権はわしのものであると祖国からずっと信じているのだろうから、わしが審判員を任命しても不正をしていると見なさない、と思うのだ」。

二〇　「殿下は」とクリュサンタスは言った、「集まりました多数の者がそれぞれ同じ分け前を受け取らずに、もっとも優れた者たちに多くの名誉と贈り物を受け取らせる決定をする、と本当にお思いでしょうか」。

「わしが」とキュロスは言った、「そう思うのは、わしらが賛同するからでもあり、もっとも苦労し、もっとも役に立つ者が、もっとも大きな報酬を受けるのに値するのを否定するのは、恥ずべきことでもあるからだ。わしは優れた者たちが多くの分け前を受け取るのは適切なことだともっとも劣った者たちでさえ思う、と信じているのだ」。

二一　キュロスは貴族たち自身のためにもこの決定がなされることを望んだ。業績によって判断され、それにふさわしい報酬を受けることになると知れば、貴族たち自身がいっそう優れた者になる、と思ったからである。だから、彼は今がこの決定をくだす機会である、と信じた。この時は貴族たちも一般兵士たちとの平等な分け前を忌避していたのである。こうして、天幕の中にいる者たちの間ではこれについて議論することに意見が一致し、戦士であろうと思う者はこれに賛成しなければならない、と彼らは言った。

二二　だが、中隊長の一人が笑いながら言った、「わしは一般兵士たちのうちにもこれに賛同し、同じ分け前を受け取るのに従わない兵士がいるのを知っている」。

他の者がその中隊長に誰のことを言っているのか、と問い返した。彼は、「ゼウスにかけて、それはわしらと同じ天幕の兵士で、奴はどんなものでもより多く獲得しよう、と努力するのだ」と答えた。

そこで、他の者が彼に尋ねた、「苦労もしてなのか」。

「いや、ゼウスにかけて」と彼は言った、「そうでない。その点では、わしは事実を告げていない弱点を突かれている。苦労やそういった類の他のことは実に図々しく誰よりも少なく済まそう、と奴が思っているのをわしは知っている」。

二三　「お前たち」とキュロスは言った、「勤勉で忠順な軍隊を持たねばならないなら、わしはこの中隊長が今述べたような兵士たちを軍隊から除外すべきだ、と思う。兵士の大部分は何処であろうと率いられていく所へ従っていくような兵士である、とわしは信じているからだ。立派で勇敢な者たちは立派で勇敢なことへ、悪い者たちは悪いことへと人を導こうと努力する、と思っているのだ。二四　しかもその結果、優れた者たちよりも劣悪な者たちのほうが、しばしば多くの同調者を得ることになるのだ。悪は瞬時の快楽に耽らせ、それを説得の手段にして多くの者を同調させることができるからだ。しかし、徳は急坂へと人を導いていくから、手当たり次第人をすぐに連れていくのには、まったくふさわしくない。とりわけ、他の者たちが反対に下り坂や柔弱なことに向かうように勧める場合には、力を発揮することができないのだ。二五　だから、もっぱら怠惰で無気力な悪者たちがいるなら、その者たちは雄蜂のようにまさに浪費で仲間に害を与えている、とわしは見なす。ところで、一緒に苦労するのに適していないのに、貪欲の点で人後に落ちない、無恥な連中がいるが、これらの者も人を悪へ導くのにふさわしい者たちである。彼らは悪が勝つのをたびたび示せるから、わしらはこのような者たちを徹底的に除外しなければならないのだ。

二六　しかし、お前たちは同国人で中隊の兵員を充足しよう、と考えるな。お前たちが祖国の馬でなくもっとも優れた馬を求めるように、自分たちをもっとも強力にし、自分たちにもっとももよく栄誉をもたらしてくれると思われるすべての人間から兵士を受け入れよ。これがよいことであるのには、次のこともわしの証拠になってくれる。それは、戦車は、鈍足な馬が中に入っていると、ぜんぜん速く走れないし、御しがたい馬が繋がれていると、役に立たないし、家も、悪い召使たちを使っていると、よい家事ができないどころか、悪い召使たちによって乱されるよりも、召使のいないほうがむしろ被害が少ないことである。
二七　友人たちよ、以下のことをよく心得ておくのだ。それは、悪人たちは除外されていなくなることで、役に立つだけでない、居残っている者たちのうちですでに悪に染まっている者たちも、悪から浄化されるだろうし、善人たちは悪人たちが蔑視されているのを目にしているから、いっそう強い熱意をもって徳に固執するだろう、ということだ」
二八　彼はこのように言った。友人たちはすべて彼の言ったことに同意し、そうすることにした。
この後、キュロスは再び彼らと冗談を言い始めた。彼は食事をともにする小隊長の一人が非常に毛深くて醜い男に隣の席をとらせているのに気づき、その小隊長の名を呼んで次のように言った、「サンバウラスよ、お前も横にいる若者が美しいから、ギリシア流に連れ回しているのか」。

「そうですとも、ゼウスにかけまして」とサンバウラスは言った、「自分は確かに一緒におりまして、こいつを見て楽しんでいます」。
二九　これを聞いて、天幕に一緒にいる者たちは男のほうを見たが、彼らはすべてその男の顔が度を超して醜いのを見て笑った。そして、このうちの一人が言った、「サンバウラスよ、神々にかけて、そいつはどういう仕事をして、お前に好感を持たれているのか」。
三〇　そこで、彼は言った、「わしはお前たちに言いたい。夜であれ、昼であれ、わしがこいつを呼んだ時は、時間のないことを口実にしたりせず、ゆっくりとした足どりで聞きにきたりせず、何時も走ってくるのだ。また、何かの用事を命じた時に、こいつが汗を流さずに仕事をしているのを、わしは見たことがない。

こいつは言葉でなく行動で示して、分隊の兵士すべてに兵士の本分を尽くさせるようにしたのだ」。
三一　また、一人が言った、「そいつがそのように優れた人物であっても、お前は身内の者にするように彼に接吻はしないだろうな」。
そこで、あの醜い兵士がこれにたいして言った、「いや、ゼウスにかけまして、小隊長殿はそれをなさいません。苦労好きの方ではありませんから。小隊長殿がわたし奴に接吻しようとなされますと、それはあらゆる肉体の鍛錬に匹敵する苦労でありましょうから」。

第三章

一　天幕の中では以上のようにおかしなことや真面目なことが話されたり、行なわれたりした。そして、最後に彼らは三度目の献酒をし、神々に恩恵を祈って宴を終え、就寝した。翌日キュロスは全兵士を集めて次のように語った。
二「友人たち、戦いは迫っている。敵が近づいているからだ。わしらが勝った場合（というのは、このことを言わねばならないし、達成しなければならないからだが）における勝利の報酬は敵であり、敵の財産すべてであるのは明らかだ。だが逆に、わしらが負けると、敗北者の一切が同じように何時も勝利者の前に報酬として置かれるのだ。三　実際、このようであるなら、兵士たちがそれぞれ戦争に参加して自ら努力しないかぎり、必要なものを何一つ手に入れられないとの信念を持つようになって、多くのすばらしいことをいち早く達成するのだ、との認識をお前たちは持たざるをえなくなる。こうなると、兵士たちは達成しなければならないことはいかなることであろうと、なおざりにしなくなる。しかし、各兵士が自分が臆病であっても他の兵士が活躍し、戦ってくれるだろうと考えるなら、こういった兵士たちは残らず一斉にあらゆる悲惨な目に遭遇することをよく心得ておけ。**四** 神もおそらく次のようにされたのだ。つまり、自分自身に勇敢な振る舞いをしろと命じない者たちには、神は他の者たちを指揮官として与えられる、ということだ。だから今ここで、誰かが立ち上がって、どちらの場合にわしらの間でいっそう武勇の鍛錬がされる、と思うのかについて述べるべきだ。つまり、もっとも多く苦労に耐え、危険を冒そうとする者がもっとも多くの栄誉に与ることになる場合にか、それとも、わしらすべてが一様に同じ分け前を受けるから、臆病であってもなんの問題にもならないのが分かっている場合にかである」。

五 その時、貴族の一人で、見たところ大きくも強くもないが、思慮の点では際立って優れている男のクリュサンタスが立ち上がって言った、「キュロス殿下、殿下は臆病な兵士たちが勇敢な兵士たちと同じ分け前に与るべきだとの考えをお持ちになっておられるからでなく、自身が立派な、優れたことを何もしなくても、他の兵士たちが武勇を全うすれば、彼らと同じ分け前を得られるとの考えを示そうとする兵士がいるのかどうか、吟味なさろうとされてこの論議をお起こしになられた、と自分は思います。**六** 自分は足も速くなく手も強くない者ですから、自分の体力に応じた行為からは、第一人者とも第二人者とも判断されないことは分かっております。しかし、自分は一〇〇〇人目の者とも、いや一万人目の者とも判断されることはない、と思っています。ですから、たくましい兵士たちが勇敢に戦って戦利品を手に入れましたら、何かよいものを自分にもふさわしいだけいただける、と承知しておりますのは確かです。臆病な兵士たちが何もせず、しかも、勇敢な兵士たちや力のある兵士たちまでも意欲を失いますと、自分は覚悟しています以上に、何かよくない結果を得るのではないか、と心配いたしております」。

七　クリュサンタスはこのように言った。彼のすぐ後にペルシアの平民であるペラウラスが立ち上がった。彼は何らかの理由で初めからずっとキュロスのお気に入りで、信頼されており、それにふさわしく心身ともに優れた軍人であった。その彼は次のように述べた。八　「キュロス殿下と列席しておられるペルシア軍の皆さん、今は、自分たちすべてが同じ条件の下に勇武のための戦いに向かうのだ、と自分は思っています。と言いますのは、自分たちはすべて同じ食糧を得て肉体を鍛えており、同じ交際をしてよいと評価されており、同じ賞品が与えられる、と理解していますから。また、指揮官たちに従いますのは自分たちすべてにとりまして共通の義務でありますし、進んで服従すると思われます者は、キュロス殿下のおくだしになられる栄誉に与れる、と思いますから。さらに、敵にたいして勇敢でありますのは、ある者にはふさわしく、他の者にはふさわしくないというのでなく、すべての者にもっともすばらしいこと、と見なされています。

九　これからは、自分の見ますところ、すべての兵士が生来身につけてきました戦い方が自分たちに示されるでしょう。それはちょうど、動物がそれぞれ何らかの戦い方を他の動物から学んで習得するものでなく、生まれつき身につけているようなものです。たとえば、牛は角で突き、馬は蹄で、犬は口で、猪は牙で戦うようなものです。これらの動物はすべて、もっとも用心しなければならない敵にたいして身を護る方法を心得ていて、しかも、彼らはけっして教師のもとへは通っていません。一〇　自分は小さな子供の時からすでに殴られると思う箇所を護る術を心得ていました。また、ほかに何も持っていない時は、両手を突き出してできるだけ殴る者の妨げをしました。自分がこのようなことをしましたのも、誰かに教えられたからではありません。いや、両手を出しますと、そのためにかえって殴られたりしました。さらに自分は、小さい子供の頃に、剣を目にしますと、どのように握るべきかを誰からも教わらずに、自分の言っているところですが、本能的に握るようになっていたのです。とにかく、妨害を受けましても、自分はそれを行ないました。教えられて行なったのではありません。それはちょうど、母親や父親に止められていました他のことも本能的に行なわなければならないようになっていたのと同じなのです。いや、ゼウスにかけまして、自分は人に見られることなくできますなら、どのようなものでも剣で打っておりました。それは、歩くことや走ることと同じように、自分には本能的で、生まれつきであるのに加えて、楽しく思われたからであります。

一一　したがいまして、技術よりも勇気が問題となりますこの戦が自分たちに課せられているのでありますから、自分たちがここにおられる貴族の人たちと喜んで競いあいますのは当然でありましょう。だが、この場合、勇気の褒賞は同じでありましても、自分たちは、競いあいますのに、同じ危険を冒しているのではありません。貴族の人たちはまさにもっとも快適な、名誉ある人生を賭けられるのに、自分たちのほうは苦労が多いのに名誉のない、自分の思いますところでは、もっとも悲惨な人生を賭けさせてもらうことになるのです。

一二　皆さん、キュロス殿下が判定者になられますことが、とりわけ自分をここにおられる貴族の人たちとの競争へと［勇敢に］向かわせます。殿下は公平に判定をおくだしになられ、（神々に誓って申しますが）、勇敢だとお認めになられますと、その人たちをご自身に劣らず愛される、と自分は確信いたしております。とにかく、殿下はご自分の物はすべてご自身がお持ちになられるよりも、むしろ勇敢な人たちにお与えになるほうをお喜びになられる、と思われるのです。一三　さらに、自分の承知しているところでは、貴族の人たちは自身が飢えと渇きと寒さに耐えるように教育されたことを誇りにしておられます。だがこの点につきましても、自分たちのほうが貴族の人たちより優れた教師によって教育されましたことを、貴族の人たちは知っておられないのです。ところで、このことを自分たちに余す所なく覚えるように教えてくれましたのは、困窮でして、これにまさる教師はいないのです。一四　なお、貴族の人たちは、すべての兵士のためにもっとも軽いようにと考案された武具を着用して、苦労に耐える訓練をされていました。だが、自分たちは、大きな荷物を背負って歩き、走るように強制されておりましたから、今では武器の重さは荷物よりも羽根の重さに似ている、と思われるぐらいです。

一五　ですから、キュロス殿下、自分が戦いに参加しますことと、自分がどのような戦闘をしましょうとも、その業績に応じた自分への評価をお願いしますこととを、ご承知いただきたいのです。そして、平民の者たちよ、わしはお前たちにここにおられる教育を受けられた人たちとの戦闘競技を始めるように勧める。今や、この人たちは平民たちとの競争から逃れられないからだ」。

一六　ペラウラスは以上のように述べた。双方から多くの者が賛同して立ち上がった。各人が業績に応じて評価されること、キュロスが判定者であることが決定された。問題はこのようにして確かにうまく解決された。

一七　キュロスはかつてある中隊の全員をその中隊長と一緒に食事に招待したことがあったが、それは、その中隊長が次のようにするのを目にしたからであった。すなわち、中隊長は中隊の兵士たちを半分ずつに分けて対抗させ、双方から攻撃させた。その際、彼は双方に胸鎧を着用させ、盾を左手に持たせた。そして、一方の半分には右手に丈夫な棍棒を与え、他の半分には土塊を拾いあげて投げるように、と言った。

一八　彼らがそのように準備をして位置に着いた時、彼は戦うように指示した。そこで、一方の兵士たちはもちろん土塊を投げ、ある兵士たちは相手の胸鎧や盾に、他の兵士たちは相手の腿や脛当てに土塊を当てた。しかし、接近戦になった時、棍棒を持った側の兵士たちは相手側のある兵士たちにはその腿を、他の兵士たちにはその手を、さらに、他の兵士たちにはその脛を、土塊を拾うために身を屈める兵士たちにはその首や背を打った。結局、棍棒を持った兵士たちは、相手を敗走させると、逃げる兵士たちを打ちながら追跡し、おおいに笑い楽しんだ。だが、次には、他方の兵士たちが代わって棍棒を持ち、土塊を投げる兵士たちに同じことをしたのである。

一九　キュロスは、このことを、つまり中隊長の考えと兵士たちの服従を賛美した。そして、兵士たちが訓練されている一方で楽しんでいること、また、ペルシア兵たちの武装を見習った兵士たちが勝利したことを喜び、彼らを招待したのである。天幕の中で、彼は彼らのある者たちが向こう脛に、ある者たちが手にというように包帯しているのを見て、どうしたのか、と尋ねた。彼らは土塊を当てられたのだ、と答えた。

二〇　そこで、彼は接近戦の時にか、それとも離れている時にか、と重ねて尋ねた。離れている時に、と彼らは言った。だが、接近戦になった時、それはこのうえもなくすばらしい楽しみであった、と棍棒を持っていた兵士たちは語った。他方、棍棒で殴られた兵士たちは接近戦で打たれるのは自分らには楽しいことでなかった、と叫んだ。同時に、彼らは棍棒で打たれて手や首にできた跡を示したが、なかには顔を打たれてできた跡を示した者も何人かいた。しかしその時、彼らは当然のことながら、たがいに笑いあった。

翌日には、その平地全体がこれらの兵士の真似をする者たちで満ち溢れていた。ほかにするべき重要なことがなければ、彼らはこの遊びを楽しんだのである。

二一　またかつて、他の中隊長が次のようにするのを彼は見たことがあった。その中隊長は川から上がって左岸に沿い、中隊を一列縦隊で率いていった。中隊長は時期が来たと思うと、第二小隊、第三小隊、第四小隊に先頭へ進むように指示し、小隊長たちが先頭に並ぶと、各小隊に二列縦隊で進むように命じた。この結果、分隊長が先頭に来るようになった。さらにまた、時期が来たと思うと、彼は小隊に四列縦隊で進むように命じた。こうして、今度はまた班長が四列縦隊の先頭を進むようになった。彼らが天幕の入口に着いた時、彼は再び一列縦隊になるように指示し、最初の小隊を中へ入れた。第二小隊には最初の小隊の後に続いていくように命じ、第三小隊、第四小隊にもそのように命じて、中へ導き入れた。こうして、彼は兵士たちを中へ入れると、彼らの入った順序に従って食事に着かせたのである。キュロスは彼の教育における温和さと配慮に感嘆し、その中隊を中隊長とともに食事に招待した。

二二　その時、他のある中隊長も食事に招待されていて、「キュロス殿下」と彼は言った、「自分の中隊を宴席に招待してくださらないのですか。食事に着きます時、自分の中隊も同じことをすべてします。しかも、宴が終わりますと、最後の小隊の後衛指揮官がその小隊を導き出し、前衛兵士に後衛兵士としての戦闘隊形をとらせて率いていきます。それから、これらの兵士に続いて、第二の後衛指揮官が次の小隊の兵士たちを導き出しますし、第三、第四の後衛指揮官も同じようにしますが、それは、敵前から退却しなければならなくなりました場合にも、いかに退却すべきかを彼らが知っておくためであります。しかし、自分らが行進の練習場に着きまして、東に向かって進みます場合には、自分が指揮して第一小隊が先頭になり、第二小隊、第三小隊、第四小隊それに各小隊所属の分隊と班が、自分の命令があるまで、本来の順序に従って練習場を行進して回ります。そして、西に向かって進みます場合には、後衛指揮官と後衛隊が先頭に立って進みます。しかし、彼らが最後尾を進む自分の命令に従いますのは、彼らが後方を行きます時でも先頭を行きます時でも、自分の指揮を同じように受けることに慣れるためであります」。

二三　キュロスは言った、「お前たちは何時もそのようにしているのか」。「自分らは、ゼウスにかけまして」と彼は言った、「食事をとる度ごとにそうしております」。

「では」と彼は言った、「わしはお前たちを招待しよう。それは、お前たちが一方では天幕に入る時であれ出る時であれ、昼であれ夜であれ、隊形を組む訓練をしているからであり、他方では肉体を行進により鍛錬し、教育により精神を向上させているからだ。ところで、お前たちはすべてを二度しているのだから、二倍のご馳走を受けさせてやるのがよいだろう」。

二四　「いや、ゼウスにかけまして」とその中隊長は言った、「それでは、殿下が自分らに二つの胃袋を与えてくださいませんと、少なくとも一日では食べきれないでしょう」。

その時は、こうして彼らは宴会を終えた。キュロスは翌日約束どおりにその中隊を招待し、さらに次の日にも招待した。これを聞いて他のすべての中隊長もその後は彼らの真似をしたのである。

第四章

一　キュロスが、かつて武装した全兵士の閲兵をし、行進の観閲をした時のことであるが、キュアクサレスから使者が来て、インドの使節団が到着している、と述べた。「こういう事情ですから、キュアクサレス王様が殿下にできるだけ早く来てくださるように、と命じておられます。わたしは」と使者は言った、「王様が殿下にお与えになります実に美しい衣服を携えてきています。殿下の来られるご様子をインドの使者たちが目にします際、殿下ができるだけ輝かしく美しく近づかれますのを王様がお望みになっておられますから」。

二　これを聞いたキュロスは先頭に配置された中隊長に隊列の先頭に立って中隊を一列縦隊で率い、右翼に位置するように指示し、第二中隊長にこれと同じことをするように伝えよ、と命じた。こうした方法で、彼はすべての中隊長への命令を伝達させるように要求した。中隊長たちはこの指示に従っていち早く命令を伝え、伝えられたことを素早く達成し、たちまちのうちに最前列に三〇〇人が並列に並んだ。(これだけの数の中隊長がいたのである。) そして、縦列の兵士たちは一〇〇人であった。三　彼らが整列すると、彼は自分の指揮するとおりに従ってくるように命じ、ただちに先頭に立って疾走した。だが、彼は、王宮に通じる道が狭すぎ、全中隊長が一列横隊のままでは全員が通過できないのを知ると、第一大隊を形成する一〇〇〇人にはそのまま自分に従ってくるように、第二大隊の一〇〇〇人には第一大隊の後尾について来るように、そして、全軍がこのようにするよう指示し、自身は休むことなく先頭を走ると、他のそれぞれの一〇〇〇人からなる諸大隊もすべて、先行の大隊の後尾についていった。

四 道路の入口へは二人の伝令を送り、入口の兵士が事情を知らなければ、その兵士に必要なことをするように指示させた。彼らがキュアクサレスのいる王宮の入口に到着すると、彼は第一中隊長に中隊を一二人の縦隊に整列させ、王宮の周りに一二人隊長を先頭にして配置させるように指示し、第二中隊長にも同じことをするように伝えよ、と命じ、さらに中隊長すべてにこのようにせよ、と伝達させた。**五** そこで、彼らはそのようにした。彼はけっして華美でないペルシア風の衣服を着て中へ入り、キュアクサレスの前に出た。キュアクサレスは彼を見て速く来てくれたのには喜んだが、衣服の粗悪なのには不機嫌になって言った、「これはどういうことなのだ、キュロスよ、このような姿でインドの使者たちの前に現われるとは、お前はどうかしているのではないか。わしはお前ができるだけ輝かしい姿で現われるのを望んでいたのだ。わしの姉妹の息子たる者がこのうえもなく壮麗な姿を見せるのは、わしにとっても名誉なことだからな」。

六 キュロスはこれに答えて言った、「どちらの場合が叔父上に敬意を表していることになりましょうか。叔父上の命令に従って赤紫色の衣服を纏い、腕輪をはめ、首飾りを着用して時間をかけて来た場合でしょうか、それとも、わたしが叔父上を尊敬していますから、叔父上の命令に従い、このように優れた、しかもこれほど多数の兵力を率いて急ぎ到着し、わたし自身が懸命になって汗にまみれ、他の者たちも叔父上にこのような従順さを示しています今の場合でしょうか」。

キュロスはこのように言った。キュアクサレスは彼の言っていることを正しいと思い、インドの使者たちを呼び入れた。七　彼らは入ってきて、インド王がメディアとアッシリア王の間に戦争が起こった理由を尋ねよと命じて自分らを送ってよこした、と言った。「わたしどもがキュアクサレス王様からそのことを聞きますと、今度はアッシリアの王様の所へ行き、この王様からも同じことを聞くように、とインドの王様は命じられました。そして、最後に双方の王様にインドの王様は正義を考慮して不正を受けた者の側に立つと申したと言え、と仰せられました」。

八　これに答えてキュアクサレスは言った、「お前たちがわしから聞くのは、わしらはアッシリア王にはなんの不正も加えていない、ということだ。だが、お前たちは必要なら今から行ってアッシリア王の言い分を聞くがよい」。

キュロスは側にいてキュアクサレスに尋ねた、「わたしも思っていることを述べてよいでしょうか」。キュアクサレスは言うように、と命じた。

「では、お前たちは」とキュロスは言った、「キュアクサレス王様にご異存がなければ、アッシリア王がわしらから不正を受けたと言う場合には、わしらはインドの王様ご自身を裁判官にお選びしたいと申している、とインドの王様に伝えるがよい」。

彼らは以上のことを聞くと立ち去った。九　インドの使者たちが出ていった後、キュロスはキュアクサレスに向かって次のように語り始めた。

「叔父上、わたしが祖国から携えてきました財貨は多くありません。しかも、わたしが持っていました財貨のうち、現在わたしが持っています残りの財貨は極めてわずかです。わたしは兵士たちのために使ってしまったのです。叔父上はこのことにもおそらく驚かれましょう。叔父上が彼らを養っておられますのに、どうしてわたしが彼らのために財貨を使ったのかと。しかし、わたしはある兵士に感心しますと、その兵士を尊重し誉めるのですが、それ以外には財貨をまったく使っていませんのを、よく承知していただきたいのです。一〇 と言いますのも、どのような戦闘におきましても、全兵士を勇敢な協力者にしようと思います場合には、彼らを苦しめたり、強制したりするよりも、誉めたり、褒美を与えたりして励ますほうがはるかに楽である、とわたしは思いますから。軍事のための積極的な協力者たちを得たいと願います者なら、その協力者たちを優れた言動によってぜひとも獲得すべきだ、と信じています。それは、友人たちで敵意を抱かない者たちでしたら、躊躇なく信頼のおける味方になるでしょうし、指揮官の成功を妬んだり、失敗した場合の指揮官を裏切ったりしないはずでありますから。一一 わたしはかねてからこのような認識をしておりますから、財貨がさらに必要になる、と思います。わたしは知っておりますが、叔父上は多くの支出をされておられます。それを目にしていますと、叔父上からすべてが得られると期待しますのは無理である、と思われます。だから、叔父上が財貨に困られないようにする方法を叔父上と一緒に考慮したい、と思います。叔父上が財貨を潤沢に持っておられますと、わたしが必要とする場合に、それも、その支出が叔父上にもよい結果をもたらします場合に財貨をいただけますのが、分かっていますから。

一二 最近、わたしは、アルメニア王が今では伯父上を軽んじて、敵がわれわれに向かって進軍していると聞いても、軍隊を派遣してこないし、義務である貢物を贈らない、と叔父上からお聞きしましたのを覚えております」。

「キュロスよ」と彼は言った、「奴は確かにそのように振る舞っている。だから、わしは出陣して奴にわしへの忠誠を強制するように努めるのがよいのか、それとも今は奴を見逃して敵の陣営に追いやらないようにするのがよいのか、途方に暮れているのだ」。

一三　そこで、キュロスは、「アルメニア王の居城は堅固な場所にあるのですか、それともある程度攻め易い場所にあるのですか」と尋ねた。

キュアクサレスは言った、「奴の居城は必ずしも強固な場所にあるわけではない。わしはその点では注意を怠っていないからな。しかし、わしの父がしたように、取り囲んで攻め立てるのでなければ、そこには山があり、その山へ奴が逃れると、奴自身はもちろんその山に密かに運び出せる財貨もわしらの手に落ちないように、すぐさま安全に護られるのだ」。

一四　そこで、キュロスは次のように言った、「適当と思われます数の騎兵を貸与してわたしを派遣しようという決意が伯父上にありますのなら、わたしは神々の援助を得まして、アルメニア王に軍隊を送らせ、伯父上に貢物を納めるようにさせられる、と思います。そのうえ、わたしは王が今よりもっとわれわれに友好的になる、と期待します」。

一五　キュアクサレスは、「わしも」と言った、「奴らがわしのほうにより、お前のほうに帰属するのを望む。わしは奴の息子の何人かがお前の猟友だった、と聞いている。だから、奴らは今度もきっとお前のほうに帰属するに違いない。奴らがお前の手に落ちれば、すべてがわしらの望みどおりになろう」。

「それで」とキュロスは言った、「伯父上はわれわれがそのような計画を立てているのを秘密にするのが役に立つ、と思われるのですね」。

「そのほうが」とキュアクサレスは言った、「奴らの間からわしらの手に落ちる者が出てくるだろうし、わしらのうちで奴らを攻撃する者がおれば、奴らは不意を襲われることになるからだ」。

一六 「では」とキュロスは言った、「わたしが叔父上に申しあげることで、何かよいことがあると思われましたら、お聞き届けください。わたしは友人のすべてを率いて、叔父上の国とアルメニアの境界付近でしばしば狩猟をしました。そのうえ、ここにいる仲間の何人かの騎兵たちとも一緒に行きました」。

「お前が」とキュアクサレスは言った、「同じようなことをしようと思っているのなら、相手に不審の念を抱かせないようにしないといけないぞ。お前の率いていく兵力が通常の狩猟をする場合に連れていく兵力よりはるかに強大に見えるなら、それがいち早く奴らに疑念を抱かせることになろう」。

一七 「しかし」とキュロスは言った、「こちらでも信じられなくはない口実を設けますのは可能ですし、あちらでもわたしが規模の大きい狩猟をする計画を立てていると知らされると、信じましょう」。

「お前の言うのはもっともだ」とキュアクサレスは言った、「だが、わしは今のところお前には適当な数の騎兵しか与えたくないのだ。わしはアッシリアに面する城砦に向かうつもりだからな。事実、わしはあそこへ行って、城砦をできるだけ堅固にしょう、と思っているのだ。しかし、お前が手元の兵力を率いて先行し、二日間狩猟すれば、わしの所に集結している兵士たちのうちから、十分な数の騎兵と歩兵をお前の所へ送ってやろう。お前は彼らを率いてただちに進撃しろ。わし自身は時機が来れば姿を現わせるように、残りの兵力を率いてお前たちから遠く離れないでいるように努めよう」。

一八　こうして、キュアクサレスは城砦に向かうべくただちに騎兵隊と歩兵隊を集結させ、車両に食糧を積載して城砦への道を先行させようとした。そこで、キュロスは進軍の無事を願って犠牲を捧げると同時に、キュアクサレスのもとへ使いを出し、より若い騎兵たちの一部を与えてくれるように要求した。非常に多くの騎兵がキュロスについていきたがったが、キュアクサレスは騎兵を多くは与えなかった。キュアクサレスが歩兵と騎兵の兵力を率いて、城砦への道をすでに進み始めた後に、キュロスのアルメニアへの進撃に犠牲は吉と出た。彼は狩りに行くためのような準備をし、部下を率いて出発した。

一九　彼が進んでいくと、すぐに最初の野原で野兎が飛び跳ねた。すると、鷲が吉兆を示す方角から飛んできて、野兎が逃げるのを見ると、降下して襲いかかり、摑まえて飛び上がると、遠くない山の頂きへと運び去り、獲物を好きなように味わった。キュロスはこの前兆を見て喜び、平伏して至高のゼウスを崇め、その場に居合わせた者たちに言った、「お前たち、神が望んでおられるのだ、狩猟はすばらしいものになるぞ」。

二〇　彼らが国境付近に到着すると、彼はただちに慣習どおりの狩猟にとりかかった。多数の歩兵と騎兵が彼の前方を長い一列の横隊になって進みながら、野獣を狩り出していった。これに応じて、もっとも優れた歩兵たちそれに騎兵たちが、間隔をあけて立ち、狩り出された野獣を待ち受けて追跡し、多くの猪、鹿、野呂鹿、野生の驢馬を捕えた。この地域には現在でも野性の驢馬が多くいる。

二一　彼は狩猟を終えると、アルメニアの国境に近づいて食事をした。翌日も目指していた山に向かって進み、再び狩猟した。再度の狩猟を終えると、また食事をとった。ところで、彼はキュアクサレスの軍隊が近づいてくるのを知ると、密かに使いを彼らに送り、自分から約二パラサンゲス[1]離れて食事をするように、と言った。このことが秘密を守るのに役立つ、と見越していたからである。そして、キュアクサレス軍の指揮官に食事を済ますと自分の所に来るように、と言った。さらに、食後になると、自分の中隊長たちを呼び寄せた。彼らが来ると、彼は次のように述べた。

二二「友人たちよ、アルメニア王は以前同盟者であり、叔父上に臣従していた。だが今は、敵軍がわしらに攻撃してくるのを知ると、横柄になってわしらに軍隊を送らず、貢税を払いもしない。だから、わしらはできるなら今この王を狩りとろうとして来たのだ。そこで、次のようにするのがよい、と思う。クリュサンタスよ、お前は適当に休息をとった後、わしらと一緒に来たペルシア兵たちの半分を率いて山道を行き、王が危惧を抱いた時に逃げ込むと言われている山を占拠せよ。わしはお前に案内人たちをつけてやろう。二三　その山は樹木に覆われていると言われているから、お前たちは人に見られないという希望が持てる。しかし、人数でも服装でも盗賊に見えるように扮した軽武装の兵士たちを軍隊より先に行かせると、これらの兵士はアルメニア人の誰かに出会った場合でも、その者たちをお前のために捕えて敵への通報を妨げてくれるだろうし、捕えることのできない者たちが出てきても、それらの者を追い払うと、お前の軍隊の全容を見られるのを妨げ、盗賊にたいするような心配をさせるだけになるだろう。二四　では、お前はそうしろ。わしは夜明けとともに歩兵隊の半数と騎兵隊のすべてを率いて平原を横切り、まっすぐに王宮に向かって進んでいく。王が抵抗するなら、戦わねばならないのは言うまでもない。王が平原を撤退するなら、わしらはもちろん追跡しなければならない。王が山に逃げ込めば、その時はお前に向かってくる者を一人も逃さないのがお前の仕事だ。二五　狩猟のように、わしらは獲物を狩りたてる者であり、お前は網の所で待ち受ける者、と思え。だから、野獣が追い立てられる前に、逃げ道がいち早く塞がれていなければならないのを、覚えておけ。そして、逃げ道にいる者たちは、自分のほうへ向かってくる獲物を引き返させないようにしようと思うなら、自分の姿を見せてはいけないのだ。二六　しかし、クリュサンタスよ、狩猟を愛好しているからと言って、時々しているようなことを今度はしてはならないぞ。つまり、お前はしばしば夜通し眠らないで仕事をするが、それをしてはいけないのだ。今は、兵士が眠気と戦えるように、彼らを十分に眠らせねばならないからな。

二七　お前は案内人たちがいなくても山を歩き回り、野獣が先導する跡を追っていけるからと言って、今度もそのような困難な道を進んではいけないぞ。道がそれほど遠くないのなら、案内人たちにもっとも楽な道を案内せよ、と命じるのだ。軍隊にとってはもっとも楽な道がもっとも速い道だからだ。二八　お前は、山に駆け登るのに慣れているからと言って、走って先導してはいけない。軍隊がお前についていけるように、適度な速さで先導するのだ。二九　もっとも能力があり、意欲のある兵士たちの何人かが立ち止まり、時々他の兵士たちを激励するのはよいことだ。また、隊列が通り過ぎていった後で、歩いていく兵士たちの側を彼らが走り過ぎていくのを見るのは、すべての兵士を急がせることになるのだ」。

三〇　クリュサンタスは以上のことを聞くと、キュロスの命令をおおいに喜び、案内人たちを連れてその

（1）一パラサンゲスは約五・五キロメートル。

場を離れ、一緒に行く予定の兵士たちに必要な指示を与えて眠りに就いた。彼らが十分だと思われるだけ眠った後、彼は山に向かって進んでいった。

三一　キュロスは夜が明けると、次のように言えと命じて、使者をアルメニア王の所に送った。「『アルメニア王よ、キュロス殿下はできるだけ早く貢税と軍隊をもたらすようにしろ、と命じておられる』。わしがどこにいるのかと王が尋ねたら、わしは国境にいる、と真実を言え。わし自身が来るのかと問うと、その時にもお前は知らない、と正直に告げよ。さらに、わしらの人数がどのくらいなのかを知ろうとすると、誰かをお前と一緒によこして、人数を知ればよい、と助言せよ」。

三二　彼はこのように指示して使者を送ったが、それは、そうするほうが予告せずに進撃するより友好的である、と思ったからである。そして、彼自身は道路を進むのにも、また必要なら戦うのにも最善の隊列を組んで進軍を始めた。彼は誰も傷つけてはならない、と兵士たちに言い、アルメニア人の誰かに出会っても、食べ物や飲み物を売りたいと思うなら、どこであろうと恐がらずに望みのまま品物を売りに出すように指示せよ、と言った。

第三巻

第一章

一　キュロスは以上のようなことをした。アルメニア王は使者からキュロスの要求を聞き驚愕した。彼は貢税を怠り、軍隊も送らず、不正を犯しているのを自覚していたからである。そして、もっとも重要なことは、彼が十分に防御できるように王宮を強化し始めたのが多分分かるだろう、と恐れたことであった。二　これらすべてのことで動揺した彼は、四方に使者を出して自分の兵力を集めると同時に、次男のサバリスと女たちを、つまり自分の妻、息子の妻、娘たちを山へ送り出した。その際、彼は装身具ともっとも高価な什器を彼らに持たせたうえ、護衛兵たちをつけた。彼自身は斥候たちを出して、キュロスがどうするのか窺わせると同時に、到着するアルメニア兵たちをそれぞれの部署に配置した。ところが、他の兵士たちがいち早く到着し、キュロス自身がすでに近くに来ている、と告げた。三　そこで、王はもはや接近戦をあえてせず、退却しようとした。アルメニア兵たちは王がそのようなことをしているのを見ると、各兵士も自分の財産を持ち去ろうと思い、すでにその財産の方へと走っていた。

キュロスは走り回ったり、馬を駆けたりする敵兵たちで平原が満ちているのを見ると、密かに使者を出して、留まる兵士たちならいかなる者にたいしても自分は敵でない、と告げた。だが、逃亡する兵士たちを捕えれば、その者は敵と見なす、と宣告した。こういうわけで、大部分の敵兵は留まっていたが、若干の敵兵は王と一緒に退却した。

四 女たちと一緒に先に出発した護衛兵たちが山で待ち受けていたキュロスの兵士たちに遭遇した時、その多くはすぐに悲鳴をあげて逃げようとしたが、捕えられた。最後には、息子、妻たち、娘たちが捕えられ、彼らと一緒に運ばれてきた財宝も押収された。

王自身は事態を知った時、どこへ向かえばよいのか分からず、とある丘に逃げた。**五** キュロスはこれを見ると手元の兵力で丘をとり囲み、クリュサンタスに使いを送り、山に守備隊を残して自分の所に来るように、と命じた。こうして、キュロスの軍隊は集まった。

彼はアルメニア王に使者を送り、次のように尋ねた、「アルメニア王よ、そこに留まって飢えや渇きと戦うのか、それとも平地に下りてわしらと戦うのか、どちらを望むのか言うがよい」。

アルメニア王はどちらとも戦うつもりはない、と答えた。**六** キュロスは再度使者を送って尋ねた、「では、お前がそこに陣を敷いたまま下りてこないのは、どうしてなのか」。

「どうしたらよいのか」と彼は言った、「困っているのだ」。

「何も困ることはないのだ」とキュロスは言った、「お前は裁判を受けに下りてくることができるからだ」。

「誰が」と彼は言った、「裁判官なのか」。

「たとえ裁判なしでも、お前を思いどおりに扱う力を神から与えられた者が裁判官であるのは、明らかだ」。

そこで、アルメニア王はもはやこれまでと思い、下りてきた。キュロスは彼とその他の物一切を受け入れ、それらを中央に置いて、周りに陣営を設営した。この時、彼はすでに全兵力をその場に集合させていたのである。

七　ちょうどこの時、アルメニア王の長男ティグラネスが旅から戻ってきた。彼はかつてキュロスの狩猟仲間であった。彼は事件を聞くと、その足ですぐさまキュロスの所へ来た。父親、母親、自分の妻が捕えられているのを見て、彼は当然のことながら涙を流した。八　だが、キュロスは彼を見てもなんの友好的な態度も示さず、「お前はちょうどよい時に来た」と彼は言った、「父親の判決を聞く場に居合わせるのだからな」。彼はただちにペルシア軍とメディア軍の指揮官たちを集めた。彼はアルメニアの貴族でそこにいた者たちも呼び寄せた。さらに馬車の中にいた女性たちも除外せず、彼女らにも裁判を聞かせることにした。

九　すべての準備が整えられると、彼は話し始めた、「アルメニア王よ、この裁判ではまず真実を言うように助言する。それは、お前がもっとも嫌がっている一つのことを逃れるためだ。嘘吐きであることが分かると、それが人間にとって慈悲を受けるうえでとりわけ障害になるのは確かだからだ。次に、息子たちとこの妻たちそれにここにいるアルメニア貴族たちはお前のしたことをすべて知っている。お前の言っていることが事実と違うのに彼らが気づく場合、わしが真実を知ると、お前自身も自分に極刑を受けるべきだとの判決をくだす、と彼らは思うからな」。

「キュロス殿下」と彼は言った、「尋ねたいことは何でも尋ねてください。わたしは真実を述べますから。その結果どうならうと構いません」。

一〇「では、わしに言ってくれ」と彼は言った、「お前はかつてわしの母方の父アステュアゲス先王に率いられるメディア軍と戦ったな」。

「そうです」と彼は言った。

「先王に負かされて、貢税を納め、命じられる所へ兵を出すこと、および城砦を所有しないことに同意したな」。

「そのとおりです」。

「では、なぜ貢税を納めようとも、軍隊を送ろうともせずに、城砦を築かうとしたのか」。

「自由を求めたのです。わたし自身が自由であり、子供たちにも自由を遺してやるのはすばらしいことだ、と思えましたから」。

一一「確かに」とキュロスは言った、「人がけっして奴隷にならないようにと戦うのは立派なことだ。だが、戦いに敗れるか、他の何らかの方法で奴隷になった者が自分の主人たちを裏切っているのが見つけられた場合、お前はまずこの者を立派で、優れた行為をした人間であると評価するのか、それともその者を捕えると、不正な者として罰するのか」。

「罰します」と彼は言った、「殿下が嘘を吐くのを許されませんから」。

一二「個々の質問について」とキュロスは言った、「明確に答えるのだ。お前の部下のうち誰かが指揮をしていて過ちを犯したとすると、お前はその者にそのまま指揮をさせるか、それとも彼の代わりに他の者を任命するのか」。

「他の者を任命します」。

「では、どうだ。もし、その指揮を過った者が多くの財産を所有していたら、お前はその者を裕福にさせておくか、それとも貧乏人にするのか」。

「その者の」と彼は言った、「持っているものを奪います」。

「その者が裏切って敵の味方になっているのにも気づくと、どうするのか」。

「殺害します」と彼は言った、「真実を言わずに嘘を吐いて死んだと非難されるのには、耐えられませんから」。

一三　その時、彼の息子がこれを聞いて冠を取り、衣服を引き裂いた。女たちはすでに父親が死に、自分らが破滅したかのように悲鳴をあげ、顔を掻き毟った。すると、キュロスは黙るように命じて言った、「よし、アルメニア王よ、それがお前の正義だ。では、それに従ってどうすればよいのか、わしらに助言してくれ」。

アルメニア王はキュロスに自分を殺すようにと助言すべきか、それとも自分の言ったこととは反対のことをするようにと指示すべきか、と困り黙ってしまった。一四　すると、彼の息子ティグラネスがキュロスに尋ねた、「キュロス殿下、父が困っているように思われますから、わたしが父について殿下にとりまして最善と思われますことを助言してよろしいでしょうか、仰ってください」。

キュロスもティグラネスが自分と一緒に狩猟していた時、彼に尊敬されていた賢者が一緒にいたのを知っていたから、彼が何を言うのかぜひ聞きたいと思い、思うことを積極的に言うように、と命じた。

一五　「では、わたしは」と彼は言った、「殿下が父の意図しましたこと、行動しましたことを評価されますなら、殿下に父を模範とされますようおおいに助言いたします。しかし、父がまったく間違っていたと思われますなら、父を見習われないように、と助言いたします」。

「それでは」とキュロスは言った、「わしが正しいことをするには、間違ったことをする者をけっして模範としてはいけないのだな」。

「そうです」と彼は言った。

「では、お前の言うところでは、不正を働く者を罰するのが正しい以上、お前の父親は罰せられねばならないだろう」。

「だが、キュロス殿下、罰をくだされますのに、どちらがよいと思われましょうか。殿下の得になるほうでしょうか、それとも損になるほうでしょうか」。

「自分の損になるのなら」と彼は言った、「わし自身を罰することになるのではないか」。

一六　「しかし」とティグラネスは言った、「殿下にとりまして味方を獲得されますことに最大の価値がありまます場合、殿下ご自身の味方を殺害されますと、殿下は大きな損失を被られることになるのではありませんか」。

「だが、どうして」とキュロスは言った、「人間は不正の現場を押えられた時に、最大の価値を持つ者になるのだろうか」。

「その時には賢明になっていますから、と思います。キュロス殿下、分別なしには他の徳もなんの役にも立たない、とわたしは信じております」と彼は言った、「分別のない強い者や勇敢な者［や騎兵］は、また分別のない富者や国家の権力者は扱いようがありません。だが、分別を持ちますと、どの友も有益ですし、どの召使も有能です」。

一七「それでは」と彼は言った、「お前の父親も今日一日で無分別な者から分別を持つ者になった、というのだな」。

「そのとおりです」と彼は言った。

「悲しみのような心の感情が分別であって、知識はそうでない、と言うのだな。分別者になろうとする者がまず知者にならなければならないとすると、無分別者から安易に分別者になることなどけっしてないからだ」。

一八「だが、キュロス殿下」と彼は言った、「一人の男が無分別のために自分より強い者との戦いを試みて敗れました時に、すぐに強者にたいする無分別をやめてしまいますのを、ご存じでないはずはないでしょう。また、ある国が他の国に敵対して敗れました場合、戦うかわりに即座に服従しようとしますのを、目にされたことがございましょう」。

一九「お前は」とキュロスは言った、「どのような敗北を指して、父親が分別を持つようになった、とこのように強く主張するのか」。

「その敗北とは、ゼウスにかけまして」と彼は言った、「自由を熱望しながら、これまで一度も経験しなかったような奴隷になり、また密かに機先を制して、あるいは実力を行使してしなければならないと考えていたことの何一つも達成できなかったことで、父が意識しています敗北です。また、殿下が父を欺こうと意図されまして、人が目の見えない者や耳の聞こえない者、さらには一切の思慮を失った者を欺くように、父を欺かれましたことを父は知りました。殿下が秘密にすべきことを隠し通され、父が自分のための堅固な城砦と信じていた場所を父の牢獄になるように密かに準備されましたのを、父は知りました。さらに、殿下は速さにおいても父にまさっておられ、遠くから迅速に大軍を率いて進撃され、父に自分の手元にある兵力さえ結集する余裕を与えられませんでした」。

二〇 「では」とキュロスは言った、「そのような敗北が自分たちより他の者たちのほうが優れていると認識させることで、人間たちに分別を持たせることができるのだ、とお前は思っているのだな」。

「戦闘で負けました場合よりも」とティグラネスは言った、「はるかに分別を持つようになります。強さで敗れました者は時には鍛錬してもう一度戦おうと考え、征服された国々も同盟国を得て再度戦いをしようと思いましょうが、自分より優れていると見なされる者たちは強制しなくとも進んで従われることがしばしばあるのです」。

二一 「お前は」と彼は言った、「傲慢な者たちが自分より分別のある者たちを、盗みをする者たちが盗みをしない者たちを、嘘を吐く者たちが真実を言う者たちを、不正を犯す者たちが正しい行ないをする者たちを認識している、と思っていないようだ。今もお前の父親が先王アステュアゲスと結んだ協定をわしらがけっして破らないのを知りながら、嘘を吐いてわしらとの協定を守らなかったのを知らないのか」。

二二 「いや、わたしの父は今罰を受けるのですが、このようにより優れた人々に罰せられる、ということがない場合でも、より優れた人々を認識しさえしますと、そのことが思慮深くする、とわたしは申しておりません」。

「しかし」とキュロスは言った、「お前の父親はまだなんの害も受けていないのに、極刑を受けるのではないかと心配しているのが、わしにはよく分かるのだ」。

二三　「では」とティグラネスは言った、「人間を奴隷にしますのに、激しい恐怖以上のものが何かある、と殿下は思っておられるのでしょうか。もっとも厳しい処刑具と見なされる剣で打首にされる者たちがこのつぎも同じ敵対者たちと戦う意欲を持とうとすることなど、ご存じのはずはないでしょう。人間はひどい恐怖を抱く相手の顔を、たとえその相手が励ましてくれましても、面と向かって見ることができるのでしょうか」。

「お前は」と彼は言った、「恐怖のほうが行為による加害より人間たちを懲らしめる、と言うのか」。

二四　「殿下も」と彼は言った、「次のことはご存じでしょうから、わたしが真実を言っているのがお分かりになりましょう。つまり、祖国から逃げることになるのではと恐れる人たち、戦うことになり敗れるのではと不安に思う人たち、[無気力に時を過ごすのでは、また、難破するのではと心配して航行する人たち、]隷属と束縛を恐れる人たち、こういう人たちは恐怖のために食事も睡眠もとれませんが、すでに逃げた人たち、敗北した人たち、奴隷になった人たちは、時には幸運な人たちよりよく食事したり、睡眠をとったりすることができることをです。二五　さらに、次のようなことからも、恐怖がどれほどの重荷であるかがいっそう明らかになります。それは、ある人たちは捕えられ、殺されるのではと恐れて恐怖のあまり身を投げ、他の人たちは首をくくり、また別の人たちは喉を切って先に死んでしまうことです。このように、苦しみを与えるものの一切のうちで、恐怖は人間の心をもっとも恐がらせます。今、自分自身のみならずわたしや妻それにすべての子供［の隷属］を恐れるわたしの父がどのような精神状態にある、と殿下は推測しておられましょうか」。

二六　キュロスは言った、「とにかく今は、お前の父親がそのような精神状態にあるのは信じられないわけでない。だが、同じ人間が成功している場合には横柄であるが、失敗するとすぐに卑屈になるのだから、また自由になると再度傲慢になり、新たに面倒を引き起こす、と思われるのだ」。

二七「確かに、キュロス殿下、ゼウスにかけまして」と彼は言った、「わたしたちの過ちは、わたしたちを信頼させないようにする原因になっています。だが、殿下は城砦を設置されることも、堅固な場所を占拠されることも、殿下の望まれます他のことも保証としてお受け取りになれるのです。しかも、わたしたちはそのために大きな苦しみを受けたりしないことが、殿下にはお分かりになりましょう。それは、わたしたちにその責任がありますことをわたしたちは覚えているからです。ところで、殿下が過ちを犯さなかった人たちの誰かに支配権を与えられ、しかも、彼らを信頼しておられない態度をおとりになりますと、たとえ好意を示されましても、彼らは殿下を友人と見なさないということをご承知願います。他方、殿下は敵意を受けるのを警戒されて、傲慢にならないようにとの頸木(くびき)(1)を彼らに掛けないでおられますと、今わたしたちに分別

(1) 車の轅(ながえ)の先につけ、牛馬の首に宛てる横木。轅とは馬車、牛車の前方に長く出た平行の二本の棒。

を持たさねばなりませんでした以上に、彼らに思慮分別を持たさねばならなくなりますのをご存じおきください」。

二八「だがな、神々にかけて」と彼は言った、「すくなくともわしは強制されて召使の仕事をしているのが分かっているような召使たちを使おうとは思わない。わしへの好意と愛情から義務を果たしているのが分かる召使たちの過ちは、わしを憎んでいる召使たちが強制されてすべてを注意深く完全に行なうより容易に耐えられる、と思うのだ」。

これに対してティグラネスは言った、「今、殿下がわたしたちから手に入れられますような愛情をいったい誰から受け取られましょうか」。

「敵にけっしてならなかった」と彼は言った、「者たち[から]だ、と信じている。ただし、今お前たちに好意的な態度をとれとお前がわしに要求しているように、わしがその者たちに好意を示すつもりになった場合だがな」。

二九「キュロス殿下」と彼は言った、「今の状況下にありましては、殿下はわたしの父にたいしますような好意をお示しになれる人を誰かお見出しになれるのでしょうか。たとえば、殿下になんの不正な行為もしなかった人たちのうちから誰かを助命されましても、その人が殿下にどのような感謝の念を抱く、とお思いになるのですか。殿下がその人から子供や妻を奪われなかったとしましても、どうでしょう。妻子を奪われなかったことで殿下を愛するようになりますのには、妻子を奪われるのを当然と思っている人以上にはどのような人もいないのではありませんか。父がアルメニアの王位を保持しなくなりますと、殿下もご存じのとおり、わたしたちがもっとも悲しみます。ですから、王でなくなりますともっとも嘆きますこの父が支配権を確保いたしますと、殿下に最大の恩義を感じますのは明白であります。三〇　殿下が去っていかれます時、この地の混乱を最小にしておかれるおつもりでしたら、この地の状態がこれまでの慣れ親しんだ支配のもとにありますのと、新たに成立します支配のもとにありますのと、どちらが平穏であると思われますかどうか、ご考慮くださるようお願いいたします。殿下ができるだけ多くの軍隊を率いて出発しようと心がけられます場合には、その軍隊を何度も指揮した人がもっとも正しくその軍隊を編成する、と思われましょう。また、将来殿下に財貨も必要となりました時、それらをもっともよく提供できますのは、それらの財貨をすべて知っていて、所有している人である、と思われないでしょうか。高貴なキュロス殿下、わたしたちを失われますことで、父が殿下に加えましたかも知れない害以上の災厄を殿下ご自身に加えることになりますのを、何とぞお避けくださるようお願いいたします」。

彼はこのようなことを言った。三一　キュロスはこれを聞いて、自分がキュアクサレスに達成すると約束したことをすべて実現した、と思い非常に喜んだ。アルメニア王を以前より親しい友人にしうると信じている、と言ったのを彼は覚えていたからである。

そこで、彼はアルメニア王に尋ねた、「わしがお前たちの言っているこのようなことを受け入れるなら、アルメニア王よ、お前はわしにどれほど多くの軍隊を従軍させ、どれほど多くの財貨を戦争のために供出してくれるのか、言ってくれ」。

三二　これに答えてアルメニア王は言った、「キュロス殿下、わたしは現有兵力のすべてを示しますから、殿下はそれをご覧になったうえで、よいと思われますだけの軍隊を率いておいでになり、残りの軍隊をこの国土の防衛に置いておかれますのがもっとも簡明で正しいこと、と言えましょう。財貨につきましても、同じようにわたしは所有しています物をすべて殿下にお見せしますから、ご自身がそのうちから望まれますだけ携えておいでになり、またお好きなだけ残しておかれるようにされますとよろしいでしょう」。

三三　そこで、キュロスは言った、「では、お前がどれだけの兵力を所有しているのか、またお前にどれだけの財貨があるのか、言ってくれ」。

　すると、アルメニア王は言った、「[アルメニアの]騎兵は約八〇〇〇騎であり、歩兵は約四万人です。財貨は亡父の遺した財宝をあわせまして、貨幣に換算しますと三〇〇〇タラントン[1]以上です」。

三四　キュロスは躊躇せずに言った、「それでは、隣国のカルダイオイ[2]がお前と戦争状態にあるのだから、兵力の半分だけをわしに従軍させてくれ。お前は貢税を滞らせていたのだから、財貨のうち貢税として何時も納入していた五〇タラントンの倍をキュアクサレス王様に渡すようにしろ。わしには別に一〇〇タラントン貸してくれ。わしは、神が恵みをたれてくださるなら、お前が貸してくれた財貨の代わりにできるなら他のもっと価値のあるものを与える好意を示すか、その財貨を返済する。ところで、それができなかった場合に、わしにその能力がなかったと見るのはかまわないが、わしが不正をしていると判断するのは正しくない、と思うのだ」。

三五　アルメニア王も言った、「神々にかけまして、キュロス殿下、そのような言い方をしてくださいますな。でないと、殿下はわたしの気力をなくしてしまわれましょう。殿下がここに残しておかれる物も殿下の物ですが、それも殿下が携えていかれる物より少なくない、とお思いください」。

「それでは」とキュロスは言った、「お前の妻を受け取るのに、どれほどの財貨をわしにくれるのか」。

「できるだけ多くの財貨を」と彼は言った。

「子供たちを受け取るのには、どれくらいか」。

「子供たちのためにも」と彼は言った、「できるだけ多くの財貨を」。

「それだけで」とキュロスは言った、「すでにお前の財貨の二倍になるぞ」。三六 「ティグラネスよ、お前は」と彼は言った、「妻を受け取るのに財貨をいくらわしに渡すのか言ってくれ」。

彼はたまたま結婚したばかりで、妻をこよなく愛していた。

「わたしは、キュロス殿下」と彼は言った、「妻を奴隷にしないためには、この生命を差し出しましょう」。

三七 「それでは、お前は」と彼は言った、「妻を連れていけ。お前はわしらからけっして逃げないから、わしはお前の妻を捕虜として捕えた、と思っていない。アルメニア王よ、お前も妻と子供たちのための支払いを一切せずに、彼らを連れ戻せ。彼らに自由人としてお前のもとに戻るのだ、と知らせよ。さあ、わしらの所で食事をしろ。食事を済ますと、行きたい所へ去っていくがよい」。そこで食事のために彼らは留まった。

(1) 一タラントンはアッティカでは二六・二キログラムであった。一タラントンは六〇〇〇ドラクマであり、当時は一ドラクマで一日の生活ができた。
(2) アルメニアと黒海の間に居住する戦闘的な種族の国。

三八　食事後解散する時、キュロスは尋ねた、「ティグラネスよ、わしらと一緒に狩りをしたあの男はどこにいるのか、言ってくれ。お前もあの男をわしにおおいに称賛していた、と思うのだが」。「ここにいるわたしの父が」と彼は言った、「彼を死刑にしましたのをご存じなかったのですか」。「どのような不正の廉で、お前の父は彼を捕えたのか」。「彼が僕を堕落させた、と父は言ったのです。だが、キュロス殿下、彼は非常に立派で優れていましたから、死刑に処せられることになりました時にも、わたしを呼びまして、『若君、お父上がわたしを処刑されましたからと言って、お父上にお怒りになってはいけません。お父上は悪意でなく、無知のためにわたしを処刑されるのですから。人間が無知で犯す過ちのすべては意志に反したものだ、とわたしは信じています』と言いました」。

三九　キュロスはこれを聞いて、「気の毒な人よ」と言った。

するとアルメニア王は言った、「キュロス殿下、自分の妻と一緒にいた見知らぬ男を捕えました者は、妻を愚かにした責任をとらせるためにその男を殺害するのではありません。自分への妻の愛情を奪ったと見なしてその男を敵として扱うのです。わたしもあの男が息子にわたしをよりも自分を賛嘆させるようにしましたから、あの男を妬みましたのです」。

四〇　キュロスも言った、「神々にかけて、アルメニア王よ、お前は人間的な過ちを犯したのだ、と思う。ティグラネスよ、お前も父親を許すのだ」。

その時、彼らはこのように話し、和解の後であるから当然友好を示しあい、妻たちを伴って馬車に乗り、喜んで去っていった。

四一　彼らは家に戻ると、ある者はキュロスの知を、他の者は彼の毅然とした態度を、また別の者は彼の柔和さを、さらに他の者は彼の美しさと偉大さを語った。

その時、ティグラネスは妻に尋ねた、「アルメニアの妃よ、お前もキュロスが立派だ、と思わないか」。

「いや、ゼウスにかけまして」と彼女は言った、「わたしはあの方を見ていなかったのです」。

「では、誰を見ていたのか」とティグラネスは尋ねた。

「ゼウスにかけまして、わたしが奴隷にならないためには、自分の生命を投げ出す、と言ってくださった方を」。

この後、彼らが一緒に眠りに就いたのは言うまでもない。

四二　翌日、アルメニア王はキュロスと彼の全軍隊に贈り物を届け、出陣することになっている自分の軍隊には三日以内に到着するように命じた。そして、キュロスの言った金額の倍を渡した。だが、キュロスは自分の言った金額だけを受け取り、他は返却した。彼はまた、軍隊を率いるのは息子なのか、父親自身なのか、と尋ねた。二人が同時に次のように答えた。父親は「殿下が命じられますなら、どちらでも率いていきます」。息子は、「わたしは、キュロス殿下、殿下と離れたくないのです。わたしが殿下の荷物運びとして一緒に行かなければならないとしましても」。

四三　キュロスは笑って言った、「お前が荷物運びをするなどとお前の妻に聞かせるなんて、とんでもないことだ」。

「いや」と彼は言った、「彼女は聞く必要がありません。わたしのすることを彼女が目にすることができるように、彼女を連れていくつもりですから」。

「では」と彼は言った、「もうお前たちも荷造りの時だろう」。

「父の」と彼は言った、「与えてくれます物をすべて荷物に纏めてくる、と信じてください」。

それから、兵士たちは贈り物を貰って眠りに就いた。

第二章

一　翌日、キュロスはティグラネスと最精鋭のメディア騎兵隊および自分の友人たちを適当と思われる人数だけ伴って国の巡察に出かけ、どこに城砦を築けばよいのか、考えた。そして、彼はある山頂に来ると、ティグラネスにどの山からカルダイオイ兵たちが侵入して略奪するのか、尋ねた。すると、ティグラネスはその山を指し示した。そこで、彼は再度尋ねた、「その山は今無人なのか」。
「いや、ゼウスにかけまして、そうではありません」と彼は言った、「彼らは何時も見張りを置いていまして、その者たちが何かを見ますと、他の者たちに合図をするのです」。

「合図を受けて」と彼は言った、「彼らはどうするのだ」。

「彼らは」と彼は言った、「それぞれできるだけ山頂への救援に駆けつけるようにします」。
二　以上のことをキュロスは聞いた。彼はアルメニアの土地を見て回り、その大部分が戦争によって無人になり、耕作されていないのを知った。それから、彼らは陣営に戻り、食事をして眠りに就いた。

三 翌日、ティグラネスが出発の準備を整えて現われると、騎兵を約四〇〇〇騎と約一万人の弓兵、そのうえに同数の軽装歩兵が彼のために集まった。キュロスは彼らが集まる間に犠牲を捧げた。犠牲の前兆は吉であったので、彼はペルシアとメディアの指揮官たちを召集した。**四** 彼らが集合すると、彼は次のように言った。

「友人たち、わしらが見るその山はカルダイオイ人のものだ。わしらがそれを占拠し、山頂にわしらの城砦を築くと、両者すなわちアルメニア人もカルダイオイ人も、わしらにたいして思慮のある行動をとらねばならなくなるだろう。ところで、わしらには犠牲の前兆が吉と出た。これを達成しようと努力する人間には迅速が最大の味方になろう。敵が集まる前に機先を制して登れば、まったく戦わずに山頂を奪取できるか、少数のとるに足らぬ敵を相手にするだけだからだ」。

五 「だから、今ひたすら急げば、もっとも楽で危険なく戦えるのだ。そして……〈欠落〉……。[1]メディア兵たちよ、お前たちはわしらの左手側を進め、アルメニア兵たちよ、お前たちの半分は右手側を進め、残りの半分はわしらの前方を先行しろ。騎兵たちよ、お前たちは後からついて来て、わしらを励まし、上へ押しあげよ。誰かが遅れがちになれば、その者を放置しないようにするのだ」。

（1） O. C. T., E. C. Marchant, L. C. L., W. Miller に従い、欠落を認める。この欠落部分には兵士たちの準備する描写があったと推定される。

六　以上のことを述べると、キュロスは小隊をそれぞれ縦隊に整列させて、先頭に立った。カルダイオイ兵たちは上に向かっての攻撃が行なわれるのに気づくと、ただちに味方に合図を送り、声をかけあって集まった。

だが、キュロスは次のように励ました、「ペルシア兵たちよ、彼らはわしらに急ぐように合図しているのだ。わしらが先に山上に登れば、敵の努力は無になるのだ」。

七　カルダイオイ兵たちは盾と二本の槍を持っていた。彼らはその地域にいる種族のうちではもっとも好戦的である、と言われていた。だが、彼らは好戦的であるが貧しかったから、彼らを必要とする者がおれば、その者に雇われて軍務に服していた。彼らの土地は山が多く、その土地のわずかな部分しか実りをもたらさなかったからである。

八　キュロスと部下たちが山頂近くに差しかかった時、キュロスと一緒に進んでいたティグラネスが次のように言った、「キュロス殿下、わたしたち自身がもうすぐ戦わねばなりませんが、お分かりでしょうね。こう申しますのは、アルメニア兵たちが敵の攻撃を受けとめられないからです」。

キュロスもそれは分かっていると言い、すぐさまペルシア兵たちに、アルメニア兵たちが退却してわしらのすぐ側まで敵を誘き寄せると、即座に追い払わなければならないから、準備をせよ、と命じた。

九　こうして、アルメニア兵たちは先頭に立って進んでいった。カルダイオイ兵たちのうち山頂にいた兵士たちは、アルメニア兵たちが近づくと、何時ものように喚声をあげて彼らに向かって走ってきた。アルメニア兵たちは何時ものように受けとめようとしなかった。一〇　カルダイオイ兵たちが追撃していくと、剣を帯びた兵士たちが上に向かって突進してくるのが目に入ったが、彼らに近づいたカルダイオイ兵たちはたちまちのうちに殺され、他のカルダイオイ兵たちは逃走し、さらに他のカルダイオイ兵たちは捕えられ、山頂は瞬時のうちに占拠された。キュロスと部下の兵士たちは山頂を手に入れると、カルダイオイ人たちの住居を眼下にし、彼らが近くの住居から逃げ出すのを見た。

一一 キュロスは、全兵士が集まると、昼食をとるように命じた。彼らが昼食を終えた時、彼はカルダイオイ兵たちの物見台のある所が堅固で水に恵まれているのを知り、ただちに城砦を築くことにし、ティグラネスに父への使いを出し、父の抱えている大工と石工のすべてを連れてくるように要求してほしい、と頼んだ。使者はアルメニア王のもとへ行った。一方、キュロスは居合わせた兵士たちを使って城砦を築き始めた。

一二 その間に、キュロスの所に縛られた捕虜たちや幾人かの負傷した敵兵が連れてこられた。彼は彼らを見ると、捕縛された兵士たちを釈放するように、負傷した兵士たちには医者を呼んで治療させるように命じた。その後、彼はカルダイオイ兵たちに自分が来たのは彼らの破滅を願ったからでもなければ、戦争を求めたからでもなく、アルメニア人たちとカルダイオイ人たちの間に平和をもたらそうと思ったからである、と言った。

「山頂が占拠される以前、お前たちが平和を必要としなかったのは、わしにも分かっている。山頂がお前たちの財産を安全に護ってくれる一方で、お前たちはアルメニア人たちの財産を略奪していたからだ。だが、今は、お前たちがどういう状態に置かれているのか、分かっているはずだ。一三 そこで、わしは捕虜になったお前たちを家へ帰らせ、わしらと戦うのを望むのか、それともわしらの友人であるのを望むのかを、他のカルダイオイ人たちと相談させることにする。お前たちは賢明であるなら、戦争を選ぶ場合は武器を携えずに二度とここへ来るな。だが、平和が必要だと思うなら、武器を持たずに来い。お前たちが友人になるのを選ぶなら、わしはお前たちの状況がよくなるようにとり計らおう」。

一四 これを聞いたカルダイオイ兵たちはキュロスをおおいに誉め称え、心から別れの挨拶をして家へ去っていった。

アルメニア王はキュロスの要請と行動を聞くや、大工たちを連れ、必要と思われる他の物をすべて携え、できるだけ速くキュロスの所へやってきた。一五 彼はキュロスを見ると次のように言った、「キュロス殿下、わたしたち人間は未来のことについてはわずかなことしか予見できませんのに、多くのことをしようと試みます。ついこの前には、わたしも自由を得ようと企てまして、思いもしませんでした奴隷になりました。わたしは捕えられました時に破滅を覚悟しましたが、今はまったく予期しない救いを受けましてここに姿を現わしています。また、まったく途切れることなくわたしたちに多くの害を加えてきましたこれらの者たちがわたしの願いどおりになっているのを、今日にしています。一六 キュロス殿下、カルダイオイ兵たちをこの山頂から遠ざけるためでしたら、今殿下がわたしからお受け取りになります財貨の何倍もを差しあげますのを知っていただきたいのです。ところで、殿下は、先に財貨をお受け取りになられました時、わたしたちに利益をもたらすとお約束してくださいましたが、それはすでに実現されました。ですから、わたしたちはさらに新たな感謝の念を殿下に示さねばなりません。わたしたちはまともな人間ですから、新たに感謝の気持を示しませんと、恥ずかしく思うのです」。一七 アルメニア王はこのように語った。

カルダイオイ兵たちは戻ってきて、キュロスに自分らと和睦してほしい、と願い出た。そこで、キュロスは彼らに尋ねた、「カルダイオイ兵たちよ、わしらがこの山頂を占拠したから、平和になり、戦争している時より安全に生活できると思ったのが、今お前たちの平和を求めている理由なのだな」。

カルダイオイ兵たちはそれに相違ない、と言った。

一八　さらに、彼は尋ねた、「平和によってお前たちがほかにもよいことを得られるとしたら、それは何だろう」。

「それは、わたしたちがもっと楽しめるようになることでしょう」と彼らは言った。

「お前たちはよい土地が不足しているから今は貧しいのだ、と思っているのではないか」と彼は言った。

そのことにも彼らは同意した。

「では」とキュロスは言った、「お前たちは他のアルメニア人たちと同じ借料を払って、お前たちの望むアルメニアの土地を耕すのを許されたい、と願わないか」。

「願いますとも。わたしたちが害を受けない、という確信を持てますなら」とカルダイオイ兵たちは言った。

一九　「どうだろう」と彼は言った、「アルメニア王よ、耕作者たちがお前に通常の借料を支払うなら、現在耕作されていない土地が耕地になるのを望まないか」。

アルメニア王は、「おおいに結構なことです。収入が非常に増加しますから」と言った。

二〇　「どうだろう」と彼は言った、「カルダイオイ兵たちよ、お前たちはよい山を所有しているのだから、放牧者たちが正当な借料を支払うと言うなら、アルメニアの放牧者たちにそこでの放牧を許すつもりはないか」。

カルダイオイ兵たちは、「許しますとも。なんの苦労もせずに、大きな利益を得られるのですから」と言った。

「アルメニア王よ」と彼は言った、「カルダイオイ兵たちに少しの利益を与えるだけで、はるかに多くの利益を得ることになるなら、お前はこれらの山の牧草地を利用するつもりだろうな」。

「もちろん借りるつもりです」と彼は言った、「安全に放牧できる、と思えますなら」。

「山頂を」と彼は言った、「味方が占拠しておれば、お前たちは安全に放牧できるのではないか」。

「そうです」とアルメニア王は言った。

二一 「いや、ゼウスにかけまして」とカルダイオイ兵たちは言った、「アルメニア兵たちが山頂を占拠するのでしたら、アルメニア人たちの土地はもちろん、わたしたちの土地さえも安心して耕せません」。

「山頂が」と彼は言った、「お前たちのものになるなら、どうだろう」。

「そうなりますと」と彼らは言った、「わたしたちには好都合です」。

「しかし、ゼウスにかけまして」とアルメニア王は言った、「カルダイオイ兵たちが再度山頂を、それも城砦になった山頂を手に入れますと、わたしたちには不都合です」。

二二 そこで、キュロスは言った、「それでは、わしはこうしよう。つまり、お前たちのどちらにも山頂を渡さず、わしらがそこを守備することにする。そして、お前たちのどちらかが不正を行なえば、わしらは不正を受けた側の味方をすることにしよう」。
二三　これを聞くと、両者はキュロスを称え、このようにしてこそ平和が確固としたものになる、と言った。しかも、すべての者が信義の交換をし、両者が互いに独立していることの、また、両者間の結婚と耕作権および放牧権の合意をし、さらには、どちらかが何者かに攻撃された場合の軍事同盟を結んだ。
二四　当時はこのようなことが達成され、カルダイオイ兵たちとアルメニア王によってその時結ばれた協定は今もなおそのまま継続されている。協定が結ばれると、両者はただちに城砦を共有のものとして築き、食糧も一緒に運び込んだのである。
二五　夕方近くなった時、彼は両者をすでに友人として一緒に食事をするように、と招待した。一緒に食事をしている時、一人のカルダイオイ兵が次のように言った、「自分らのうち大多数の者にはこの状況は願わしいことです。だが、カルダイオイ人たちのなかには略奪で生きている者たちがおりまして、その者たちは戦争で生計を立てるのを習わしとしていますから、耕作を理解もしなければ、それをする能力もありません。彼らは何時も略奪をしたり、傭兵をしたりしていまして、しばしばインド王（王は多くの財宝を持っていると言われていましたから）の所やアステュアゲス先王の所にいたのです」。
二六　キュロスは言った、「今わしの下で傭兵をすればよいのに、なぜしないのか。わしは、他の誰かがこれまでに支払ったうちで、もっとも多くの給料を支払おう」。
［彼らは］同意し、それを希望する者は多いだろう、と言った。
二七　このように、以上のことも合意された。キュロスはカルダイオイ人たちがしばしばインド王の所に

赴いていたというのを聞くと、インド王の所から使節がメディアに来て、メディアの状況を探り、敵方へ行って、また敵の様子を調べていたのを思い出し、インド王のしたことを知りたい、と思った。二八　そこで、彼は次のように話し始めた。

「アルメニア王とお前たちカルダイオイ兵たちよ、今わしの部下たちのうちから誰かをインド王の所へ派遣するとしたら、お前たちのうちでこの使者のために道案内をし、わしの欲しいものをインド王からわしらの手に入れられるように助力してくれる者を幾人か一緒に送ってくれないか、言ってほしいのだ。というのは、わしが兵士たちに必要な報酬を十分に与え、ともに軍務に服す者たちのうちから功労のある者たちを称えて贈り物をすることができるように、財貨をいっそう多くわしらの手に入れたい、と願っているからだ。そういうわけで、わしはできるだけ潤沢な財貨を得たいと望んでいるが、実際に財貨が必要になる、とわしは信じているのだ。わしはお前たちの財産に手をつけたくないのだ。お前たちをすでに友人と見なしているからだ。だから、インド王が財貨を与えてくれるなら、わしは喜んでそれを受け取るだろう。

二九　わしは送り出す使者のために案内人になり、助力者になってくれる者たちをつき添わせてくれるようにお前たちに依頼したが、その使者はあの地に行って次のように言うだろう。「インド王様、王様の所にキュロス殿下がわたしをよこされました。殿下が仰られますのには、祖国のペルシアから別の軍隊が送られてくるのを期待されておられますから、さらに財貨を必要とされている、とのことです。（実際わしはそれを期待しているのだから、と彼は言った。）したがいまして、王様にご都合のつくだけの財貨を殿下にお贈りくださって恩恵を与えられますと、神が殿下によい成果をもたらされる場合には、王様が殿下からよい助言を受けられたと信じられますように努力する、と殿下は仰っておられます」。三〇　このようなことをわしから送られた使者は言うだろう。また、お前たちの中から送り出される案内者たちに有益だと思うことを指示してくれ。わしらがインド王から財貨を受け取れれば、それをさらに潤沢に使えばよいのだ。だが、財貨を受け取れなければ、わしらは王からなんの恩義も受けないのだし、王にたいしてはすべての点でわしらの利益を考えた行動をとればよいのだ」。

三一　このようにキュロスは言った。そして、彼は使者に従っていくアルメニア兵たちとカルダイオイ兵たちが彼自身の望んでいたことを、すなわちすべての人間が彼について言ったり聞いたりしていたことを話すだろう、と信じていた。時が経つと、彼らは宴を終え、眠りに就いた。

第三章

一　翌日、キュロスは前日に述べた指示を使者に与えて、送り出した。アルメニア王とカルダイオイ兵たちは使者にもっともよく協力でき、キュロスについて適切なことをもっともよく述べうると見なす者たちを一緒に派遣した。

その後、キュロスは城砦に十分な守備隊を置き、必需品のすべてを備え、守備隊の指揮官としてキュアクサレスにもっとも忠実であると彼の信じるメディア兵士を残し、連れてきた軍隊とアルメニアから得た軍隊を、それにカルダイオイから得た、他のすべての兵士にまさっていると思われる約四〇〇〇人の兵士を率いて去っていった。

二　彼が住居のある地区に下りていくと、アルメニア人は誰も、男も女も、家の中に留まらずに、すべての者が彼を出迎えて平和を喜び、各人の大切にしている物を持ち出してキュロスに差し出した。アルメニア王もこれを不愉快に思わなかった。キュロスもこのようにすべての者から尊敬されていっそう喜んでくれる、と王は思ったからである。最後には、アルメニア王妃も娘たちと次男を伴って出迎え、他の贈り物と一緒に以前キュロスが受け取るのを拒否した財貨を持ってきた。

三　それを見てキュロスは言った、「お前たち、わしがこの世を巡って善事を行なっているのは報酬のためだ、と見なさないでくれ。王妃よ、お前は携えてきた財貨を持ち帰り、アルメニア王にはそれを二度と地中に隠させないために渡したりせず、息子をそれでできるだけ立派に武装させて軍隊に送るのだ。残りの財産からはお前自身と夫、娘たちと息子たちのための物を手に入れよ。その得られた物でお前たちはより美しく着飾り、より楽しく人生を送るがよい。人はそれぞれ人生を終える時に肉体を大地に葬れば事足れり、とすべきなのだ」。

四　彼はこのように言うと、馬を先へ進めた。アルメニア王と他の人々すべてが彼についていき、彼を恩恵者、優れた勇士と繰り返し称えた。彼らは、彼が国から去っていくまで、この称賛を繰り返したのである。アルメニア王は祖国が平和になったからキュロスに従軍させる軍隊を増やすことにした。

五　こうして、キュロスは手に入れた財貨で豊かになったばかりでなく、その振る舞いによりこれらの財貨よりはるかに多くの財貨を、必要に応じて何時でも、得られるようにして去っていった。

その夜、彼は国境で野営した。翌日、彼は軍隊と財貨をキュアクサレスのもとへ送った。キュアクサレスは約束どおりであれば近くにいることになっていた。キュロス自身は、ティグラネスと精鋭のペルシア兵たちとともに、野獣に出会った場所で狩猟をして楽しんだ。

六　彼はメディアに着いた時、自分直属の各中隊長に十分であると思える財貨を与えた。それは、彼らも、自分らの部下に表彰すべき兵士がいる場合に、表彰の手段を持てるようにするためであった。彼は、各中隊長が中隊の一部を称賛に値するようにすれば、軍隊全体が彼にとってすばらしいものになる、と信じていた。彼自身も軍隊にとって有益であると思う物は何でも獲得し、何時も極めて価値のある兵士たちにそれを贈り物として分配していた。軍隊を立派ですばらしい状態に維持するものすべてが彼自身の装飾になる、と彼は信じていたからである。

七　彼は手に入れた物を彼らに分け与えた時、中隊長たち、小隊長たちそれに彼が表彰しようと思ったすべての者たちの中央に進み出て、およそ次のように述べた。「友人たち、今はある種の喜びがわしらの心を捕えているようだが、それは、わしらがある程度豊かになり、表彰したいと思う者たちを表彰し、各々がふさわしい表彰を受けうる財貨を所有したからである。八　この財貨を手に入れた原因がいかなる行為にあったかを、わしらはしっかりと思い起こしてみよう。考えてみれば、それは、必要とあれば眠らないでいること、苦労すること、努力すること、敵に屈しないことであることが、お前たちには分かるだろう。だから、わしらは服従、忍耐、適切な時機における労苦と危険が大きな喜びと富をもたらすのだということを認識し、今後も優れた兵士でなければならないのだ」。

九　キュロスは配下の兵士たちが軍事的労苦に耐えうるよい身体的状況と敵を見下す精神的優位性を維持していること、各兵士が自分の武器の扱いに精通していること、さらには、兵士のすべてが指揮官たちに服従するように優れた訓練を受けていることを知っていたから、ただちに敵を攻撃する行動を何かとりたい、と思った。司令官たちの躊躇が見事に立てられた計画をしばしばまったく台なしにしてしまう、と認識していたからである。

一〇　そのうえ、彼は兵士の多くが修練で競いあい、功名心にはやって相互に嫉妬心さえ抱くようになっているのを知っていたから、できるだけ早く彼らを敵地へ率いていこう、と思った。それは、彼が共通の危険がともに戦う兵士たちを親しくさせ、危険の中ではきらびやかな武具を着用した兵士たちも、名誉を追求する兵士たちももはや嫉妬されず、むしろ、このような兵士たちは同僚を全体の利益をともに求める者たちと見なして称賛し、歓迎するのを知っていたからである。

一一　そこで、彼はまず軍隊に完全武装させ、できるだけ立派な、すばらしい整列をさせた。次に、彼は連隊長、大隊長、中隊長、小隊長らの指揮官たちを召集した。彼らは軍隊が点検される場合、その数に含まれていなかったし、司令官から命令を受けたり、何らかの命令を伝達したりしなければならなくなった場合にも、軍隊のいかなる部分も指揮官不在にされず、分隊長たちや班長たちが残された全部隊の秩序を維持していたからである。

一二　軍の主要な指揮官たちが集まると、彼は彼らを率いて隊列に沿って進み、軍隊の優れた状態を彼らに示して、同盟軍の各兵力がいずれも強力である理由を明らかにした。彼は彼らにただちに何らかの行動をとりたいという気持ちを起こさせると、彼らに自分の隊に戻り、彼自身が彼らに教えたことをそれぞれ自分の部下たちに教え、兵士のすべてにもっとも高揚した気持で出発するように、出陣への欲求を抱かせて、翌朝にはキュアクサレスの陣営に到着しているように努力せよ、と言った。一三　その後、彼らは皆、自分の隊に戻り、キュアクサレスに指示されたことをした。翌日の夜明けには、主要な指揮官たちはキュアクサレスの陣営に着いていた。そこで、キュロスはこれらの指揮官たちとともに中へ入り、キュアクサレスの所へ行くと、次のように話し始めた。

「叔父上、わたしの言おうとしています遠征がずっと以前からわれわれと同様に叔父上もよいことであると信じておられるのが、わたしには分かっています。だが、おそらく叔父上はわれわれを養うのが重荷であるから、遠征に言及するのだと思われないように、それを言うのをはばかっておられるのでしょう。一四　とにかく、叔父上が黙っておられますから、わたしが叔父上とわれわれのために言いましょう。われわれすべては準備を整えていますから、敵が叔父上の土地に侵入する時に戦ったり、味方の土地になすすべもなく留まっているのでなく、できるだけ早く敵地に進撃するのがよい、と思っています。一五　今は、叔父上の領地にいて叔父上の物を多く損なうのをわれわれは好みません。だが、敵の土地に入りますと、われわれは喜んで彼らの物を破壊しましょう。

一六　次に、今叔父上は多くを消費してわれわれを養っておられますが、われわれが兵を進めますと、敵地で必需品を得られましょう。一七　さらに、こちらよりも敵地のほうがわれわれに危険が大きいというのでありますと、われわれはもっとも安全な手段を選ばねばなりません。ところが、われわれがこちらで敵を迎え討つ場合でも、敵地に進入して戦う場合でも、敵は同じなのです。また、ここに攻め込んでくる敵を待ち受ける場合でも、彼らの所へ進撃して戦う場合でも、われわれは同じ兵士として戦うのです。一八 しかし、われわれが進撃して敵にまみえるのを拒まない態度を示しますと、兵士たちの精神がはるかに勇敢で強力であるのをわれわれは知りましょう。われわれが敵への恐怖から自国に陣を敷いて怯えるのでなく、敵の進撃に気づいてできるだけ早く戦火を交えるために立ち向かっていくのだと敵が聞けば、敵はわれわれへの恐怖をいっそう強くしましょう。われわれは自分の土地が荒らされるまで待つのでなく、先んじて敵の土地を荒廃させましょう。一九 ところで、われわれが敵をさらに恐れさせ、自分自身をさらに勇敢にしますと、それはわれわれにとり大きな利益であるとわたしは信じますし、このようにしますと、危険もわれわれにはより小さく、敵にはより大きくなる、と考えています。いやそれどころか、戦いは肉体の強さによるよりもむしろ精神力によって決定されるということは、わたしの父が常々言っており、叔父上も述べておられ、他のすべての人も同意しているところです」。

二〇 彼はこのように言った。キュアクサレスは答えた、「キュロスとペルシアの指揮官たちよ、わしがお前たちの扶養を重荷に感じている、と憶測しないでくれ。敵地へ進撃するほうがあらゆる点で確かにまさっている、とわしも思っているのだ」。

「では」とキュロスは言った、「意見の一致を見ましたから、われわれは準備を整え、神々からの吉兆があり次第、できるだけ早く出陣しましょう」。

二一 この後、彼らは兵士たちに準備を命じた。キュロスはまずゼウス大君に、次に他の神々に犠牲を捧げ、これらの神々に恵み深く慈悲深い軍隊の先導者、優れた援助者にして戦友、善事についての助言者でいてくださるように、と祈った。二二　彼はメディアの住人であり、保護者であった英雄たちにも同時に呼びかけた。

犠牲で吉兆を得、軍隊が国境に集合し、鳥の飛翔に吉兆を見ると、彼は敵の領地へ進撃した。国境を越えると、彼はただちにそこでまた「大地の女神」に潅奠をして恩恵を求め、神々とアッシリアに住んだ英雄たちに犠牲を捧げ、好意を寄せてほしい、と祈った。以上のことをすると、彼は再び父祖伝来の神ゼウスに犠牲を捧げた。また、他の神が現われれば、いかなる神もなおざりにしなかった。

二三　これらの犠牲が正しく行なわれると、彼らはただちに歩兵隊を率いて長くない距離を前進し、そこで陣営を設置する一方、騎兵隊による襲撃をし、多くのしかもあらゆる種類の略奪物を手に入れた。その後も、彼らは陣営を移動させて食料を豊富に入手し、土地を荒らして敵を待った。

二四　敵が前進してきて一〇日道程も離れていないと言われた時、キュロスは言った、「叔父上、今こそ、敵に立ち向かい、われわれが恐怖心を抱きながら進んでいくのでない、と敵軍もわが軍も信じるべき時なのです。いや、われわれは戦いをいとわないのだ、と明示しましょう」。

二五　キュアクサレスがこれに同意すると、彼らは戦闘隊形を組み、毎日適切と思われる距離を前進した。そして、彼らは何時も明るい間に食事をし、夜には陣営内で火をともさなかった。しかし、彼らは陣営の外では火をともしていた。それは、夜に近づく者たちがおれば、その者たちを火で見つけうるが、彼ら自身は近づく者たちに見つけられないためであった。また、敵を欺くために、陣営の後方でも火を燃やすことを彼らはしばしばした。この結果、時には敵の斥候たちが、陣営の後ろに火があるので、まだ陣営から離れていると思い、味方の歩哨たちの手に落ちることがあったのである。

二六　さて、すでに両軍が相互に接近した時、アッシリア軍とその同盟軍は陣営の周りに堀を巡らせた。これは、異国の王たちが今もしていることである。彼らは陣営を設置する時、人手が多いから容易に堀を巡らせるのである。また、彼らがこのようにするのは、騎兵隊、とりわけ異国の騎兵隊が夜に混乱を起こしやすく、扱いがたいのを知っていたからである。二七　というのは、彼らは両足をくくった状態にして馬を飼葉桶の側に立たせるから、攻撃を受けると、夜に馬を解き放ち、馬勒をつけ、鞍を置き、武装させるのが大変困難な仕事となり、馬に乗って陣営を駆け抜けることなど全く不可能だからである。これらすべての理由から、アッシリア軍と同盟軍は防塁を巡らせるのであり、それと同時に堅固な陣営内にいることが彼らの望む時に戦えるようにしてくれる、と信じているのである。

二八　このようなことをしながら両軍はたがいに接近した。両軍が前進して約一パラサンゲス隔たる距離に達した時、アッシリア軍は明確に視野に入る場所に陣営を設置し、先に述べたように堀を巡らせた。これにたいして、キュロスは村や丘の背後に隠れて、できるだけ敵から見えないようにした。戦いはすべて不意打ちによるのが敵の恐怖をいっそうつのらせる、と彼は見なしていたからである。そしてその夜、両軍は当然前哨兵たちを配置して眠りに就いた。

二九　翌日は、アッシリア王とクロイソスそれに他の司令官たちが軍隊を堅固な陣営内で休息させていた。キュロスとキュアクサレスは戦闘隊形を組み、敵が前進すれば戦おうと待ち構えていた。だが、その日は敵が陣営[1]から出て戦わないことが明らかになったので、キュアクサレスはキュロスとそのほかに主要指揮官たちを呼び集めて、次のように述べた。三〇「お前たち、わしらはちょうど戦闘隊形を組んでいるのだから、敵の陣営に向かって前進し、戦いを望んでいるのを示すのがよい、と思う。このようにすれば、彼らが迎撃してこなければ、わが軍がさらに勇敢になって戻ってくるだろうし、敵はわれわれの豪胆さを見て、恐怖心をいっそうつのらせるだろう」。

三一　これが彼の考えであった。だが、キュロスは「神々にかけまして」と言った、「叔父上、そのようなことはけっしてしないようにしましょう。叔父上が命じられるように、われわれが姿を見せて前進しましても、敵は今自分らがいかなる打撃も受けない安全な場所にいるのを知っていますから、進んでいくわれわれを見ましても、ぜんぜん怖がらないでしょう。しかも、われわれが何もしないで戻りますと、敵は逆にわれわれの人数が自分らよりはるかに少ないのを見て、明日になると断固たる決意で出撃してきましょう。三二　今は、われわれの到着を彼らが知っていましても、われわれを目にしてはいません。彼らはわれわれを侮らずに、われわれの姿が見えないのはどうしてなのか、と気にしているのに十分注意してください。わたしには彼らがわれわれについて休みなく討議しているのが、分かります。だが、敵が出撃してきました場合には、われわれは以前から望んでいた場所で彼らを捕捉し、彼らに姿を示すと、ただちに接近戦を交えねばならないのです」。

(1) 原語では保塁となっているが、内容的には陣営と同義である。この章では以下同じである。

三三　キュロスがこのように述べると、キュアクサレスも他の者たちもそれに同意した。そして、彼らは食事をとり、歩哨たちを立てると、多くの火を歩哨たちの前方にともして眠りに就いた。

三四　翌日早くキュロスは冠を被って犠牲を捧げたが、貴族たちにも冠を被ってこの犠牲に列席するように、と指示していた。犠牲が終わると、彼は貴族たちを集めて言った、「お前たち、犠牲の予兆によると、予言者たちが言い、わしも同じ思いであるが、神々は戦が起こると告げられ、勝利をかなえてくださり、無事を約束してくださっている。三五　このような場合に、どういう行動をとるべきかをお前たちに助言するのを、わしは恥ずかしく思う。というのは、お前たちが［わしと同じように］それを心得かつ修得し、しかも始終聞いているから、他の者たちにも当然教えられるのを、わしは知っているからだ。だが、お前たちが次のことに気づいていないなら、わしの言うことに耳を傾けてくれ。

三六　わしらが最近戦友にし、わしら自身と同じ能力を持たせようと努力している兵士たちに、キュアクサレス王様によって養われている条件、訓練している内容、彼らを呼び寄せた目的、彼らがわしらと喜んで競いあいたいと言った事柄を、彼らに思い起こさせねばならないのだ。三七　また、各人の価値を今日のこの日が示すのだということも、彼らに思い起こさせるのだ。人々が遅く学ぶことになった事柄については、幾人かがそれを思い起こさせられることが必要になるとしても不思議なことでなく、思い起こさせられても優れた人間になりうるなら、歓迎すべきことであるからだ。三八　以上のことをしながら、お前たち自身をも試すとよい。このような場合に、他の者たちをもより勇敢にできる者が、自分自身をもすでに完全に勇敢な人間であると自覚するのは当然だからだ。だが、この思いを自分自身だけが所有し、それに満足している者は、自分を半人前の勇敢な人間だと見なさねばならないのは、言うまでもないだろう。三九　だから、わしが彼らに言わないで、お前たちに命令して彼らに言わせるのは、彼らにもお前たちの気に入るように努力させるためなのだ。それも、お前たちがそれぞれ自分の隊で彼らと接触しているからだ。お前たちが彼らに自分自身が勇敢であることを示そうとするなら、彼らにも他の多くの者にも言葉でなく行動で勇敢を教えることをよく理解すべきだ」。四〇　最後に、彼は彼らに冠を被って朝食をとりに出向き、献酒を済ました後、同じ冠を被って部署に戻るように、と言った。

貴族たちが去ると、彼はもう一度後衛指揮官たちを呼び集め、次のように指示した。四一「ペルシアの指揮官たちよ、お前たちは貴族の仲間に入り、選ばれて今の職務に就いたが、それは、お前たちが他の点ではもっとも勇敢な者たちと同等でありながら、年齢からしてより思慮深い、と思われているからだ。だから、お前たちは先頭の者たちに劣らぬ位置を占めているのだ。つまり、お前たちは後尾にいて、勇敢な兵士たちに注目し、彼らを励ましてなおいっそう勇敢にする一方、誰かが臆病であれば、その者を目にとめて許さないからだ。四二　お前たちの年齢と武装の重さのゆえに、勝利は他の者によりもお前たちに有益なのだ。先頭にいる者たちがお前たちに呼びかけ、後に従うように告げると、彼らに従え。なお、このように従っていく場合でも、お前たちが先頭にいる者たちに劣らないために、敵に向かってさらに速く先導するように、と彼らを逆に励ませ。では、朝食をとりにいき、頭に冠を被って他の者たちと一緒に部署に戻れ」。

四三　キュロス指揮下の軍隊は以上のことをしていた。だが、アッシリア軍はすでに朝食を済まして、大胆にも陣営から出てきて勇敢に戦列を組んだ。王自身は兵士たちに戦列を組ませ、戦車に乗り、戦列に沿って進み、次のように激励した。**四四**「アッシリア兵たちよ、今こそ、お前たちは勇敢な兵士でなければならない。現在の戦いはお前たちの生命、お前たちの生まれた祖国、お前たちの育った家、お前たちの妻子、お前たちの所有するすべての財産にかかわっているからだ。勝利を得れば、お前たちは以前のようにこれらすべてのものの所有者だが、敗北すれば、これらすべてのものを敵に渡すことになるのだ。このことをお前たちはよく心得ておけ。**四五** だから、勝利を得たいと望むなら、踏み留まって戦え。勝利を望む者が目のない、武器を持たない、手のない身体の部分[1]を敵に見せて逃げるのは、愚かなことだ。また、勝利を得た者が助かること、逃げる者が踏み留まる者より殺害され易いことが分かっていながら、生命を惜しんで逃げようとする者は愚かだ。さらに、財貨を得ようとして敗北を受け入れる者も愚かだ。勝利者は自分の物を保持するうえに敗者の物も獲得するのに、敗者は自分自身と自分の所有する物すべてを失うのは、誰もが知っていることなのだ」。

四六 アッシリア王はこのようなことをしていた。キュアクサレスはキュロスに使いを送り、敵に向かって進撃する時機がすでに来ている、と言った、「今は、陣営の外にいる敵は少数であるが、わしらが進んでいく間に多数になるだろう。だから、敵が多くなるまで待たずに、まだ容易に勝てると思われる間に、前進しようではないか」。

四七 これにたいしてキュロスは答えた、「叔父上、よく心得ていただきたいのですが、敵の半数以上が撃ち破られないと、われわれが多数を恐れて少数を攻撃した、と敵は言いましょう。しかも、敵自身は負けたと思っていません。だから、新たな戦いが必要になります。そして、その戦いでは、敵は、われわれが望む敵兵力と戦えるように、自軍の戦力を配分してわが軍に向かわせてくる今の計画より、おそらくもっとよい計画を立てましょう」。

四八 使者たちはこれを聞いて去っていった。この時、ペルシア貴族のクリュサンタスと幾人かの貴族が敵の逃亡兵たちを連れてきた。キュロスは当然逃亡兵たちに敵状を尋ねた。彼らの語ったところでは、敵兵たちはすでに武装して陣営の外に出ており、王自身も出てきて敵兵たちを戦列につけ、つぎつぎと出撃する兵士たちにいろいろと力強い激励の言葉をかけていた。逃亡兵たちの言葉を聞いた者たちがこのように語ったそうである。

四九 その時、クリュサンタスが言った、「キュロス殿下、時間のあります間に、兵士たちを集められ、彼らをさらに勇敢にするよう、殿下も激励されましたらいかがでしょう」。

五〇 すると、キュロスは言った、「クリュサンタスよ、お前がアッシリア王の激励に悩まされることはないのだ。勇敢でなくても聞かせると即座に勇敢にさせられるような、都合のよい激励の言葉はないのだから。前もって弓の訓練をしていなければ、優れた弓兵にさせられないし、投槍兵も、騎兵もそうである。また、肉体についても、前もって鍛錬している者でなければ、苦労しうるような人間にはできないのだ」。

五一 クリュサンタスも言った、「だが、キュロス殿下、殿下が激励なされて、彼らの精神をより勇敢にされますと、有益なのではありませんか」。

(1) 背中のこと。

「一言言っただけで」とキュロスは言った、「聞き手の心を羞恥心で満たしたり、恥ずべき行為を防いだりすること、また、称賛されるためにあらゆる労苦に耐え、あらゆる危険を冒し、逃げて助かるよりも、戦って死ぬほうを選ぶべきだと思い込ませることができるのだろうか。五二 また、そのような考えが人間の心に刻み込まれ、不変のまま存続するのなら、まず、法が勇敢な人々には名誉のある、自由な人生を用意し、臆病な人々には耐えがたくて痛ましい、生きるに値しない人生を科すものとして存在しなければならないだろう。

五三 次に、わしが思うのに、法に加えて教師たちと指導者たちがいなければならない。これらの者が正しく指示して教え、教えられたことを実行する習慣を身につけさせた結果、教えを受けた者たちは勇敢で称賛される者たちを本当に至福の者たちと信じ、卑怯で恥ずべき者たちをすべての者のうちで哀れ極まりない者たちと見なすのを自分の性格にするのだ。教育が敵への恐怖を克服するのだということを示そうとする者たちはこのような心がけをしていなければならないからだ。五四 武装して戦に向かおうとしている時に、多くの兵士が以前に学んだことを忘れていても、即興的弁舌で彼らをたちまち戦争に長じさせることができるなら、この世のうちでもっとも偉大な徳を学び教えるのも何にもまして容易なことだろう。五五 というのは、兵士たちの模範となってあるべき姿を示し、彼らが何かを忘れれば、思い出させることができるお前たちを目の前にしていなければ、わしらが率いてきて、現にわしらのもとで訓練しているこれらの兵士たちをも不変の者だ、とこのわしは信じないからだ。クリュサンタスよ、美しく歌われた歌が音楽の訓練を受けていない者たちを音楽に向かわせるよりも、見事に語られる言葉のほうが勇敢に振る舞う鍛錬をまったく受けていない者たちを勇敢に行動するように仕向けるのにいくらかでも役立つとすると、わしは不思議に思うのだ」。

五六　彼らはこのように話しあった。キュアクサレスが再度使いをよこし、躊躇せずにできるだけ早く敵に向かって前進しないと、過ちを犯すことになる、と言った。そこで、キュロスは使者たちに答えた、「まだ必要な数の敵兵が陣営の外に出ていないのを、叔父上はよくお知りになるべきだ。このことを、すべての者のいる前で、お前たちは叔父上に告げよ。しかし、叔父上がよいと思われるのだから、わしはすぐに進撃しよう」。

五七　彼はこのように述べ、神々に祈り、軍を率いて出撃した。彼は前進し始めると、速い速度で先導した。彼らは戦列を組んだ進み方を心得て訓練をしていたから秩序正しく、また、たがいに競争心を持っていて肉体を鍛えあげており、先頭に位置する者がすべて指揮官であったから勇敢に、さらに、彼らには思慮があったから喜んで従っていった。それは、彼らが長い間学んでいて、敵兵たちとりわけ弓兵たち、投槍兵たち、騎兵たちとは接近して戦うのがもっとも安全で容易である、と信じていたからである。

五八　彼らがまだ射程距離外にいた間に、キュロスは「守護者であり導き手であるゼウス」という合言葉を伝達させた。合言葉が巡り戻ってきて彼に再び伝えられた時、キュロスが自ら慣例の軍歌を歌い始めた。すると、彼らはすべて大声を張りあげ、一緒になって敬虔に歌った。神々を恐れる敬虔な者たちがそのように歌っている時には、人間をいっそう恐れなくなるからである。五九　軍歌が終わると、「よく訓練された」貴族たちは、一斉に勢いよく前進した。彼らはその際、たがいに確認しあい、側にいる者たちや後ろにいる者たちの名前を呼び、何度も「友人たちよ、さあ行こう」、「勇敢な兵士たちよ、さあ行こう」と言い、たがいに遅れないでいくように、励ましあった。これにたいして、後ろにいる者たちは彼らの声を聞くと、逆に先頭にいる者たちに勇敢に先導するように、と激励した。キュロスの軍隊は積極性、名誉心、力、勇気、激励、節度、服従に満ちていた。そして、服従こそは敵にとってもっとも恐ろしいものである、とわたし[1]は思う。

六〇　アッシリア兵たちのうち戦車から降り、自軍の前で戦っていた兵士たちは、ペルシア軍の主力がすぐ近くに迫ってくると、戦車に乗り、自軍の主力の方へ退却した。だが、彼らのうち弓兵、投槍兵、投石兵らは、飛び道具を射程外のはるか遠くから放った。六一　ペルシア軍が前進し、敵の放った飛び道具の上を踏み越えていった時、キュロスは、「勇敢な兵士たちよ、今こそ、各人はさらに速く前進して勇敢さを示し、他の者たちを励ますのだ」と叫んだ。彼らはこの指示を伝達した。積極性と勇気のあまり、また接近戦を求めるあまり、幾人かが走り始めた。すると、全戦列も一緒に走り始めた。六二　キュロス自身も、歩いて前進するのを忘れ、走って先導し、同時に彼は、「誰が従ってくるのか。誰が勇敢なのか。誰が最初に敵兵を倒すのか」と叫んだ。

これを聞いた兵士たちは同じことを叫んだ。そして、彼が叫んだとおり、「誰が従ってくるのか。誰が勇敢なのか」という叫びが、全軍に起こった。

六三　ペルシア軍はこのようにして敵に向かっていった。すると、敵はもはや踏み留まれずに、背を向けて陣営に逃げ込もうとした。六四　他方、ペルシア兵たちは敵の陣営の入口まで追跡し、そこで押しあっていた多くの敵兵を打ち倒した。彼らはさらに堀に落ちた敵兵たちを追って自分も飛び込み、敵兵たちも馬も殺害した。幾台かの戦車が逃げる時に堀に落ち込まざるをえなかったからである。六五　メディア騎兵隊もこれを見ると敵の騎兵隊に向かって駆けていった。敵の騎兵隊は同じように退却した。だがその時には、敵の馬と兵士たちは追跡を受け、両方とも殺害された。

六六　陣営の内側にいたアッシリア兵たちのうちで堀の盛土[2]の上に立っていた兵士たちは恐ろしい光景と恐怖により、殺害者たちに弓を射たり、槍を投げたりすることを考えもしなかったし、できもしなかった。彼らは間もなくペルシア軍の一部が陣営への入口の通路を切り開いたのに気づくと、陣営内の盛土からも逃れた。六七　アッシリア軍とその同盟軍の女性たちはすでに陣営内でも兵士たちの逃亡を見て、叫び声をあげ、うろたえて走り回った。ある女たちは子供を抱えており、他の女たちはもっと若かったが、いずれも衣服を引き裂き、引き千切り、出会った兵士すべてに彼女らを残して逃げずに、子供らと彼女らそして彼ら自身を守るように、と嘆願した。

六八　その時、王たち自身ももっとも信頼する側近たちを連れて入口に向かい、盛土に上がって戦い、他の兵士たちを励ました。

六九　キュロスは戦の成り行きを知ると、無理に陣営内に突入しても、味方は少数だから多数の敵により

（1）作者クセノポンを指す。
（2）堀を掘ってできた土が盛り上げられて防壁のようになっている。

損害を受けると憂慮し、後退りで飛び道具の射程外まで退き、「次の指示を待つように」との命令を伝達した。

七〇　この時に、貴族たちが申し分のない教育を受けていたことが分かったのである。すぐさま彼ら自身が服従し、すぐさま他の兵士たちに命令を伝えた。彼らは射程外に来ると、彼らの定められた位置に立った。彼らがそれぞれ自分のいるべき場所を合唱舞踊隊よりもはるかに正確に知っていたからである。

第四巻

第一章

一　キュロスはしばらくの間軍隊を率いてそこに留まり、敵が出陣してくれば戦う用意のあることを示した。だが、誰も向かってこなかったので、適当と思われる距離だけ撤退して野営した。彼は歩哨たちを配置し、斥候たちを放った後、配下の兵士たちを集めて、その中央に立ち、次のように話した。

二「ペルシア兵たちよ、まず、わしはできるだけ神々を称えるが、お前たちもすべてそうする、と思う。わしらが勝利と安全を確保したからだ。だから、これにたいしてわしらが持っている感謝の捧げ物を神々に贈らねばならない。だが、わしは今のところお前たちすべてを称える。お前たちすべてが今終わった戦いに立派な成果をあげたからだ。各兵士の功績にはわしが適切な者から聞き取った時に、言葉と行為でふさわしい褒賞を与える努力をしよう。三　だが、わしのもっとも近くにいた中隊長のクリュサンタスについては、他の者から何も聞く必要はない。わし自身が彼の働きを知っているからだ。わしが思うのに、彼はお前たちすべてがしたことだけをしたのでなく、次のような行動もとったのだ。つまり、わしが彼の名を呼んで退却を命じた時、彼は敵を切り倒すために剣を振りあげていたが、わしの命令に従いそれを即座にやめ、指示されたことをし遂げたのだ。彼自身が退き、他の兵士たちにもこのうえなく機敏に命令を伝えた結果、敵がわしらの退却を知って、弓を引き絞り、槍を投げる以前に、彼は先手をとって戦列を射程距離外に置いたのだ。こうして、服従することにより、彼自身が無事であるばかりでなく、自分の指揮下にある兵士たちも無傷のまま引きあげさせたのだ。**四** 他の兵士たちが負傷したのをわしは見ているが、彼らのことについては、どういう時に負傷したのかを考慮したうえで、見解を表明することにしよう。だが今は、クリュサンタスを戦に長じた、賢明な、服従することも指揮することもできる者として、大隊長への任命により表彰する。神がほかにすばらしい戦果を与えてくださった時でも、わしは彼のことを忘れないだろう。

五 また、お前たちすべてに思い起こさせたいことがある。それは、逃亡よりむしろ勇気が生命を救うのか、戦おうとしない兵士たちより戦おうとする兵士たちのほうが容易に退却しうるのか、また、勝利がどのような喜びをもたらすのかをお前たち自身の心で常に判断するために、今この戦いで目にしたことをたえず心に留めるようにすべきである、ということだ。お前たちは先ほど行なわれた戦闘で以上のことを経験しており、今はこのことをもっともよく判断できるからだ。**六** このことを何時も念頭においていると、お前たちはもっと勇敢になるだろう。

だが今は、お前たちは神に愛された、勇敢な、思慮深い兵士として食事をし、神々に神酒を捧げ、勝利の歌声をあげ、同時に命じられたことに配慮せよ」。

七 このように言ってから、キュロスは馬に乗ってキュアクサレスのもとへ行き、当然のことながら、彼と喜びをともにし、その場の様子を目にして必要な物はないかと尋ねた後、自軍の所へ駆け戻った。キュロスの部下たちは食事を済まし、必要な数の歩哨を立てて眠りに就いた。

八　他方、アッシリア軍のほうは司令官が戦死し、彼とともにもっとも勇敢な兵士のほとんどが死んだので、兵士のすべてが意気阻喪し、彼らの多くが夜の間に陣営から脱走した。クロイソスと他の同盟軍はこれを見て落胆した。事態はすべて厳しい状態にあったからである。とりわけ、軍の指導的な種族が分別をすっかり失ってしまったのが全体にこのうえもなく大きな不安を与えていた。こういうわけで、彼らは夜の間に陣営を捨てて立ち去った。九　夜が明けると、敵の陣営は無人の姿を現わした。すぐさまキュロスはペルシア軍に堀を真先に渡らせた。多くの羊、多くの牛、豊富な財貨に満ちた多くの車が敵によって放置されていた。この後ただちに、キュアクサレスとメディア兵のすべてが堀を渡り、その場所で朝食をとった。一〇　彼らが朝食を終えると、キュロスは自分の中隊長たちを集めて次のように述べた。

「お前たち、わしらは実に多くのすばらしい財貨を敵に捨てさせたが、それは神々がわしらに与えてくださったからだ、と思われる。敵がわしらから逃げ去ってしまったのをお前たち自身が今目にしているのだからな。堅固な陣営の中にいたのにこれらの財貨を捨てて逃げた兵士たちが、平原でわしらを目にして待ち受ける、とは思えない。味方が敗北を喫し、わしらから多くの損害を被った今、抵抗しないでわしらの強さを知らないでいる敵兵たちが、わしらの攻撃に耐えることなどできないのだ。もっとも勇敢な兵士たちが殺害されてしまったのだから、彼らより臆病な兵士たちがわしらと戦おう、と思わないだろう」。

一一　すると、「事態がこのように有利なのが明らかでありますのに、どうして、自分らはできるだけ早く追跡しないのでしょうか」と言う者がいた。

そこで、彼は言った、「わしらはさらに騎兵隊を必要とするのだ。敵の騎兵隊は、敵軍のなかでも極めて強力で、彼らを捕えたり、殺害したりするのがもっとも重要だったのだが、彼らは馬に乗っており、わしらは神の加護で彼らを逃走させることはできたのだが、捕えることはできなかったからだ」。

一二「では、なぜ」と彼らは言った、「キュアクサレス王様の所へお出でになられて、そのことを申されないのでしょうか」。

するとと、彼は言った、「では、わしらすべてがそのように考えているのを叔父上に分かってもらえるように、すべての者がわしと一緒に来るとよい」。

その後、彼らはすべてキュロスに従っていき、求めるものについて必要と思われることを、キュアクサレスに述べた。

一三 キュアクサレスは、一方では、彼らが用件を切り出したから嫉妬のようなものを感じていたし、他方では、おそらく再び危険を冒さないのがよい、と思っていたようである。彼自身の気分が快適な状態であったし、他のメディア兵の多くも同じ気分でいるのを、彼は知っていたからであった。だから、彼は以下のように言った。一四「いや、キュロスよ、お前らペルシア兵たちがいかなる快楽にも他の人々より貪欲にならないように心がけているのを、わしは見たり聞いたりして知っている。だが、わしには最大の快楽を適度に味わうほうがはるかに役に立つ、と思われるのだ。しかも、今わしらに与えられている幸運以上に、快楽を人間にもたらしてくれるものはないのだ。

一五 だから、「わしらは、幸運な時に」その幸運を賢明に維持するなら、おそらく危険なく幸運に年をとることができるだろう。だが、わしらが貪欲に幸運を享受し、つぎつぎと他の幸運を追い求める努力をする場合には、多くの者が海で遭遇したと言われているような、すなわち幸運のために航海をやめようとせずに命を落とすような災難に遭わないように、注意しろ。多くの者は勝利を得ると、別の勝利を求めて以前の勝利を捨てるのだ。一六　敵がわしらより少数だから逃げたのなら、この少数の敵を安全に追跡することはできよう。だが今は、わしらのすべてが敵の何分の一と戦って勝ったのかを、考慮すべきだ。彼らの残りの兵士たちは戦わずにいるのだ。わしらがこの兵士たちに戦いを強いなければ、彼らはわしらと自分自身を知らないまま、無知と無気力から去っていくだろう。だが、彼らが去る場合も、留まる場合と同じように、危険であるのを知ると、彼らは意志に反して勇敢になるが、そうなるような強制を彼らに加えないように、わしらは心がけるべきだ。一七　彼らが自分の妻子を救いたいと願っているのに、お前には彼らの妻子を捕えたいとの欲求がそれほどないのを自覚しておけ。猪でさえ多数いても、見つけられれば子供を連れて逃げるが、誰かが子猪を一匹捕えようとすれば、親猪は、自分一匹であっても、逃げないで捕えようとする者に向かって突進するのを心得ておけ。一八　敵は、今は自分らを堅固な陣営に閉じ込め、戦力を配分して、わしらの望む兵力と戦わせてくれるが、わしらが広い戦場で彼らに向かって進んでいく場合には、全軍が陣営外で四方に別れ、ある隊は今のように前面から攻撃し、他の隊は側面から、さらに別の隊は後方から攻め寄せるという方法を学べば、わが軍の兵士はすべて多くの手と目を必要とすることを知るがよい。そのうえ、わしはメディア兵たちが今快適な気分でいるのを知っているから、彼らを立ち上がらせて無理に前進させ、危険な目にあわせたくないのだ」。

一九　すると、キュロスは言った、「いや、叔父上は誰にも無理強いされずに、わたしに従ってきたいという兵士たちを与えてくださるとよいのです。多分われわれは叔父上とここにいる叔父上の友人の各々に喜ばれる物を携えて戻ってくるでしょう。われわれは敵の主力を追跡しません。敵の主力など攻撃できるはずがありませんから。だが、敵軍から離れたり、とり残されたりした部隊を捕捉しますと、われわれは叔父上の所にそれらを連れて戻りましょう。二〇　われわれも叔父上に懇願されましたから、叔父上を喜ばせようと長い道程を経てきましたのを思い起こしてください。そうしますと、叔父上も今度は、われわれすべてにも叔父上の財宝を見るだけでなく、何がしかの物を持って祖国に帰れるようにしてくださって、われわれの好意に報いられるのは、公正なことでないでしょうか」。

二一　そこで、キュアクサレスは言った、「志願して従う者がおればよいのだが」。

「では」と彼は言った、「ここにいる信頼できる者たちから誰かをわたしと一緒によこしてください。その者に叔父上の指示されることを言ってもらいますから」。

「それなら」と彼は言った、「ここにいる者のうちからお前の望む者を連れていけ」。

二二　そこにちょうどかつてキュロスの親族だと言い、［キュロスに］接吻された者がいた。だから、キュロスはすぐに言った、「この者がよろしい」。

「では、この者をお前について行かせよう。お前は志願者にキュロスと一緒に行け、と言え」。

二三　こうして、彼はこの男を連れて外に出た。彼らが外に出た時、キュロスは言った、「お前はわしを見れば嬉しいと言ったが、そう言ったことが本当かどうか、今明らかにしてくれ」。

「殿下がそのように仰られますなら」とこのメディアの男は言った、「自分は殿下からけっして離れはしません」。するとキュロスは言った、「もちろん、他の者も連れ出してくれるのだろうな」。そこで、かの者は誓い、「ゼウスにかけまして」と言った、「殿下もこの自分をご覧になられるのが楽しくなるほど連れ出してまいります」。

二四　それから、キュアクサレスに派遣された男は熱心にいろいろとメディア兵士たちに伝えていたが、とりわけ彼自身がもっとも立派で優れている方から、いや、何よりも重要なことであるのだが、神々の血を受け継いでいる方から離れないのだ、ということをつけ加えていた。

第二章

一　キュロスがこのようなことをしている間に、神意に導かれたかのように、ヒュルカニア軍からの使者たちが到着した。ヒュルカニア人はアッシリア人の隣人であり(1)、大きな種族でなかったから、アッシリア人に隷属していた。当時ヒュルカニア人は馬術に秀でていると見なされていたし、現在もそう思われている。だから、ラケダイモン人(2)がスキリティス人(3)を扱うように、アッシリア人もヒュルカニア人を扱い、容赦なく彼らに労苦を課し、危険を冒させた。しかも、アッシリア軍はその時約一〇〇〇騎の騎兵大隊であった彼らに後衛を務めるように命じ、後尾に何かの危険が起これば、彼らがアッシリア軍の代わりにその危険を食い止めることになっていた。二　ヒュルカニア軍は後衛軍として進軍することになっていたから、彼らの車も家族も最後尾に伴っていた。アジアに住む人々の多くは、自分と一緒に暮らしている者たちを連れて遠征するのである。この時も、ヒュルカニア軍はこのようにして遠征していた。

三 彼らはアッシリア人から受けた仕打ちを思い、その支配者が戦死し、アッシリア軍が敗北したこと、恐怖が遠征軍につきまとい、アッシリアの同盟軍も意気阻喪して、アッシリア軍を残していこうとしていることを考え、キュロス軍が自分らに協力して攻撃を加えてくれるなら、今が反逆する絶好の機会である、と判断した。そこで、彼らは使者たちをキュロスのもとへ送ったのである。先の戦い以降、キュロスの名前は実に偉大なものになっていたからである。**四** 使者たちは自分らがアッシリアを憎んでいるが、それは正当であること、今キュロスがアッシリア軍を攻撃するのなら、自分らが彼の同盟軍として先に戦いの火蓋を切り、ペルシア軍を先導する、と言った。同時に、彼らは敵軍の状況も詳しく述べたが、それは、彼らが何よりもキュロスに軍を動かせたい、と願っていたからであった。

五 そこで、キュロスは彼らに尋ねた、「わしらがアッシリア軍を城砦に入る前に捕捉できる、とお前たちは思うか。というのは、アッシリア軍がわしらの目にとまらずに逃げ去るのは、わしらにとって大きな不

(1) ヒュルカニア人は一般にカスピ海南東沿岸地域に居住する種族と見なされていた。七頁註(5)参照。なぜこの箇所でアッシリアに隣接する種族と記されているのかについては不明である。

(2) ペロポネソス半島の南東地域ラケダイモンに居住する種族。

(3) アルカディアとの境に近いラケダイモンの一地方に居住する種族。

運だ、と思っているからだ」。このように彼が語ったのは、使者たちに自分らをできるだけ高く評価させよう、と意図したからであった。

六 すると、彼らはキュロス軍が朝早く軽武装で進軍するなら、明日にでも追いつけるが、それも、アッシリア軍が大軍であるためと車に妨げられてゆっくり進んでいるからだ、と答えた。「同時に」と彼らは言った、「アッシリア軍は前夜起きていたから、短い道程を前進しただけで、今は野営しています」。

七 「では」とキュロスも言った、「お前たちは自分の言っていることが真実である、とわしらに信じさせられるか」。

「すぐに出発して」と彼らは言った、「夜には人質を連れてくるつもりです。わたしども自身が殿下からいただく同じ約束を他の者たちにも伝えられますように、殿下もどうか神々に誓ってわたしどもに確約[して]、右手を与えてくださるようにお願いいたします」。

八 この後、キュロスは事実彼らに確約した。その内容は、彼らが自分らの約束を果たせば、彼らを信頼できる友軍として扱い、彼のもとではペルシア軍にもメディア軍にも劣らないようにする、ということであった。そして、現在でもヒュルカニア人たちが信頼されており、官職に就いている者たちが見られるのは、ペルシア人たちやメディア人たちで官職にふさわしい、と思われる者たちがいるのと同様である。

九 彼らが食事をすると、キュロスはまだ日のあるうちに軍隊を率いて出発した。ヒュルカニアの使者たちには一緒に進撃するために自分を待っているように、と命じた。ペルシア軍は当然全軍が出撃し、ティグラネスも自分の軍隊を率いていった。一〇 メディア軍のうちでは、ある兵士たちはキュロスが少年であった時少年で彼の友人であったから、また他の兵士たちは狩猟の仲間で彼の性格を敬慕していたから、さらに他の兵士たちは彼が自分らから大きな恐怖を追い払ってくれたと信じて感謝の念を示すために、別の兵士たちは彼が優れた人間に見えることから、いっそうすばらしく幸運で偉大な人間になるとの希望を抱いて出撃したのであった。なお他の兵士たちは彼がメディアで育った時に親切にしてくれたから、その返礼をしよう、と思っていた。彼は、祖父のもとにいた時、その人間愛から多くの人々にいろいろな好意を示したのである。なお、多くの兵士は、ヒュルカニアの使者たちを見た時、彼らが多くの財貨の略奪を先導するという噂が広まったので、何かを得ようと出陣した。

一一　こうして、たまたまキュアクサレスと一緒に天幕で食事をしていた者たちを除いて、メディア兵もほとんどすべて出撃した。だから、キュアクサレスと一緒にいた者たちおよびその部下たちは留まっていたが、他の兵士はすべて強制されずに自由意志と感謝の念から出発したから、喜び勇んで進軍した。

一二　彼らが陣営の外に出ると、彼はまずメディア兵たちの所へ行って彼らを称えるとともに、神々に何よりも彼らと自分らを恵み深く導いてくださいと、次に彼自身をも彼らの熱意に感謝の念を示せるようにしてください、と祈った。最後に彼は歩兵隊が彼らに先行すると言い、彼らには騎兵隊と一緒について来るように、と命じた。そして、彼は、どこであろうと彼らが休息したり、行進を中止したりする場合には、常に必要な命令を受け取れるように誰かを自分の所によこすように、と指示した。一三　この後、彼はヒュルカニアの使者たちに先導を命じた。

そこで彼らは尋ねた、「どうされました。殿下は、保証を得られて前進なさるために、わたしどもが人質を連れてきますまで、お待ちになられるのではないのですか」。

するとう、彼は次のように答えた、と言われている。「いや、保証はわしらの心と手にあるのが分かったから、待たないのだ。また、お前たちが真実を述べているのなら、わしらはお前たちに好意を示せる状況にある、と思っている。だが、お前たちが欺くなら、わしらがお前たちの手中にあるのでなく、お前たちが、神々のご意志であれば、わしらの手中にある、と信じているのだ。だが、ヒュルカニアの使者たちよ、お前たちの軍隊が後衛軍としてついて行っていると言ったのだから、彼らを見たら、わしらが彼らに害を加えることのないようにわしらに合図をして、彼らがお前たちの兵士であると分かるようにするのだぞ」。

一四　これを聞くと、ヒュルカニアの使者たちは命令どおりに道を先導し、彼の精神力の強さに感嘆した。そして、彼らはアッシリア軍、リュディア軍、その同盟軍をもはや恐れず、キュロスが自分らの参加あるいは不参加をほとんど重視しないのではないか、とひたすら心配したのである。

一五　彼らが進んでいき、夜が迫ってきた時、キュロスと彼の軍隊に天からの光がはっきりと見えたので、全兵士が神に畏敬の念を抱き、敵に勇敢に立ち向かう気概を持った。彼らは軽武装で速く進んだから、当然長い道程を踏破し、夜明けにはヒュルカニア軍の近くに到着した。一六　使者たちはヒュルカニア軍に気づくと、それが自分らの軍隊である、とキュロスに言った。彼らはそれが後衛軍であることと火の数とで分かった、と言った。一七　キュロスはただちに、使者の一人を、ヒュルカニア軍が友軍であるならできるだけ早く右手をあげて出迎えよと言うように、と指示して彼らの所へ送り、同時に部下の一人に、ヒュルカニア軍が近づいてくるのを見ると、自軍も同じようにして近づいていくと彼らに告げよと命じて、この使者と一緒に行かせた。このように、使者の一人はキュロスのもとに残り、他の一人はヒュルカニア軍の所へ馬を駆っていった。

一八　キュロスはヒュルカニア軍の動向を見定めている間、軍隊を留めていた。すると、メディア軍の指揮官たちとティグラネスが彼のもとに駆けてきて、どうすべきなのか、と尋ねた。彼は、あの近くにいるのがヒュルカニア軍であり、彼らの所から来た使者の一人と一緒にわが軍の一人も彼らの所へ行き、友軍であるならすべての兵士が右手をあげて出迎えるように言っている、と彼らに述べた。そして、彼らがそのようにすれば、お前たち各々は自分の前に立った兵士を歓迎し、彼らを勇気づけよ、だが、彼らが武器を取ったり、逃げようと企てたりするなら、お前たちはただちにこの最初の兵士たちを一兵たりとも逃さないように努めなければならないのだ、と彼は言った。

一九　彼は以上のように指示した。一方、ヒュルカニア兵たちは、使者の言葉を聞いて、喜んで馬に飛び乗り、言われたとおりに右手をあげてきた。メディア兵たちとペルシア兵たちは彼らを歓迎し、元気づけた。

二〇　この後すぐにキュロスは言った、「ヒュルカニア兵たちよ、わしらはすでにお前たちを信頼している。お前たちもわしらにこのような気持ちを持たなければならない。まず、敵の主力と司令部のある所はここからどれほど離れているのかを、わしらに言ってくれ」。

「一パラサンゲスよりすこし遠い所に」と彼らは答えた。

二一　そこで、キュロスは言った、「さあ、ペルシア兵たちとメディア兵たちよ、それに、お前たち、ヒュルカニア兵たちよ、こう言うのは、わしはすでにお前たちとも同盟者や協力者として話しあうからだ。ところで、わしらが臆病になれば、このうえもなく悲惨な目にあう状況にあるのを、お前たちは今よく知らなければならない。敵はわしらの来た目的を知っているからだ。だが、わしらがたくましい心で勇猛果敢に敵に向かって進むなら、逃げる奴隷が見つけられた時のように、彼らのある兵士たちは慈悲を求め、他の兵士たちは逃亡し、また別の兵士たちはそのようなことさえ思いつかないことが、お前たちにも瞬く間に分かるだろう。わしらの接近など念頭になく、隊形も組まず、戦闘準備もしていないから、敗北を喫した彼らはわしらを目にするなり捕えられてしまうからだ。二二 だから、わしらが今後楽しく食事をし、眠り、生きていこうと願うなら、彼らに計画を練らせ、少しでもよい結果を彼ら自身にもたらせる余裕を与えないようにしよう。彼らにはわしらが人間であるなどとはまったく認識させず、盾、剣、斧、強打だけが迫ってくる、と思わせるのだ。

二三 そして、ヒュルカニア兵たちよ、わしらの前方に展開し、お前たちの武器は敵の目に入るが、わしらの姿はできるだけ長く敵の目につかないように、先に立って進め。わしが敵の軍隊に追いついたら、お前たちはそれぞれ騎兵中隊をわしのもとに置いていってくれ。わしは敵の陣営の側に留まっている間必要とあればその騎兵中隊を使用するからだ。二四 しかし、お前たちのうちで指揮官たちと年長兵たちは賢明だろうから、敵の密集部隊に遭遇しても押し戻されないように密集隊形を組んで進軍し、若年兵たちには追跡を命じよ。また、これらの若年兵には敵を斬殺させよ。今は、敵をできるだけ少ししか残さないようにするのが、もっとも安全な方策なのだ。

二五 だが、わしらが勝利を得ても、多くの勝利者の運命を変えてきた略奪に向かわないように気をつけなければならない。このようなことをする者はもはや戦士でなく運び屋だからだ。このような意志をもつ者は奴隷として扱われてよいのだ。

二六　ところで、勝利を得ること以上に利益をもたらすものはない、と認識すべきだ。勝利者は男、女、財産、全領土といったすべてのものを一挙に奪い去ってしまうからだ。だから、お前たちはいかにして勝利を確保するかに専念しろ。戦に負ければ、略奪を目指している者自身さえ敵の手に落ちるのだからな。また、追跡していても、明るい間にわしの所に戻ってくることも同時に忘れないようにしろ。夜になるとその後は、誰も受け入れないからな」。

二七　このように言い、彼は各中隊長に進軍しながら自分の分隊長たちに同じことを指示するように命じて、それぞれの中隊に送り帰した。分隊長たちは先頭にいて指示を聞けるし、各分隊長も自分の分隊に指示の伝達を命じるからである。

この後、ヒュルカニア軍は先導し、キュロス自身はペルシア軍とともに中央に位置して進撃した。その際、彼が騎兵隊を両翼に配置したのは当然である。

二八　夜が明けると、敵のある者たちは目前のでき事に驚いた。他のある者たちはそれを理解し、ある者たちはそれを知らせようとした。次のある者たちは叫び声をあげ、ある者たちは馬を放とうとした。またある者たちは荷物を纏めようとし、ある者たちは荷馬から武器を投げようとした。いやある者たちは武装しようとし、ある者たちは馬に乗ろうとした。さらにある者たちは馬勒をつけようとし、ある者たちは女を乗物に乗せようとした。別のある者たちは自分が助かるために高価な物を手に入れようとし、ある者たちはそれらの物を地中に埋めようとして捕えられた。だが、大多数の者は一目散に逃走した。彼らはほかにも多くのいろいろなことをしたと思わざるをえないが、戦おうとした者は誰もいなかった。彼らは戦わずして命を落としたのである。

二九　リュディア王クロイソスは夏であったから夜なら涼しいので楽に進めるだろうと思い、女性たちを馬車に乗せて先行させ、自身も騎兵隊を率いて後を追っていた。三〇　ヘレスポントス海峡に沿うプリュギアを支配するプリュギア王も同じことをした、と言われている。だが、逃亡兵たちが自分らに追いついたのに気づくと、彼らは異変を知り、自分らも全速力で逃げ出した。

三一　カッパドキアとアラビアの王たちが近くでまだ武装せずに立っていたところを、ヒュルカニア兵たちが殺害した。だが、殺された兵士の大部分はアッシリア兵とアラビア兵であった。彼らは自分の土地にいたので、非常に遅く進んでいたからである。

三二　メディア兵たちとヒュルカニア兵たちは勝利者が当然するようなことを追跡しながらしていた。キュロスは自分の手元に残っていた騎兵隊に敵の陣営の周囲を駆け、武装して出てくる敵兵たちを見れば殺すように、命じた。だが、彼は、敵兵たちのうち騎兵、軽装歩兵、弓兵で陣営内に留まっている兵士たちには武器を縛って引き渡し、馬は天幕に残しておけ、と、このようにしない敵兵はただちにその首が刎ねられる、と布告した。そして、キュロス軍の兵士たちは剣を手に持ち、隊形を組んで陣営を取り囲んだ。三三　武器を持っていた敵兵たちはキュロスの示した一箇所に武器を持っていき、投げ捨てた。これらの武器を彼に命じられた兵士たちが焼き払った。

三四　キュロスは食べ物も飲み水も持たずに来たこと、これらの物なしでは軍事行動も起こせなければ、他のいかなる計画も立てられないことに気づいた。彼はもっともすばらしく、もっとも早くそれらを確保する方法を考えているうちに、天幕とそれに入る兵士たちのために食料の入手を配慮する者が全遠征軍に必要であるのに思いついた。三五　そこで、当然のことであるが、敵の陣営内にいるすべての者のうちでこのような者たちがもっとも捕捉し易そうだ、と彼は判断した。というのは、彼らは今荷造りに懸命になっているからである。彼は敵のすべての兵站責任者に来るようにと、兵站責任者がいない場合は天幕内の年長者に来るようにと告げさせ、これに従わない者は厳罰に処す、と脅した。自分の主人たちが服従している[1]のを見た兵站責任者たちはただちに従った。彼らが集まると、まず彼らのうちで自分の天幕に二ヵ月以上の食料を保有している者たちに座るように、と彼は命じた。三六　これらの者を見た後、再度一ヵ月の食料を備えている者たちに同じことをするように彼は命じた。この場合はほとんどすべての者が座った。三七　彼はこれを知ると、彼らに次のように言った。

「さて、お前らのうちで、災厄を憎み、わしらから優しい扱いを受けたいと思う者たちは、毎日主人と召使に用意していた分量の二倍の食べ物と飲み物を各天幕内に準備するよう、熱心に努力しろ。今すぐにもどちらかの軍隊が勝利を得て現われるから、立派な食事を提供するためにほかにもあらゆる材料を整えておけ。勝利者たちはあらゆる種類の食料を豊富に手に入れることを期待するのだ。だから、勝利を獲得した兵士た

(1) 主人たちとは敵兵たちのことで、彼らは勝利者の命令に従い武器を捨てた。

ちを落ち度のないように迎えることがお前らには有益だ、とよく心得よ」。

三八　兵站責任者たちはこれを聞くと、非常に熱心に命じられたことを実行した。他方、彼はペルシア軍の中隊長たちを召集して以下のように語った、「お前たち、わしらが今不在の同盟軍より先に朝食をとり、とりわけ精選された食べ物と飲み物を享受できるのは分かっている。しかし、わしらが同盟軍に配慮していると思われるほうが、この朝食よりもわしらに役立つと思うし、わしらが同盟軍を好意的にしうる場合ほどに、このご馳走がわしらを強力にする、とは思わないのだ。三九　今わしらの敵を追跡して殺害し、抵抗する敵兵がおれば、その敵兵と戦う同盟軍を無視し、彼らの活動を知る前にこれ見よがしに朝食をとっていると思われれば、恥知らずと見られ、同盟軍を失って弱体化するが、そうならないようにわしらは注意しないといけないのだ。そこで、危険を冒し、苦労している同盟軍に配慮し、彼らが戻ってきた時に、食事をするようにすれば、このご馳走は、わしの意見では、今ただちにわしらの胃の腑を満足させる以上にわしらを喜ばせてくれるだろう。四〇　また、仮に彼らに恥じるべきでないとしても、わしらには今は飽満も酩酊もふさわしくないことを心に留めておけ。わしらの望んでいることがまだ達成されていないうえに、今はすべてにおいて注意がもっとも必要とされるからだ。つまり、わしらの陣営内にはわしら自身よりはるかに多い敵の捕虜がおり、しかも彼らは縛られていないのだ。そして、これらの捕虜を見張り、警戒しながらわしらの食事を作らせるようにしなければならないのだ。それに、騎兵隊が去り、どこにいるかわからず、わしらを不安にさせている。また、彼らが戻ってきても、わしらのもとに留まるかどうか分からないのだ。

四一　だから、お前たち、今は睡眠にも愚かさにも満たされないようにするのに、もっとも役立つと思われる飲み物や食べ物だけをとるべきだ、とわしは思う。

四二　さらに、陣営には多くの財貨があり、それらは一緒に獲得した者たちの物であるが、わしらが望むだけの物を自分らの物にすることができるのを、わしが知らないわけでない。だが、それらを獲得することは、わしらが彼らに公正であると思われることで、今よりさらに高い評価を彼らから受けるという利益をわしらにもたらさない、と思う。四三　そこで、彼らが戻ってくると、財貨の分配もメディア兵たちとヒュルカニア兵たちそれにティグラネスに委ねるのがよい、とわしは思う。たとえ、彼らがわしらに自分らより少ない分配をしても、それをわしらの取り分、と見なすべきだ。彼らが自分らの手に入れた取り分により、いっそう喜んでわしらのもとに留まるからだ。四四　目先の利を求めるのは、わしらの富を短命にする。目先の利を捨て、富の生まれる根源を獲得すること、このことこそが、わしの信じるところでは、わしらおよびわしら一族の者すべてにとり、富をより永続的なものにすることができるのだ。

四五　さて、わしらは祖国で食欲と時宜を得ない利得を抑制する鍛錬をしているから、必要ならこの抑制を有益に用いることができる、と思う。ところで、この鍛錬を示すのに、今にまさる機会はない、と信じるのだ」。

四六　彼はこのように言った。すると、ペルシア貴族の一人ヒュスタスパスが賛成して次のように言った、「キュロス殿下、狩猟で自分らがとるに足らぬ獲物を手中にしますのに、しばしば食事もとらずに我慢しますのは、おかしなことでありましょう。だが、完全な幸福を狩猟の獲物として捕える努力をしますのに、悪人たちを抑え、善人たちに従う意欲にその妨げをさせますのは、自分らにふさわしくない行動だ、と思います」。

四七　ヒュスタスパスはこのように述べた。他のすべての者がこれに賛同した。そこで、キュロスは言った、「さあ、わしらはこの点で意見の一致を見たから、お前たちはそれぞれ、自分の小隊のもっとも優れた兵士たちから五名を出して巡回させ、食糧の準備をしている者らを見れば誉めさせ、疎かにしている者らを見れば、その者らの主人たち以上に容赦なく罰するようにさせよ」。

これらの兵士はそのようにした。

第三章

一　メディア軍のある兵士たちはすでに軍隊の必需物資を満載して先に出発していた敵の荷馬車を捕え、それらを駆り立てて戻ってきた。また、他の兵士たちは敵のもっとも高貴な生まれの妻女たちや美しいために連れられている妾たちが乗っている何台かの旅行馬車を捕えて戻ってきた。二　今でも、アジアにいる者はすべてもっとも愛するものを側に置いておくほうがよく戦えると言って、戦場に向かう場合も、このうえもなく価値のあるものを携えて戦場に出ている。それらを果敢に防衛しなければならないからだ、と言うことである。おそらくそうなのだろうが、彼らは多分性欲を満たすためにもそうしているのであろう。
三　ところで、キュロスは自分自身と自分の部下たちを非難しているかのように、メディア兵たちとヒュルカニア兵たちの働きを見ていた。それは、他の者たちがこの時間に熱心に活動し、自分らを凌駕して戦利品を獲得しているのに、自分らは何もしないでいる、と思えたからである。実際、略奪物を獲得した兵士たちはそれを持ち帰り、キュロスに示すと、再び駆け去り、他の兵士たちの後を追っていった。彼らは指揮官たちからそうするように、との命令を受けていたそうだ。

キュロスはこのことにショックを受けたが、戦利品を所定の場所に置かせた。そして、彼は再び中隊長たちを召集し、自分の考えが間違いなくすべての者の耳に入る場所に立ち、次のように語った。**四**「友人たちよ、わしが思うのに、今目の前にしている財貨をわがものにすることができれば、ペルシア人すべての大きな幸運に、当然のことだが、それらを獲得するわしらの最大の幸運になるのはすべての者の分かっているところだ。ところが、ペルシア軍が自分の騎兵隊を所有しないかぎり、わしらはそれらを独力では獲得できないのだから、どうすればそれらを受け取る権利を持てるのか、今までのところ分からないのだ。**五** そこでお前たち、考えてくれないか、わしらペルシア軍は接近戦になれば敵を逃走させる、と信じている武器を持っている。だが、敵を敗走させた時、わしらに馬がなければ、逃げていく敵の騎兵たち、弓兵たち、軽装歩兵たちを捕捉し、殺害できる方法がないのだ。自然に生える樹木から害を受けないのと同じで、わしらから危害を受ける危険のないのがよく分かっているから、敵のいかなる弓兵たちも、槍兵たちも、騎兵たちもわしらに向かってきて害を加えるのを恐れないのだ。**六** こういう事情だから、今わしらを援助している騎兵たちが、手に入れた物すべてをわしらの所有物であるのと同じように彼らの所有物でもあると、いや、おそらくゼウスにかけて、わしらの所有物であるより、むしろ彼らの所有物であると信じるのは、明々白々ではないか。**七** とにかく、事態がこのようであるのもやむをえないのだ。だが、これらの騎兵たちに劣らないわしら自身の騎兵隊が手に入れば、今これらの騎兵の援助を得て敵に加えている損害を、わしらがこれらの騎兵なしで加えることができることや、また、そうなれば、これらの騎兵もわしらにたいしてもっと控えめな考え方をするのが見られるようになるのは、わしら皆にとって分かりきったことでないか。騎兵たちがわしらの所に留まろうが、去っていこうが、わしらが彼らなしでも自分らを十分だと思うのなら、心配もより少なくて済むからだ。とにかく、八　わしが思うのに、ペルシア軍が自分の騎兵隊を持てば、事態を一変させる点では誰も異論がないだろう。しかし、どうすればそれが成就できるのか、とお前たちはおそらく不審に思うだろう。そこで、騎兵隊を創設するなら、わしらには何が有って何がないのかを、考えてみようではないか。九　この陣営には、捕獲された多くの馬と馬を御すはみ(1)と馬を使用するのに装備させねばならないその他の物がある。それだけでなく、騎兵が用いなければならない物を、わしらは所有している。身体を防御するための胸鎧、投げたり、突いたりする時にわしらが使用する投槍である。一〇　では、この後何が必要なのか。騎兵たちが必要なのは明らかだ。ところが、わしらにはとりわけこの騎兵たちがいるのだ。わしらがまさにこの騎兵だからだ。

だが、わしらは乗馬の術を心得ていない、と言う者がおそらくいるだろう。しかし、ゼウスにかけて、現在馬術を習得している者たちでも、学ぶ以前には誰も乗馬に習熟していなかったのだ。それでも、彼らは少年の時に乗馬を学んだのだ、と言う者がいるだろう。一一　だが、説明されたことや指示されたことを学ぶのに、大人より少年のほうが賢明だろうか。また、学んだことを身体で実行に移す能力のあるのは、少年のほうだろうか、大人のほうだろうか、どちらだろう。一二　そのうえ、わしらには馬術を学ぶ余裕があるが、少年や他の大人にはそれがない。わしらはすでに弓術を習得しているから、子供のようにそれを学ぶ必要がないからだ。槍投げも学ぶ必要がない。わしらはそれも習得している。さらに、わしらは他の大人のような状況にない。彼らのある者たちは農業のために、他のある者たちは手仕事のために、さらに別の者たちは他の家事のために多忙だ。これに反し、わしらの軍務には暇があるばかりでなく、また暇がなければならないのだ。一三　そればかりでなく、馬術は他のいろいろな軍事訓練のように有益だが苦しい、というのではない。道路上を自分の二本足で進むより、騎行するほうが楽しいではないか。急を要する時、必要なら、いち速く駆けつけて友を助けることや、人間であれ、動物であれ、追跡しなければならない場合、素早く彼らを捕えることは快いではないか。自分が運ばなければならない武器を馬が一緒に運んでくれるのは楽ではないか。だから、持つことと運ぶことは同じでないのだ。

一四　しかし、もっとも心配されるのは、この馬術を完全に習得する以前に、わしらが馬に乗って危険を冒さねばならなくなった場合、わしらがもはや歩兵でなく、しかもまだ十分な騎兵でないことだ。だが、これは困ったことでない。わしらは馬術を習ったからと言って、歩兵戦術を何も忘れていないのだから、その気になればただちに歩兵として戦えるのだ」。

一五　キュロスは以上のように言った。クリュサンタスは彼を支持して次のように言った、「自分は騎兵になれば翼のある人間になると思いますから、馬術を学びたい、と切に願います。一六　今は、少なくとも自分は同時に出発して競走し、人よりも頭だけ先んじましたり、動物が側を走り去るのを見まして、その動

---

(1) 馬の口に入れ、顎の所でとめる轡の金具。クセノポン『小品集』(松本仁助訳、京都大学学術出版会) 一七一頁註 (1) 参照。

物がはるか遠くに離れます前に、いち早く槍を構えて命中させましたり、弓で射たりすることができますと、満足しています。だが、自分が騎兵になりますと、見えないほど遠く離れている人にでも追いつけましょう。また、動物なら追いかけ、ある動物は捕えて手で打ちのめし、他の動物は静止しているもののように槍を命中させることができましょう。［馬と動物が速く走っていましても、双方が近づきますと、静止しているような状態になりますから。］一七　人間の知性で予め考察し、手で必要なことを行ない、馬の速さと強さを持って逃げるものを捕え、踏み留まるものを倒すものがいるとしますと、自分は半人半馬のケンタウロスを生けるもののうちでもっとも羨ましいもの、と思います。ですから、自分も騎兵になりますと、それらすべての利点をわが身にあわせ持てましょう。一八　要するに、自分は人間的思慮であらゆる配慮ができますし、手で武器を携え、馬で追跡し、馬の突進で向かってくるものを倒せましょう。しかし、自分はケンタウロスのように一つの身体に生まれて、馬に縛りつけられないでしょう。一九　このほうが、確かに、一つの身体に生まれますよりよいのです。少なくとも自分は、人間のために考案されました多くのよいものを利用すべき方法と、馬にとりまして生来の楽しみの多くを味わうべき方法に、ケンタウロスは困惑する、と思うからです。二〇　しかし、自分は馬術を学びますと、乗馬しました時にはケンタウロスのしますことを必ず実行するでしょう。ところが、馬から下りますと、他の人と同じように食事をしましたり、衣服を着ましたり、眠ったりしましょう。ですから、自分は分離されたり、また結合されたりしますケンタウロス以外の何ものでもありません。

二一　さらに、自分は次の点でもケンタウロスにまさっておりましょう。ケンタウロスは二つの目で見ていましたし、二つの耳で聞いていました。しかし、自分は四つの目で判断しますし、四つの耳で理解します。馬はその目で人間より先に多くのものを見て人間に示し、耳で多くのものを先に聞いて合図する、と言われています。ですから、自分を乗馬したいと切に望んでいる者たちに加えていただきたいのです」。

「ゼウスに誓いまして」と他のすべての者が言った、「自分らもお願いします」。

二二　この後、キュロスは言った、「とにかく、馬術がわしらを熱中させると思うから、わしが馬を手に入れさせる者たちのなかに、遠かろうが近かろうが通過すべき道を徒歩で進んでいるのを見られる者がいると、その者は恥ずべき者だという法をもわしら自身のために作るのはどうだろう。わしらがまったくケンタウロスと思われるようにな」。

二三　彼がこのように尋ねると、すべての者が賛同した。この結果、この時以来現在まで、ペルシア人たちはこの法律を守っており、身分の高いペルシア人なら誰も徒歩で行くところを見られるのをけっして好まないだろう。

彼らはこのような話をしていた。

第四章

一　正午すぎになると、メディアとヒュルカニアの騎兵たちが捕えた馬と兵士たちを引き連れてきた。彼らは武器を引き渡した兵士たちを殺さなかったからである。二　彼らが駆け戻ってきた時、キュロスは真先に自分の兵士たちは皆無事であったか、と彼らに尋ねた。皆無事であったと彼らが答えると、この後彼らのしたことを尋ねた。彼らは自分らのしたことを語り、あらゆる点で非常に勇敢に振る舞った、と自慢した。**三**　彼は彼らが話したがっていたことすべてに喜んで耳を傾け、その後彼らを次のように称賛した。「お前たちが勇敢な兵士であったのは紛れもないことだ。お前たちは以前より大きく、立派で、恐ろしく見えるからだ」。**四**　それから、彼はさらにどれほど遠くへ騎行したのか、土地には人が住んでいたのか、と尋ねた。彼らは遠くまで駆けたが、土地には至る所に住民がいて、羊、山羊、牛、馬、穀物やあらゆる産物が溢れている、と答えた。

五「わしらは」と彼は言った、「二つのことに留意しなければならない。それは、まず、わしらがそれらを所有している者たちの支配者になることであり、次に、その所有者たち自身がそこに留まるようにすることである。住民のいる土地は非常に価値のある財産だが、人間のいない土地は産物のない土地になるからだ。**六**　抵抗する敵兵たちをお前たちは殺害したが、それが正しい行為であったのが、わしには分かっている。そうすることがとりわけ勝利を維持することになるからだ。ところで、武器を引き渡した敵兵たちをお前たちは連れてきたが、この者らを自由にしてやれば、わしらはさらに利益を得ることになる、というのがわしの意見だ。**七**　彼らを自由にすると、まず、わしらの彼らにたいする警戒と、彼らへの監視が、また彼らへの食糧の用意が必要でなくなるからだ。このようにしたからと言って、わしらが彼らをけっして餓死させることにはならない。次に、彼らを自由にしてやると、わしらはより多くの捕虜を所有することになるだろう。

八　わしらがこの土地を支配すれば、この土地に居住する者はすべて、わしらの捕虜になるからだ。彼らが生きて自由にしているのを見れば、他の者たちも留まり、戦うよりも服従するほうを選ぶだろう。とにかく、わしはこのような意見を持っている。だが、誰かにこれよりよい別の意見があるなら、言うがよい」。

彼の意見を聞いた者たちはそうすることに賛成した。

九　そこで、キュロスは捕虜たちを呼んで次のように言った。一〇「今お前らは服従したから命は助かったのだ。このように服従するなら、以前と同じ者がお前らを支配するのでないこと以外に、お前らにはなんの変わったことも起こらない。お前らは同じ家に住み、同じ土地を耕し、同じ妻と一緒に暮らし、今と同じようにお前らの子供に言いつけを守らせよ。一一　しかし、お前らはわしらとも他の誰とも戦ってはならない。誰かがお前らに不正を働く時には、わしらがお前らのために戦ってやる。誰もお前らに兵役に就くことを要求しないように、武器をわしらに渡せ。武器を渡す者らには平和があり、わしらの言ったことが偽りなく実現される。だが、武器を渡さない者らにはわしらはただちに攻撃をしかける。一二　お前らのうちでわしらのもとに来て、行動と助言により好意を示す者をわしらは奴隷としてでなく、功労者、友人として処遇する。では、お前ら自身がこのことを心得て他の者らにも伝えよ。一三　しかし、お前らが従おうと思っているのに、従おうとしない者らがいるなら、この者らがお前らを支配するのでなく、お前らがこの者らを支配するように、わしらをこの者らの所へ連れていけ」。

彼はこのように言った。彼らは彼に敬意を表し、彼の言ったことを実行する、と約束した。

第五章

一　彼らが去ると、キュロスは言った、「メディア兵たちとアルメニア兵たち、もうわしらすべてが食事をする時間だ。わしらの作りうる最良の食事がお前たちのために準備されている。さあ、食事にかかり、わしらのほうにもできあがったパンの半分をよこしてくれ。パンはお前たちとわしらの両方に足りるよう、十分に作られている。副食物も飲み物もよこさなくてよい。それらは十分に用意されて、わしらの手元にあるからだ。

二　ヒュルカニア兵たち」と彼は言った、「お前たちは、捕虜の彼らを天幕へ、それも指揮官で捕虜になった者たちはお前たちの知っている一番大きな天幕へ、他の捕虜たちはもっとも適切と思われる天幕へ連れていけ。お前たち自身もおおいに気に入った場所で食事するがよい。お前たちの天幕は無事で荒らされていないからだ。そこにも、ここにいるメディア兵たちとアルメニア兵たちのための食事と同じ食事が用意されている。

三　両方の兵士たちよ、(1)陣営の外はわしらがお前たちのために夜の見張りをするが、天幕の中はお前たち自身が気を配り、武器の使用をすぐにできるように心がけておけ。天幕にいる捕虜たちはまだわしらの友人でないからだ」。

四　メディア兵たちおよびティグラネスとその部下たちは身体を洗い、着替えの衣服が用意されていたから、衣服を着替えて食事をし、彼らの馬も餌を得た。

ペルシア兵たちにも彼らはパンの半分を届けた。だが、副食物も葡萄酒も彼らは届けなかった。彼らはキュロス直属の兵士たちがそれらをまだ十分に持っている、と思っていたのである。だが、キュロスの言った意味は副食物とは空腹のことであり、飲み物は側を流れる川から得られる、ということであった。

五 キュロスはペルシア兵たちに食事させた後、暗くなると彼らの多くを班ごと、分隊ごとに送り出し、陣営を取り巻いて身を潜めるように命じた。それは、これらの兵士に外から入ってくる者がいる場合の見張りをさせると同時に、外へ財貨を運び出して逃げる者がいる場合に、その者を捕えさせよう、と考えたからである。しかも、実際そういう結果になった。多くの者が逃げようとして捕えられたからである。**六** キュロスは逃亡者たちを捕えた兵士たちに財貨の所有を許し、逃亡者たちを殺害するように命じた。この結果、その後は夜に出歩く者を見出そうと思っても、容易に見出せなかった。

七 ペルシア兵たちはこのようにして過ごしていた。だが、メディア兵たちはご馳走を食べ、酒を飲み、笛の音に耳を傾け、あらゆる種類の楽しみに心ゆくまで満たされていた。このように楽しめる物が数多く捕獲されていて、目を覚ましている者たちは楽しみに事欠かなかった。

八 メディア王キュアクサレスは、キュロスだけが陣営の外にいた夜、天幕をともにしている者たちと戦の成果を祝って酩酊した。彼は大きな騒音を聞いていたので、他のメディア兵たちもわずかな兵士を除いて陣営内にいる、と信じていた。だが、メディア兵の召使たちが、彼らの主人たちが出払っていたから、羽目を外して飲み騒いでいたのである。とりわけ、彼らはアッシリア軍から葡萄酒やその他多くの物を獲得していた。

---

(1) 一方はメディア兵たちとアルメニア兵たちのこと、他方はヒュルカニア兵たちのことである。

九　夜が明けると、宴をともにした者たち以外に王の天幕に来る者はおらず、しかも、陣営にはメディア兵たちも騎兵隊もいないということを聞いて外に出ると、そのとおりであるのが分かり、王はキュロスとメディア兵たちに自分一人を残していったことを怒った。そして、彼は軽率で思慮がないと言われているとおり、ただちに側にいた者の一人にその者の配下の騎兵たちを率いてできるだけ速くキュロス軍の所へ行き、次のように言え、と命じた。

一〇「少なくともわしは、キュロスよ、お前がわしにこのような気配りのない考えを抱いており、またキュロスがこのような考え方をしても、メディア兵たちよ、お前たちがこのようにわし一人を残していく、とは思っていなかった。今はキュロスが望むなら、彼に戻ってこさせ、彼が望まないなら、お前たちメディア兵だけでもできるだけ早く戻ってこい」。

一一　このように彼は命じた。だが、行くように命じられた者が言った、「わが君、自分はどのようにして彼らを見つけたらよいのでしょう」。

「キュロスと彼の部下たちはどのようにして攻撃する相手を見つけたのか」というのが、彼の答えであった。そこで、尋ねられた者が答えた、「ゼウスにかけまして、敵から脱走した幾人かのヒュルカニア兵がこちらへ来て、キュロス殿下の先導をしていった、と聞いています」。

一二　これを聞いたキュアクサレスは、このことを自分に言わなかったことで、キュロスにいっそう激しく怒り、彼から兵力を奪うために大至急メディア兵たちの所へ使いをやり、前よりもさらにひどくメディア兵たちを脅して呼び戻そうとした。彼はまたこの自分の命令を強調して伝えなければ許さないぞ、と使者をも脅迫した。
一三　使者は自分の配下の騎兵約一〇〇騎を率いて出発したが、キュロスと一緒に彼自身も行かなかったことに腹を立てていた。ところが、彼らは道を進むうちに道から外れて迷ってしまった。こういうわけで、彼らは味方の軍隊に到達する前に、アッシリア軍の脱走兵数人に出会い、彼らを強要して案内させた。こうして、彼らは真夜中頃に到着し、遠くから陣営の火を目にした。一四　だが、彼らが陣営に到着すると、歩哨たちはキュロスの命令に従って、夜明け前には彼らを陣営の中に入れなかった。
夜が明け始めた時、キュロスはまずマゴスたち(1)を呼び寄せ、このような戦果において神々に慣例として捧げるものを選び出すように命じた。一五　マゴスたちはこれに携わった。この間に、キュロスは貴族たちを集めて言った、「お前たち、神は多くのよいことを示してくださった。だが、わしらペルシア軍はそれらを確保するには目下のところ少数だ。わしらがこれからさらに獲得する物を見張れなければ、それらは再び他の者たちの所有物となろう。また、わしら自身の一部の者たちを入手した物の見張りに残せば、わしらの無力がすぐに分かるだろう。一六　だから、お前たちの誰かができるだけ早くペルシアへ行き、わしの言っていることを伝え、ペルシアがアジアの支配権を得てその富を享受するのを望むなら、大至急軍隊を送るように要求するのがよい、とわしは思う。一七　では、最年長のお前が行ってそのことを述べ、また、彼らが送ってくる兵士たちが来れば、わしが彼らに食糧の世話をすることも伝えよ。わしらが獲得した物はお前自身

（1）メディアとペルシアにおけるゾロアスター教の祭司階級の成員たち。占星術、夢判断、魔法に長じていた。

が知っており、それを何も隠す必要はない。わしがその一部をペルシアに送る場合、正義と法に従い何をすべきかを、神々にすることとしては父上に、国家にたいすることは役人に尋ねてくれ。また、わしらのしていることを視察する者たちを、わしらの尋ねることに指示を与える者たちを彼らに送らせよ。さあ、準備を整え、護衛としてお前の小隊を率いていけ」。

一八　この後、彼はメディア兵たちを呼び集めた。すると、キュアクサレスの使者も一緒に来て、皆の前で彼のキュロスへの怒りとメディア兵たちへの脅迫を告げた。そして、最後に、キュロスが留まることを望んでも、メディア兵たちは去るようにとキュアクサレスが命じている、と彼は言った。

一九　使者の言葉を聞いたメディア兵たちは黙った。それは、一方では、彼らが呼び戻し命令をくだしているキュアクサレスに従わない方法が分からずに困惑し、他方では、とくに彼の残忍さを知っているから、この脅迫にどのように服従すればよいのか、と恐れたからである。二〇　キュロスは言った、「いや、使者とメディア兵たち、叔父上は以前に多くの敵を見られているうえ、今はわしらのしていることがお分かりにならないのだから、わしらやご自分に不安を感じられても、なんの不思議もない。だが、敵の多くが命を落し、敵のすべてが駆逐されたのをお知りになれば、まず、不安を感じられるのをおやめになり、次に、友軍が敵軍を壊滅させた今は、ご自分が孤立されていないのをお知りになるだろう。

二一　しかし、わしらは叔父上のために尽くし、このことも勝手にしたのでないのに、どうして非難されるのだろうか。いや、わしは叔父上を説得し、お前たちを率いて出撃するのを許してもらったのだ。また、お前たちも出撃を望み、出撃してよいかを尋ねずに今ここに来ているのでなく、嫌でない者は出撃せよとの命令を受けてここに来ているのだ。だから、わしにはよく分かるのだが、叔父上の怒りもわしらの成功によって和らげられるだろうし、恐怖が終わると治まるだろう。

二二　だから、使者よ、お前は苦労したのだから、今は休め。ペルシア兵たちよ、わしらは敵が戦うにしろ、降伏するにしろ来るのを待ち受けるのだから、できるだけよい戦列を敷こうではないか。このようにするのは、当然ながら、わしらの望むことをよりよく達成するためなのだ。ヒュルカニア王よ、お前は自軍の指揮官たちに兵士たちを完全武装させるように命じて、ここに留まってくれ」。

二三　ヒュルカニア王がそのようにして戻ってくると、キュロスは言った、「ヒュルカニア王よ、お前がここにいて友誼を示してくれるばかりか、分別を持っている様子をも知り、わしは喜んでいる。今は、わしらの関心が同じであるのは明らかだ。アッシリア軍はわしの敵だが、彼らは今ではわしによりもお前のほうに敵対的だからだ。二四　こういう状況だから、わしら両者は現在のいかなる同盟軍をもわしらから離反させず、できればさらに他の同盟軍も獲得するように協議しなければならない。だが、お前も聞いているように、あのメディアの王様が自分の騎兵隊を呼び戻しておられる。この騎兵隊が去ると、わしら歩兵だけが残ることになる。二五　だから、わしとお前はこの呼び戻しにきた使者自身にもわしらのもとに留まりたいと思わせるようにしなければならない。そこで、彼が必要な物すべてを所有し、このうえもなくすばらしい時間を過ごせる天幕を見出して、彼に与えてくれ。他方、わしは、彼には去るよりも、自分でし遂げるほうが楽しい仕事を与える努力をしょう。お前は、この戦いが勝利に終われば、味方のすべてが実に多くの財貨を得る希望を持てることを彼と話しあってくれ。しかし、それを済ますと、またわしの所に戻ってきてほしいのだ」。

二六　ヒュルカニア王はメディアの使者を天幕へ連れていった。すると、ペルシアへ行く使者が準備を整えてきた。キュロスは彼にペルシア人たちには先の言葉でも明らかにされたことを告げるように、キュアクサレスには手紙を渡すように、と指示した。「わしの書いたことを」と彼は言った、「お前に読んで聞かせようと思うのだが、それは、叔父上がこのことについてお前に何か尋ねられた場合、お前がこれを知っていて、確認するためなのだ」。

この手紙には以下のことが記されていた。

二七　叔父上、ご機嫌いかがですか。われわれは叔父上を見捨て、孤立させたのではありません。敵に勝った場合、勝利を得た者は誰も友人たちからは孤立しないからです。われわれが去りましたために、叔父上を危険な状態に置いた、と思っていません。いや、離れれば離れるほど、叔父上を安全に護ることになる、と信じています。二八　友人たちにもっとも近くいる者たちが友人たちにもっともよく安全をもたらすのでなく、敵をもっとも遠くに追い払う者たちが友人たちを安全にするのですから。

二九　だが、わたしが叔父上にどのような振る舞いをし、叔父上がわたしにどのように振る舞われたかに、また、その後叔父上がわたしを非難されていることに、思いを致してください。わたしは叔父上に同盟軍をもたらしたのですが、これほど多くの同盟軍は、叔父上が説得されたからでなく、わたしが力のおよぶかぎり説得したから、もたらせたのです。叔父上は、わたしが友人たちの国土にいる時には、わたしに説得可能なかぎり多くの兵士を与えてくださったのに、わたしが敵の国にいる今は、戻りたがっている兵士でなく、すべての兵士をわたしのもとから呼び戻されるのです。三〇　ですから、あの時は、わたしは叔父上と叔父上の兵士たちの双方に感謝すべきだと思っていましたが、今は、叔父上はわたしに叔父上を忘れる努力をするように、そして、自分に従ってきた兵士たちに感謝の限りを吐露する努力をするように強要されます。

三一　しかし、わたしは叔父上にたいして同じ振る舞いをすることなどできませんから、今も援軍を求めてペルシアへ使者を送っています。そして、わたしの求めに応じてこちらに来るペルシアの兵士たちを、われわれの戻る以前に、叔父上が必要とされる場合は、彼らが勝手な行動をとらずに、使用される叔父上の意向に従うように、との指示を与えているのです。

三二　わたしは叔父上より若いのですが、次のように助言いたします。叔父上が感謝でなく、敵意を受けられることのないように、与えられたものを奪い返すようなことをなさらないでください、と、また自分の所に早く戻らせたいと思われる者を脅迫して呼び戻したりされないように、と、さらに一人にされたと主張されるなら、多くの者に自分への関心を持つようにさせられるためにも、彼らを脅迫されませんように、と。

三三　ところで、われわれは、実現されると、叔父上とわれわれにとって共通の利益になると思われることを達成しますと、ただちに叔父上の所に戻る努力をします。では、さようなら。

三四　「この手紙を叔父上に渡してくれ。叔父上がお前にその内容について尋ねられると、手紙に書かれているとおりに答えよ。わしはペルシア兵たちについても手紙に書かれたとおりの指示をお前に与えているからな」。

キュロスは以上のように使者に言い、手紙を渡して送り出したが、その際、彼に次の命令もつけ加えた。お前も知ってのとおり、大切なのは急いで帰ってくることだから急げ、と。

三五　この後、キュロスはメディア軍、ヒュルカニア軍、ティグラネス配下の軍すべてがすでに軍装を整えているのを見た。ペルシア軍も武装し終わっていた。近隣の住民のなかにはすでに馬を引き渡し、武器を運び出している者たちがいた。三六　キュロスは以前と同じ場所へ槍を投げ捨てるように、受け取った兵士たちに命じた。この命令を受けた兵士たちは自分が必要としない槍をすべて焼いた。彼は馬を受け取って連れてきた兵士たちには馬を見張って、指示が出されるまで待機しているように、と命じた。その後、彼は騎兵隊(1)とヒュルカニア軍の指揮官たちを呼び、次のように言った。

三七「友人で、同盟者であるお前たち、わしがお前たちをしばしば呼び集めるのを、不思議に思わないでくれ。現状はわしらにとって新しい局面であり、その多くは混沌としているからだ。状況が混沌としていると、事態が落着くまでには、常に労苦をもたらすに違いないのだ。

三八　今も、わしらは多くの戦利品に加えて兵站責任者(2)たちも獲得した。だが、わしらは戦利品のうちどれだけが各自の所有物であるのか分からないから、また、兵站責任者たちも各自の主人が誰であるのか知らないから、彼らの多くが義務を果たしているところを目にされることもなく、ほとんどすべての者が何をしなければならないのか分からないでいるのだ。三九　こういうわけだから、この状態のままにならないように、お前たちは戦利品を分けよ。十分な食べ物と飲み物および召使たち、寝具、衣服が含まれ、それに内部を快適に飾るその他の道具も含まれている天幕を得た者には、それらを自分の物として管理すべきことを知る以外につけ加える必要は何もない。だが、何かが不足している天幕に入った者たちには、お前たちが不足している物をよく見て補ってやれ。四〇　多くの物があり余っているのが、わしには分かっている。わしらの人数が必要とする以上に、敵があらゆる物を所有していたからだ。アッシリア王と他の支配者たちの会計係たちもわしの所に来て、自分らが金貨を所有しており、それを一定額貢納する、と言った。四一　だから、お前たちはこれらの物もすべて宿営している場所にいる自分らに引き渡すように、と告知しろ。告知されたことをしない者は脅せ。だが、お前たちは財貨を受け取ると、それを騎兵には二、歩兵には一の割合で分け与え、お前たちが何かを必要とする場合の購入資金として、確保しておけ。

四二　なお、陣営にある市場は誰にも妨害されず、商人たちはそれぞれ所有している商品を売りに出し、それらを売り払った商人たちは他の売物を提供し、わしらの陣営が不自由しないようにするのだ、と告知せよ」。

四三　以上のことはただちに布告された。だが、メディア軍とヒュルカニア軍の指揮官たちは次のように言った、「それらの戦利品を、殿下と殿下の部下たちがおられませんのに、分配する方法が自分らにありましょうか」。

四四　そこで、また、キュロスはこの問いに次のように答えた、「お前たちは自分のしなければならないすべてのことに、わしらすべてが立ち会わなければならないと、また、わしがお前たちのために必要なことを十分にせず、お前たちもわしらのために十分なことをしていない、と思っているのか。今、わしが言ったようにする以外に、苦労をより少なくして、より多くのことを達成できる方法がわしらにはないのだ。四五

(1)メディア軍のことである。
(2)原語では人々になっているが内容から見て、本巻第二章二五の兵站責任者を指している。

いや、知るがよい。わしらがお前たちのためにこれらを保管してきたのであり、お前たちもわしらが立派に保管してきたと信頼していることを、だ。つぎは、お前たちがそれらを分ける番なのだ。わしらはお前たちがそれらを立派に分けおおせる、と信頼している。**四六** また、わしらはこのほかにも共通の利益になることを実行しよう、と思っている。お前たちはまず今わしらの所有している馬がどれくらいなのかを、さらに、他の馬も連れてこられることを知るべきだ。ところで、わしらがそれらの馬を騎兵の乗らないままにしておけば、馬はわしらにはなんの役にも立たないばかりか、その世話に苦労することになる。しかし、わしらがそれに騎兵たちを乗せるなら、馬の世話をする苦労を免れると同時に、わしら自身を強力にするだろう。

四七 だから、お前たちにわしら以外に馬を与えたい者たちがおり、必要ならわしらとよりそれらの者と一緒に危険を冒すほうがよいのであれば、それらの者に馬を与えよ。しかし、お前たちがとくにわしらの側で戦いたいと願うのなら、馬をわしらに与えよ。**四八** なぜなら、お前たちはわしらから離れて馬を駆け、危険を冒した時も、何か害を受けなかったかとわしらを非常に心配させた一方、お前たちの側にわしらがいなかったことを、わしらに大変恥ずかしく思わせたからだ。だが、馬があれば、わしらはお前たちについて行けるだろう。**四九** そして、騎乗してお前たちと一緒に戦えばもっと役に立つと思う場合は、わしらがそのようにする熱意に事欠くことはまったくない。しかし、歩兵であるほうがより適切にお前たちを援助するとわしらが思うなら、わしらは馬を下り、ただちに歩兵としてお前たちを援助し、馬を任せられる者たちを見つけよう」。

五〇 彼はこのように語った。彼らは答えた、「いや、自分らには、キュロス殿下、これらの馬に乗せる兵士たちはいませんし、いたとしましても、殿下がご自分の部下たちを馬に乗せるのを望まれておられるのですから、自分らは殿下のご希望を第一にいたします。ですから、今はこれらの馬をお受け取りになりまして、殿下のもっともよいと思われますように、お使いください」。

五一「では、わしは馬を受け取ろう」と彼は言った、「わしらが騎兵になれば、よい運命が開けるだろうし、お前たちも共有の戦利品を分配することになろう。ところで、お前たちは、まず神々のために、マゴスたちの指示するものをとって置き、次に叔父上のために、彼のもっとも気に入るものを選べ」。

五二 すると、彼らは笑って、女たちを選ばねばならない、と言った。「では、女たちと」と彼は言った、「お前たちがよいと思う他の物を選べ。だが、叔父上のために選んだ後は、ヒュルカニア軍の指揮官たちよ、わしに進んで従ってくれたすべての兵士を満足させよ。

五三 ところで、メディア軍の指揮官たち、お前たちは、最初に同盟軍になってくれたこれらの兵士に敬意を表し、わしらの友人になる決意をしたのはよいことだった、と彼らに思わせるようにするのだ。また、わしの意見なのだが、叔父上のもとから来た使者自身と一緒にきた騎兵たちにも、すべての物にたいする彼らの取り分を分け与えよ。使者にはわしらと一緒にここに留まるように勧め、個々のことをもっとよく知ったうえで、叔父上に事実の報告させよう。五四 わしに従ってきたペルシア兵たちには、お前たちが心おきなく手に入れた後に残った戦利品を分けるだけで、十分だろう。わしらはぜんぜん贅沢に育っておらず、質素に育てられているから、高価な物を身につければ、お前たちが多分わしらを嘲笑するからだ。それは、わしにも分かっていることだが、わしらが馬に乗った場合にも、地上に落下した場合にもお前たちをおおいに笑わせるのと同じだ、と思う」。

五五　この後、彼らはキュロスの言った乗馬の冗談をおおいに笑いながら、分配にとりかかった。一方、彼は直属の中隊長たちを呼び集め、馬、馬具、馬卒たちを受け取り、それらを数え、籤を引いて各中隊に平等に分けるよう命じた。

五六　さらに、キュロスはアッシリア、シリア、アラビアの軍隊においてメディア、ペルシア、バクトリア、カリア、キリキア、ギリシアその他どこかの種族の人間が奴隷として働かされているなら、名乗り出よとの告知をしろ、と命じた。五七　告知者の言葉を聞いて、多くの者が喜んで姿を現わした。キュロスは彼らのうちから姿形の極めて美しい者たちを選び出し、彼らは自由人として渡される武器を携えねばならない、と言った。なお、食糧については、彼らも受け取れるようにキュロス自身が配慮する、と言った。

五八　彼はすぐに彼らを連れて中隊長たちの所へ行って引き合わせ、編み細工盾と剣帯のない剣を彼らに与え、それらを携えて馬について行かせるようにし、彼らのための食糧も、自分に従ってきたペルシア兵たちのための食糧と同じように、確保せよ、と指示した。また、ペルシア兵たちには鎧を着用し、槍を持って常に馬に乗って駆けよ、と命じた。そして、彼自身が最初にこの行動をとった。さらに、騎兵になった各指揮官には、貴族たちの歩兵隊を彼ら自身に代わって指揮する者を貴族たちの中から任命させた。

第六章

一　彼らはこのようなことをしていた。この間に、ゴブリュアスというアッシリアの老人が馬に乗り、騎兵隊を護衛にして来た。彼らはすべて騎兵の武器を携えていた。それらの武器を受け取るように命じられていたキュロス軍の兵士たちは、槍を他の武器と一緒に焼くから渡すように、とこれらの従者に指示した。だが、ゴブリュアスはまずキュロスに会いたい、と言った。そこで、キュロスの護衛兵たちはゴブリュアスの騎兵たちをそこに残し、ゴブリュアスを彼の所へ連れていった。彼はキュロスを見ると、次のように語った。

二「殿下、わたしはアッシリア人として生まれ、強固な城砦を有し、広大な土地を支配しております。また、一〇〇〇騎の騎兵を所有し、それをアッシリア王に提供して、彼とはこのうえもなく緊密な間柄でありました。しかし、優れた人物であったその王が殿下方の手にかかって倒れ、王の息子でわたしのもっとも憎むべきあいつが支配権を手に入れたのです。ですから、わたしは殿下のもとに参り、嘆願者として殿下の足下に跪き、わが身を家臣として、同盟者として殿下に委ねて、わたしのために復讐者になってくださるようお願いいたします。こういうわけですから、できましたら、わたしは殿下に息子になっていただきたいのです。わたしには男の子がいませんから。三　殿下、わたしには一人の立派な息子がいました。この息子は、父を尊敬して幸福にしてくれる子供のように、わたしを愛し、尊敬してくれていました。――この息子を今の王が[1]――かつての王、今の王の父が自分の娘をわたしの息子に嫁がせるために彼を招待しました時、わたしは彼が王の娘の夫になるのを疑いもなくこの目にするのだ、と誇りに思って送り出しました。今の王が彼を狩猟に招待し、彼に全力をあげて狩猟するのを許したのですが、それは、自分が彼よりはるかに優れた騎

(1) 悲しみのために父親ゴブリュアスの言葉が途切れ、この語自体は内容的に次節の最後にかかっている。

士である、と自負していたからです。息子が今の王の友人として一緒に猟に向かった時、熊が現われ、二人が追いかけました。そして、今の王が槍を投げて外しました。ああ、あいつが外さなかったらよかったのに、と思うのですが。また、投げる必要もなかったのに、わたしの息子が投げまして、熊を倒したのです。**四** その時もあいつの心は当然傷ついたのですが、暗さに紛れて怒りを隠しました。次に、獅子が現われた時、あいつはまたも失敗しましたが、何ら不思議なことでない、と思います。ところが、わたしの息子は今度も命中させ、獅子を倒して言いました、「自分は続けさまに二度槍を投げ、二度とも野獣を倒した」と。その時には、下劣なあいつはもはや怒りを抑えられず、従者の一人から槍を取りあげ、わたしのたった一人の大切な息子の胸に突き刺し、命を奪ってしまったのです。**五** 哀れにもわたしは花婿の代わりに死体を受け取り、顎鬚を生やしたばかりの、このうえもなく優れた、愛するわが子を年老いた身で葬ったのです。だが、あの殺害者はまるで敵を倒したかのように、後悔する態度をまったく示さず、悪行の償いとして地下の息子に何らかの栄誉を与えることもしませんでした。ただ、あいつの父親はわたしに同情し、わたしの不幸にたいする嘆きを示してくれました。**六** ですから、彼が生きていますなら、わたしは殿下の所に参りまして、彼の不利になるようなことはけっしていたしません。わたしは彼から多くの好意を受けましたし、わたしも彼に尽くしましたから。しかし、権力がわが子の殺害者の手に移りました以上、わたしはあいつに好意を持つことなど絶対にできませんし、あいつがわたしを友人と見なせないのも、よく分かっています。わたしがあいつにどのような感情を抱いているのかを、また、わたしが以前は明るい生活を送っていましたのに、今は淋しく、悲しみのうちに老年を過ごしているのを、あいつが知っているからです。

七　ですから、殿下がわたしを受け入れてくださり、わたしが殿下の援助を得まして、愛する息子の復讐を達成する希望を抱けますなら、わたしは再び若返りまして、生きていましても恥かしくはありませんし、死にます時でも悲しい気持ちで死ぬようなことはない、と思います」。

八　彼はこのように言った。キュロスは次のように答えた、「ゴブリュアスよ、お前がわしらに言ったとおりのことを思っているのが分かれば、お前を嘆願者として受け入れ、神々の援助を得てお前の息子のために復讐するのを約束しょう。そこで、わしに言ってくれ。わしらがお前のために今述べたことを行なったうえに、城砦、領地、武器、それに以前確保していた権力の所有をお前に容認すると、そのかわりにわしらに何をしてくれるのか」。

九　そこで彼は言った、「殿下がお越しになりますと、城砦を殿下の住居として提供いたします。わたしがあいつに納めていました領地の貢税を殿下に納めさせていただきます。殿下が進軍されます所へは、わたしも領地の兵力を率いて一緒に参ります。また、わたしにはすでに結婚適齢期を迎えた愛くるしい処女の娘がいます。わたしは以前その娘を育てて現在の王の妻にしよう、と思っていました。しかし、こういう事情ですから、娘自身が多くの涙を流して、自分を兄弟の殺害者に与えてくれるな、と懇願しました。わたしも同じ思いでおります。今は、わたしが殿下への配慮をお示ししましたが、そのように娘にご配慮くださるようお願いしまして、娘を殿下に委ねさせていただきます」。

一〇　このように話が進んでいったので、キュロスは言った、「お前の言ったことが真実だという前提で、わしはお前にわしの右手を与え、お前の右手を受け取り、神々をわしらの証人にしよう」。

以上のことが行なわれると、彼はゴブリュアスに武器を携えて立ち去るように指示しながら、ゴブリュアスの所への道程がどれほどであるのか尋ね、自分もそこへ行こう、と思った。ゴブリュアスは言った、「明日の朝早く立たれますと、翌日にはわれわれの所で夜を過ごせましょう」。

一一　このように言って、ゴブリュアスは案内人を残して去った。すると、メディア兵たちが来たが、彼らはマゴスたちが神々のために選ぶように言ったものをマゴスたちに渡し、キュロスには實に見事な天幕とアジアでもっとも美しい女性と言われているスサの女性[1]、それに非常に優れた二人の歌姫を選び、次にキュアクサレスのために次善のものを選んでいた。また、彼らは、進軍するのに必要な物を何も欠かさないように、自分らに不足しているような物をほかにも補っていた。すべての物が豊富にあったからである。

一二　ヒュルカニア兵たちも必要な物を受け取った。彼らはキュアクサレスの所から来た使者にも自分らと同じ分け前を与えた。余分になった多くの天幕をペルシア兵たちに受け取ってもらうように、彼らはキュロスに渡した。また、彼らは貨幣をすべて集めれば分配する、と言っていた。そして彼らは分配した。

（1）次の第五－七巻において述べられるスサの王アブラダタスの王妃。

第五巻

第一章

一　彼らはこのようなことを語り、行なった。キュロスは、キュアクサレスにもっとも信頼されていると見なしていた者たちに、キュアクサレスの取り分を受け取って保持するように、と命じた、「お前たちの与える物を、わしは喜んで受け取ろう。だが、お前たちのうちで何時ももっとも必要とする者がそれらを使用しろ」。

そこで、メディア兵の一人で音楽好きの者が言った、「キュロス殿下、わたしは殿下がお抱えになられました歌姫たちの歌を昨晩聞いて楽しませていただきました。殿下が彼女らの一人をわたしに与えてくださいますと、家に留まっていますよりも、従軍していますほうが楽しい、とわたしは思います」。

すると、キュロスは言った、「よかろう、わしはお前に与えよう。わしはお前が歌姫を受け取ってわしに感謝する以上に、お前が歌姫を与えてほしいとわしに願い出てくれたことを感謝すべきだ、と思うのだ。わしはこのようにしてお前たちを喜ばせるのを、熱望しているのだ」。

こうして、キュロスに願い出た兵士は、歌姫を得た。

二　キュロスはメディアのアラスパスを呼んだ。彼は少年の頃からキュロスの友人であった。キュロスはアステュアゲスの所からペルシアへ戻る時、自分の着ていたメディア風の衣服を脱いで、この友人に与えたのである。この者に女性と天幕の見張りをするように、と命じた。三　その女性はスサの王アブラダタスの王妃であった。アッシリア軍の陣営が陥落した時、彼女の夫は陣営におらず、バクトリア王の所へ使者として赴いていた。アッシリア王が同盟を結ぶために彼を送ったのであるが、それは、彼がたまたまバクトリア王の客友であったからである。そういうわけで、キュロスは自分が彼女を受け取るまで、アラスパスに彼女を見張るように、と命じた。四　アラスパスは命令を受けて尋ねた、「キュロス殿下、殿下は見張るように命じられました女性をご覧になられたことがあるのでしょうか」。

キュロスは言った、「ゼウスにかけて、わしは見たことがない」。

「だが、自分らが殿下のために彼女を選びました時、自分は彼女を見ました。自分らが彼女の天幕に入りました時、最初は確かに彼女をまったく見分けられませんでした。彼女は地面に座り、すべての侍女が彼女の周りに座っていましたから。しかも、彼女は侍女と同じ衣服を着ていました。だが、女主人が誰であるのか知ろうと思いまして、すべての女を見回しますと、彼女はベールを被って座り、地面に目を向けていましたが、他のすべての女から抜きん出ていましたから、即座に分かりました。五　自分らが彼女に立つように指示しますと、彼女を取り囲んでいたすべての女も一緒に立ちました。彼女はみすぼらしい身なりをしていましたが、まず背丈で、次に気品と優雅さで、際立っていました。彼女は涙を流し、それが衣服や靴に落ちているのが分かりました。六　自分らのうちの最年長者が、「心配することはない、女よ。わしらはお前の夫が立派で優れた人物だ、と聞いている。だが、今はお前も知っておくとよいが、姿も知性も権力もお前の夫に劣らないお方のために、わしらはお前を選んだのだ。わしらが思うのに、お前の主人以外に賛嘆すべき人がいるとすれば、それはキュロス殿下であり、お前は今後そのお方のものとなるのだ」と言いました。すると、この女性がそれを聞き、衣服を上から下へずたずたに裂き、大声をあげて泣き出しました。彼女と一緒に侍女たちも声をあげて泣きました。

七 この間に、彼女の顔の大部分と首と両手が露になりました。キュロス殿下、よく分かっていただきたいのですが、自分も、彼女を見ました他のすべての者もこのような美しい女性はアジアの人間たちから生まれ育ったのではけっしてない、と思いました。とにかく、殿下も彼女をご覧になってください」。

八 キュロスも言った、「いや、ゼウスにかけて、彼女がお前の言うような女性なら、なおさら見ないでおこう」。

「どうしてでしょうか」と若者のアラスパスは言った。

「今、わしが」と彼は言った、「お前から彼女が美しいと聞いて、その気になってぜんぜん暇もないのに彼女を見にいけば、彼女に後で再度会いにきてほしいと早速口説かれる、と心配するからだ。またそうなると、わしはおそらくしなければならないことを疎かにし、何もせずに彼女を見て座っているだろう」。

九 すると、若者のアラスパスは笑って言った、「キュロス殿下、人間の美が人間に自己の意志に反して最善を尽くさせないことができる、とお思いになりますか。人間の美がそういうものだとしますと、それは自分らすべてに同じような行動をとらせるに違いありません。**一〇** 火をご覧ください。それはすべてを同じように焼き尽くします。火はそういう性質を持っていますから。だが、美しいものに関しましては、人はある美しいものは愛しますが、他の美しいものは愛しません。人はそれぞれ別の美しいものを愛します。それは自由意志の問題でありますから。各人はそれぞれ欲するものを愛するのです。たとえば、兄は妹を愛しませんが、他の者はその妹を愛します。父は娘を愛しませんが、他の者はその娘を愛します。恐怖と法が兄妹、父娘の愛を妨げることができるからです。一一　法律が食事をしていない者に空腹であることを、水を飲んでいない者に喉の渇くことを、冬に寒さに震えることを、夏に暑がることを禁止しますと、そういう法律は人間を禁止に従わせることなどけっしてできないでしょう。人間はこういう生理的欲求に屈服するように、生まれついているからです。しかし、愛することは自由意志の問題です。とにかく、各人は衣服や靴のように自分の好みに合うものを愛するのです」。

一二　「愛に陥ることが」とキュロスは言った、「自由意志の問題なら、人は望む場合にも愛を止めることさえできないのはどうしてなのだ。いや、愛による苦しみのために泣いている者たちを、愛する以前は奴隷であるのを非常な災厄と見なしていた者たちさえ愛する相手には奴隷として奉仕する者たちを、手放したくない多くの物を愛する相手に与える者たちを、他の病気から逃れるように愛から逃れたいと願いながら、逃れることができずに鉄で縛りつけられる場合よりも強い強制で束縛される者たちを、わしは目にしているのだ。要するに、彼らは愛する相手におおいにしかも無思慮に奉仕すべく自分を提供しているのだ。そのうえ、このようなひどい目にあいながら、彼らは去ろうとする意図を持たずに、愛する相手がどこかへ去ることのないように見守っているのだ」。

一三　これに答えて若者のアラスパスも言った、「彼らは確かにそういうことをします。しかし、そういう者たちは哀れな連中なのです。だから、彼らは自分らを不幸だと言って、常に死ぬことを願い、生に別れを告げる無数の方法がありますのに、生を断てないでいる、と自分は思います。だが、この同じ者たちが盗みを企て、他の人たちの物に手を触れ、奪い取るか盗むかしますと、盗みはやむをえないことではありませんから、殿下がまず盗んでひったくった者を咎められ、お許しにならずに罰せられますのは、ご存じのとおりです。一四　しかし、このようには、美しい者たちも自分を愛してくれ、と、不要なものを欲求してくれ、と人々に強要しません。そうでなく、哀れな人間どもは欲望のすべてに屈服し、しかもそれを愛の責任にしているのだ、と自分は思います。立派で優れた人たちも、確かに黄金、良い馬、美しい女性たちを求めます。だが、彼らはこれらすべてのものから身を離す能力を持っていますから、違法にそれらに触れることはありません。一五　自分は実際あの女性を見まして、本当に美しいと思いました。しかし、自分は殿下の側で騎兵として勤務し、その他の義務も果たしております」。

一六「ゼウスにかけて」とキュロスは言った、「それは、おそらく愛がその性質上人間を支配するのに必要な時間より早く、お前がその愛から去ったからだろう。火に触れる人もすぐには火に焼かれないし、木もすぐには燃えないからだ。それでも、わしは進んで火には触れないし、美しい者たちを見はしない。アラスパスよ、美しい者たちに目をとめないように、とわしはお前に助言する。火が触れる者たちを燃やすように、美しい者たちは気づかれぬうちに遠くから見る者たちの感情に火をともし、愛で燃やすのだからな」。

一七「心配なさらないようにお願いします。キュロス殿下」と彼は言った、「自分はたとえ彼女を見るのをやめたりしませんでも、彼女に負かされて、してはならないことをいたしはしません」。「よく言ってくれた」と彼は言った、「では、わしがお前に命じたとおり、彼女を保護し、世話をしてくれ。この女性は時が来ればおそらくわしらにおおいに役立ってくれるからだ」。

一八　その時、彼らはこのように話して別れた。

若者のアラスパスは彼女の美しさを目にする一方、彼女の高貴な心を知り、彼女に仕えて彼女を喜ばせよう、と思った。また、彼女が恩義を感じる女性で、彼が来ると自分の女中を使って彼の必要な物を入手させ、彼が病気をした時に何も事欠かないように配慮してくれたのを、彼は知った。このようなすべてのことから彼は愛に落ちたのだが、彼にこういうことが起こったのは、おそらくなんの不思議もないだろう。事態はこのようになっていた。

一九　一方、キュロスはメディア軍と同盟軍が積極的に自分のもとに留まってくれることを望み、これらの軍隊の主要な指揮官たちをすべて召集した。彼らが集まると、彼は次のように述べた。二〇「メディアの指揮官たちとここにいるすべての指揮官たち、お前たちがわしと一緒に出撃してくれたのは、財貨を求めたからでなく、この出撃で叔父上に役立とうと思ったからでなく、出撃でわしの意を迎えようと望んでくれたからであり、わしに敬意を示して一緒に危険を冒そうと、進んで夜の行軍をしてくれたのはよく分かっている。二一　間違っていなければ、わしは以上のことの礼を言う。だが、わしはお前たちに感謝するのにふさわしい権力をまだ持っていない、と思う。このことを述べるのをわしは恥かしい、と思わない。だが、お前たちも知っているとおり、お前たちがわしのもとに留まってくれるなら、それに報いよう、と言うのをわしは恥かしく思う。というのは、お前たちがさらに積極的にわしの所に留まろうと思ってくれるように願って、このようなことを言っているようにお前たちに思われる、と信じるからだ。このかわりに、わしは以下のように言おう。お前たちが叔父上の所へ戻って彼に従うことになっても、わしが戦に勝利を得れば、お前たちもわしを称賛するようにとお前たちのために尽力する、と。二二 つまり、わし自身は戻らないで、自分の右手を差し出して誓約を交したヒュルカニア軍への信義を守り、けっして彼らの裏切り者として捕えられないように、また、つい先ほど城砦と領土と軍隊を与えてくれたゴブリュアスにわしの所へ来たことを後悔させないように努力するのだ。二三 そして、何よりも重要なのは、神々がわしらにかくも明確に幸運を与えてくださったのだから、わしが神々を畏れ、この幸運を顧みずに理由もなく戻っていくのを恥じることなのだ。だから、わしは以上のように行動するが、お前たちも思いどおりの行動をするがよい。お前たちのよいと思うことは何でも、わしに言ってくれ」。

二四 彼は以上のように言った。すると、かつてキュロスの親族であると自称した者が最初に言った「自分はわが君と呼びかけます。わが君は巣の中に生まれた蜜蜂の女王蜂に劣らない生まれながらの王様、と自分には思われるますから。蜜蜂は進んで女王蜂に従い、女王蜂の留まっている所から一匹も去りませんし、女王蜂がどこかへ行きましても一匹も離れたりしません。このように蜜蜂には女王蜂に支配されたい、という強烈な欲求が生まれついていています。二五 わが君にたいしましても、人々はおそらくこれに非常に[似た]欲求を持っている、と思います。その根拠は、わが君がかつて自分たちの所からペルシアにお戻りになられます時、アステュアゲス王様が自分たちを帰らされるまでは、メディアの老いも若きも、すべての者がわが君について行って別れなかったことです。また、わが君が自分たちを助けにペルシアから急遽お出でになられました時にも、わが君の友人のほとんどすべてが自発的にわが君について来たのを自分が再度目にしていますことです。さらに、わが君がここへの進撃を望まれました時にも、すべてのメディア兵が進んでわが君に従いましたことです。二六　なお今は、わが君と一緒にいますと、敵地にいましても安心しますし、わが君がおられませんと、故郷へ帰るのさえ不安に思いますが、こういう状況に自分たちが置かれていますことです。他の者たちがどうしますかは、彼ら自身が話しましょうが、キュロス王様、自分たち、自分と自分の部下たちはわが君のもとに留まりまして、わが君のお目にとまるよう努力し、わが君からご好意をお受けするようにいたします」。

二七　これに続いて、ティグラネスが次のように述べた、「キュロス殿下、わたしが黙っていましても、不審に思われないようお願いいたします。わたしの心は評議することでなく、殿下のお命じになられることの実行を心がけていますから」。

二八　すると、ヒュルカニア王が言った、「メディア軍の指揮官たちよ、今お前たちが戻っていけば、それは非常な幸福に恵まれるお前たちの妨げをする悪霊の企みだ、とわしは言おう。人間の思慮からすれば、敵が逃げているのに背を向けたり、敵が武器を渡すのに受け取らなかったり、敵が自分と自分の財産を委ねようとするのに引き受けなかったりする者はいないだろう。すべての神々に誓って言うが、とりわけわしの信じるところでは、自分を富まされるよりも、わしらに好意を示されるのを喜ばれるお方がわしらの指導者でいてくださるのだからな」。

二九　これに続いて、すべてのメディアの指揮官たちが次のように言った、「キュロス殿下、殿下が自分たちを率いてこられました。ですから、故郷へ帰りますのも、時機が来たと思われます時に、殿下が自分たちを連れ帰ってくださるようお願いします」。

キュロスはこれを聞くと、祈った、「至高のゼウスよ、わたしに敬意を払ってくれる者たちより、わたしが彼らに好意を示すほうがまさっているようにしてください」。

三〇　この後、彼は命令をくだし、ペルシア兵たちには天幕を分けるようにと言い、その際騎兵たちには使用に適う天幕を、歩兵たちには満足のいく天幕を分けよと指示し、他の兵士たちには歩哨たちを配置してから自分自身の配慮をしろ、と指示した。天幕にいる兵站責任者たちには必要なものすべてを準備してペルシア軍の諸中隊に届け、手入れの終わった馬を提供し、ペルシア兵たちのために軍事以外にはいかなる仕事にも気を使わせないように手はずを整えよ、と言った。

以上のようにして、彼らはその日を過ごしたのである。

第二章

一　朝早く起きた彼らは、すなわち馬に乗ったキュロスと約二〇〇〇騎になったペルシア騎兵隊はゴブリュアスの所へ行った。これらの騎兵の盾と剣を持った者たちが従っていったが、この者たちは騎兵と同数であった。他の部隊も隊伍を組んで行った。キュロスは各騎兵に命じて、各自の新しい従者に、後衛隊より後にいるのを見られたり、前衛の前方を進んだり、隊伍を組んで進んでいる者の外側にいるところを捕えられたりすると、罰せられる、と言わせた。

二 二日目の夕方、彼らはゴブリュアスの領地に着き、城砦が非常に堅固であり、城壁にはこのうえもなく強力な防衛ができるように、あらゆるものが備えられているのを目にした。さらに、多数の牛ととてつもなく多くの羊が城砦に護られているのを見た。

三 一方、ゴブリュアスはキュロスに使いを送ってきて、彼に周囲を回ってどこがもっとも進入しやすいかを調べ、また信頼できる数人の兵士を城砦内の自分の所によこし、内部調査した後、その報告を受けてもらいたい、と頼んだ。**四** そこで、ゴブリュアスが嘘をついているのなら、城壁のどこかの個所を占拠できると思い、それを実際に調べようと、キュロス自身が周囲を回ってあらゆる面から観察した。だが、どこも堅固で接近できないのが分かった。また、彼がゴブリュアスのもとに送った兵士たちは、彼らの見るところでは、城砦内には一世代にわたって内部にいる者たちを飢えさせないほどの食糧がある、とキュロスに報告した。

五 キュロスがこれはどういうことなのかと思案していると、ゴブリュアス自身が出てきて彼の所に来た。ゴブリュアスは中にいたすべての者を連れて出てきたが、そのある者たちは葡萄酒、大麦粉、小麦粉を持っていたし、他の者たちは牛、山羊、羊、豚を追い立ててきた。彼らはその他の食糧もすべて持ってきており、それらはキュロスの軍隊すべてが夕食をとるのに十分であった。**六** しかも、彼らは夕食を作るように命じられていたから、それらを分配して食事の準備をした。ゴブリュアスは、彼の部下たちがすべて城砦の外に出ると、キュロスにもっとも安全と思う方法で中へ入るように提案した。そこで、キュロスは幾人かの斥候と兵士の一隊を先に中へ送り込み、このように警戒した後彼自身が中へ入った。彼は入口の戸を開けたまま中へ入ると、友人のすべてと自分と一緒に来た軍隊の指揮官たちを呼び入れた。七　彼らが中に入ると、ゴブリュアスは黄金の皿、水差し、壷、あらゆる種類の装飾品、数えきれないダレイコス金貨(1)、あらゆる種類の美しい物を数多く持ってきたうえ、最後に美しさと身長にすばらしく優れ、死んだ兄弟を嘆く娘を連れてきて次のように言った、「キュロス殿下、わたしは殿下にこの財宝を贈りましてわたしの娘を委ねますから、思いどおりにこの娘をお扱いください。だが、わたしたちは殿下に復讐をお願いします。以前にはわたしが息子の復讐をしてくださいと嘆願しましたが、今はこの娘が兄の復讐をしてください、と嘆願します」。

八　キュロスはこれに答えて言った、「わしは、あの時お前の言っていることが偽りでなければ、全力をあげて復讐しよう、と約束した。だが、今はお前が真実を言っているのが分かったから、わしには約束を果たす義務があるし、彼女にも神助を受けて同じことを実行する、と約束する」。

「この財宝も」と彼は言った、「わしは受け取るが、それをこの娘と結婚する男に与えよう。わしはお前から贈り物を一つ貰って去っていく。だが、わしはその贈り物よりバビュロン［そこにはもっとも多くの財宝がある］の財宝のほうを、また、世界中の財宝のほうを［お前がわしに与えてくれた贈り物より］喜んで受け取っていくことはないだろう」。

九　すると、ゴブリュアスは彼の言う一つの贈り物が何であるのかと不思議に思い、娘のことを言っているのではと推測して次のように尋ねた、「キュロス殿下、その一つの贈り物とは何でしょうか」。

そこで、キュロスは答えた、「ゴブリュアスよ、わしは不敬も、不正も犯そうとせず、進んで嘘を言わない人は多くいる、と思う。ただ、誰も彼らに多くの財宝も、支配権も、堅固な城砦も、愛すべき子供も委ねようとしなかったから、彼らはいかなる人間であったかが明らかになる以前に死んでいるのだ。一〇 だが、今お前は堅固な城砦、あらゆる種類の富、お前の軍隊、大切な娘をわしに託したことで、わしが友人には不敬な行動をとろうともしなければ、財貨のために不正を犯そうともしないことを、また、進んで協定を破ろうとしないことを、すべての人間に明らかにしてくれたのだ。一一 わしが誠実な人間であり、また、そのような人間と思われて人々に称えられるかぎり、わしが以上のことを忘れずに、あらゆる好意でお前に報いる努力をするのを信じてくれ。

一二 そして、お前の娘にふさわしい夫を見出せないのでは、と心配しないでくれ。わしには多くの優れた友人がいるからだ。彼らのうちの誰かが彼女と結婚するだろう。だが、お前がわしにくれる財貨を、いやその何倍もの財貨をこの結婚相手の男が受け取るかどうかは、わしには言えない。彼らのなかには、お前が与える財貨のためにお前をいっそう称える者などまったくいないのを、よく知っておくがよい。現在、彼らはわしと競いながら、友人たちにはわしに劣らず誠実であり、敵には神が妨げなければ生命のあるかぎりけっして屈服しないことを示すのを許してくださるように、とすべての神々に祈っている。彼らは、お前の財

(1) ダレイオス・ヒュスタスピス(前五二一-四八六年統治)によって鋳造されたペルシアの金貨。一ダレイコス金貨は銀貨二〇アッティカ・ドラクマの価値に相当する。

貨にシリアやアッシリアの財貨すべてが加わっても、徳と名声よりもそれらを選ぶことはないだろう。このような者たちがあそこに座っているのは確かだ」。

一三　すると、ゴブリュアスが笑って言った、「キュロス殿下、神々にかけまして、その方々の一人をわたしの息子にしていただきたいとお願いしますために、その方々のおられる所をわたしにお示し願います」。キュロスも言った、「お前はわしに尋ねる必要などないのだ。わしらと一緒に来ると、お前は自分で彼らをそれぞれ他の者にも示せるのだ」。

一四　このように、彼は言い、ゴブリュアスの右手を取り、立ち上がって出ていったが、その時城砦内にいた自分の部下もすべて連れていった。ゴブリュアスは城砦内で食事をするように強く勧めたのだが、彼はそれを望まず、陣営内で食事をとることにし、ゴブリュアスを客として迎えた。一五　キュロスは藁のベッドに身を横たえ、彼に次のように尋ねた、「ゴブリュアスよ、わしら各人より、お前のほうが毛布を多く持っていると思っているのか、言ってくれ」。

ゴブリュアスは言った、「ゼウスにかけまして、わたしにはよく分かっていますが、殿下方のほうが、毛布も寝台も多く持っておられますし、殿下方の家もわたしの家よりはるかに大きいのです。それは、殿下方が大地と天を家にされていますから、大地に寝所があるとなりますと、それだけ多く寝床を所有されることになりますからと、また、羊が生やす羊毛を毛布と思っておられず、山や平野の生長させる物すべてを毛布、と見なしておられるからです」。

一六　ゴブリュアスは初め彼らと一緒に食事をし、差し出された食事の粗末さを見た時、自分らのほうが彼らより洗練されている、と思った。一七　だが、彼は一緒に食事をしている兵士たちの節度を知った時、考えを変えた。教育を受けたペルシア兵は食べ物にも飲み物にも目を奪われたり、手を伸ばしたり、食事をしていない時に注意する配慮をしなかったりする態度を示さなかったからである。いや、騎兵たちが馬上にあっても混乱することなく、騎行しながら必要なことを見たり、聞いたり、言ったりすることができるように、彼らも食事をしていても、思慮があり、節度のある者と見られねばならない、と思っているのである。食べ物や飲み物のために騒ぐのは、まったく豚や［野獣］のすることである、と彼らは信じている。

一八　また、彼らが質問されるほうがされないよりも楽しいような質問をたがいにしあい、冗談を言われるほうが言われないより楽しいような冗談を言っているのに、彼は気づいた。さらに、彼らの言う冗談が傲慢と無作法な行為によりたがいに傷つけあうことから非常に離れているのを、彼は知ったのである。一九　だが、遠征に来ている兵士たち(1)がこれから同じ危険に赴くいかなる兵士(2)よりも、多くの食べ物を与えられるべきだと考えず、未来の同盟者たち(3)をできるだけ勇敢な兵士にするのがもっとも好ましいもてなしと見なしていたことが、このうえもなくすばらしい、と彼には思えたのである。

二〇　ゴブリュアスは住居に戻るので立ち上がった時次のように言った、と言われている、「キュロス殿下、わたしたちは殿下方より多くの酒杯、衣服、黄金を所有していますが、わたしたち自身が殿下方より劣

（1）ペルシア兵たちのこと。
（2）ゴブリュアスの部下たちのこと。
（3）前註と同じ。

っていますのに、もはや驚きはしません。わたしたちはこれらの物をできるだけ多く所有しようと骨を折っていますが、殿下方はご自身ができるだけ優れた者に成ろうと心がけておられる、と思われますから」。

二一　彼は以上のように言い、キュロスは以下のように言った、「では、ゴブリュアス、明朝早く完全武装の騎兵隊を率いてきて、お前の軍隊を見学させてくれる一方、味方に属し、敵に属すと見なすべき土地を見分けられるようにわしらをお前の領地へ案内してくれ」。

二二　その時、彼らはこのように言って別れ、それぞれが職務に就いた。

夜が明けると、ゴブリュアスは騎兵隊を率いて現われ、先導した。だが、キュロスは司令官として当然進軍に注意するばかりでなく、前進しながら敵を弱くすること、自軍を強くすることが可能かどうか思案した。

二三　その結果、彼はヒュルカニア王とゴブリュアスを呼んだ。（それは、彼自身が知らねばならないことを彼らがもっともよく知っている、と信じていたからであった。）「友人たちよ」と彼は言った、「信頼すべきお前たちとこの戦争の協議をすれば失敗することはない、とわしは思っている。わしよりもお前たちのほうがアッシリア王にわしらとの戦いに勝利を得させない方法を考えねばならない、と見ているからだ。わしにはこの戦に失敗してもおそらくほかに逃れる方策はあるが、お前たちの物はすべて、アッシリア王が勝利を収めると、一挙に他の者の所有物になる、とわしは見ている。二四　彼はわしの敵だが、それは彼がわしを憎んでいるからでなく、わしらが強大であるのが自分に不都合だ、と思っているからだ。しかし、お前たちからは不正を受けたと見なし、お前たちに憎しみを抱いているのだ」。

これに二人は異口同音に次のように答えた、彼らはそのことを知っており、今後どうなるのか非常に心配だから、キュロスの言おうと思っていることを言ってほしい、と。二五　そこで、彼は以下のように言い始めた、「言ってくれ。アッシリア王はお前たちだけが自分に敵対している、と思っているのか。それとも、あの男に敵対する者がほかにもいるのを、お前たちは知っているのか」。

「ゼウスにかけまして」とヒュルカニア王は言った、「奴にもっとも敵対しているのがカドゥシオイ人(2)で、勢力もあり、勇敢な種族です。さらにわたしたちの隣人のサカイ人もアッシリア王から多くの災厄を受けました。奴はわたしたちを征服しましたように、彼らの征服も企てたのです」。

二六「では」と彼は言った、「これらの両種族も今ではわしらと一緒にアッシリア王を攻撃するのをいとわない、と思うのか」。

彼らは言った、「何らかの方法で、彼らがわたしたちに合流できるなら、非常に喜んでアッシリア王を攻撃しましょう」。

「この合流を」と彼は言った、「妨げているのは何だろう」。

「アッシリア人ですよ」と彼らは言った、「今殿下が通過していかれる土地が、まさにその種族の土地なのです」。
二七　キュロスはこれを聞くと言った、「ゴブリュアス、お前は今王位に就いているこの若者のあまりにもひどい傲慢な振る舞いをどうして告発しないのか」。

（1）アッシリア王のこと。
（2）カスピ海南西地域に居住していたメディアの山岳種族。

「確かに、わたしは」とゴブリュアスは言った、「あいつからそのような仕打ちを受けた、と思っています」。「あの男は」とキュロスは言った、「お前だけにあのような仕打ちをしたのか、それとも他の幾人かにもひどい害を加えたのか」。

二八 「ゼウスにかけまして」とゴブリュアスは言った、「他の多くの者にもそうだったのです。しかし、あいつの弱者への傲慢な行為は述べる必要もありません。わたしよりもはるかに有力な太守に息子がいましたが、その息子もわたしの息子と同じようにあいつの仲間でした。あいつは自分の所で宴会をしていた時、それに参加していたこの息子を捕えて去勢したのですが、それは、あいつの妾がこの息子の美しさを褒め、その未来の妻になる女性を祝福した、というのが理由だそうでした。だが、今あいつが言いますのには、この息子があいつの妾を誘惑したのがその理由です。今は、この去勢されました息子が自分の父の死んだ後その統治権を手に入れています」。

二九 「では」と彼は言った、「その息子はわしらが自分を援助してくれると思えば、わしらに喜んで会ってくれる、と思うか」。

「彼が喜んで会うのは言うまでもないことです」とゴブリュアスは言った、「しかし、キュロス殿下、彼に会うのは困難です」。

「どうしてか」とキュロスは言った。

「彼に合流しようとしますと、バビュロンの側を通らなければならないからです」。

三〇 「それがいったいどうして困難なのか」と彼は言った。

「ゼウスにかけまして」とゴブリュアスは言った、「バビュロンから出撃してきます兵力が、現在殿下の保持されている兵力の何倍にもなることが、わたしには分かっていますから。アッシリア軍のうちで殿下の兵力を見た兵士たちは殿下の兵力を少数と思っていますから、今は以前よりもアッシリア兵士たちは少数しか武器も引き渡しませんし、馬も連れてきませんのをご承知ください。しかも、この噂はすでに広く伝わっています。警戒して行軍されましたほうがよろしいか、とわたしは思います」。

三一　ゴブリュアスからこのようなことを聞いたキュロスは次のようなことを言った、「ゴブリュアスよ、行軍をできるだけ安全にするようにと言ったのは正しい指摘だ、とわしは思う。だが、わしの考えでは、敵の主力がバビュロンにいるのなら、バビュロンそのものを目指していくのがわしらにはもっとも安全な進軍だ、と思われる。彼らはお前の言うように多数だ。彼らが勇敢になればわしらにとって恐ろしい敵になるのにわしも同意する。三二　ところで、彼らにわしらの姿が見えないのは、わしらが彼らを恐れて隠れているからだと彼らが考えるなら、心中に生じていた恐怖から彼らは逃れられ、わしらを目にしない時間が多くなれば、恐怖の代わりに勇気がそれだけ大きく彼らの心に根づくだろう。だが、今ただちに彼らに向かって進んでいけば、彼らの多くがわしらに殺害された者たちを嘆いており、また、多くの兵士がわしらから受けた傷の包帯をしており、すべての兵士がわしらの軍隊の勇敢さと、自分らの逃走と敗北をまだ記憶しているのが見出せるだろう。三三　ゴブリュアスよ、［次のことも知っておくとよいのだが］兵士が多数いる場合、彼らは勇気を持てば、抵抗しがたい気概を示すが、恐怖心を抱けば、多数であればあるほど、いっそう大きな、思慮を失わせる恐怖に襲われるのは、間違いないのだ。

三四　多くの臆病な言葉から、彼らの恐怖は増大し、［多くの悪い顔色からと］多くの意気消沈した歪んだ顔つきから、恐怖心が強くなるのだ。この結果、多数であるために返って、言葉で恐怖心を抑えることも、敵を攻撃することで勇気づけることも、退却することで気力を奮い起こさせることも容易でなく、お前が勇気を出すように彼らを励ませば、それほどの危険な状態にいるのだ、と彼らは信じるのだ。

三五　だが、ゼウスにかけて、勝敗の帰趨がどうなっているのか正確に考察してみよう。これからはより多くの兵力を数える側の戦闘行動が勝利を得るのなら、お前がわしらのために心配するのも当然だし、わしらも実際危険な状態にいるのだろう。しかし、以前と同じように今も戦が勇敢な戦士たちによって決定されるのなら、お前は勇気に事欠くことはまったくない。お前にも分かっていようが、神々の恩恵を受けて戦いへの意欲を燃やす兵士たちが、彼らの側によりもわしらの側にはるかに多くいるからだ。三六　さらに自信を持つように、次のことも知っておくとよい。それは、敵がわしらに打ち負かされる以前と較べて、今ではるかに少数であり、わしらの前から逃走した時よりはるかに弱体である、ということだ。勝利を得てから今では、わしらはより多数になり、お前たちがわしらに加わっていっそう強力になっている。わしらと一緒になった以上、お前の兵力をもはや過少評価するな。ゴブリュアスよ、勝利者に従っていけば、間違いなく従者も勇敢になることを、よく心得ておけ。

三七　敵は今でもわしらを見ることができるのを忘れないでくれ。だが、彼らに向かって進軍する場合以上に、わしらが彼らに恐ろしく見えることがけっしてないのは確かだ。わしがこのように判断しているのだから、バビュロン目指してまっすぐにわしらを先導してくれ」。

第三章

一　このようにして、彼らは前進し、四日目にゴブリュアス領の境界に到達した。敵地に入ったので、キュロスは歩兵隊と適当と思う数の騎兵を指揮して戦列に配置した。そして、他の騎兵たちを見回りにいかせて武器を持っている者を殺害するように、また別の騎兵たちには捕獲した家畜を自分の所に持ってくるように、と命じた。彼はペルシア騎兵隊にも一緒に見回りにいくように、と指示した。彼らの多くは馬から落ちて戻ってきたが、非常に多くの家畜を持ち帰った騎兵も多くいた。

二　家畜が持ちこまれると、メディア軍とヒュルカニア軍の指揮官たちおよびペルシアの貴族たちを集めて、彼は次のように言った、「友人たちよ、ゴブリュアスは多くの財産でわしらすべてをもてなしてくれた。だから、神々にふさわしい物と軍隊に十分な物を選んだ後は、残りの家畜をこのゴブリュアスに渡せば、正しい行為をすることになるのではないか。この行為により、わしらが好意を示してくれる者にはそれにまさる好意を示す努力をするということが、ただちに明らかになるからだ」。

三　彼らはこれを聞くと、すべての者が同意し、賛辞を述べた。そして、一人の者が次のように言った、「キュロス殿下、ぜひともそういたしましょう。自分らは十分な金貨を持たずに来ましたし、金杯で酒を飲むようなこともいたしておりませんから、ゴブリュアス様は自分らを貧しい者と見なされている、と思います。しかし、自分らが今言われたようにいたしますと、人間は黄金がなくとも高貴でありうることを、ゴブリュアス様も知られることでしょう」。

四　「では」と彼は言った、「神々の物をマゴスたちに与え、軍隊のために十分な物を選んだ後は、ゴブリュアスを呼んで、残りの物を彼に渡せ」。

このようにして、彼らは必要な物を受け取ると、残りの物をゴブリュアスに与えた。

五　この後、キュロスは戦闘時のように戦列を組み、バビュロンに向かって進んだ。アッシリア軍が出撃してこなかったので、キュロスはゴブリュアスの所へ馬を駆けていき、次のように言え、と指示した。アッシリア王が国を護るために出陣して戦う意欲があるなら、自分［ゴブリュアス］もアッシリア王に味方して戦おう。だが、国を防衛しないのなら、自分は勝者に従わなければならない、と。

六　ゴブリュアスは馬に乗り、以上のことが伝達できる安全な場所へ行った。アッシリア王は使いの者をよこして彼に以下のように答えた、「ゴブリュアスよ、それはお前の主人が言っているのだな。わしが後悔しているのは、お前の息子を殺したことでなく、お前も殺さなかったことだ。お前らが戦おうと思うなら、三〇日後に来い。今は忙しいのだ。まだ準備しているところなのだ」。

七　ゴブリュアスは言った、「その後悔はけっして終わることがないぞ。その後悔がお前を捕えて以来、わしがお前を苦しめているのは明らかだからな」。

八　ゴブリュアスはアッシリア王の返答を報告した。キュロスはこれを聞くと軍隊を後退させた。そして、ゴブリュアスを呼び、「確かに」と彼は言った、「お前はアッシリア王に去勢されたあの領主がわしらに味方するのを信じている、と言ったな」。

「それは確かだ、と思います」と彼は言った、「わたしと彼はたがいに腹を割っていろいろと話しあいましたから」。

九 「それでは、時機を選んで彼の所へ行ってくれ。まず二人だけで密かに会うようにとり計らうのだ。そして、彼に会った後、味方になる意志が彼にあるのが分かれば、彼がわしらの味方であるのを隠しておく工夫をしなければならない。戦では、自分を味方の敵であると敵に思わせるのが、味方のために戦局をもっとも有利に展開させ、自分を敵の味方であると敵に思わせるのが、敵に最大の損害を与えるからだ」。

一〇 「わたしは、本当に」とゴブリュアスは言った、「ガダタスがどうしても今のアッシリア王に大きな損害を加えたい、と願っているのを知っています。だが、彼が王にどのような害を被らせることができるのかを、わたしたちも考えてみなければなりません」。

一一 「では、言ってくれ」とキュロスは言った、「戦時にヒュルカニア軍(1)やサカイ軍の攻撃からこの領地を防衛する拠点として築かれたとお前たちの言っている、領地の前面にある、その城砦へ、あの去勢された領主が兵力を率いてくれば、城砦指揮官は彼に入るのを許すだろうか」。

(1) ヒュルカニアはアッシリアに不満を抱きながら従属し、先王の戦死後離反し、ヒュルカニア軍はキュロス指揮下に入り、アッシリアとその同盟軍への攻撃に参加した。だから、アッシリアは戦時におけるヒュルカニアの不満と反逆を恐れ、前もってその攻撃を予防するために城砦を築いていたと思われる。サカイもアッシリアに不満をもっていた。本巻第二章二五参照。

「もちろんです」とゴブリュアスは言った、「彼が今のように疑惑を持たれていなければ、指揮官の所に来ることはできましょう」。

一二 「では」とキュロスは言った、「わしが彼の幾つかの城砦を獲得するふりをして攻撃し、彼が全力をあげて防衛する。そして、わしが彼の一部の城砦を確保するかわりに、彼もわしらの兵士幾人かを、あるいは、アッシリア王の敵であるとお前たちが言った種族の所へわしによって送り出された使者たちを捕えることになる。そして、この捕えられた兵士たちや使者たちが軍隊(1)を得て梯子を城砦に掛けるために出発してきたのだと言い、それを耳にした去勢された太守がそのことを前もって言おうと思って来たのだという態度をとれば、指揮官に疑われないだろう」。

一三 すると、ゴブリュアスは言った、「そのような状況になれば、指揮官は彼を城砦に入れ、殿下が去っていかれるまで城砦に留まってくれ、と懇願しましょう」。

「では」とキュロスは言った、「彼が一度中に入れば、城砦をわしらの手に入れることができるのだな」。

一四 「当然ですよ」とゴブリュアスは言った、「彼が内部で準備を整え、外部で殿下が非常に激しい攻撃をなされますとね」。

「それでは」と彼は言った、「このことを彼に知らせ、約束をとりつけて戻ってくるようにしてくれ。お前はわしらから受け取った保証をもっとも信頼できるものとして彼に伝え、説明することができるだろう」。

一五 この後、ゴブリュアスは出ていった。去勢された太守は彼を見て喜び、すべての点に合意し、必要な約束をした。この太守がすべての提案を非常に気に入ってくれたことをゴブリュアスが報告すると、キュロスは翌日攻撃し、ガダタスは防衛した。そして、キュロスの占拠した一つの城砦もガダタスの言ったとおりの構築であった。一六 キュロスが通っていく道を指示して送り出した使者たちをガダタスは逮捕し、彼らの一部の者たちを、軍隊[2]を導き、梯子を持って来させる目的で、逃亡させたうえ、その者たちをまた捕えて多数の面前で尋問した。そして、彼らの来た目的が述べられると、それを聞いた彼はただちに準備し、報告するために夜の間に出発した。一七 遂に信頼を得た彼は援軍として城砦に入り、しばらくの間できるだけ城砦指揮官を助けて戦争の準備をした。だが、キュロスが来ると、彼はキュロスの兵士たちのうちすでに捕虜にしていた者たちをも協力者にして城砦を征圧したのである。

一八 以上のことをし終わると、去勢された[ガダタス]は、ただちに内部を整備してキュロスを出迎え、慣習どおりに跪いて、「お喜びください、キュロス殿下」と言った。

一九 「喜ぶぞ」と彼は言った、「お前は神々の援助を得てわしの喜ぶのを望んだだけでなく、喜ばざるをえないようにしてくれたからな。また、わしがこの城砦を味方のものとして同盟軍に残すのを高く評価しているのは、言うまでもない。ガダタスよ、見受けるところ、アッシリア王はお前から子供を儲ける力を奪ったが、友人を獲得する能力は奪わなかったようだ。お前はこの行為によりわしらを友人にしたのだ。しかも、この友人たちは、できるなら、お前が自分の子供を持っている場合に劣らぬ援助者として、お前の味方をしようとする者であることを、よく承知してくれ」。

(1) カドゥシオイとサカイの軍隊。

(2) 前註と同じ。

二〇　彼はこのように語った。この時、ヒュルカニア王は事件を聞いたばかりであったが、キュロスの所へ走っていき、彼の右手を摑んで言った、「キュロス殿下、殿下は味方に偉大な幸運をもたらすお方です。神々はわたしを殿下に結びつけてくださったのですから、殿下は神々におおいに感謝する義務をわたしに負わせられました」。

二一　「お前は」とキュロスは言った、「城砦のことでわしを高く評価してくれたから、この城砦を確保し、それをお前の国民や他の同盟軍とりわけそれを奪取してわしらに渡してくれたこのガダタスのために最高の価値のあるように整備してくれ」。

二二　「では、カドゥシオイ人たちとサカイ人たちそれにわたしの国民が来ますなら、これらの者を呼び集めて、わたしたち関係のあるすべての者が一緒になって、この城砦をもっとも有効に利用する方法を協議してはいかがでしょう」とヒュルカニア王は言った。

二三　そのようにすることをキュロスは是認した。そこで、城砦に関心のある者たちが集まり、城砦が味方のものであれば自分らに有利である者たちは、城砦が戦時には自分らを防衛し、アッシリア軍にたいする防護壁となるように、城砦を協同で占拠することを決定した。

二四　以上のことが行なわれると、はるかに多くのカドゥシオイ軍、サカイ軍、ヒュルカニア軍がいっそう意欲的になって進撃を共にした。しかも、この後さらに軍隊が集まった。カドゥシオイの軽装歩兵が約二万、騎兵が約四〇〇〇、サカイの弓兵が約一万、騎馬弓兵が約二〇〇〇というようにである。そして、ヒュルカニアはできるだけ多くの歩兵を追加出兵させ、騎兵を約二〇〇〇に強化した。カドゥシオイとサカイは

郵便はがき

料金受取人払郵便

左京局
承認
1117

（差出有効期限
2021年9月30日
まで）

606-8790

（受取人）

京都市左京区吉田近衛町69
京都大学吉田南構内

京都大学学術出版会
読者カード係 行

▶ご購入申込書

書　名	定　価	冊　数
		冊
		冊

1．下記書店での受け取りを希望する。

都道　市区　店
府県　町　名

2．直接裏面住所へ届けて下さい。

お支払い方法：郵便振替／代引　公費書類（　　）通　宛名：

送料　ご注文 本体価格合計額 2500円未満：380円／1万円未満：480円／1万円以上：無料
代引でお支払いの場合 税込価格合計額 2500円未満：800円／2500円以上：300円

京都大学学術出版会
TEL 075-761-6182　学内内線2589 / FAX 075-761-6190
URL http://www.kyoto-up.or.jp/　E-MAIL sales@kyoto-up.or.jp

お手数ですがお買い上げいただいた本のタイトルをお書き下さい。

（書名）

■本書についてのご感想・ご質問、その他ご意見など、ご自由にお書き下さい。

■お名前

（　　歳）

■ご住所

〒

TEL

■ご職業

■ご勤務先・学校名

■所属学会・研究団体

■E-MAIL

●ご購入の動機

A.店頭で現物をみて　B.新聞・雑誌広告（雑誌名　　）

C.メルマガ・ML（　　）

D.小会図書目録　E.小会からの新刊案内（DM）

F.書評（　　）

G.人にすすめられた　H.テキスト　I.その他

●日常的に参考にされている専門書（含 欧文書）の情報媒体は何ですか。

●ご購入書店名

都道府県　　市区町　　店名

※ご購読ありがとうございます。このカードは小会の図書およびブックフェア等催事ご案内のお届けのほか、広告・編集上の資料とさせていただきます。お手数ですがご記入の上、切手を貼らずにご投函下さい。
各種案内の受け取りを希望されない方は右に○印をおつけ下さい。　案内不要

ついて』などの著作があったと伝えられ（『ギリシア哲学者列伝』第六巻一六以下）、『キュロスの教育』に影響を与えたと考えられているが、これは対話篇で長大な物語とは趣を異にしたであろう。

ギリシア小説といえば五つの恋愛小説、すなわちカリトン『カイレアスとカリロエ』（前一世紀後半または一世紀）、エペソスのクセノポン『エペソス物語（アンテイアとハブロコメス）』（二世紀）、アキレウス・タティオス『レウキッペとクレイトポン』（二世紀後半）、ロンゴス『ダフニスとクロエ』（二世紀末）、ヘリオドロス『エチオピア物語』（三世紀あるいは四世紀末）が現存する他、恋愛冒険譚や空想旅行譚のかなりの数の断片が残り、タイトルが知られているが、失われた『ニノス物語』（前一世紀）が最古のギリシア小説とされている。しかし、これよりも恐らく三世紀ほども古い『キュロスの教育』も、小説と呼ばれる資格があるように思われる。

まずこれは、ギリシア語のテクストで三六〇頁に及び、充分に長い。そして、主人公のキュロスはアケメネス朝ペルシアの開祖であるが、ここでは大いに小説的変形を加えられている。幼いキュロスが受ける教育はペルシア風というよりスパルタ風だし、メディアを攻めて滅ぼすのではなく、平和裡に王権を継承している。マッサゲタイ遠征のさなかに戦死する代わりに天寿を全うしているし、臨終の床で息子達に魂の不死の説を説くのは、まるでソクラテスのようである。更に、何よりも『キュロスの教育』を小説に近づけているのは、国制に関する議論や戦争の描写の合間に数々のエピソードや小話を挿入していることである。とりわけ五巻一章から断続的に語られる「パンテイアとアブラダタスの物語」は、古代小説の起源との関連で注目を集めてきた。

アッシリア王との戦争を続けるキュロスは、スシアナの将軍アブラダタスの妻パンテイアを捕虜にする。キュロスはアジア一の美人と謳われたパンテイアに会うことを欲せず、竹馬の友なるアラスパスに保護を委ねる。アラスパスはこの捕虜に懸想し暴力に訴えようとさえするが、キュロスは婦人を守り、アラスパスには名誉回復のため、ペルシアからの脱走者を装って敵陣に入り込むことを命ずる。パンテイアはキュロスが大切な友を失ったと思いこみ、償いのために夫を呼び寄せる。アブラダタスはキュロスのために奮戦して倒れるが、パンテイアもその遺体の上で自裁する。

ディック・デイビス『パンテイアの子供たち　ヘレニズ

ム小説と中世ペルシアのロマンス』（二〇〇二年）は、この物語に見える絶世の美女、戦乱の中での夫婦別離、貞操の危機、再会と更なる別離、といったモチーフはすべて後のギリシア小説に現われるばかりでなく、『ヴィースとラーミーン』などの中世ペルシアの恋物語とも共通すると説く。デイビスによると、アケメネス朝ペルシア（前五五〇―三三一年）とそれを滅ぼしたアレクサンドロス大王以後のヘレニズム世界は同じ文化を共有していたから、ペルシアとギリシアに同じ物語モチーフが現われるのだという。

しかし、ギリシアの恋愛小説がすべてハッピーエンディングであるのに対し、「パンテイアとアブラダタスの物語」は夫婦の死で終わっており、この点でこの物語は、先行のギリシア文学に繋がっているように思われる。戦争ゆえの夫婦別離の間に妻が多くの男に言い寄られる話は、『オデュッセイア』のペネロペイアに原型がある。夫の後を追って自殺する妻はギリシア神話にしばしば現われる。テーバイ攻めの七将の一人、カパネウスが戦死した時、妻エウアドネは夫の火葬堆の上に自ら身を投じた。トロイア戦争で敵地一番乗りを果たし真先に果てたプロテシラオスは、故郷に新妻ラオダメイアを残していたが、彼女は夫の死を嘆き尽くした後自ら命を絶った。アルゴ船の乗組員と誤って戦い死んだキュジコスの後を、妻のクレイテは追う。

クセノポンはペルシア領内を行軍する間に「パンテイアとアブラダタスの物語」を聞きこんだのではないか、とする想像も捨てがたいが、筆者は今は、クセノポンはやはりギリシア神話の知識を元にこの物語を創ったのだろうと考えている。そしてこれこそ小説家の行き方である。古代小説の起源について古くはエルヴィン・ローデが、ヘレニズム期に流行した空想旅行譚と恋愛譚が二世紀頃に結合して小説を生み出した、と説いた（『ギリシア小説とその先駆者』一八七六年）。これに異を唱えるベン・エドウィン・ペリーは、「最初の小説（ロマンス）は一人の作家が意識的に構想して書き上げた。それが即ち小説の発明者で、彼は七月の火曜日の午後、あるいは他の月の別の曜日でも構わないが、それを思いついた」と人を煙に巻くようなことを述べた（『古代のロマンス』一九六七年）。クセノポンが後の小説に多面的な影響を及ぼしていることを認めるペリーを生き返らせて、「七月の火曜日の人はクセノポンではないのですか」と、恐る恐る尋ねてみたいと筆者は考えている。

（西洋古典文学・京都大学教授）

連載

西洋古典ミニ事典（1）

デルポイ

デルポイ（現デルフィ）は、パルナッソス山（二四五七メートル）の南側の麓の、標高六〇〇メートル弱のあたりに位置し、古代ギリシア世界においては宗教の一大聖地として知られた。オリュンポスの神であるアポロンが古い地下の神々ととって替わったのはミュケナイ時代の終わり頃とされているが、ホメロスの作と伝承されている『アポロン讃歌』は、ゼウスの息子としてデロス島に生を享けたこの神が、この地にやって来て、弓矢で大蛇ピュトン（Python）を射殺して、その贖罪のため八年間流浪の旅をしたあげく、再びデルポイへの帰還を果たして、今度は、みずからがピュトンの神の権能を引き継いで、予言の神として神託を降ろすようになった次第を歌っている。聖域は長壁によって矩形に取り囲まれ、壁の上には数々の銅像で飾られていたという。シチリア島出身の前一世紀の歴史家ディオドロスが著わした『歴史文庫』に、その神域が「カルケステパノン」すなわち「青銅の冠を頂く」というエピセットで形容されているのはそのためである。

アポロンによる神託は、最初は一年に一度のことであったらしいが、その名声を伝え聞いた巡礼者たちがおしかけて、それに比例してお告げを下す回数も増えたらしい。ただし、三ヵ月の間はアポロンはデルポイを留守にすると信じられ、その間は神託もやんだと言われている。神の託宣を告げるピュティア、すなわち巫女はデルポイの村出身の女であり、たいていは若い処女の中から選ばれた。彼女らがどのようにして神懸かりの状態に入るのか正確にはわかっていないけれども、おそらく麻薬のようなものが使用されたのであろう。彼女らはこれによって攪乱状態になった。伝説によれば、大地の裂け目から煙霧がたちこめていたとされるが、現地を調査したかぎりではそのような裂け目は見つかっていない。彼女らが語ると解釈官たちがこれを人間の言葉に直して巡礼者に伝えた。それは曖昧な言葉であることが多く、それがためにどのようにも理解することのできるものであった。いずれにせよ、神託は国事にもおおきな影響をおよぼしたから、その信憑性は古代でもしばしば論じられた。有名な寓話作家イソップ（アイソポス）は、デルポイの神官たちを「アポロンの寄生虫」と呼んで、そのために彼らによって殺害されたと伝えられている。

参考文献——

斎藤忍随『アポローン、ギリシア文学散歩』岩波書店、一九八七年。

三段櫂船

古代ギリシアの軍船は、前八〇〇年頃に、船首に敵船を突く青銅製の衝角が発明されたことによって誕生した。初期の軍船は、ペンテコントル（「五〇の櫂を備えた」の意味）と呼ばれる長船で、左右に二五人の漕ぎ手を配して進むものであったが、甲板はなく、トゥキュディデスの頃にはすでに時代遅れのものと見なされた（『歴史』第一巻一四）。ペロポンネソス戦争の時には、軍船の花形はトリエーレース、すなわち三段櫂船（あるいは三段橈船）であった。前四一五年アルキビアデスのシチリア遠征提案を容れて、艦隊が出航したとき、三段櫂船の数は一三四隻に達したと言われる（『歴史』第六巻四三）。

三段櫂船の名前が示すごとく、三段の櫓座を有するものであったが、上段には両側に三一人の、中下段にそれぞれ二七人の漕ぎ手がいたとされるので、それだけで一七〇人、さらに戦闘員、舵手、そして船長と、一隻だけでも総勢二〇〇人を超えたと考えられる。通常の速さは、アテナイからミュティレネまでの三六〇キロメートルの距離を二四時間で行き着いたという記録があるので、平均しておよそ八ノット、時速一五キロメートルで航海したことになる。戦闘態勢に入ると、最高速度のときには一一・五ノットのスピードをだしたであろう、と現代の技術史家は推測している。ともあれ、古代の海戦はわれわれの想像以上に、スピード感あふれるものであった。もっとも、食料庫も寝室もなかったから、陸に上がって食事をとったり、休んだりしなければならず、ずいぶん不便なものでもあった。

三段櫂船がとった戦形でもっともよく知られているのはペリプルスと称するもので、敵に対して衝角を向けながら後進し、隙を見て旋回し、敵艦の横腹に衝角で激突するやり方で、サラミス海戦で数にまさるペルシア軍に勝利したのもこの戦法である。ディエクプルスという戦法は、一列に並んだ艦隊の先頭艦が、敵船に衝角をぶつけて混乱に陥れるものであるが、そのためには速力と高い技術力が必要であった。防御法としてはキュクロスと呼ばれるものがあり、衝角を外に向けながら円形に陣取った。アルテミシオンの海戦でギリシア軍が用いたのはこの戦形である。

参考文献——
J・G・ランデルズ『古代のエンジニアリング——ギリシャ・ローマの技術と文化』地人書館、一九九五年。

西洋古典叢書

第Ⅲ期＊第1回配本

月報 46

2004 年 2 月

京都大学学術出版会

『キュロスの教育』と古代小説の起源

中務　哲郎

クセノポンとプラトンには共通点が少なくない。共に前四三〇年頃にアテナイの富裕な家庭に生まれ、ペロポネソス戦争（前四三一－四〇四年）の間に人と成り、ソクラテスを師と仰いだ。しかし何よりも喜ばしい共通点は、二人が揃って幸福な死後の生命を享受していることであろう。

二人は共に多作家で、二、三世紀の伝記作家ディオゲネス・ラエルティオスによると、プラトンは三五の対話篇と書簡集を残し（『ギリシア哲学者列伝』第三巻五七）、クセノポンには偽作も含めて一五の著作があったというが（同書第二巻五七）、それらが一つも欠けずに今日まで伝存しているのである。

しかし、クセノポンとプラトンの作品には大きな違いがある。プラトンが三五の作品を通じて対話体という形式を貫いたのに対し、クセノポンは実に多様な文学的スタイルに手を染めているのである。そのことと関係があるのかどうか、ディオゲネス・ラエルティオスは面白いことを記している。クセノポンは名文家で、甘美な表現ゆえに「アッティカのムーサ（詩神）」と呼ばれたが、そのためプラトンとクセノポンは嫉妬しあった。二人はまるで競い合うかのように、同じ題名の『饗宴』と『ソクラテスの弁明』を書き、倫理的な回想録を物し、一方が『国家』を著せば他方は『キュロスの教育』を拵えた、と（『ギリシア哲学者列伝』第二巻五七、第三巻三四）。しかし、勝敗は誰の目にも明らかであろう。クセノポン自身も、哲学的な議論や対話体の駆使ではとうてい太刀打ちできぬことを自覚して、プラトンが手をつけぬ文学形式に赴いたのではなかろうか。それは後世のためには喜ぶべきことでもあったが。

クセノポンが選んだ文学的形式は多彩だが、そのいずれにも先行例あるいは同時代の作例が見出せる。今日最もよく読まれている彼の作品は『アナバシス』であろうが、これはペルシア王子キュロスが兄王に対して謀叛を企て、バビロンに攻め上ろうとした時の、ギリシア人傭兵一万数千人の東征と退却の記録であり、従軍記録あるいはドキュメンタリーと呼んでよいようなものである。このようなものの先蹤としては、スキュラクスの「旅行記」やカルタゴ人ハンノーの『航海記』（前四八〇年頃）がある。スキュラクスは前六世紀の末にペルシア王ダレイオスの命令でインダス河を下り、アラビア海を西航してスエズ地峡まで達したとされる。この話を伝えるヘロドトスはスキュラクスが「旅行記」を書いたとは記していないが（『歴史』第四巻四四）、そもそもこの航海はダレイオスがインド征服の準備 して行なわせたものであるから、当然報告書が大王に献 れたと考えられる。クセノポンの『ギリシア史』の前 くの歴史書が世に出ていたことは、言うに及ばない。

僭主の幸福を考察する『ヒエロン』、ソクラテスを話者とする『家政論』と『饗宴』は対話篇である。文学・哲学の著作形式としての対話篇を創始したのはエレアのゼノン、あるいはテオスのアレクサメノスとされるが（『ギリシア哲学者列伝』第三巻四八）、その完成者はプラトンである。クセノポンは当時はやり始めた形式を試みたに過ぎない。『ソクラテスの弁明』と『（ソクラテスの）想い出』は表題から想像できるとおりの内容であるが、クセノポン以外の弟子達も同様の書物を著した。

『アゲシラオス』はクセノポンが心酔してやまぬスパルタ王に対する称讃文であるが、これには約十年早く、イソクラテスの『エウアゴラス』というモデルがある。『ラケダイモン人の国制』『政府の財源』『騎兵隊長について』『馬術について』『狩猟について』等の論文は、当時の哲学者が夥しく産出した著作と変わるところはない。

このように、クセノポンの多彩な作品にはすべて同類があったが、『キュロスの教育』だけは事情が異なる。クセノポンの前にも後にもこれに似た作品が見あたらない。クセノポンの先輩でソクラテスの臨終にも立ち会ったアンティステネスには、『キュロス』『キュロス、あるいは王制にト（セナートゥス）というとなにやら古めかしい響きがある。日本の元老院は近代の組織であるが、これも大久保利通や伊藤博文らが明治の初年に設立した立法機関で、すでに遠い昔の話になってしまう。しかし、Senateというとアメリカなどの国の上院を指すので、現在においてもなお活きた言葉である。ローマの議会用語は、このように今日の政治においても用いられているが、それは単に言葉だけのことではないだろう。イタリアのローマにあるフォロ・ロマーノを訪れると、ローマの元老院が会議を開いたクーリアがある（建物は遺跡から復元されたもの）。元老院は、凋落の差し迫っていたローマの共和国において共同体の要となる存在であった。

前二世紀の史家ポリュビオスは、ローマが短時日のうちになぜ地中海全域をおおうほどに強大になったのかを考察するなかで、貴族制的要因である元老院と、君主制的要因である執政官（コーンスル）、民主制的な要因の民会（コミティア）という三つの権力間の抑制、均衡によって政治の安定を得たことが発展の秘密であるという結論に達した。混合政への言及はアリストテレスにもあり、単純な国家形態が腐敗していく傾向にあるのに対して、混合はその歯止めとなりうると考えられた。これを混合政体論という理論にまで高めたのがポリュビオスである。

後年キケロが、滅亡の危機に瀕していたローマの共和政を救うべく執筆した『レース・プーブリカ』すなわち『国家』は、ポリュビオスが打ち出した混合政体論を前面に押し出すものであったが、現実の政治においてカエサルの主導の下で帝国化しつつあったローマにおいては、もはや遅きに失するものであった。言論に基づく政治に代わって力で支配する政治が登場するにおよんで、キケロの夢も潰えてしまった。しかし、千数百年を経て、ローマ法制史の研究者モンテスキューが、レース・プーブリカ、すなわち共和国の夢を体現すべく、三権分立論を提唱したのはあまりにも有名である。そして、今日の国家の多くは共和国という名称をもち、混合政体のもつさまざまな要因が相殺されることなく併存していることを理想として掲げているのを見ると、キケロの夢は近代的な形姿をとって実現されたと言うことができる。

参考文献――

『国家について』、岡道男訳、キケロー選集8（哲学Ⅰ）、岩波書店、一九九九年。

（文／國方栄二）

西洋古典叢書

［第Ⅲ期］全22冊

★印既刊　☆印次回配本

●ギリシア古典篇

アテナイオス　食卓の賢人たち　5☆　柳沼重剛 訳

アリストテレス　動物部分論・動物運動論・動物進行論　坂下浩司 訳

アルビノス他　プラトン哲学入門　久保　徹他 訳

エウセビオス　コンスタンティヌスの生涯　秦　剛平 訳

ガレノス　ヒッポクラテスとプラトンの学説　1　内山勝利・木原志乃 訳

クイントス・スミュルナイオス　ホメロス後日譚　森岡紀子 訳

クセノポン　キュロスの教育★　松本仁助 訳

クセノポン　ソクラテス言行録　内山勝利 訳

クリュシッポス　初期ストア派断片集　4　中川純男・山口義久 訳

クリュシッポス他　初期ストア派断片集　5　中川純男・山口義久 訳

セクストス・エンペイリコス　学者たちへの論駁　2　金山弥平・金山万里子 訳

ディオニュシオス／デメトリオス　修辞学論集　木曽明子・戸高和弘・渡辺浩司 訳

テオクリトス　テオクリトス詩集　古澤ゆう子 訳

デモステネス　デモステネス弁論集　1　加来彰俊他 訳

デモステネス　デモステネス弁論集　2　北嶋美雪・木曽明子 訳

ピロストラトス　エクプラシス集　川上　穣 訳

プラトン　ピレボス　山田道夫 訳

プルタルコス　モラリア　11　三浦　要 訳

ポリュビオス　歴史　1　城江良和 訳

●ラテン古典篇

ウェルギリウス　牧歌／農耕詩　小川正廣 訳

クインティリアヌス　弁論家の教育　1　森谷宇一他 訳

スパルティアヌス他　ローマ皇帝群像　2　南川高志・桑山由文・井上文則 訳

アッシリアの敵であったために、これまでヒュルカニアの騎兵は大部分が祖国に残されていたのであった。

二五　キュロスが留まって城砦の管理をしている間に、この地域にいるアッシリア兵の多くが馬を連れてきたり、他の多くの兵士も武器を引き渡したりしたが、それは彼らがすでに近隣のすべての者に恐怖を抱いたからである。

二六　この後、ガダタスがキュロスの所に来て次のように言った、「使者たちがわたしの所に来まして、アッシリア王が城砦の事件を聞いてひどく怒り、わたしの領地に攻め込む準備をしている、と知らせました。ですから、キュロス殿下、わたしを行かせてくだされば、城砦の防衛に努めますが。なお、その他のことはそれほど意に介することではございません」。

二七　キュロスは言った、「お前は今行くと何時領地に着くのか」。ガダタスは言った、「明後日には自分の領地で食事をしていましょう」。「お前は」と彼は言った、「アッシリア王がすでにそこに到着しているのに出会う、と思わないか」。「確かにそう思います」と彼は言った、「殿下がまだ遠くにおられる、と思っている間は、奴は急ぎましょうから」。

二八　「わしが」とキュロスは言った、「軍隊を率いていけば、何日ぐらいでそこに到着するだろう」。これに答えてガダタスは言った、「現在殿下が率いておられる軍隊は大部隊ですから、六日か七日以内にわたしの居城に到着されるのは無理でしょう」。「では、大急ぎで出発するがよい。わしもできるだけ速く進軍することにしよう」。

二九　こうしてガダタスは出発した。キュロスは同盟軍の指揮官すべてを集めた。多くの立派で勇敢な指揮官がすでに集まったと思うと、キュロスは彼らに次のように語った。

三〇「同盟軍の者たち、ガダタスはわしらすべてにとって非常に価値があると思われることを、し遂げてくれた。それも、彼がわしらから何らかの好意を受ける以前にだ。一方では、今アッシリア王が彼の領地に攻め込もうとしているとの報せがあったが、それは、王が彼から大きな損害を受けたと思ったからで、彼に復讐しようと意図しているのは明らかだ。だが他方では、王から離反してわしらのもとに来る者たちは王からなんの害も受けないが、王のもとに留まる者たちがわしらに滅ぼされることになると、王と行動をともにしようとする者が忽ちいなくなるのは当然だ、と王が気づくのは言うまでもない。三一　だから、今、お前たちよ、好意を示してくれたガダタスをわしらが懸命に援助すれば、立派な行為をすることになる、とわしは思うのだ。同時にまた、彼に感謝の意を示すことで、わしらは正しい振る舞いをすることになるのではないか。しかも、わしら自身にも有利なことをするようになる、と信じるのだが。三二　わしらが害を加える者には害で返して打ち破る努力をする者であり、好意を持ってくれる者にはそれを凌駕する好意を寄せる者であることをすべての者に示すなら、多くの者がわしらの味方になるのを望み、いかなる者もわしらの敵になるのを願わなくなるのは、当然の帰結だ。

三三　だが、わしらがガダタスを見捨てる決定をすれば、神々にかけて、わしらに何らかの好意を示すようにと他の者を説得する言葉などなくなってしまうし、わしら自身を称える勇気など持てはしないのだ。わしらがこれほどの大軍であるのに、たった一人の、しかもこれほどの苦境にありながら好意を示してくれた彼に劣るなら、わが軍のいかなる者もガダタスに面と向かうことなどできはしない」。

三四　彼はこのように述べた。すべての指揮官はそうしようと力を込めて同意した。

「では」と彼は言った、「お前たちもこれに同意したのだから、わしらはそれぞれ、騾馬と荷車のために、それらと一緒に進軍するのにもっとも適した者たちを残しておく。そして、ゴブリュアスにはわしらに代って荷車隊の指揮をとってもらい、彼らの先導をしてもらう。三五　彼は道路に詳しく、他のことにも有能だからだ。わしらはもっとも優れた馬と兵士たちを率い、三日分の食糧を携えて進軍する。より軽量で簡素な装備をすれば、それだけ、これから数日間の昼食、夕食、睡眠を快適にとれるのだ。三六　ところで、わしらは次のように進軍する。クリュサンタス、お前は、道が平坦で幅広いから、鎧着用兵隊をまず率いていき、中隊長をすべて先頭に配置し、各中隊を一列縦隊で進ませるようにしろ。集団ならもっとも速く、もっとも安全に行進できるからだ。三七　鎧着用兵隊が軍隊のうちでもっとも遅く進むから、わしは彼らに先頭を進むように命じる。もっとも遅く進む隊が先頭を行けば、より速く進む隊はすべて容易について行けるに違いない。だが、夜にもっとも速く進む隊が先頭を行くと、軍隊が分裂するのになんの不思議もない。先頭に配置された隊が後続隊を置き去りにするからだ。

三八　この後にはアルタバゾスに[1]ペルシア軽装歩兵隊と弓兵隊を率いさせる。その次にはメディアのアン

(1) キュロスから接吻を受けたメディアの若者（第一巻第四章二七、二八、第六巻第一章三四、三五）とは別人でペルシアの軽装歩兵の指揮官である。

ダミュアスにメディア歩兵隊を、その次にはエンバスにアルメニア歩兵隊を、その次にはアルトゥカスにヒュルカニア軍を、その次にはタンブラダスにサカイ歩兵隊を、さらにその次にはダタマスにカドゥシオイ軍を率いさせることにする。**三九** これらすべての指揮官は自分ら固有の方陣(1)の先頭に中隊長たちを、右手に軽装歩兵隊を、左手に弓兵隊を配置して進軍するがよい。こうして進めば兵士たちはさらに使い易くなるからだ。**四〇** この後に、全軍の荷物運搬者たちをついて行かせることにする。彼らの隊長たちは彼らが就寝前にすべての荷造りをすませ、朝早く荷物を携えて指示された場所に現われ、整然と従っていくように配慮しろ。**四一** 荷物運搬者たちの次には、ペルシアのマダタスにペルシア騎兵隊を率いさせる。彼にも騎兵中隊長(2)たちを先頭に配置させる。各中隊長には歩兵指揮官のように中隊を一列縦隊で率いさせる。**四二** この後にはメディアのランバカスに自分の騎兵隊を同じ隊形で、その次には、ティグラネスよ、お前には自分の騎兵隊を、さらに他の騎兵大隊長たちにはそれぞれがわしらのもとに率いてきた騎兵隊を同じ隊形で率いさせる。なお、この後に続いて、お前たち、サカイ軍が行くのだ。最後には来た順番で、カドゥシオイ軍が進んでいくことになる。アルケウナス、お前が彼らを率いていくのだが、今は後衛隊のすべての者に注意を払い、お前の騎兵隊の背後には誰もいないようにするのだ。

四三 指揮官たちと賢明なお前たちすべては、沈黙して行進するように配慮せよ。夜は目よりも耳で個々のことを知って、行動しなければならないからだ。夜の混乱は昼よりも深刻で、取り返しがつかないのだ。

四四 だから、沈黙は守られねばならないし、命令は遵守されねばならない。

お前たちが夜に出発する場合は、夜の見張りをできるだけ短く、数多くしなければならない。見張りによる長い不眠のために、行軍中に苦しむ者が出ないようにするためだ。出発時間になれば角笛で合図しろ。

四五　こうして、お前たちはそれぞれ必要な物を携えてバビュロンへの道に踏み出すのだ。先頭を行く者は背後の者について来るように、との言葉をたえず伝達しろ」。

四六　この後、彼らは自分の天幕へ去ったが、去っていきながらキュロスが記憶に優れ、命令を与えたすべての者に名前を呼んで指示をくだしたことをたがいに話しあった。**四七**　だが、キュロスは用意周到に以上のことをしたのである。職人はそれぞれ自分の技術に必要な道具の名前を知っており、医者も自分の使用するすべての道具と薬の名前を知っているのに、司令官がある場所を占拠し、そこを守備し、部下を勇気づけ、敵に恐怖を抱かせようと意図する場合に、道具として使用しなければならない配下の指揮官たちの名前を知らないほど愚かなら、まったくおかしなことだ、と考えていたからである。彼は誰かを誉めようと思う時、その者の名前を呼ぶのが適切である、と見なしていた。**四八**　そのうえ、指揮官に知られていると信じる兵士たちは、それだけ立派な行為をしているところを見られたいと強く願い、恥ずべきことをするのを避けようといっそう努力する、という考えを抱いていた。**四九**　何かをしてもらいたいと思う時、幾人かの主人が自宅でしているように、「誰か水を取りにいけ、誰か薪を割れ」と命じるのは愚かなことだ、と思っていた。**五〇**　このように命じられると、すべての者はたがいに顔を見合わせて、誰も命じられたことをし遂

（1）各種族は固有の方陣つまり長めの四角の隊形を所有していた。

（2）原語は一〇〇人騎兵隊長になっているが、騎兵の中隊長にあたる。

げないし、多くの者と罪を分かつことで、すべての者が罪を負い、誰も罪を恥じず、恐怖心も持たない、と信じていたからである。こういうわけで、彼自身は何かを命じる場合、命じる相手の名前をすべて呼んでいた。**五一**　キュロスはこの件についてはこのような認識をしていたのである。

　こうしてその時、兵士たちは食事をし、歩哨たちを立て、必要なものすべてを準備して就寝した。**五二**　真夜中になって角笛の合図があった。キュロスはクリュサンタスに道路に出て軍隊の前方で待ち受けるように言い、自分の護衛兵たちを連れて出ていった。その直後に、クリュサンタスが鎧着用兵隊を率いて現われた。**五三**　このクリュサンタスにキュロスは道路の先導者たちを与え、ゆっくり進むように命じた。兵士のすべてがその時までには道路に来ていたわけではなかったからである。彼自身は道路上に立ち、やって来る兵士は隊列に組み入れて先に送り出し、遅れている兵士には使いを出して呼び寄せた。**五四**　全兵士が道路に出てくると、彼はクリュサンタスの所へ騎兵たちを行かせ、「全軍がすでに道路上にいる。「さあ、急げ」」との命令を伝えさせた。**五五**　彼自身は馬をゆっくりとした足どりで軍隊の前方へ進めながら、隊列を視察した。そして、彼は秩序正しく黙って行進する兵士たちを見ると、彼らの側に寄り、彼らが誰であるかと尋ね、返事を聞くと、彼らを称賛した。だが、一部の兵士たちが動揺しているのを見ると、彼はその原因を調べ、動揺を静める努力をした。

五六　彼がこの夜に示した配慮のうち一つだけが言及されていない。それは、彼が全軍の前方を少数の軽装歩兵に先行させ、彼らをクリュサンタスに見守らせる一方、彼らにもクリュサンタスを見守らせたことである。その目的は、彼らが聞き耳を立てる方法か、他の何らかの方法で知ることができたことのうち、有用と思われることをクリュサンタスに知らせることにあった。なお、これらの兵士にも指揮官がいて、彼らに秩序を保たせ、伝える価値のあることはクリュサンタスに報告し、そうでないことは彼を煩わせないために報告しなかった。

五七　その夜はこのようにして進軍した。だが、夜が明けると、キュロスはカドゥシオイ軍の歩兵隊が最後尾を進んでいたから、同じ軍の騎兵隊をこの歩兵隊の側に残し、歩兵隊が騎兵隊に護衛されずに進むことのないようにした。また、敵軍が前方にいたから、彼は他の騎兵隊にも前方へ駆けていくように命じたが、それは、彼に敵対する兵力があれば、戦列を組んだ主力軍を率いてそれに立ち向かって戦い、逃げる敵が目に入れば、迅速果敢に追跡するためであった。五八　彼は常に追跡すべき隊と自分の側に留まるべき隊を定めていた。そして、彼はけっして全隊形を解かせなかった。五九　キュロスはこうして軍隊を率いていった。しかし、彼自身は隊列の一定の位置に留まっておらず、あちこちと駆け回って軍を見守り、兵士たちの必要とする物があれば、それを供給した。

キュロス指揮下の軍隊はこのようにして進軍した。

第四章

一　ガダタスの騎兵隊に一人の有力な指揮官がおり、ガダタスがアッシリア王から離反したのを見た時、彼がこれに成功しなければ、自分が彼の所有物すべてをアッシリア王から獲得しうるだろう、と考えた。そこで、彼は信頼する部下の一人をアッシリア王の所へ送り、ガダタスの領地内でアッシリア軍に出会うようなことがあると、待ち伏せを企てれば、ガダタスと部下たちを捕えられるとアッシリア王に述べるように、その使いの者に指示した。二　また、彼はガダタスの率いる兵力が少数であること、キュロスが彼と一緒でないことを告げるように、命じた。しかも、彼はガダタスの進む予定の道も知らせた。そのうえ、彼はいっそう信頼されるために、自分がその時ちょうどガダタスの領地内に所有していた城砦とその中にある財貨をアッシリア王に引き渡すように、と部下たちに指示した。そして、できればガダタスを殺害して、できない場合でも今後はアッシリア王の味方になるために彼自身が赴く、と約束した。

三　この命令を受けた彼の部下は全速力で馬を駆ってアッシリア王の所に到着し、来訪の目的を明かした。これを聞いた王はただちに城砦を受け取り、騎兵の大部隊と戦車を率いて近辺の密集した村落に待ち伏せした。

四　ガダタスはこれらの村に近づくと、幾人かの斥候を出した。アッシリア王はこれらの斥候が近づいてくるのに気づくと、二、三の戦車と少数の騎兵に、自分らが少数で恐れているように、飛び出して逃げよ、と命じた。斥候たちはこれを見て、自分らは追跡する一方、ガダタスに合図を送った。ガダタスは欺かれて全速力で追跡した。アッシリア騎兵たちは、ガダタスを捕えられると思い、待ち伏せ場所から飛び出した。

五　ガダタスの部下たちがこれを見て逃走し、アッシリア騎兵たちが追跡したのは、当然であった。この時、ガダタスに陰謀を巡らした男は彼に一撃を加えたが、致命的な打撃に失敗し、彼の肩を刺して傷つけただけであった。

この男はこのようなことをすると、その場を逃れ、追跡してくるアッシリア騎兵たちと合流した。自分が何者であるか認識されると、彼はアッシリア騎兵たちとともに懸命に馬を駆り、王に従って追跡した。六 その時、もっとも遅い馬に乗っていた騎兵たちがもっとも速い馬に乗っていた騎兵たちに捕えられたのは、自明のことであった。しかも、ガダタスの騎兵隊はすべて、行軍ですでに消耗し、疲れ切っていた。だがその時、彼らはキュロスが軍隊を率いて近づいてくるのを目にしたのである。彼らが喜び勇んで嵐を逃れて港に入るようにキュロスに向かっていったのは、想像しうるところである。七 キュロスは初め驚いた。だが、彼は事態を把握すると、敵がすべて馬を駆って向かってくるかぎり、自身も戦列を組み敵に向かって軍隊を率いていった。ところが、敵が実情を知って逃走に転じた時、キュロスは追跡の任務を与えられていた騎兵たちに命じて追跡させ、自身は他の騎兵たちを率いてその後について行ったが、そのほうが有利である、と考えたからである。八 この時、戦車も捕獲されたが、その幾つかは御者が方向転換で、あるいは他の事情で外に投げ出されたために、他の幾つかは騎兵たちに孤立させられたために［捕獲されたのである］。彼らは多くの敵を殺害したが、そのなかにはガダタスに打ちかかった男もいた。九 だが、ガダタスの城砦を包囲していたアッシリア歩兵隊は、その一部がガダタスから離反した城砦へ逃げ、他はアッシリア王の大きな都城の一つへいち速く逃げた。そこへはアッシリア王自身も騎兵隊と戦車を率いて逃げ込んだ。

一〇 キュロスは以上のことをし遂げると、ガダタスの領地に戻った。そして、捕獲品の処理をすべき兵士たちに指示を与えた後、ただちにガダタスの所へ行き、傷の具合を見舞った。訪れてくれたキュロスを、ガダタスはすでに傷に包帯をした姿で迎えた。キュロスは彼を見ると喜んで言った、「わしはお前の様子が気になって来たのだ」。

一一　「わたしも」とガダタスは言った、「神々にかけまして、このようなお心をお持ちの殿下がどのようなお姿をしておられるのか、もう一度見させていただこうとして来ております。と申しますのも、わたしを必要とされます殿下のご意図をわたしが存じませんのに、それに、わたしにこのようなことをしてくださると殿下が約束なされたわけでもありませんのに、さらに、殿下がわたしから個人的利益になる好意を何もお受けになっておられませんのに、わたしが殿下の友人の方々に何らかの援助をしたとお信じになられ、進んでわたしの救援に駆けつけてくださいましたから、また、わたし一人でしたら今は死んでいますところ、殿下のお陰で助かっているからです。一二　神々にかけまして、キュロス殿下、わたしが初めに生まれたままの［去勢されていない］男で子供を儲けたとしましても、わたしにたいして殿下のようにしてくれる子供を得られましたかどうか分かりません。わたしは他の子供たち、とくに現在のアッシリア王が、今殿下に苦悩をもたらしうるよりはるかにひどく、奴自身の父親を苦しめましたのを存じております」。

一三　キュロスもこれに答えて次のように言った、「ガダタスよ、お前は今わしに驚嘆しているが、もっと大きな驚嘆すべき対象を見落としている」。

「それはいったい何ですか」とガダタスは言った。

「それは」と彼は言った、「かくも多くのペルシア兵、メディア兵、ヒュルカニア兵、それにここにいるアルメニア兵、サカイ兵、カドゥシオイ兵のすべてがお前のために力を尽くしていることだ」。

一四　ガダタスも祈って言った、「ゼウスよ、神々がこれらの兵士に、とりわけ彼らにこのようなすばらしい行動をとらせてくださいました殿下に、多くの恩恵をお与えくださいますように。ところで、キュロス殿下、殿下がお誉めになられますこれらの兵士に満足のいくもてなしをさせていただけますように、わたしの差しあげられますだけの贈り物ですが、ここにあります物をお受け取りくださいますようお願いします」。こういうと同時に、彼が極めて多くの物を提供したから、犠牲を捧げたい者は犠牲を捧げる一方、全軍隊もその優れた行為と立派な成果にふさわしいもてなしを受けた。

一五　カドゥシオイ王は後衛を務め、追跡に加わらなかった。だが、彼自身も目だったことをしようと思い、キュロスに告げもせず、相談もせずにバビュロンに向かう地域に侵入した。その時、アッシリア王が逃げ込んだ自分の都城から強固な戦列を組んだ軍隊を率いてきて、散在しているカドゥシオイ王の騎兵隊に遭遇した。一六　彼はカドゥシオイ兵士たちだけがいるのに気づくと、これを攻撃してカドゥシオイ指揮官と多くの兵士を殺害し、カドゥシオイ兵たちの馬を幾匹か連れ去り、彼らがたまたま連れていた略奪家畜を奪い返した。アッシリア王は安全と思われる地点まで追跡して引き返した。カドゥシオイ兵たちのうちで最初の兵士たちが陣営に到着して救われたのは夕方頃であった。

一七　キュロスはこの事件を知ると、カドゥシオイ兵たちを迎えにいき、負傷している兵士を見ると、その兵士を引き取ってガダタスの所に送り、傷の手当てを受けさせた。また、彼は残りのカドゥシオイ兵たちを同じ天幕に集め、ペルシア貴族たちのうちから一緒に世話をしてくれる者たちを呼んで、彼らに食糧が与えられるように配慮した。このような状況にあっては、優れた者は苦労をいとわないのである。一八　キュロスは当然のことであるが非常に心配し、他の者たちが食事をしている時間であっても、なお医者たちや護衛兵たちを連れて、看護されないまま放置される者がいないようにした。それどころか、彼は自分の目で負傷者たちを見届けるか、自身がそれをできない場合には、人をやって世話させていたようであった。

一九　その時は、このようにして彼らは床に就いた。日が昇ると、彼はカドゥシオイ軍のすべてと他の軍隊の指揮官たちに集合するように告げ、次のように言った、「同盟軍の者たち、この事件は人間の起こしそうなことだ。人間であれば過ちを犯すのはまったく不思議でない、とわしは思っている。だが、わしらはこの起こった事件を生かすようにすべきだ。つまり、敵の兵力より弱い兵力をわが軍全体からけっして分割しない、ということをわしらは学ばねばならないのだ。二〇　だが、こう言ったからと言って、必要な時には先ほどカドゥシオイ王が率いていった兵力よりさらに少数の部隊を率いて出撃しなければならないことを、わしは否定していない。ところで、救援できる兵力を所有する者と連絡をとって軍を進めれば、敵に欺かれても、背後に留まっている者が出陣した味方の軍隊と違った方向へ敵軍を欺いて向かわせることや、さらには、敵軍を他の方法で苦しめて味方の軍隊を安全にすることもできるのだ。こうすれば、離れている部隊も主力軍とは断絶しているのでなく、繋がっていることになる。しかし、連絡をとらずに出撃した者は、どこにいようとも、孤立して進撃している場合となんの違いもない状況下にいるのだ。

二一　神が望まれるなら、この打撃のし返しに、わしらはただちに敵に報復しよう。お前たちが朝食を終え次第、わしは事件の起こった場所へお前たちを率いていく。そして、わしらは戦死者を埋葬する一方、敵が勝利を収めたと思っている場所で、神が望まれるなら、敵よりも強力なわが軍の他の兵力を敵に示そうではないか。それは、敵がわしらの同盟軍を殺害した場所をわが軍の兵士たちが見るためではない。敵がわしらを迎え撃たなければ、敵がわしらにしたことを見て喜んでおれず、自分の不運を見て悲しむように、わしらが村を焼き、土地を荒らすためなのだ。

二二　では、他の者たちは朝食をとりにいけ。だが、カドゥシオイ兵たちよ、お前たちはまず戻って、何かを必要とする場合に、神々とわしらの援助を得てお前たちに配慮してくれる指揮官を、慣例に従い、お前たち自身の中から選べ。お前たちが選び、［朝食をとれば、］選ばれた指揮官をわしの所によこせ」。

二三　彼らはそのようにした。キュロスは軍隊を率いて出発した後、カドゥシオイ兵たちに選ばれた指揮官を部署につけ、「できるなら、兵士たちに再び勇気を出させるために」と言って、自分の側で戦列の指揮をとるように命じた。こうして彼らは進軍した。彼らは事件の起こった場所に到着すると、カドゥシオイ兵たちの戦死者を埋葬し、その土地を荒らした。このようなことをした後、彼らは敵の土地から食糧を持ち去り、再びガダタスの領地に戻った。

二四　離反して彼の味方になってくれた者たちがバビュロンの近くにいるので、キュロス自身が何時もそこにいなければ、彼らは害を受けるだろうと思い、アッシリア王に以下のように述べることを敵からの離反者たちに命じ、自身も王に使者を送って同じ内容の伝言を述べさせた。それは、離反してキュロスの味方をしている耕作者たちに耕作を許す意図がアッシリア王にもあるなら、キュロスは王の耕作者に耕作を許し、害を加えないつもりである、ということであった。二五　「さらにまた」と彼は言った、「王が妨害できるとしても、わずかな土地しか妨害できないだろう。離反して自分の味方になった者の土地は小さいからである。だが、自分は王に膨大な土地の耕作を許す。作物の収穫は戦争があれば勝利者がする、と自分は思う。これに反し、平和であれば王が収穫するのは言うまでもない。ところで、自分の味方の誰かが王に、王の味方の誰かが自分に武器を向けるようなことがあれば、この者たちにわれわれ双方ができるかぎり報復しよう」。

二六　このような指示を与えた後、彼は使者を送り出した。アッシリア兵たちはこれを聞くと、あらゆる努力をして王を説得し、キュロスの提案に同意して、戦争をできるだけ避けるように仕向けた。二七　アッシリア王もまた、自分と同種族の者たちに説得されたためか、彼自身がそのように望んだためか、とにかくキュロスの提案に同意した。耕作者たちが平和を享受し、武器携帯者たちが戦争する、という協定が結ばれた。

二八　キュロスは耕作者たちのために以上のような状況をもたらしたのだが、自分の味方の者たちには、希望するなら放牧されている家畜を彼ら自身の領域内で確保するように、と指示した。彼らはできる所ならどこからでも敵から略奪して家畜を連れ出したが、それは、遠征を同盟軍にとってさらに好ましいものにするためであった。戦争の危険は食糧を獲得しなくても同じであるが、敵から得る食糧は遠征をより容易なものにする、と思われたのである。

二九　キュロスがすでに出発の準備を終えた時、ガダタスが来て大きな館からでなければ、持ってこられないあらゆる種類の多くの贈り物をさらに運んで来たが、そのなかには彼が陰謀のために信頼をおけなくなった部下の騎兵たちから取りあげた馬もあった。三〇　彼は近づくと次のように言った、「キュロス殿下、わたしは今差し当たってこれらの物を差しあげます。これらの物を何か必要とされますなら、お使いください。ほかにあるわたしの物もすべて殿下の物、とお思いください。わたしには館を残してやりたいと思う自分の生んだ子供はいませんし、将来もけっしていないでしょうから。また、わたしが死にますと、わたしたちの一族と名前はすべて消えてなくなるに違いありませんから。三一　そして、次のことを、わたしは、キュロス殿下、すべてをみそなわし、すべてを耳にされる神々にかけまして、殿下に誓います。すなわち、わたしがなんの不正も、なんの恥ずべきことも言いもせず、してもいませんのに、害を受けました、ということをです」。

　これを言うと同時に、彼は自分の運命を嘆き、もはやそれ以上は述べることができなかった。

三二　キュロスもこれを聞くと、彼の悲運を憐れみ、次のように語った、「馬はいただこう。これらの馬を先ほどまで所有していたお前の騎兵たちよりもお前に好意的な兵士たちに与えることで、わしはおそらくお前の役に立つ一方、長い間念願にしていたペルシア騎兵隊の充実をいっそう速く達成して一万騎にしたいからだ。だが、他の財貨は、わしが返礼としての贈り物をする時に、お前に負けないぐらい多くの財貨を所有しているのをお前が見るまで、持ち去って保管してくれ。お前がわしから受け取るより多くの物をわしに贈っていくと、神々にかけて、わしは恥じずにおれないのだ」。

三三　これに答えてガダタスは言った、「殿下の仰ることにわたしは納得いたします。わたしは殿下のご気性を知っていますから。だが、わたしが財貨を保管するのに適しているかどうか、ご考慮願います。三四　わたしたちがアッシリア王の味方をしていました間は、わたしの父の領地はこのうえもなくすばらしい物に思われました。バビュロンという最大の都城の近くに父の領地がありましたので、大きな都城から利益として得られる物をわたしたちは享受し、受けました不快な思いからもこの故郷に戻りますと逃れられましたから。しかし、わたしたちが敵となりました今は、殿下が去られますと、わたしたち自身も、館全体も追求されるのは明白であります。そして、わたしたちは敵を、それもわたしたち自身よりも強大な敵を間近に見るのですから、まったく苦難の生涯を送ることになる、と思われます。

三五　そこで、人はおそらく言いましょう、「どうしてお前は謀反を起こす前に、そういうことを考えなかったのか」と。キュロス殿下、それには、わたしの心が非道な扱いを受けて怒っていましたから、もっとも安全な方法を考慮せずに、奴に害を加える者がいる場合より、奴より優れた者がいると憶測される場合にその者を執拗に憎む奴への、神々と人間たちの敵である奴への復讐が可能なのかどうかとの考えをたえず持ち続けていた、という事情がありましたからです。三六　ですから、奴自身が悪人でありますから、奴が同盟者にするのはすべて奴より悪人だ、と思います。奴より優れた者がいましても、キュロス殿下、殿下は心配されなくてよいのです。殿下はその優れた者と戦われる必要はまったくありません。奴が自分より優れた者を殺すまで陰謀を企み続けますから。しかし、奴は悪人どもを率いていましても、わたしを容易に苦しめられるほど強力である、と思います」。

三七　このようなことを聞いて、キュロスは有益な助言をするのがよいと思い、ただちに言った、「ガダタスよ、お前が城砦に入る場合は、お前が安全でいられるように、わしらが城砦を守備隊で固めよう。そして、神々が今のようにわしらの味方をしてくださるなら、あの男がお前を恐れ、お前があの男を恐れないように、お前自身はわしらと一緒に出撃するのだ。お前の所有物のうちで見ていたい物は携えて、一緒にいたい者は連れていくとよい。わしが思うのに、お前はわしには非常に有益だから、わしもできるかぎりお前に有益であるように努力しよう」。
三八　ガダタスはこれを聞くと楽な気持ちになって言った、「殿下が出発なさるまでに、わたしは準備を終えられましょうか。と言いますのも、わたしは母親も連れていきたいからです」。
「いや、ゼウスにかけて」と彼は言った、「ゆっくり準備をするといいよ。わしはお前がよいと言うまで待っているから」。
三九　こうして、ガダタスはキュロスとともに出発して城砦を守備隊で強化すると、壮大な館で快適に居住するのに必要だった物すべてを荷造りした。彼は自分の信頼する者のうちから気に入った多くの者に加えて、信頼していない多くの者も率いていったが、その者たちのある者には妻を、他の者には兄弟姉妹を連れていくように強制した。彼らを妻や兄弟姉妹によって束縛し、自分の管理下におくためであった。
四〇　キュロスはガダタスをただちに自分の側近に加え、もっとも豊かな実りのある場所で陣営を設置するために、道路、水、秣、食糧の案内人にして進んだ。
四一　キュロスは進軍してバビュロンの都城を見ると、進んでいく道路が城壁のすぐ側を通っていると思われたので、ゴブリュアスとガダタスを呼び、城壁の余り近くを通らないで行くのに、別の道がないか尋ねた。
四二　ゴブリュアスは言った、「殿下、多くの道があります。だが、殿下の軍隊がすでに大軍で堂々としていますのをあいつに見せつけられるためにも、都城のできるだけ近くを通られますのを殿下が先ほどまで望んでおられる、とわたしは思っていました。と言いますのも、今より少数の兵力を率いておられました時でも、殿下は城壁のすぐ側まで前進されましたし、あいつがわたしたちの兵力が多くないのを見まして、殿下と戦う準備をすると言いましたように、今はいくらかの準備をしていましょうが、殿下の現在の兵力を見ますと、再度自分の準備がまったくできていないと思いますのが、わたしには分かっていますから」。

四三　キュロスはこれに答えて言った、「ゴブリュアスよ、わしがはるかに劣勢の軍隊を率いてきた時には、城壁のすぐ側まで向かっていったのに、優勢な兵力を率いている今は、城壁のすぐ下へ向かおうとしないのを、お前は訝っているように思われる。四四　だが、訝らないでくれ。向かっていくのと側を通るのとは、同じでないからだ。向かっていく兵士たちはすべて、戦うのにもっとも優れているように戦列を組んでいる。[賢明な者も、もっとも安全な方法で退却し、もっとも速い方法では退却しないのだ]。四五　しかし、側を通っていくのには、戦車を方々に配置し、他の荷車も長い列にしなければならない。これらの荷車のすべてが兵士に警護されていなければならないし、荷車が武器で防御されていないのを敵にけっして見せてはならないのだ。四六　このように行進する場合には、戦闘部隊が手薄で戦力のない配置にならざるをえない。だから、敵は攻撃したい所で城壁から密集隊形での出撃を意図すれば、通過する軍隊よりはるかに強力な兵力で接近戦を加えられるだろう。四七　長い列で行進する兵士たちには援助の距離が長く、城壁から出撃する兵士たちには近づく部隊を攻撃して城壁に戻る距離は短いのだ。

四八　だが、城壁までの距離が今わしらの行進している列の長さより近くならないように通過していくなら、敵はわしらの軍隊が多数であるのを目にするだろう。そして、荷車を防御する武装兵たちにより全集団が恐ろしく見えるのだ。四九　また、敵が実際にどこかから攻撃してきても、わしらには遠くから彼らの姿が目に入るから、不意を襲われることはない。むしろ、お前たち、敵は城壁から遠く離れなければならない場合、敵の全兵力がわしらの全兵力にまさっていると判断しないかぎり、わしらへの攻撃を試みない。退却するのが恐ろしいからだ」。

五〇 キュロスがこのように述べると、そこに居合わせた者たちは彼の言うのを正しいと思い、ゴブリュアスは彼の指示どおりに先導した。軍隊が都城の側を通り過ぎる間、キュロスはたえず後衛部隊を特に強化して通り過ぎた。

五一 このように行進して所要の日々が過ぎると、キュロスは最初に出陣した場所であるアッシリアとメディアの境界に到着した。そこにはアッシリアの城砦が三つあり、その一つのもっとも弱い城砦を彼は武力で攻撃して奪取し、ほかにある二つの城砦のうち一つを彼が脅迫して、残りの一つをガダタスが説得して守備隊に引き渡させた。

第五章

一 以上のことが達成されると、キュロスはキュアクサレスに使いを送り、占拠した城砦の扱い方を相談しに、また、軍隊を視察した後、将来なすべき他のことについての助言をしに陣営に来てほしい、と頼ませた。「だが、叔父上が指示されるなら、自分が叔父上と一緒に陣営を設置するために叔父上の所に行く、と言え」と彼は言った。

二　使者はこのことを伝えるために去った。その間に、キュロスはメディア兵たちがキュアクサレスのために選んだアッシリア王の天幕を、彼らが手に入れていた家具と、さらに、女性およびこの女性と一緒にキュアクサレスのために彼らが選んだ歌姫たちを天幕の女性部屋へ連れていくこととで、できるだけ立派に整えよ、と彼らに命じた。彼らはこの命令を実行した。

三　キュアクサレスのもとに送られた使者が命じられたことを伝えると、キュアクサレスは使者の言葉を聞き、軍隊は国境に留まっているほうがよい、と判断した。キュロスの呼び寄せたペルシア軍が来ていたからである。彼らは四万人の弓兵と軽装歩兵であった。四　彼はこれらの兵士がメディアの土地を荒らしているのを見ていたから、このうえ、他の軍隊を受け入れるより、これらのペルシア兵を追い払うほうが望ましい、と思っていた。ペルシアから軍隊を率いてきた司令官も、キュロスの指示どおりキュアクサレスに軍隊を必要とするかと尋ね、彼が必要としないと言ったから、キュロスが来ていると聞いて、即日軍隊を率いてキュロスの所へ去った。

五　キュアクサレスは翌日自分のもとに留まっていたメディア騎兵隊を率いて出発した。キュロスは彼が近づいてくるとの報せを受けると、すでに大軍になっていたペルシア騎兵隊、全メディア騎兵隊、アルメニア騎兵隊、ヒュルカニア騎兵隊、その他同盟軍のうちでもっとも巧みに馬を乗りこなし、もっとも優れた武装をした騎兵隊を率いて出迎え、キュアクサレスにその兵力を示した。六　キュアクサレスは多くの立派で勇敢な兵士がキュロスに従っているのに、自分にはわずかの、さして強力でない従者たちがついて来ているのに気づくと、恥かしく思い、悲しくなった。キュロスが馬から下り、慣習どおりの接吻をするために近づいてくると、キュアクサレスは馬から下りたが、背を向け、接吻をせず、涙を流した。

七　そこで、キュロスは他のすべての者に下がって休憩するように命じ、彼自身はキュアクサレスの右手を取って、道路の外にある棕櫚の木陰へ連れていき、彼のためにメディアの敷物を敷くように命じ、彼を座らせ、自分も側に座って次のように言った。

八「神々にかけまして、叔父上、どうしてわたしにお怒りになられるのですか、このような怒られた態度をおとりになるのは、どのような不快なものを目にされたからなのか、仰ってください」。

するとキュアクサレスは答えた、「キュロスよ、人間の記憶が及ぶかぎり、わしは遠い先祖の王たちと父王から生まれたと思い、わし自身王であると見なされている。であるのにわし自身がかくも惨めな、とるに足りない姿で駆けつけてきているが、わしの護衛兵たちとそれ以外の兵士たちにお前は偉大で高邁な人間として来ていると、わしの目に映るからだ。九　敵軍によりこのような目にあわされるのさえ辛いのに、ゼウスよ、ほとんど予期できなかった者によりこのような目にあわされるのははるかに辛いことだ、とわしは思う。わしはこのように惨めな男に見られ、わしの部下たちがわしをなおざりにし、わしを嘲るのを見るよりは、一〇回も地下へ下りるほうがましだ、と信じるからだ。それは、お前がわしより偉大であるというだけでなく、わしの部下たちもわしより強力になってわしを出迎え、わしから害を受けるより、わしに害を加えることができるようになっているのを、わしが知らないわけではないからだ」。

一〇　以上のことを言いながら、彼がさらに激しく涙を流したので、キュロスも貰い泣きし、目に一杯涙を溜めた。しばらくして、キュロスは以下のように言った。

「いや、叔父上の仰ったことは真実でありませんし、わたしが来ましたから、メディア兵たちが叔父上に害を加える能力を持つようになったと思われているのでしたら、正しい判断をしておられません。一一　しかし、叔父上が彼らに腹をお立てになり、彼らを脅しておられるのを、わたしは不思議に思いません。だが、叔父上が彼らに腹を立てておられるのが正しいのか、正しくないのかについては、触れずに置きましょう。わたしが彼らのために弁護するのをお聞きになると、叔父上が不快な思いをされるのが分かっていますから。と言いましても、支配者たる者がすべての被支配者に怒るのは、大きな誤りだ、と思います。多くの者を恐れさせると、多くの敵を作ることに、すべての者に同時に怒ると、彼らすべての者に同じ不快な気持ちを抱かせることに、必ずなりますから。一二　そういうわけですから、よく分かって頂きたいのですが、叔父上のお怒りが原因で、わたしたちすべてを悲しませる事件が起こらないかと心配しまして、わたしは自分がつき添わずにこれらの兵士を送り返すことをしなかったのです。ですから、神々のお陰により、わたしがおりますことで、叔父上はお怒りにならずにおられるのです。

だが、叔父上がわたしに侮辱されたと思われますと、わたしは非常に辛い思いをします。わたしができるだけ多くの好意を親しい人たちに示そうと努力していますのに、それと反対のことをしたのだと思われておられるのですから。

一三　しかし、このようにおたがいを責めあいますのはよしましょう。できますなら、わたしの加えました不正がどういうものかを、このうえもなく明確に見極めましょう。わたしは親しい人たちの間での極めて正しい提案をすることができます。つまり、わたしが叔父上に何らかの害を加えたことが明らかになりますと、わたしは不正を犯したことに同意しましょう。だが、わたしが叔父上になんの害も加えませず、また加える意図も持ちませんでしたことが明らかになりますと、叔父上もわたしからなんの害も受けられなかったことに同意されませんか」。

一四 「同意しなければならないだろう」と彼は言った。

「では、わたしが叔父上に好意を示してきましたことが、できるだけ多く叔父上のために尽くす努力をしていますことが明らかになりますと、わたしは叔父上にとりまして非難より、称賛を受けるのにふさわしい者でないでしょうか」。

「称賛を受けるのが当然だろう」と彼は言った。

一五 「では」とキュロスは言った、「わたしの行なったすべてのことについて、それぞれ見ていきましょう。このようにしますと、わたしの行なったことのどれが良くて、どれが悪いかがもっともよく分かりますから。一六 そこで、わたしはこの指揮権を受け取った時から始めていきます、叔父上もそれで十分だ、と思われるのでしたら。叔父上は敵の大軍が集結し、叔父上と叔父上の国に向かって出発したとの報告をお受けになりますと、ただちにペルシアの国に使者を送られて援軍を求められ、わたしにはとくにペルシア軍の一部が来てくれるなら、わたし自身がその司令官として来てくれるように努力してほしいとお頼みになりましたのは、確かでしょうね。わたしは叔父上にそのように説得されまして、できるだけ多くの、勇敢な兵士を率いて叔父上の所に参りました」。

「確かにお前は来てくれた」と彼は言った。

一七「では、まずこの点で」と彼は言った、「わたしが叔父上に何らかの害を加えた、と判断されますか、それとも好意を示した、と判断されますか、仰っていただけませんか」。

「それらの行為で」とキュアクサレスは言った、「お前が好意を示してくれたのは明らかだ」。

一八「では、どうでしょう」と彼は言った、「敵が攻めてきまして、彼らと戦わねばならなくなりました時、わたしが労苦をいといましたり、何らかの危険を避けたりしますのを、叔父上はどこかでご覧なられたことがありましょうか」。

「ゼウスにかけて」と彼は言った、「わしは見たことがない」。

一九「どうでしょう。神々のお助けによりまして、勝利がわたしたちのものとなり、敵が退却しました時、一緒に彼らを追跡したり、一緒に彼らに復讐したりしまして、立派ですばらしい成果が得られました場合に、この成果を一緒に享受するようにわたしが叔父上に要求しますと、このことで叔父上はわたしに私欲がある、との非難をされましょうか」。

二〇　キュアクサレスはこの問いには黙っていた。キュロスは再度こう言った、「いや、この問いには、お答えになるより黙っておられるほうがよいようでしたら、次のことを仰ってください。それは、叔父上が追跡を安全でないと見なされました時、わたしが叔父上ご自身をこの危険にかかわられないようにし、かわりに叔父上の騎兵隊の一部をわたしと一緒に行かせてくださいとお願いしましたことで、叔父上が傷つかれたと思われておられましたのか、ということです。このことをお願いしましたことで、叔父上を傷つけましたのなら、とくにわたしが自分をすでに叔父上の同盟者として提供しているのですから、わたしによって傷ついておられることが、今度は叔父上によって証明されるべきでしょう」。

二一　キュアクサレスがまたこれにも黙っていたので、「いや、叔父上がこれにお答えになりたくないのでしたら」と彼は言った、「次のことを仰っていただけませんか。すなわち、叔父上はメディア兵たちが楽しんでいるのを見られまして、彼らにその楽しみをやめさせて、危険に向かうように強要したくないと答えられました時、わたしはそのことで叔父上に怒ったりしませず、わたしの思いますのに、叔父上がわたしに与えることがおできになるものでもっともすくないものを、メディア兵たちに命じることがおできになるものでもつとも容易なものを再度お願いしましたことに、叔父上がまた傷つかれたのでしょうか、またお苦しみになられたとお思いでしょうか、ということです。わたしについて来たいという兵士たちを与えてください、とお願いしましたのですから。

二二　ですから、叔父上からこの許可をいただきましても、わたしがこれらの兵士を説得できませんと、どうにもならなかったでしょう。そこで、わたしは彼らの所に出向いて説得しました。そして、説得しました兵士たちを率いてよいとの許可を叔父上からいただきまして、進軍したのです。これが非難に値すると見なされますと、叔父上のくださるものをお受けすることが非難されることになる、と思われるのです。

二三　こうして、わたしたちは出発しました。出発しました後、わたしたちのしましたことは明々白々でありませんか。敵の陣営が攻略されましたでしょう。叔父上を攻撃しに来た敵兵の多くが殺害されましたでしょう。それだけではありません。生き延びた敵兵の多くが武器を奪われ、また、他の多くの敵兵が馬を奪われました。彼らが略奪し運び去った、以前は叔父上の所有物でありました財貨を叔父上の味方の者たちが手に入れて運んでいますのを、今叔父上は目にしておられるのです。そして、その一部は叔父上の物であり、他の一部は叔父上の支配下にある者たちの所有物なのです。二四　だが、すべてのうちでもっともすばらしいのは、叔父上の領地が増加し、敵の領地が減少したのを叔父上がご覧になっておられることです。また、敵の城砦が叔父上によって占拠されます一方、以前はアッシリアの支配下に入っていましたが、本来は叔父上のものでありました城砦が今はまた逆に叔父上に降伏しました。これらのうちで叔父上にとって悪いことがありましょうか、良くないことがありましょうか、とわたしのほうからは知りたいと言えません。だが、叔父上の仰るのをお聞きしますのは、わたしにはなんの支障もありません。さあ、これらのことにつきまして叔父上の思っておられることを仰ってください」。

二五　キュロスはこのように言い終えた。キュアクサレスはこれにたいして次のように言った、「いや、キュロスよ、お前のしたことが悪いと言うなど、とんでもない。だが、このような成果は、すばらしく見えるほどわしを苦しめることを、よく分かってくれ。二六　わしはお前によってわしの領土がこのように大きくなったのを見るよりは、お前の領土をわしの兵力で大きくしたかったからだ。お前にはこうすることが名誉になるが、わしにはこうされることがいわば恥辱をもたらすのだ。二七　財貨にしても、お前が今わしに与えるように、わしがお前から受け取るより、お前に贈るほうが嬉しい思いがするのだ。お前によって財貨で富まされると、わしはむしろそれだけ貧しくなる、と感じるのだ。わしの家臣がお前によってすこし痛めつけられるのを見るほうが、あいつらが今お前から大きな好意を受けているのを目にするよりも、苦しみは少ない、と思う。二八　わしがそのように考えるのは無分別だとお前が思うなら、それらがわしにでなく、すべてお前の身に起こったとすると、お前がどう思うか検討してみよ。お前が自分と部下たちの警護のために育てた犬を、誰かがお前によりも自分に懐くように養えば、どうだ。そいつはこのような犬の養育によってお前を喜ばすか。二九　こういうことは些細なことだと思うなら、次のことをよく考えよ。お前が警護と軍務のために保有している従者たちを、誰かがお前によりも自分のほうに仕えたいと思うようにさせたら、お前はそいつにこの好意を感謝するか。三〇　人間がもっとも愛し、もっとも信頼して養っている者についてはどうだろう。誰かがお前の妻をお前により自分に愛を向けるように世話をすれば、そいつはこのような好意でお前を喜ばせるか。喜ばせるどころか、そいつはこうすることでお前を何にもまして傷つけるのは、分かりきっている。

三一　わしの経験にもっとも似たことを述べるには、お前が率いてきたペルシア軍を誰かがお前によりも自分に従うほうを好むように仕向けた場合、お前がそいつを友人と見なすか、ということを挙げるのがよい。わしはそいつを友人と思わず、彼がペルシア軍の多くを殺害する場合よりひどい敵である、と思う。三二　お前の友人の誰かに好きなだけ受け取るがよいと言った時、そいつがこれを聞いて、受け取れる物はすべて持っていき、そいつ自身はお前の物で豊かになるが、お前はあまり多くない物さえ使えなくなれば、どう思うのだ。お前はそいつを非の打ちどころのない友人と見なせるのか。

三三　ところで、キュロスよ、わしはそういう目にあっていないとしても、お前に似たような目にあわされた、と思っているのだ。お前の述べているのは真実で、希望する兵士たちを連れていけとわしが言えば、お前はわし一人を残し、わしの全兵力を率いていった。お前は今わしの兵力で獲得したものをわしにもたらし、わしの兵力でわしの領土を拡張している。わしはこのすばらしい成果になんの貢献もせずに、女のように好意を甘受しているのだ。世間の人々とここにいるわしの部下たちには、お前は英雄に見えるが、わしは支配者にふさわしくないと見えるのだ。三四　キュロスよ、お前にはこれが好意と思えるのか。お前が少しでもわしのことを気にかけてくれるなら、名声や栄誉のようなものまでわしから奪わないようにすることを、よく心に留めておけ。わし自身が不名誉な目にあうのなら、領土が拡大しても、わしにはそれがなんの利益になるのだ。わしがメディア人たちを支配しているのは、わしが彼らすべてより強力であるからでなく、むしろ彼ら自身がわしらを自分らよりあらゆる点で優れている、と評価してくれるからなのだ」。

三五　キュロスはなおも話し続けるキュアクサレスを遮って言った、「神々にかけまして、叔父上、わたしが以前叔父上に何らかの好意を示しているのでしたら、お願いです。叔父上もわたしに好意をお示し願います。今は、わたしを非難されるのをおやめください。わたしたちが叔父上にどのような気持ちでおりますかをお試しになり、わたしの行動が叔父上の利益を意図したものであるのがお分かりでしたら、わたしの叔父上に示しました愛情に応えていただき、わたしを叔父上の援助者と見なしてください。だが、この反対でしたら、わたしを非難してくださって結構です」。

三六　「いや、おそらく」とキュアクサレスは言った、「お前の言うことが正しいのだろう。わしもそうすることにしよう」。

「では、どうでしょう」とキュロスは言った、「叔父上に接吻させていただいてもよろしいでしょうか」。

「お前が望むなら」と彼は言った。

「先ほどのようにわたしに背を向けられることはないでしょうね」。

「わしは背を向けないよ」と彼は言った。

キュロスはキュアクサレスに接吻した。
三七　メディア兵、ペルシア兵その他の兵士すべてが、二人の話の結果を心配していたから、二人の接吻を見ると、喜び、快活になった。キュロスとキュアクサレスは馬に乗って先頭を進んだ。キュアクサレスにはメディア兵たちが従ったが、それはキュロスが彼らにそうするようにとの合図を送ったからであった。そして、キュロスにはペルシア兵たちが、また彼らの後にはその他の兵士たちが従った。
三八　彼らが陣営に到着し、キュアクサレスを整備された天幕に案内すると、指示を受けていた者たちがキュアクサレスに必要品を提供した。三九　キュアクサレスが夕食前の一時を過ごしていると、メディア兵たちが彼の所に来た。彼らのうちのある者たちは自発的に来たが、大部分の者はキュロスに促されてきたのである。彼らは贈り物を次のように携えてきた。ある者は美男の酌人を、ある者は腕のよい料理人を、ある者はパン焼人を、ある者は歌手を伴ってきた。また、他の者は酒杯を、別の者は美しい衣服を携えてきた。ほとんどすべての者が彼らの手にいれた物から、何か一つを彼に贈り物として与えたのである。四〇　この結果、キュアクサレスは考えを変え、キュロスがメディア兵たちを自分から引き離したのでなく、メディア兵たちは自分に以前と変わらぬ気持を持ってくれている、と思った。
四一　夕食時になると、キュアクサレスはキュロスを呼び、長い間会っていなかったからと言って、彼と一緒に食事することを望んだ。だが、キュロスは言った、「叔父上、そのような要求をなさらないでください。ここに来ておりますこれらの兵士すべてがわたしたちに勧められてきておりますのは、お分かりでしょう。ですから、これらの者を無視して自分の快楽を求めていると思われますと、わたしは正しい振る舞いをしていることになりません。兵士たちは無視されていると思いますと、勇敢な兵士たちも誠に無気力になり、臆病な兵士たちはとてつもなく厚顔になります。四二　しかし、叔父上はとりわけ長い道程を進んでこられましたから、すぐに食事を召し上がってください。そして、叔父上に敬意を表しに来る者たちがおりましたら、その者たちを歓迎して食事を提供してやってください。そうしますと、その者たちは叔父上に信頼感を抱くようになりましょう。わたしは退去し、言っておりました仕事に向かうことにします。四三　明朝、主要な指揮官たちがここに来まして、わたしたちすべてが叔父上の司令部で今後どうすべきかを叔父上と相談することになります。叔父上はその場におられて、さらに遠征を続けるのがよいのか、今が軍隊を解散する時期であるのかについて、わたしたちに協議させてください」。

四四　この後、キュアクサレスは食事をし、キュロスは友人たちのうちから思慮をめぐらせることができる、必要なら自分と行動をともにする能力をもっとも備えている者たちを集めて、次のように言った。

「友人たちよ、わしらの最初に願ったことは、神々の援助により実現した。わしらの進軍した所はどこも征服している。わしらが目にするのは敵が衰え、わしら自身が大軍になり、強力になっていることだ。四五　現在加わっている同盟軍が今後もわしらのもとに留まってくれる意図を持っているなら、わしらは武力を用いるのが役立つ場合にも、説得しなければならない場合にも、はるかに大きな成果をあげることができるだろう。だから、同盟軍のできるだけ多くがわしらのもとに留まるのがよいと思うように仕向けるのが、お前たちの仕事であり、わしの仕事であるのだ。四六　戦わねばならない場合にもっとも多くの敵を打倒した者がもっとも勇敢であると評価されるように、説得しなければならない場合にもっとも多くの者をわしらに同意させる者がもっとも弁舌に長じており、有能な者であると判断されるのは、当然だろう。四七　しかし、お前たちは同盟軍の各人に述べる言葉をわしらに示そうと心がけるのでなく、お前たち各人が説得した者たちに彼ら自身がいかなる人間であるかを行動で明示させるように、仕向ける努力をすべきなのだ。四八　では、お前たちはこのことに留意せよ。わしは兵士たちに必要なものを準備させたうえで遠征の協議をさせるように、できるだけ配慮する努力をしよう」。

第六巻

第一章

一　彼らはその日を以上のように過ごした後、食事をして眠りに就いた。翌朝早くキュアクサレスの司令部に同盟軍の指揮官(1)すべてが来た。非常に多くの者が入口に来ていると聞いたキュアクサレスが盛装している間に、キュロスの友人のある者たちはカドゥシオイ兵たちをキュロスの所へ連れてきたが、彼らは彼に留まってくれるように、と懇願した。他の友人たちはヒュルカニア兵たちを、別の友人はサカイ兵たちを、さらに別の友人はゴブリュアスも連れてきた。ヒュスタスパスは去勢されたガダタスを連れてきたが、彼もキュロスに留まってほしい、と頼んだ。二　その時、キュロスはガダタスが以前軍隊が解散されるのかとの不安に駆られて死にかけたのを知っていたので、笑いながら言った、「ガダタスよ、このヒュスタスパスに吹き込まれて、お前が表明した意見を持つようになったのは、よく分かっているよ」。三　すると、ガダタスは両手を大空に向けて上げ、ヒュスパスタスに信じ込まされてそのような考えを持つようになったのではない、と誓った、「いや、殿下方が去られますと、わたしが完全に破滅するのが分かっています。ですから、わたしのほうからこの人と話をし、[軍隊の解散について]殿下のお思いになっておられることをこの人に知らないか、と尋ねたのです」。

四　そこで、キュロスは言った、「わしがこのヒュスタスパスを非難したのは、間違いのようであった」。「ゼウスにかけまして、間違っていますよ、キュロス殿下」とヒュスパスタスは言った、「自分はこのガダタスに殿下のお父上が殿下を呼び戻しておられると言いまして、殿下は遠征できないでしょう、との意見を述べただけなのですから」。

五　「お前は何と言ったんだって」とキュロスは言った、「わしが帰国するつもりなのかどうか分からないのに、お前は大胆にわしの召還を公にしたのだな」。「そうです、ゼウスにかけまして」と彼は言った、「自分は殿下がペルシアですべての人の注目を浴びて巡回され、そのうえすべてを達成された殿下の方法を父上に誇示されることを熱望しておられるのを知っていましたから」。「お前は家へ帰ろうと思わないのか」。「いいえ、ゼウスにかけまして」とヒュスパスタスは言った、「自分は帰りません。このガダタスをアッシリアの支配者にしますまでここに留まりまして、司令官として指揮をとるつもりでいます」。

六　彼らはこのように真面目な顔をして、たがいに冗談を言いあった。この間に豪華に着飾ったキュアクサレスが出てきて、メディアの王座に座った。来るように求められたす

（1）原文では「同盟者のすべて」となっているが、意味上では「同盟軍の指揮官すべて」である。

べての者が集まり、沈黙が支配すると、キュアクサレスは次のように言った、「同盟軍の者たち、ちょうどわしがここに居合わせ、キュロスより年長であるから、わしが口火を切ってものを言うのにおそらく適しているだろう。ところで、今はさらに遠征を続けるのがよいのか、それともただちに解散するのがよいのかをまず議論すべき時機だ、と思う。では、誰かこの問題について自分の思うところを述べよ」。

七 すると、最初にヒュルカニア王が述べた、「同盟軍の諸君、事実そのものがもっともよく語っているのに、何を言う必要があるのかわたしには分からない。われわれは一緒におれば、受ける害よりも多くの害を敵に加えうることを、すべての者が知っているからだ。だが、われわれが離れていた時には、敵はわれわれを自分らにはもっとも愉快に、われわれにはもっとも耐えがたいように扱ってきた」。

八 彼の後にカドゥシオイ王が述べた、「戦場で戦う者にとっては、分散するのが無益であるのは当然だから、各人が故郷に帰って分散するのを話す必要などわれわれにはない。とにかく、われわれは、諸君も知っているように、すこし前には主力である諸君から離れて出撃し、ひどい目にあったのだ」。

九 彼の後にキュロスの親族だと何時か言っていたアルタバゾスが以下のように述べた、「キュアクサレス王様、自分は先に述べた人たちとは次の点で違っています。先に述べた人たちはここに留まって戦争を続けねばならないと言っていますが、自分は故郷にいた時に戦争したのだ、と言います。一〇 自分は自分らの財貨が持ち去られました時には、しばしば救援に駆けつけ、自分らの城砦が脅威に曝されますと、恐怖を抱きながら守備の苦労をしましたから。しかも、自分は個人の支出でこれらのことをしました。だが今は、自分は敵の城砦を占拠し、敵を恐れず、敵の食料を味わい、敵の酒を飲んでいます。つまり、故郷の生活が戦争で、ここでの生活は祭りですから、自分はこの祭りの集会を解散しますのはよくない、と思うのです」。
一一　彼の後にゴブリュアスが言った、「同盟軍の方々、これまでのところわたしはキュロス殿下の誠実を称えます。殿下は約束されたことを実行されましたから。殿下がこの土地から去られますと、アッシリア王が一息ついたうえに、あなた方にたいして企んだ不正とわたしに加えた害の償いをしないのは、明らかです。しかも、わたしの場合、あなた方の味方になったのですから、逆に彼に罰せられることになりましょう」。
一二　これらすべての人の後でキュロスは言った、「お前たち、わしらが軍隊を解散すれば、わしらの勢力は弱くなり、逆に敵の勢力が強くなるのは、わしにも分かっている。敵のうちで武器を奪われた兵士たちにはただちに他の武器が作られるだろう。馬を奪われた騎兵たちもすぐにまた他の馬を獲得するだろう。戦死した兵士たちの代わりに、他の者たちが成長し、青年になって［後を継ぐ］から、敵がいち早くわしらをまた苦しめる能力を持つようになっても、けっして不思議でない。
一三　では、どうしてわしは叔父上に軍隊の解散を話しあうように勧めたのか。これから先を心配したからだということをよく分かってくれ。わしらがこのように戦争を続けていけば、戦うことのできない敵がわしらに迫ってくるのを知っているからだ。一四　つまり、冬が必ずやってくるのだ。そして、わしら自身には屋根のある場所があっても、ゼウスにかけて、馬にも召使たちにも下級兵士たちにもそれはない。しかも、わしらは彼らなしに戦うことはできない。食糧はわしらの行った所ではわしらによって消費されており、わしらの行かなかった所では敵がわしらへの恐怖から食糧を城砦に運び込んでしまい、敵自身は食糧を所有しているが、わしらは食糧を得ることができない。一五　飢えと寒さと戦いながら戦争を続けることができるほど勇敢で強い兵士などいない。だから、わしらがこのままの戦い方をすれば、万策尽き、やむをえず追い払われることになるが、それよりもわしらのほうから軍隊を解散すべきだ、とわしは主張する。だが、わしらがさらに戦いを続けようとするなら、次のことをしなければならない、と言おう。それは、できるだけ多く敵の城砦を奪取し、わしら自身のためにできるだけ多く城砦を構築する努力を至急にするということだ。このようになると、より多くの食糧を確保して貯蔵することができる者たちがより多くの食糧を所有するし、より弱くなる者たちが包囲されるからだ。一六　ところで、わしらは海を航行する者たちとなんの違いもない。航行者たちはたえず航海しているが、彼らは航行した海に未航海の海よりも慣れている、とはしていない。だが、城砦がわしらの所有になれば、それはその土地を敵には疎遠にさせ、わしらにはすべての物をいっそう容易に入手させよう。

一七　お前たちのうちにはおそらく自国から遠く離れて守備の任に当たらねばならないと不安に思う者がいるだろうが、このことは何も心配するな。わしらが故郷から遠く離れているのだから、敵にもっとも近い場所の守備を引き受けるし、お前たちは自分に隣接しているアッシリアの土地を確保して耕すとよいからだ。一八　わしらが敵に近い土地を守備して安全にすることができれば、お前たちは敵から遠く離れた土地を所有し、完全な平和を楽しめよう。敵は自分の近くにいる者たちを無視して遠くにいるお前たちを攻撃することなどできない、と思う」。

一九　以上のことが述べられると、キュアクサレスおよび他のすべての者が立ち上がり、そうするように尽力する、と言った。ガダタスとゴブリュアスは同盟軍が許してくれるなら、それぞれ城砦を構築し、それらも同盟軍の味方になるようにする、と言った。

二〇　そこで、キュロスはすべての者が自分の言ったことを実行する熱意を持っている、と見て最後に言った、「さて、わしらがしなければならないと言ったことを達成しようと願うなら、敵の城砦を破壊する機械とわしらの堅固な城砦を構築する大工をできるだけ早く手に入れなければならないだろう」。

二一　この後、キュアクサレス自身が一台の機械を作らせて提供する、と、ガダタスとゴブリュアスが他の一台を、ティグラネスがもう一台を提供する、と約束した。キュロス自身は二台の機械を造らせる努力をしよう、と言った。二二　これが決定されると、彼らは機械工作者を確保し、各工作者は機械に必要な物を調達した。なお、彼らはこの仕事への配慮にもっとも適していると思われる兵士たちを係に任命した。

二三　だが、キュロスはこの仕事には多くの時間が必要になると認識していたから、もっとも健康的な、必需品を運び込むのにもっとも適していると見なした場所に軍隊を駐屯させた。さらに、彼は主力軍を率いて遠く離れた所に駐屯する場合でも、何時も残留する兵士たちの安全が護られるように、その場所の防衛を、必要があるなら、強化した。二四　これに加えて、彼は土地をもっともよく知っていると思われる兵士たちに軍隊がもっとも多く食糧の供給を得られるのはどこであるのかを尋ね、彼らをたえず糧秣の徴発に連れ出したが、その目的の一つは軍隊のためにできるだけ多くの食糧を入手することであり、他の目的は彼らがこの行軍で鍛えられ、一層健康になり、強くなることであり、さらにもう一つの目的は彼らがこの行軍で自分の部署を忘れないようにすることであった。

二五　キュロスはこのようなことをした。ところで、バビュロンからの脱走兵たちの言ったことと捕虜たちの言ったことは同じであった。アッシリア王は多くの金貨と銀貨、その他の財宝とあらゆる種類の装身具を携えてリュディアに向かったということである。二六　王は心配して財貨をすでに安全な場所に移したと言われていた。だが、キュロスは王ができるなら自分の反対勢力を糾合しようとして行ったのに気づいていたから、さらに戦わねばならないと覚悟し、軍備の強化を精力的に進めた。そして、捕虜たちと友軍から馬を得て、ペルシアの騎兵隊を充足させた。彼はこのような物をすべての人から受け取っていて、誰かが彼にすばらしい武器を与える場合でも、馬を与える場合でも、けっしてそれを拒みはしなかったからである。

二七　戦車も、捕獲した戦車と他の場所から獲得できた戦車で整えた。彼は昔のトロイアで用いられ(1)、キュレネでは今も用いられている戦車(2)の扱い方をやめた。以前、メディア、アッシリア、アラビアの兵士たちとアジアの全兵士はキュレネの兵士たちが今も用いているような方法で戦車を使用していたからである。二八　戦車にはもっとも優れた兵士たちが乗っていて、それらの兵士は当然兵力の最重要要素であるのに、遠くから槍を投げる役目しか果たしておらず、勝利にはなんの大きな［貢献］もしていない、と彼は思った。三〇〇台の戦車は三〇〇名の戦闘員である戦車兵を提供するが、これらの戦車兵が一二〇〇頭の馬を使用し(3)ながら、また彼らの御者たちが、言うまでもなく彼らのもっとも信頼を置く者たち、すなわちもっとも優れた者たちでさらに三〇〇名を数えながら、敵にはなんの損害も与えないからである。二九　彼はこのような戦車の扱い方をやめ、そのかわりに容易に壊れないような丈夫な車輪と長い車軸を戦車に取りつけた。幅の広い物はすべて転覆しにくいからである。また、御者たちのために座席を小さな塔のように丈夫な材木で組み立てた。この座席越しに馬の手綱をとれるように、小塔の材木の高さは肘までである。そして、御者たちに目を除いたすべての部分に鎧を着用させた。三〇　彼は戦車で敵中に突入するために、両側の車輪の幅や[4]二ペーキュス[5]の鉄の鎌を、車軸の下に地面へ向けて他の鎌を取りつけた。[6]キュロスが当時戦車にこの装備をしたとおりにして、現在でも王の領土にいる兵士たちは戦車を使用している。

彼はまた多くの駱駝を所有していたが、それらはすべて友軍から集められたり、捕獲して集められていた。

三一　彼はこのように以上のことを遂行した。

彼はリュディアに誰かを偵察者として送り、アッシリア王が何をしようとしているのかを知ろうと思った時、あの美しい婦人を警護しているアラスパスがこれを行なうのに適していると思った。ところが、アラスパスには次のようなことが起こっていた。彼は夫人への愛の虜になり、彼女に肉体的な交わりを申し込まざるをえなかったのである。しかし、彼女はそれを断わり、たとえ不在であっても自分の夫に貞節であった。それは、彼女は夫を強く愛していたからである。三二　だが、彼女はアラスパスをキュロスに訴えなかった。

(1) トロイア戦争で用いられた二頭立ての馬車からなる戦車で戦士と御者の二人が乗っていた。
(2) キュレネは北アフリカにあるギリシアの植民地。テラのバットスによって前六三一年に建設された。キュレネ人は馬車の操縦に優れ、二頭立ての戦車を四頭立てのものにした。
(3) 四頭立ての戦車であるから、三〇〇台の戦車なら一二〇〇頭の馬が必要となる。
(4) 車輪の中心部から輪に向かって放射状に出ている棒。
(5) 約九三センチメートルの長さ。
(6) 『アナバシス』第一巻第八章一〇参照。

彼女が親しい者たちを争わせるのを避けたかったからである。三三　だが、アラスパスが自分の願っていることをどうしてもやり遂げたいと思い、自分の愛を喜んで受け入れなければ、力ずくで受け入れさせると夫人を脅迫すると、夫人は彼の暴力を恐れ、もはやこれを秘密にせず、ただちに宦官をキュロスのもとに送り、すべてを告げるように指示した。

三四　キュロスはこれを聞くと、愛に打ち勝つと主張したアラスパスを笑いとばし、アルタバゾスをその宦官と一緒に向かわせ、そのような夫人は力ずくにしないようにせよとアラスパスに言うよう命じ、彼女を説得してその意を得ることができるのなら、自分は妨げない、と言った。

三五　アルタバゾスはアラスパスの所に来ると、あの夫人は信頼されて預かっているのだと言い、彼の不敬と不正と自制のなさを指摘して彼を非難したので、アラスパスは苦痛のために激しく泣き、恥かしさのあまり身の置き所がなくなり、キュロスに罰せられるのでは、と恐れて死にそうになった。

三六　キュロスはこれを知ると、彼を呼び寄せ、二人だけになって言った、「アラスパスよ、わしの見るところでは、お前はわしを恐れておおいに恥じ入っている。だが、それはとにかくやめよ。わしは神々でさえ愛には負かされると聞いており、非常に賢明だと見なされている人間たちも愛にはどのような目に遇わされているのかを知っているからだ。わし自身も美しい者たちと一緒にいる場合には、彼らに無関心でいられるほど強くないのを心得ている。また、この件ではわしに責任があるのだ。わしがお前をこの抵抗しがたい夫人と一緒に閉じ込めたからだ」。

三七　しかし、アラスパスはキュロスの言葉を遮って言った、「いや、キュロス殿下、殿下は他の点と同様にこの点でもまったく同じ態度をとられ、人間的な過ちには穏やかで寛大であります。他の人々なら自分を苦悩に耐えられなくさせているところです。自分の罪の噂が広まりますと、敵は自分の不幸に大喜びしましょうし、友人たちはやってきて、自分が大きな不正を犯したのだから、殿下に罰せられると言って、自分に逃げるように勧めましょうから」。

三八　そこで、キュロスは言った、「アラスパスよ、お前が今述べた意見でわしをおおいに喜ばせ、しかも同盟軍に非常に役立つことができるのをよく分かってくれ」。

アラスパスは言った、「自分が運よく殿下の［お役に立つ］ことがありますとよいのですが」。

三九　「そこで」と彼は言った、「お前がわしから逃れるふりをして敵中にもぐり込めば、お前は敵に信用される、とわしは思うのだ」。

「ゼウスにかけまして」と彼は言った、「自分が殿下から逃げたと友人たちにも噂されますのは分かっています」。

四〇　「では」と彼は言った、「敵の状況を隈なく知ったうえで、わしらの所に戻ってきてくれ。彼らはお前を信用して討議と決定に参加させるから、わしらが知りたいと思うことが何一つ包み隠されない、と思うのだ」。

「自分は」と彼は言った、「今すぐ参りましょう。こうすることがおそらく自分を信用させることの一つに、すなわち自分が殿下から罰を受けそうになって逃げた、と思われることになりましょう」。

四一　「お前は本当に」と彼は言った、「あの美しいパンテイアを諦められるのか」。

「諦められますとも、キュロス殿下」と彼は言った、「自分には明確に二つの魂があるのですから。あの件につきましては今では不正なソフィスト、エロスとの哲学を終えております。魂は一つでありましたら、善い魂であると同時に悪い魂であることはありませんし、美しい行為を求めると同時に恥ずべき行為を求めることはありませんから。また、同じことをしようと思うと同時に、しようと思わないということもありません。しかし、魂が二つあるのは明白でして、善い魂が優勢ですと美しいことがなされますし、悪い魂が優勢ですと恥ずべきことが企てられるのです。今では魂は殿下を同盟者として得ていますから、善い魂が完全に優勢に立っています」。

四二 「では、お前が行くと決めたのなら」とキュロスは言った、「彼らにもいっそう信用されるようにしなければならない。彼らにわしらの状況を通報しろ。それも、彼らにはお前の述べることが彼らの実行しようとする意図をもっともひどく妨げるように通報するのだ。わしらが彼らの領土のどこかに侵入する準備をしていると言えば、妨害になるだろう。彼らがそれを聞くと、誰もが故郷の財産を心配して全力を結集しにくくなるからだ。四三 そして、できるだけ長く彼らの所に留まれ。彼らがわしらに最接近した時に、彼らのすることを知るのはわしらにとって極めて重要だからだ。彼らがもっとも優れていると思う仕方で戦列を組むように助言しろ。お前が去っていく時、彼らの戦列をお前が知っていると思っても、彼らはお前の助言どおりに戦列を組まざるをえないからだ。彼らは戦列の組替えを避けるが、それは、突然他の戦列に組替えれば、混乱するからなのだ」。

四四 アラスパスはこうして退出し、もっとも信頼する従者たちを連れ、この企みに役立つと思ったことを何人かの友人に話して去った。

四五　パンテイアはアラスパスが去ったのを知ると、キュロスのもとに使いを送って言った、「キュロス殿下、アラスパスが敵に寝返ったことを悲しまれないようにお願いします。殿下がわたしの夫の所へ使者を送るのをお許しくださいますなら、アラスパスよりはるかに忠実な友人が来ますことを、わたしはお約束します。しかも、その友人ができるだけ多くの兵力を率いて殿下のもとに来ますのは、分かっています。今のアッシリア王の父が彼の友人でありましたが、今の王がかつてわたしと夫の間を引き裂こうとしましたから、夫は王を無法者と見なしており、殿下のようなお方には喜んで身を投じる、と信じます」。

四六　以上のことを聞くと、キュロスは彼女に夫への使いを出すように指示した。アブラダタスは妻からの符号を理解し、他の事情も知り、喜んで一〇〇〇騎の騎兵を率いてキュロスのもとへ向かった。ペルシア軍の歩哨たちの所に来ると、彼はキュロスの所へ使いを送り、自分が誰であるかを伝えた。キュロスは彼をただちに妻の所へ導くように命じた。四七　妻とアブラダタスはたがいを見ると、思いがけない再会に抱きしめあったのは言うまでもない。この後、パンテイアはキュロスの敬虔と節制と自分への同情心を語った。アブラダタスはこれを聞くと言った、「パンテイアよ、キュロス殿下のお前とわたしにたいする好意に報いるには、どうすればよいのだろう」。

パンテイアは言った、「殿下があなたにしてくださったように、あなたも殿下になさるよう努力される以外に、何がございましょう」。

四八　この後、アブラダタスはキュロスのもとへ行き、彼を見るとその右手を取って言った、「キュロス殿下、殿下がわたしどもに示してくださいましたご好意には、わたし自身を殿下の友人、従者、同盟者として殿下に捧げることしか、わたしには言うことができません。また、殿下が熱意をこめて行なっておられますことを目にいたしますと、そのことで殿下のできるだけよい協力者になれますように、わたしは努力いたします」。

四九　キュロスも言った。「わしはお前の申し出を受け入れよう。そして今は、お前には妻と一緒に食事をするために退出してもらおう。だが何時か、わしの所でもお前の友人たちやわしの友人たちと一緒に食卓に着いてもらわねばならないぞ」。

五〇　この後、アブラダタスはキュロスが鎌戦車と鎧着用馬と騎兵に熱心に取り組んでいるのを見て、それに似た戦車を約一〇〇台自分の騎兵隊から彼に引き渡すように努めた。また、彼自身も戦車に乗ってそれらの戦車を指揮する準備をした。五一　彼は自分の戦車に四本の轅(1)を取りつけ、八頭の馬を繋いだ。[彼の妻パンテイアは自分の財貨で彼のために黄金の鎧と黄金の兜、同じように黄金の腕輪も作らせた。] 彼は自分の戦車の馬にすべてが青銅からなる鎧を着用させた。

五二　アブラダタスはこのようなことをした。キュロスは四本の轅が取りつけられている彼の戦車を見て、八本の轅の戦車を作ると、八つの頸木に繋がれた牛が戦闘機械(2)の最下段の台枠を引っ張ることができるようになる、との考えを得た。それは車輪を含めて地上からおよそ三オルギュイア(3)の高さであった。五三　このような戦闘機械の塔が戦列と共に進むなら、味方の戦列には大きな援助になり、敵の戦列には大きな災厄になる、と彼は思った。さらに、彼はそれぞれの階層に歩廊と胸壁を作り、各塔に二〇名の兵士を搭乗させたのである。
五四　彼は塔に関することをすべて仕上げると、荷重を試してみた。すると、八つの頸木に繋がれた牛は塔とそれに乗った兵士たちを、各頸木の牛が通常の荷物を運ぶより、はるかに容易に引っ張った。一つの頸木の牛が運ぶ荷物の重さは約二五タラントン[4]であったが、塔の木材は悲劇の舞台の木材と同じ厚さであり、二〇名の兵士とその武器を合わせても、各頸木の牛にとって塔の重さは一五タラントンより少なかったからである。
五五　塔の運搬が容易であるのを知ると、キュロスはそれらの塔を軍隊とともに動かす準備をしたが、それは、彼が戦争において優位にあることが、同時に安全であり、正義であり、幸運であることだ、と見なしていたからであった。

第二章

一　この間にインド王からも財貨を携えた使者たちが来て、インド王が次のようなことを言わせている、と報せた、「キュロスよ、お前が必要としているものをわしに告げてくれたことを喜んでいる。わしはお前

(1) 一一五頁註（1）参照。
(2) 移動式塔のこと。
(3) 一オルギアは約一・八五メートル。
(4) 一タラントンの重さについては一一九頁註（1）参照。

の友人でいるつもりでおり、お前に財貨を送る。さらに、財貨を必要とするなら、取りに来させるがよい。また、わしから派遣された者たちはお前の指示することをするように、命じられているのだ」。

二 これを聞くとキュロスは言った、「では、わしはお前たちのうちのある者たちには、お前たちの張った天幕内に留まって財貨を見張り、お前たちのもっとも気に入ったように過ごすよう指示する。そして、お前たちのうちの三人には、わしのためにインド王から派遣されて同盟を結びに来たように見せかけて敵中に入り、彼らがそこで何を語り、何をしているのかを知ってできるだけ早くわしとインド王に報せてくれ。お前たちがわしのためにそれを立派にし遂げてくれるなら、そのことでわしは財貨を運んできてくれた以上の感謝を、お前たちにするだろう。奴隷に扮した偵察兵はすべての者が知っている以上のことを知って報告することなどできないが、お前たちのような者になら、協議されていることさえしばしば分かることがあるからだ」。

三 インドから派遣された使者たちはこれを聞いて喜び、キュロスの所でもてなしを受けると、荷造りをし、翌日にはできるだけ多くのことを知ったうえ、できるだけ早く敵から戻ってくる、と約束して出発した。

四 キュロスは小さなことをしようとはけっして考えない人であったから、戦争に関するその他のことについても、壮大な準備をした。彼は同盟軍が決定したことについて配慮するのみでなく、友人相互にも競争心を植えつけ、各兵士自身にも武装、騎馬、投槍、弓術にもっとも優れた兵士であるとともに、もっとも勤勉な兵士であることを示すようにさせた。**五** このことを彼は兵士たちを狩猟に駆り出し、上記の各点でもっとも優れている者たちを表彰することによってなし遂げたのである。彼は自分の部下たちがもっとも優れた兵士たちであるように配慮する指揮官たちを見ると、これらの指揮官を誉め、できるだけの好意を示して励ました。六　また、彼は犠牲を捧げたり、祭りを祝う場合でも、人間が戦争のために訓練するすべてのことについて競技を行ない、勝利者たちに盛大な賞品を与えた。だから、軍隊には楽しい気分が満ちていたのである。

七　キュロスは軍事行動のために装備しようと思った物を、戦闘機械以外はほとんど整えた。ペルシア騎兵隊はすでに一万騎に十分達しており、キュロス自身が準備した鎌戦車はすでに一〇〇台に、さらに、スサのアブラダタスがキュロスの戦車を真似て用意しようと意図した戦車も一〇〇台になっていたからである。八　キュロスはメディア式の戦車をトロイア式とリビュア式[1]から自分の戦車と同じ様式に変更するようにキュアクサレスを説得した。これらの戦車もまた一〇〇台に達した。駱駝には一頭に二人の弓兵が乗るように命じられていた。こうして、軍隊の大部分の者もすでに勝利は完全に自分らの手中にあり、敵の軍勢は無力である、と思っていた。

九　兵士たちがこのような気持ちでいた時、キュロスが偵察に送り込んだインドの使者たちが敵陣から戻ってきて、クロイソスが全敵軍の総司令官に選ばれ、同盟敵軍の王たちはすべてそれぞれの全兵力を率いて参集し、非常に多くの財貨を寄付し、それをできるだけ多くの傭兵に支払い、必要ならその財貨を贈り物に

(1) リビュアにはキュレネがあり、リビュア式の戦車とはキュレネ式の戦車であると言える。二五九頁註 (2) 参照。

することを決定した、と告げた。一〇　さらに、彼らはトラキアの佩(はい)刀兵(1)多数がすでに雇われており、エジプト軍がこちらへ航行しており、足にまで達する盾と現在でも所有されている長い槍と刀を持った彼らの数は一二万になる、と言った。キュプロス軍も来ていた。すでに全キリキア軍、両プリュギア軍、リュカオニア軍(2)、パプラゴニア軍、カッパドキア軍、アラビア軍、フェニキア軍、バビュロンの王に率いられたアッシリア軍、それにイオニア軍にアイオリス軍(3)といったアジアに入植しているほとんどすべてのギリシア人の軍隊がクロイソスに従わざるをえなくなっており、そのうえクロイソスはラケダイモンにも同盟を結ぶために使者を送った、と彼らは述べた。一一　これらの軍隊はパクトロス川(4)付近に集結し、現在も［シリア］の下方にいて王(5)の支配下にある夷狄の集合場所になっているテュンブララ(6)へ進もうとしており、そこへ食糧を運び込むようにとの命令をすべての者が受けている、と彼らは言った。

　ほとんどこれと同じことを捕虜も述べていた。キュロスは捕虜を捕えて、彼らから情報を何か得るように心がけていたからである。彼は奴隷に似た脱走者のように扮した偵察者も送り出していた。

一二　キュロスの軍隊は以上のことを聞き、当然のことであるが怖くなって通常より静かに歩き回り、［快活さはまったく見うけられず、］円陣を組み、至る所このことについて尋ねあい、議論する兵士で満ちていた。

一三　キュロスは軍隊に恐怖が広まっているのに気づくと、諸軍の指揮官たち、それに有害になると思われる意気阻喪している兵士、有益になると思われる勇気に満ちた兵士のすべてを呼び集めた。また、彼は護衛兵たちにそのほかに武装した兵士の誰かが話を聞こうとして加わっても妨げてはならない、と命じた。彼らが集まると、彼は次のように述べた。

一四 「同盟軍の者たち、わしはこの報せが敵から届いた時、怖気づいた人間にそっくりな者たちがお前たちのなかにいるのを目にしたので、お前たちを集めた。お前たちの間には敵が集まったのを恐れている者がいるが、わしらが今では敵を撃破した時よりはるかに多くの兵力を集結させ、神々の助力を得て以前より格段によい装備をしているのをお前たちは見ているのに、勇気を持てないのはおかしい、と思うからだ。

一五 神々にかけて、今仮にわしらの味方になっている兵力が敵となってわしらを攻撃するとの報せがあれば、つまり、まず、かつてわしらを打ち破ったこれらの軍隊が当時獲得した勝利を心に抱いて再び押し寄せてくると、次に、前に弓兵隊と投槍兵隊の小競りあいを終わらせたこれらの軍隊に加えて、彼らと同様の軍隊がほかに何倍も攻め寄せてくると聞いたと仮定すれば、一六 いやなお、この軍隊の歩兵隊がわしらの

(1) トゥキュディデス『歴史』第二巻九六参照。トラキアのロドペ山岳地帯に居住するディオイと呼ばれる種族。
(2) 小アジア内陸部の地域、大プリュギアとカッパドキアの間、キリキアの北部に居住する種族の軍隊。『アナバシス』第一巻第二章一九参照。
(3) 小アジア西北海岸地域およびエーゲ海北東海上の島々に居住する種族アイオリス人の軍隊。
(4) リュディアの首都サルディス近くを流れ、ヘルモス川に注ぐ砂金を含んだ川。
(5) 「[シリア]の下方にいて」というのは、地理的には理解しがたい叙述である。
(6) リュディアの都市で、パクトロス川に沿っている。サルディスから遠くない。

歩兵隊に勝った当時にしていたとおりの武装を今度は彼らの騎兵隊がして、わしらの騎兵隊に向かって進撃し、しかも、彼らの各騎兵が弓と槍を捨て、一本の丈夫な槍を持って接近戦のためにわしらに向かって突撃してくること。一七 さらに、戦車も、以前の逃走するような格好で後ろ向きに立っているのでなく、突進してくるのであり、それらの戦車に繋がれた馬も鎧を着用しており、御者たちも木製の塔の中に立ち、塔から露出した彼らの身体の部分はすべて鎧と兜で覆われていること。そして、これらの御者も敵となっているわしらの戦列にまっしぐらに突入するために、鉄製の鎌が戦車の車軸に取りつけられていること。一八 このうえ、彼らは駱駝を所有し、それに乗って前進してくると、その一頭を見るのさえ百頭の馬が耐えられないこと。そのうえさらに、彼らは戦闘機械の塔を引っ張って前進し、その塔から敵兵たちが味方を援護して飛び道具を放ち、平地で彼らと戦うわしらを妨害すること。一九 仮に敵状が以上のようだと知らされると、今恐怖に脅えているお前たちはどうするのか。だが、敵の実情は次のとおりなのだ。お前たちが恐れているのも、クロイソスが敵の司令官に選ばれたとの報告があったからだ。しかし、このクロイソスは、アッシリア軍が戦に破れて逃走すると、彼らの敗北を見ても、この同盟軍の救援に向かわずに逃げ去ったほどアッシリア兵たちより臆病であったのだ。二〇 しかも、敵軍は独力ではお前たちと戦う能力がないと見なし、自分らのために彼ら自身より強力な戦いをしてほしいとの願いから、ほかにも兵士たちを雇っているとの報せが伝えられているのだ。だが、敵軍のこの実情が優れており、わが軍の状況が劣っていると思う者たちがいるなら、それらの者は敵軍へ放逐すべきだ、とわしは主張する。そういう者たちはわが軍に属しているより、敵軍にいるほうが、はるかにわしらの役に立ってくれるからだ」。

二一　キュロスが以上のように述べると、ペルシア貴族のクリュサンタスが立ち上がって次のように言った。「キュロス殿下、報告を聞いて顔を顰めた者がいたとしましても、奇異に思われないようにお願いします。彼らは恐怖心に駆られましたからでなく、不快になりましたからこのような気分になりましたのです。それはちょうど、食事をする気持ちになりまして、すでに朝食を口にしようと思っています時に、その朝食前に仕上げねばならない仕事が知らされますと、これを聞きました者は誰も喜ばないようなものだ、と自分は思います。ですから、自分らもこのように富める者になっていると思っていますのに、し遂げねばなりません仕事が残っていると聞きました時顔を顰めましたが、それは恐怖心からではありませんで、この仕事もすでに終わっていたらよいのに、と思っていましたからです。

二二　いや、自分らは多くの穀物、羊、実のなった椰子のあるアッシリアのみでなく、多くの葡萄酒、多くの無花果、多くのオリーブ油、これまでに見られた物よりすばらしい多くの物を波に乗せてくる海が打ち寄せるリュディアを手中に収めようと戦うのでありますから、このことを念頭に置きますと、もはや思い悩むことなどありません、最大限の勇気を出しまして、いち早くリュディアにありますこれらの財宝の分け前に与るようにいたしましょう」。

彼はこのように言った。同盟軍のすべてが彼の演説を喜び、称賛した。

二三「確かに、お前たち」とキュロスは言った、「まず、できるなら敵の食料が集積されている場所に彼らより先に到着し、次に、わしらが速く進めば、それだけ敵の準備が十分でなく、不足する物が多いのをわしらは目にするようになるのだが、そのためにできるだけ早く彼らに向かって進撃するのがよい、と思う。

二四　そこで、わしは次のように言おう、「わしらにとってこれより安全で容易な方法がほかにあるのを知っている者がいるなら、教えてくれ」と」。

だが、敵に向かって至急に進軍を開始するのが必要だと大勢の者が賛同し、誰も反論しなかったから、キュロスは以下のように話し始めた。

二五　「同盟軍の者たち、わしらの魂と肉体それにわしらが使用しなければならない武器は、以前から神々の加護により鍛えられ、準備されている。だが、今は行軍用の食糧をわしら自身と使役用の動物のために二〇日分以下にならないように用意しなければならない。食糧の一部はわしらにより、他は敵により、運べる物はすべて奪い去られたからだ。二六　だから、食糧を十分に用意しなければならない。食糧なしでわしらは戦うことも生きることもできないからだ。だが、葡萄酒はわしらが水を飲むのに慣れるまでは各人が必要量を携えていくのがよい。道程の大部分には葡萄酒がなく、わしらが非常に多くの葡萄酒を用意しても、この道を進むには十分でないからだ。二七　だから、突然葡萄酒がなくなっても病気にならないために、わしらは次のようにしなければならない。つまり、今すぐ食事の際に水を飲み始めるのだ。今からこのようにすれば、わしらは慣習を大きく変えなくてよいからだ。二八　碾割（ひきわり）大麦(1)を食べる者は何時もそれを水で捏ね、団子にして食べ、パンを食べる者はそれを水に浸して食べ、すべての食物はほとんど水で料理することにする。食後に葡萄酒を飲みさえすれば、わしらの気持ちは十分に満たされよう。二九　しかし、後にはわしらは気づかないうちに禁酒家になってしまうまで、食後の葡萄酒もやめていかなければならない。少しずつ変えていくのは、どのような性格の者でも変化に耐えさせるからだ。神でさえわしらを漸次冬から燃えるような暑さに耐えられるようにし、また暑さから厳しい冬へと導いて、このことを教えている。わしらはこの方法を模倣し、前もってこれに慣れたうえで、行くべき目的地に到着しなければならない。

三〇　お前たちは毛布の代わりにその重さの食糧を持っていけ。食糧は余分にあっても無駄にならないからな。毛布がなければ、快適に眠れない、と心配するな。快適に眠れなければ、わしを責めよ。衣服を多く持っていると、健康の時にも病気の時にも、おおいに役立つのだ。

三一　副食には、辛くて薬味の効いた塩気のある物を用意すべきだ。こういった物は食欲を刺激し、非常に長持ちするからだ。わしらは略奪されていない土地に入ると、そこで当然ただちに穀物を手に入れるから、すぐに粉を碾くための手回しの碾臼(ひきうす)(2)を調達しなければならない。それは粉碾器具のうちでもっとも軽い物であるからだ。

三二　また、人間が病気になった時に、必要とする物も用意しなければならない。この物の大きさは実に小さいが、病気になった場合にとくに必要とされるのだ。

皮紐も所持しなければならない。ほとんどの物が皮紐で人間と馬にくくりつけられるからだ。皮紐が擦り切れたり、断ち切れたりすると、誰かが余分に皮紐を持っていなければ、お手あげになる。

---

(1) 臼で粒が割れる程度に粗く挽いた大麦。
(2) 上下二個の平たい円筒状の石を重ね、間に穀物を入れて手で回し、粉にする道具。石臼ともいう。

投槍を磨くように教えられた者が石目鑢（やすり）[1]を忘れないようにするのは、よいことだ。鮫皮の鑢[2]も持っていくとよい。三三　槍先を磨く者は同時に勇気も研ぎすますからだ。実際、槍先を磨きながら卑怯者であるのは恥ずべきことだからな。

戦車と馬車のためには、あり余るほどの木材を保持しなければならない。これらの兵器や乗物は激しく使用され、必然的に多く破損するからだ。だから、これらすべてにもっとも必要な道具も欠かしてはならないのだ。三四　手工業者がどこにでもいるわけでないからな。また、いたとしてもわずかで、しかも、その者たちは一日の間の役に立つ物さえ作れないのだ。さらに、各馬車のためにシャベルと鍬を、また、各駄獣のために斧と鎌を所持しなくてはならない。これらは個人も利用しうるし、全体にもしばしば有益であるからだ。

三五　武装兵隊の指揮官たちよ、食糧に関しては、お前たち自身の部下を調査するのだ。食糧を所持していない部下がいると、それを見落としてはいけない。見落とせば、わしらが結局食糧を欠くことになるのだ。駄獣のために持つようにわしが命じた物は、輜重隊指揮官のお前たちが調査しろ。所持していない兵士がいると、それを入手するように命じよ。

三六　ところで、工兵隊指揮官のお前たちは、投槍兵隊、弓兵隊、投石兵隊の名簿から削除された兵士たちの名簿をわしから受け取れ。これらの兵士のうち、投槍兵隊から除外された兵士たちには伐採用斧を、弓兵隊から除外された兵士たちには鍬を、投石兵隊から除外された兵士たちにはシャベルを担がせて行軍させるように命じるべきだ。しかも、以上の物を担いだこれらの兵士には集団を組んで馬車の前を進むように指示するのだ。それは、道路を工事しなければならない場合に、お前たちがすぐさま工事にかかれるためであり、わしも彼らを使用する必要が生じた時、彼らをどこから得たらよいのかが分かるためなのだ。

三七　さらに、わしは兵役年齢に達した鍛冶工、大工、靴修理工である者たちには道具を持たせて率いていくが、それは遠征中にこれらの技術が必要になった場合、これらの技術者がいなくて困ることのないようにするためだ。これらの技術者は兵士の義務を免除され、指定された場所で彼らの心得ている技術により希望者の役に立ち、報酬を得ることになる。

三八　商人は何かを売る意図で軍隊への同行を望む場合、軍隊が食糧を保持するように命じられている期間内(3)において、商品を売っている現場を押えられるとすべての商品を没収されるが、この期間が過ぎると望みどおりに売ってよい。商人のうちでもっとも多くの品物を提供していると見なされる者は、同盟軍とわしから贈り物と名誉を受けよう。三九　商品を購入するのに貨幣がさらに必要になると思う商人がいるなら、その商人はわしの所に自分の身元を証明する者を連れてきて、間違いなく軍隊に同行するとの保証をさせれば、わしらの所有している貨幣の一部を受け取らせよう。

わしの指示することは以上のとおりだ。ほかに何か必要なことに気づいている者がいるなら、わしに告

---

(1) 鑢とは棒状、板状の鋼の面に小さな突起を刻み、焼き入れした、金属仕上げ用の工具。刻みの入れ方に単目、複目、石目の種類がある。

(2) 鮫の皮は固い小さな鱗で被われ、ざらざらしているから、鑢に使用される。

(3) 期間内とは二〇日以内を意味している。本章二五参照。

げよ。

四〇 ではお前たち、準備にかかってくれ。わしは出発のために犠牲を捧げ、神々の吉兆が示されると、合図をしよう。すべての兵士は指示された物を携えると、指定の場所にいる自分らの指揮官たちの所に来るようにするのだ。四一 お前たち指揮官はそれぞれ自分の中隊に準備を整えさせると、わしの所に集まり、行軍における自分の位置を各自知るようにしろ」。

第三章

一 彼らは以上のことを聞くと準備にかかり、キュロスは犠牲を捧げた。犠牲の前兆が吉を示したので、彼は軍隊を率いて出発した。最初の日彼はできるだけ近い所に野営したが、それは忘れ物をした者には取りにいけるように、また誰かが必要な物に気づけば調達できるようにするためであった。

二 キュアクサレスは故郷が無防備にならないように、メディア軍の三分の一を率いて後方に留まった。キュロスは騎兵隊を先頭にできるだけ速く前進した。しかも、彼は騎兵隊の前方に探索兵たちや斥候たちを常に送り出し、前方をよく見渡せる高地に登らせた。騎兵隊の後には輜重隊を行かせ、平坦な所では馬車や駄獣の列を多く作らせた。この後には歩兵隊の戦列が続き、輜重隊の一部が遅れたりすると、それに出合わせた指揮官たちは自分らの前進を妨げられないように配慮した。三 道路がもっと狭くなると、武装兵隊は輜重隊を間に入れ、その両側を進んでいった。何かの障害が起きると、そこに居合わせた兵士たちがそれを除去するように努めた。中隊はたいてい自分の輜重隊とともに前進した。輜重隊はすべてやむをえない障害のないかぎり、自分の中隊とともに進むように命じられていたからである。**四**　中隊長の荷物を運ぶ兵士は、自分の中隊の兵士たちが識別しうる旗を持って先頭を進んだ。その結果、兵士たちは密集して前進し、各中隊長も自分の部下たちが取り残されないようにできるだけの注意をした。このようにしたから、彼らはたがいに探しあう必要もなく、同時にすべての物が手近にあり、至極安全な状態にあった。兵士たちも必要な物を非常に早く手に入れたのである。

五　先行した偵察隊が平地で人間が飼料や木材を集めているのを見たと思い、ほかにも駄獣がそのような荷物を運び、別の駄獣が草を食べているのを見たうえに、遠くに煙か砂塵が高く上がるのを見たと思った時、これらすべてのことから敵の軍隊がどこか近くにいるのはほぼ間違いない、と判断した。**六**　そこで、偵察隊長はただちに伝令をキュロスの所に送り、以上のことを報告させた。キュロスはこれを聞くと、その見張り場所に留まり、新しい動きを見る度に報告するよう彼らに命じた。そして、彼は騎兵中隊を前方に向かわせ、実情をさらに詳しく知るために、平地に散らばっている人間の幾人かを捕えるように努めよ、と指示した。指示を受けた彼らはそれを実行した。

七　彼自身は他の軍隊をその場に留め、敵と味方が近づきすぎない前に彼らに必要と思われる準備をするようにさせた。そして、まず朝食をとり、次に部署に留まって指示に注意するように命じた。**八**　彼らが朝食を終えると、彼は騎兵隊、歩兵隊、戦車隊の指揮官たちを、さらに戦闘機械隊、荷馬車隊、天蓋馬車隊の隊長たちを召集した。彼らは集まった。**九**　ところが、平地に探索に行った騎兵たちが幾人かの敵兵を捕えて連れてきた。捕虜はキュロスの尋問を受け、自分らは陣営を出て、ある者たちは飼料を、他の者たちは木材を集めに前哨を越してきたのだが、それは軍隊が多数のためにすべての物が欠乏しているからだ、と言った。一〇　キュロスはこれを聞くと、「軍隊はここからどのぐらい離れているのか」と尋ねた。

彼らは、「約二パラサンゲスです」と言った。

この後キュロスは尋ねた、「わしらのことについて彼らの間で何か話されていたか」。

「はい、ゼウスにかけまして」と彼らは言った、「敵軍が前進してすでに近くに来ている、と大変な噂でした」。

「では、どうなのだ」とキュロスは言った、「わしらが前進していると聞いて、彼らも喜んでいるのか」。だが、彼がこう尋ねたのは、彼の側にいる者たちのためであった。

「いいえ、ゼウスにかけまして」と彼らは言った、「彼らは喜んでいるどころか、大変悲しんでいます」。

一一　「今」とキュロスは言った、「彼らは何をしているのか」。

「彼らは戦列を組んでいます」と彼らは言った、「昨日も一昨日も彼らは同じようにこのことをしていました」。

「命令をくだしているのは」とキュロスは言った、「誰なのか」。

彼らは言った、「クロイソス自身と彼と一緒にいるあるギリシア人、そのほかにメディア人がもう一人います。しかし、この者は敵方からの脱走者だ、と言われていました」。

するとキュロスは言った、「ああ、至高のゼウスよ、わたしの望みどおりに彼を捕えさせてください」。

一二　この後、彼は捕虜を連れ去るように命じ、何か言おうとして側にいる者たちのほうを向いた。だが、その瞬間にまた偵察隊長から送られた別の伝令が来て、平地に騎兵の大部隊が出現した、と伝えた。この伝令は言った、「わたしどもも彼らがここにいるわが軍を偵察しようと思って駆けているのだ、と推測いたします。その騎兵部隊の前方をかなり遠く離れて別の騎兵約三〇騎が先駆していますが、それも多分、できるなら見張り場所を得ようと意図してまっしぐらにわが軍に向かっていますから。ところが、この見張り場所にいますのはわたしども一〇名にすぎません」。

一三　そこで、キュロスは何時も自分の側にいる騎兵隊の一部を見張り場所の下方へ向かわせ、敵に見られずに静かにしているように命じた。しかし「わが軍の一〇名が見張り場所から撤退すると、見張り場所に登ってくる敵兵たちを不意に攻撃しろ。大部隊の敵がお前たちを苦しめないように」と彼は言った、「ヒュスタスパスよ、お前が騎兵を一〇〇〇騎率いて出撃し、敵の部隊と対峙しろ。だが、追跡して見知らぬ場所へはけっして行かずに、見張り場所を確保するよう心がけて進撃せよ。右手をあげてお前たちのほうに駆けてくる敵兵がいると、それらの兵士を受け入れよ」。

一四　ヒュスタスパスはその場を去って武装した。キュロス側近の騎兵たちは彼の命令どおりただちに駆けていった。すると、彼らはすでに前哨線内で以前密偵として送り出された、あのスサの王妃の警護者であった者が従者たちと一緒にいるのに出会った。一五　キュロスはそれを聞くと、椅子から立ち上がり、彼を出迎えて歓迎した。何も知らない他の者たちは、キュロスが次のように言うまで、その行動に啞然としたのは当然であった。「友人たちよ、わしらの所に最高の勇士が来てくれたのだ。今こそすべての者が彼の功績を知らねばならない。彼が去ったのは不名誉な行為に屈したからでもなく、わしを恐れたからでもない。この者は敵状を知り、その実態を詳しくわしらに報告する目的で、わしによって送り出されたのだ。一六　アラスパスよ、わしはお前に約束したことを覚えているぞ。その約束をここにいるすべての者と一緒に果たそう。お前たちすべての者も、この者を優れた人物として称賛するのが正しいのだ。この者は罪を背負って苦しみながら、わしらの役に立とうとして危険を冒したのだからな」。

一七　この後、すべての者がアラスパスに挨拶し、彼を歓迎した。キュロスはこれで歓迎は十分だと言った後、「アラスパスよ、わしらが知るべき重要なことを詳しく述べてくれ」と言った、「真実はいかなることも軽視せず、また、敵の力も過少評価すべきでない。弱いと聞いていて強いのが分かるより、強いと思っていて弱いのに出会うほうがよいのだ」。

一八　「とにかく自分は」とアラスパスは言った、「敵軍の兵力がどれほどであるのかをこのうえもなく正確に見届けるよう努力いたしました。自分自身がその場にいまして戦列を整える手助けをしましたから」。

「それでは、お前は」とキュロスは言った、「敵の兵力ばかりでなく、彼らの戦列も見てきたのだな」。

「そうです。自分は、ゼウスにかけまして」とアラスパスは言った、「彼らがどのような戦い方をしようと意図しているのかも知っています」。

「だが、まず」とキュロスは言った、「わしらに敵の兵力を凡そのところ言ってくれ」。

一九　「では、言いましょう」と彼は言った、「彼らすべては[1]、エジプト軍を除き、歩兵隊も騎兵隊も奥行き三〇列の隊形を組みまして、約四〇スタディオンの幅に広がっています。自分は彼らがどれほど大きな場所を占めるのかを知ろうと非常に苦労しました」。

二〇 「ところで、エジプト軍は」とキュロスは言った、「どのような戦列を組んでいるのか。お前が「エジプト軍を除き」と言っていたから」。

「エジプト兵たちを連隊長たちがそれぞれ連隊[2]に編成し、奥行と幅各々一〇〇人ずつの一万人からなる戦列を組ませています。故郷でも戦列をこのように組むのが慣習だ、と彼らは言っております。だが、クロイソスには彼らにこのような戦列を組ませるのがはなはだ意に反することなのです。彼はできるだけ殿下の軍隊を包囲したい、と願っています」。

「どうして」とキュロスは言った、「彼はそう願うのだろう」。

「ゼウスにかけまして」と彼は言った、「巨大な軍隊で殿下を包囲するためです」。するとキュロスは言った、「では、彼らに包囲する者が包囲されないでおれるのかを教えてやろうではないか。二一 これでお前から聞くべき重要なことをわしらは聞いた。では、わしの部下たちよ、お前たちは次のようにするのだぞ。今、この場を去ると、馬の装備とお前たち自身の武器を入念に調べよ。些細なことでも見落とせば、兵士、馬、戦車が役に立たなくなることがしばしば起こるからだ。明日早朝、わしが犠牲を捧げている間に、わしらが何時も時宜にかなったことを手落ちなくするように、兵士たちにも馬にもまず朝食をとらせよ」。

（1）一スタディオンは約一八五メートル。

（2）連隊は一万人の兵士で編成される。七二頁註（1）参照。

「それから」と彼は言った、「アルサマスよ……〈欠落〉……(1)、クリュサンタスよお前は何時も受け持っているように右翼を、他の連隊長たちも現在の部署を受け持て。戦が始まれば、戦車の馬を交換する機会はもうないのだ。お前たちは中隊長たちと小隊長たちに各小隊が二列横隊の戦列を組むように指示せよ。[各小隊は二四人編成であった]」。

二二　そこで、連隊長の一人が言った、「キュロス殿下、自分らがこのような浅い隊形を組みましても、あのような深い戦列に十分対抗できる、とお考えでしょうか」。

すると、キュロスは言った、「武器を携えていても敵を捕えない兵士たちがいるほど奥行の深い戦列が敵を打破すると、あるいは味方の役に立つ、とお前は思うのか。二三　わしはむしろこの一〇〇人縦隊の重装歩兵が一万人縦隊の戦列を組んでくれるのを望む。こうなれば、わしらはもっとも少ない敵兵と戦うことになるからだ。わしの指示した戦列なら、すべての兵士を戦わせられるのは確かだし、戦列を相互に援助させられる、と思う。二四　わしは鎧着用兵隊の背後に投槍兵隊を、投槍兵隊の背後に弓兵隊を配置しよう。接近戦ではいかなる戦いにも耐えられないと自ら告白している兵士たちを、最前線に配置する者などいるわけがないだろう。だが、彼らも鎧着用兵たちを盾にするなら、踏み留まり、前方にいるすべての兵士の頭越しに、ある兵士たちは槍を投げ、他の兵士たちは弓を射て敵に打撃を与えるだろう。敵に損害を与える者はどのような損害であれそれにより、味方の負担を軽くするのだ。二五　ところで、最後にわしはすべての兵士の背後にいわゆる後衛軍を配置する。堅固な壁がなく、屋根がないと、家が有用でないように、戦列も最前列の兵士たちと最後尾の兵士たちが勇敢でなければなんの役にも立たない。

二六　では、お前たち鎧着用兵隊の指揮官はわしが命じたように戦列を組め。軽装歩兵隊の指揮官であるお前たちはこれら鎧着用兵の背後にお前たちの小隊を同じように、弓兵隊の指揮官であるお前たちも軽装歩兵の背後にお前たちの小隊を同じように配置せよ。

二七　後衛隊を指揮するお前は最後尾の兵士たちを率いるのだから、お前自身の各兵士に自分の前方にいる兵士たちによく注意し、義務に真摯な兵士たちを励まし、なげやりな態度の兵士たちを厳しく脅し、裏切る意図で逃げる兵士がおれば死刑に処せと命じるのだ。というのは、後に従う兵士たちを言葉と行動で勇気づけるのは第一級の人物のする仕事であるが、後衛を受け持つお前たちは軟弱な兵士たちには敵が与えるより大きな恐怖を与えねばならないからだ。

二八　お前たちはこのようにするのだ。だが、エウプラスタスよ、戦闘機械隊を指揮するお前は、機械を引っ張る牛が戦列にできるだけ近くついて行けるようにしろ。二九　ダウコスよ、輜重隊を指揮するお前は、機械の背後から輜重隊のすべてを率いていけ。お前の護衛兵たちには前進しすぎたり、取り残されたりする兵士たちを厳しく懲らしめさせよ。

三〇　カルドゥコスよ、女性を運ぶ馬車を指揮するお前はそれらの馬車を輜重隊背後の最後尾に配置しろ。これらのすべてが続いていくと、大軍の印象を与えるし、わしらは待ち伏せの機会も持てるのだ。また、敵がわしらの包囲を試みるとなると、包囲の輪をいっそう大きくしなければならない。彼らが大きな場所を包

（1）欠落部分には τὸ ἀριστερόν, σὺ δέ, が推定される。第七巻第一章二参照。

囲しようとするほど、彼らの戦力は弱くならざるをえないのだ。
三一　お前たちはこのようにしろ。だが、アルタオゾスそれにアルタゲルセスよ、お前たちはそれぞれ指
揮下の歩兵大隊をこれらの馬車の背後で率いよ。三二　さらに、パルヌコスそれにアシアダタスよ、お前た
ち各自の指揮する騎兵大隊は戦列に組み入れずに、天蓋馬車の背後でお前たち自身独立して完全武装しろ。
そして、お前たちはこの後他の指揮官たちとともにわしの所に来い。お前たちは最後尾にいても、最前列で
戦わねばならないかのように準備しなければならないのだ。
三三　駱駝に乗る兵士たちの指揮官であるお前も天蓋馬車隊の背後に位置を占めよ。そして、アルタゲル
セスがお前に指示することをしろ。
三四　さて、戦車隊の指揮官であるお前たちは籤を引き、籤に当たった指揮官は、自分の指揮下にある一
〇〇台の戦車を率いて戦列の前方に位置を占めよ。他の二〇〇台のうち一〇〇台は軍隊の右翼で、残りの一
〇〇台は左翼で、一列縦隊で戦列について行け」。
三五　キュロスはこのように命じた。
ところで、スサの王アブラダタスが次のように言った、「キュロス殿下、殿下がほかに何かよい考えをお
持ちでないのでしたら、わたしは敵の戦列の正面に向かう位置をとらせていただきたいのですが」。
三六　すると、キュロスは彼を称え、その右手を取り、他の戦車隊を受け持つペルシアの指揮官たちに尋
ねた、「お前たちもこれに同意するか」。彼らはそれを容認するのが自分たちの名誉を損なうと答えたから、
彼は双方に籤を引かせた。アブラダタスが申し出た位置を占める籤を当て、エジプト軍に向かいあうことに

なった。

三七　この後、彼らはその場を離れ、わたし[1]が先に述べたことをし終えた後、夕食を取り、歩哨たちを立てて床に就いた。

第四章

一　翌朝早くキュロスは犠牲を捧げた。他の軍隊は朝食をとり、神酒を注ぐと、多くの見事な外衣と多くの立派な鎧、兜で武装した。彼らは馬にも額盾と胸鎧を、さらに騎乗用馬には腿鎧を、馬車用馬には脇腹鎧を着用させた。この結果、全軍隊が銅で輝き、紫紅色の光に包まれた。

二　四本の轅で八頭の馬に牽引されるアブラダタスの戦車もこのうえなく見事に飾られていた。彼らの国で習慣として使用している亜麻製の鎧を彼が着用しようとした時、パンテイアが金の鎧、金の兜、金の篭手、手首にはめる幅広い金の環、下の部分では足に届く襞のある赤紫色の外衣、ヒアシンス色をした兜の羽飾りを持ってきた。以上の物を彼女は夫に知られることなく、彼の武具の寸法を測って作らせていたのである。

三　彼はこれを見て驚き、妻に尋ねた、「妻よ、まさかお前はわしのために自分の装身具を砕いて武具を作らせたのではないだろうな」。

（1）クセノポンを指す。

「いえ、ゼウスにかけまして」とパンテイアは言った、「もっとも価値のあるものは砕いていません。あなたが他の方々にもわたしの思っている人に見えますなら、あなたはわたしにとり最高の装身具でありましょうから」。

彼女はこのように言いながら、武具を着せかけ始めた。彼女は分からないようにと努力したが、涙が彼女の頬をつたって流れ落ちた。

四 アブラダタスはもともと見栄えがし、形姿にも恵まれていたから、これらの武具で着用すると、このうえもなく美しく高貴に見えた。彼はただちに戦車に乗れる準備を終え、御者から手綱を受け取った。**五** この時、パンテイアは側にいたすべての者に離れるように命じて言った、「アブラダタス様、わたしの思いますのに、自分の夫を自分の命より大切であると見なす女性がいますなら、わたしもこのような女性の一人と認識してくださいましょう。このことをこまごまと述べる必要はございません。わたしの今述べます言葉より、わたしの行為のほうがあなたには信じうる証拠になる、と思いますから。**六** わたしはご存じのような振る舞いをあなたにしてきましたが、それでも、わたしとあなたの愛にかけまして、わたしは恥辱を受けた夫とともに恥辱を受けた妻として生きますより、あなたという勇敢な夫と一緒に大地に葬られるほうを選びますのは間違いない、と誓います。また、こうしますことで、あなたとわたしをもっともすばらしい評価を受けるにふさわしい夫婦と見なせるのです。**七** わたしたちはキュロス殿下にも大きな恩義を受けている、と思います。わたしが捕虜になりまして殿下に割り当てられました時、殿下はわたしを奴隷としても妾としても所有しようとなさらず、あなたのためにわたしを兄弟の妻のように受け取り、護ってくださいましたから。八　これに加えて、わたしを警護していましたアラスパスがあの方から離反しました時、あなたのもとに使者を送るのを許してくださるなら、アラスパスより忠実で優れた勇士のあなたが殿下の所に来ましょう、とわたしは殿下に約束したのですよ」。

九　彼女はこのように言った。アブラダタスはこの言葉に感動し、彼女の頭を抱き、天を見あげて祈った、「至高のゼウスよ、わたしにパンテイアにふさわしい夫として、わたしたちを尊重してくださったキュロス殿下にふさわしい友としての態度を示させてください」。

こう言うと、彼は車体の戸口を通って戦車に乗った。一〇　彼が乗ると、御者が車体の戸を閉めた。パンテイアにはもう一度彼に接吻して別れを告げる方法がなかったから、彼女は車体に心を込めて接吻した。するとすぐに戦車が動き出し、彼女は彼に見えないようにして一緒について行った。だが、遂にアブラダタスが振り向いて彼女に気づき、「心配するな、パンテイア、さらばじゃ、もう戻りなさい」と言った。

一一　この後、宦官や女中が彼女を抱えて天蓋馬車へ連れていき、彼女を横たえて車の覆いですっかり隠した。一方、兵士たちはアブラダタスと戦車の光景が見事であったにもかかわらず、パンテイアが離れるまでは、彼を目にすることができなかった。

一二　キュロスが犠牲を捧げて吉兆を得、軍隊が彼の命じたように戦列を組むと、彼は歩哨たちを味方から敵へと順次近づけて配置した後、指揮官たちを召集して次のように言った。一三「友人と同盟軍の者たち、神々は以前勝利を与えられた時のような犠牲の吉兆を示してくださった。そこで、お前たちには心に留めていると実に勇敢に戦闘に突入すると思えるあのことを思い起こしてほしいのだ。一四　つまり、お前たちは戦の訓練を敵よりはるかによく積んでおり、敵よりはるかに多くの時間を同じ場所で一緒に養われ、一緒に戦列を組み、一緒に勝利を得ているが、敵の方はその多くが一緒に敗北を喫していることだ。また、双方の未経験者たちのうち、敵の未経験者たちは側にいる兵士たちが裏切り者であるのを知っているが、わしらと一緒のお前たちは戦友を助けようと願う兵士たちと一緒に戦うのだ、と心得ていることもだ。一五　さらには、相互に信頼しあっている者たちが踏み留まり、心を一つにして戦うのは当然であるが、信頼しあっていない者たちは各人ができるだけ早く逃げ出せる方法を考えざるをえないこともなのだ。

一六　では、お前たち、敵に向かって前進しよう。武装した戦車隊を率いて敵の武装していない戦車隊へ、同じように武装した騎兵隊と馬を率いて敵の武装していない騎兵隊と馬に向かい接近戦を戦うために進んでいこう。一七　お前たちはエジプト歩兵隊を除いた、以前にも戦った他の歩兵隊と戦うのだ。だが、エジプト歩兵隊も同じように劣悪な武装をし、劣悪な戦列を組んでいる。つまり、彼らは大きすぎる盾を持っていて、何もすることができず、何も見ることができないでいる。しかも、彼らは一〇〇人の縦列隊形を組んでおり、極めてわずかな兵士を除いて、味方同士が戦の妨害をするのは明白なのだ。一八　だが、押し寄せてわが軍を撃退すると信じるのなら、彼らはまず馬と馬に強くされた鎌(1)に立ち向かわねばならない。彼らのうちで踏み留まる兵士がいても、その兵士がわが軍の騎兵隊と戦列と塔と同時に戦うことなどできはしない。しかも、塔の兵士たちがわしらを助ける一方、飛び道具を放って敵を絶望させ、戦えないようにするのだ。

一九　このうえ必要なものが何かあると思うなら、わしに言え。このように言うのも、わしらには神々の援助により不足するものが何もないからだ。また、何か言いたいと思う者がいるなら、言うがよい。だが、誰もいないなら、犠牲の場所へ行き、わしらが犠牲を捧げた神々に祈った後、自分の部署に戻れ。二〇　わしがお前たちに思い出すように言ったことを、それぞれ自分の部下に思い起こさせ、行動、表情、言葉で自分が恐れを知らない人間であることを示し、指揮するのにふさわしい人物であることを明らかにしろ」。

---

(1) 馬に引かれた戦車の車軸と車輪の幅に取りつけられた鎌のことをいう。

第七巻

第一章

一　彼らは神々に祈り、自分の隊に戻った。彼らがまだ犠牲に携わっている時に、キュロスと彼の側近たちに召使たちが飲食物を持ってきた。キュロスは立ったまま、ただちにそのなかからまず神々の分を犠牲に捧げた後、朝食をとり、何時ものようにもっとも空腹の者に食事を分け与えた。彼は神酒を注いで祈りを捧げた後、酒を飲み、側近の者たちもこのようにした。この後、彼は父祖伝来のゼウスに導き手であり援助者であってくださいと懇請して騎乗し、側近たちにも同じことをするように命じた。二　キュロスの側近たちはすべてキュロスと同じ武具、すなわち赤紫色の外衣、銅の鎧、銅の兜、兜の白い羽根、刀で武装し、各人が水木(1)の木を柄にした投槍を一本ずつ持っていた。馬はいずれも銅で造られた額盾、胸鎧、腿鎧を着用させられていた。この腿鎧が兵士にも役立っていたのである。兵士たちの武具は金色に塗られていたが、キュロスの武具は鏡のように輝いていた点だけが、彼の武具と他の兵士たちの武具は異なっていたのである。

三　彼は馬に乗り、馬を立ち止まらせ、進もうとする方向に目を向けた時、右手に雷鳴が轟いた。彼は

「至高のゼウスよ、われわれはあなたに従います」と言い、右手に騎兵隊長のクリュサンタスとその騎兵隊を、左手にアルサマスとその歩兵隊を率いて出発した。**四**　彼は軍旗から目を離さず、同じ歩度でついて来るように命じた。彼の軍旗の図柄は長い槍の上で翼を広げている黄金の鷲であった。今もなおペルシア王はこの軍旗を受け継いでいる。

敵を見るまでに、彼は軍隊を三度休ませた。**五**　彼らが約二〇スタディオン進むと、向かってくる敵の軍隊がすでに彼らの視野に入り始めた。敵味方相互の全容が明らかになり、敵は両翼でキュロス軍よりはるかに広い戦列を組んでいるのに気づくと、自軍の戦列を立ち止まらせた。でなければ、キュロス軍を包囲できないからであった。敵はどの方向からでも同時に戦えるように、包囲をめざして両翼を鉤形の隊列に転換して、自軍の戦列をガンマの文字(2)のように組み立てようとした。**六**　キュロスはこれを見ても、退却するどこ

(1) 水木科の落葉高木で、山野に生え、葉は広楕円形。材は細工用として使用される。
(2) 次のような形の戦列。

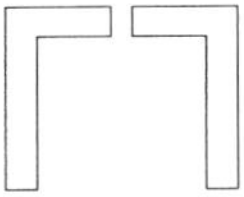

ろか、これまでと同じように先頭に立って進んでいった。

彼は敵が戦列の転換軸を主戦列から遠く離れた位置に置いて両翼を転換した後、その両翼の隊列をより長く延ばしているのに気づくと、「クリュサンタスよ、彼らが両翼を転換させている軸の位置が分かるか」と尋ねた。

「分かりますし」とクリュサンタスは言った、「驚いてもいます。彼らは自軍の主戦列から両翼を余りにも遠く離しているように思えますから」。

「そうだ、ゼウスにかけて」とキュロスは言った、「わが軍の戦列からもだ」。

七 「そのようにしているのはなぜでしょうか」。

「主戦列がまだ遠く離れている間に両翼がわが軍に近つけば、わしらが彼らを攻撃する、と恐れているのは明らかだ」。

「では、敵は」とクリュサンタスは言った、「相互がこのように遠く離れていますのに、一方が他方を救援する方法を持っているのでしょうか」。

「いや」とキュロスは言った、「敵の進んでいく両翼の縦隊がわが軍の側面に対応するようになると、縦隊から横隊に向きを変えて戦闘隊形を組み、どこからでも同時に戦えるように、わが軍に向かって一度に攻め寄せてくるのは明白だ」。

八 「敵は」とクリュサンタスは言った、「巧みな戦術を立てている、と殿下は思われるのでしょうか」[1]。

「彼らの見ているわが軍にたいしてはよい戦術だが、まだ目にしていないわが軍にたいしてはそうでない。

それは長い縦隊で向かってくる場合より悪い戦術だ。ところで、アルサマスよ、お前はわしの動きを見ながら、それに応じてゆっくり自分の歩兵隊を率いていけ。クリュサンタスよ、お前は彼と同じ戦列を組み、騎兵隊を率いてついて来い。わしは戦いを始めるのに適していると思う場所へ行くが、通り過ぎながらわが軍の状況をつぶさに視察する。九 わしが戦うのに適した場所に到達した時には、双方が前進によりすでに接近しているのだから、わしが戦闘の歌を歌い始めると、お前たちは攻撃しろ。また、わが軍が敵と接近戦をする時機にもお前たちは気づくだろう。かなりの音がすると思われるからだ。まさにこの時に、アブラダタスが戦車を率いて敵に突入することになる。彼にはそのように指示してあるからだ。お前たちはできるだけ戦車に密着してついて行かねばならない。こうすることで、混乱した敵にもっとも効果的に襲いかかれるのだ。わしもできるだけ早くその場に行き、神々が望まれるなら、敵兵を追跡することにする」。

一〇 彼は以上のように言い、「救い手にして導き手なるゼウス」という合言葉を伝達させて前進した。彼は戦車と鎧着用兵の間を進みながら、戦列の幾人かの兵士に目を向ける度に、「お前たちの顔を見るのは何とすばらしいことだ」と言った。また、他の兵士たちの所では、「目前の戦いは今日の勝利ばかりでなく、お前たちが獲得したこれまでの勝利とわしらすべての繁栄に関係するのを肝に銘じておくのだぞ」と言った。一一 彼はさらに他の兵士たちの所を通り過ぎながら言った、「お前たち、これからはもう神々をけっして非難するな。神々はわしらに多くのすばらしい物を手に入れさせてくださったのだからな。さあ、わしらは

(1) 天蓋馬車背後の歩兵大隊、騎兵大隊、駱駝隊を指す。第六巻第三章二〇以下参照。

勇敢な兵士であろう」。一二　彼は別の兵士たちに向かっても次のように言った、「お前たち、招待しあうのに、この祝宴よりよい祝宴はないのだ。わしらが今勇敢であれば、多くのすばらしい物を提供しあえるのだからな」。一三　このうえさらに他の兵士たちに彼は言った、「今は追跡し、傷をつけ、殺害し、立派な戦利品を得、名声を博し、自由であり、支配者であることが勝利者に約束された褒賞であるが、これらと反対のものが卑怯者に与えられることをお前たちは心得ている、と思う。だから、自分を愛する者はわしと一緒に戦え。わしは卑怯なことや恥ずべきことを受け入れるのを喜ばないのだ」。一四　また、彼は以前一緒に戦った幾人かの兵士に出会うと、「お前たちには何も言う必要はない。お前たちは勇敢な兵士たちと卑怯な兵士たちが戦場でどのような日を送るのかを知っているからな」と言った。

一五　彼は通り過ぎてアブラダタスの所に来ると、立ち止まった。アブラダタスは御者に手綱を預けて彼に近づいた。近くに整列していた歩兵たちや戦車兵たちも走り寄った。そこでまた、キュロスは近寄った者たちに取り巻かれて言った、「アブラダタスよ、お前が希望したように、神もお前とお前の部下たちが同盟軍の最前列に位置するのを望まれた。まもなくお前は戦わねばならないのだが、その時にはペルシア兵たちがお前たちの目撃者としてついて行き、お前たちに援護なしの戦いをさせないことを心に留めておけ」。

一六　すると、アブラダタスは言った、「キュロス殿下、わたしどもの部署は堅固である、とわたしは思います。だが、敵の両翼が戦車隊とあらゆる兵科の部隊で強力に展開していますのに、わが軍の両翼には戦車以外に何も敵に対抗する武器がないのを見まして、わたしは不安に駆られています。ですから、わたしはもっ籤でこの部署に就いたのでないとしますと、ここにいるのを恥じていましょう。このように、わたしはもっとも安全な場所にいる、と思っています」。

一七　キュロスは言った、「お前の部署が堅固なら、両翼は心配するな。わしが神々の援助を得てお前のために敵の両翼を片づけてやる。だから、今お前が目にして危惧を感じているこの敵の逃走を見るまでは、敵への突撃禁止をお前に厳しく言っておくぞ」。このように彼が大言壮語したのは戦いの起こる直前であったからである。他の場合なら彼はけっして大言壮語する人間ではなかった。「だが、お前はこの敵の逃走を見れば、わしがすでに身近にいる、と判断し、敵に突入するのだ。その時には、お前も敵兵たちが極めて臆病であり、お前自身の部下たちがこのうえもなく勇敢であるのを知るだろう。

一八　ところで、アブラダタスよ、まだ時間のある間に、ぜひともお前自身の戦車隊に沿って進み、部下たちを励ましたうえで、攻撃に向かわせよ。お前の顔を見せて彼らを勇気づけ、希望で元気づけるのだ。お前たちが戦車兵たちのうちでもっとも勇敢であることを示すために、部下たちに競争心を起こさせよ。お前もよく分かっているだろうが、この戦が勝利に終われば、すべての者が今後は勇気より有益なものはない、と主張するようになるぞ」。

そこで、アブラダタスは騎乗し、戦車にそって進み、言われたことをした。

一九　キュロスが再び通り過ぎていき、左翼の戦列に着くと、ヒュスタスパスがペルシア騎兵隊の半分を率いてそこにいたから、彼の名前を呼んで言った、「ヒュスタスパスよ、今はお前の迅速な行動を必要としているのが分かっていよう。今機先を制して敵を殺戮してしまえば、わが軍は一人も殺されなくて済むからな」。

二〇　すると、ヒュスパスタスは笑って言った、「自分らに向かいあっている敵は自分らが始末しますが、側面の敵は他の部隊に割り当てて、彼らが暇を持て余さないようにしてください」。

そこで、キュロスは言った、「では、わし自身が彼らの所へ行こう。だが、ヒュスタパスよ、神がわしらのうちの誰に勝利を与えられようと、敵対的な行動が残っているかぎり、わしらは何時も戦闘能力のある敵と戦うのだ、ということを忘れるな」。

二一　このように言って、彼は先へ進んでいった。彼が左翼の戦列に沿っていくと、そこに並んでいた戦車隊の指揮官の所に来たから、この指揮官に言った、「わしはお前たちを援助するために来たのだ。わしらが敵の左翼の端を攻撃するのを見るや、お前たちもただちに敵の戦線を突破するように努めよ。味方の戦列内にいて敵に包囲されるより、敵に向かって打って出るほうがはるかに安全なのだ」。

二二　彼はさらに戦列に沿って進み、天蓋馬車隊の背後に来ると、歩兵大隊と騎兵大隊を率いるアルタゲルセスとパルヌコスにその場に待機するよう命じたが、「わが軍の右翼に向きあっている敵をわしが攻撃するのを見れば、お前たちも自分の前方にいる敵に向かって攻撃をしかけるのだ」と彼は言った、「そうすれば、敵軍のもっとも弱い戦列を、お前たちはもっとも強力な戦列を組んで攻撃することになるのだ。しかも、お前たちも見ているとおり、敵の騎兵隊は非常に遠く離れた所にいる。彼らには駱駝の一隊をぜひとも見舞わせるのだ。すると、まだ戦わないうちに、敵がお前たちに滑稽な行動を見せるのは間違いなかろう」。

二三　キュロスはこのようなことをし終えると、右翼へ向かっていった。一方、クロイソスは自分の率いて進む戦列が、長く延びて進む自軍の両翼より敵に近づいていると思い、両翼にそれ以上進まず、その場で向きを変えるように、との合図を送った。両翼が停止し、向きを変えてキュロス軍に向きあうと、クロイソスは敵に向かって前進せよ、と合図した。二四　こうして、三つの戦列がキュロス軍へと進んでいった。一戦列はキュロス軍の正面に向かって、他の二戦列のうち一戦列はその右翼へ、他の一戦列は左翼へ向かって進んだ。この結果、大きな恐怖がキュロスの軍隊全体を捕えた。小さな四角形が大きな四角形の中に入れられるように、キュロス軍も背後を除いて周囲はすべて敵の騎兵隊、重装歩兵隊、軽装歩兵隊、弓兵隊、戦車隊によって取り囲まれたからである。(1) 二五　それにもかかわらず、キュロスが命令をくだす［と］、すべての兵士は敵を正面に見据えるように向きを変えた。これから起こることに不安を感じ、深い沈黙があたり一帯を支配した。だが、キュロスは時機が来たと思うと、戦闘歌を歌い始め、全軍がこれに唱和した。二六　この後、彼らはエニュアリオス(2)への鬨の声を一斉にあげ、キュロスは前進した。そして、彼はただちに騎兵隊を率いて敵の左翼を攻撃し、たちまち彼らとの白兵戦に突入した。一方、歩兵隊も隊伍を組んで迅速に彼の

(1) 図のようにキュロス軍はクロイソス軍に包囲された。

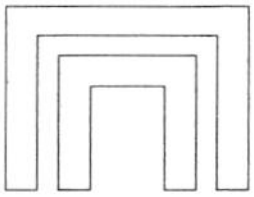

外側：クロイソス軍
内側：キュロス軍

(2) 戦の神アレスと同じである。

後について行き、両側から敵を包囲したから、彼は敵に極めて優位な立場に立てた。それは、彼が密集隊形で敵の左翼を攻撃したからであった。この結果、敵はいち早く雪崩を打って逃走した。

二七　アルタゲルセスはキュロスが行動に出たのに気づくと、彼自身も敵の左翼を攻撃し、キュロスが命じたように駱駝を放った。敵の馬は非常に離れていたにもかかわらず、駱駝を迎え撃とうとせず、ある馬は肝を潰して逃げ、他の馬は棒立ちになり、さらに別の馬はぶつかりあった。馬は駱駝にこのような目にあわされたのである。二八　アルタゲルセスは隊伍を組んだ自分の部下たちを率いて混乱した敵に襲いかかった。戦車隊が敵の右翼と左翼を同時に攻撃した。戦車を逃れた敵兵の多くが、わが軍の戦車隊に続いて敵の両翼に攻め込んだ兵士たちに殺され、これらの兵士たちから逃れた多くの敵兵も戦車隊に捕えられたのである。

二九　アブラダタスもはや躊躇せず、「友人たちよ、ついて来るのだ」と大声で言い、馬を労ることなく、強かに鞭打ち、血塗れにしながら突き進んだ。他の戦車兵たちも一緒に突入した。敵の戦車隊はいち早く彼らを避け、一部の戦車は側で戦う兵士たちを拾いあげたが、他の戦車は彼らを見捨てて逃げた。

三〇　だが、アブラダタスはエジプト軍の戦列に真正面から突入した。彼のすぐ側に配置されていた戦車兵たちも彼と一緒に攻め込んだ。戦列は親しい戦友たちで作られているともっとも強固であるのが、他の場合でもよく示されているが、この場合でも明らかにされたのである。彼の友人たちや食卓仲間たちは彼と一緒に突撃した。だが、他の戦車兵たちはエジプト軍が大密集隊形で迎撃しようとしているのを見ると、逃走する味方の戦車のほうへ方向を転じ、それらの後を追ったのである。三一　アブラダタスとその部下たちが攻め込んだ場所にいたエジプト兵たちは、自分らの両側の兵士たちが踏み留まっていたから、この突入を避けられなかった。その結果、アブラダタスの一隊は突っ立ったままの敵兵たちを馬の力強い突進で転倒させ、これらの倒れた敵兵の体と武器を馬と車輪で砕いた。また、鎌にかかったすべての武器と肉体は否応なく切断されたのである。

三二 言語を絶するこの混乱の中では、あらゆる物が堆く積もり、それに引っかかった戦車の車輪が跳ね上がり、そのためにアブラダタスと彼に従って一緒に攻め込んだ戦車兵たちも戦車から放り出され、勇敢であった彼らはそこで切り殺されて死んだ。

アブラダタスについて行ったペルシア兵たちは、彼および彼と攻撃を共にした戦車兵たちが突入した場所で、混乱している敵兵たちに襲いかかって彼らを殺した。だが、そこには無傷のエジプト兵が多くいて、ペルシア兵たちに向かって攻め寄せてきた。三三 そこで槍、投槍、剣の恐ろしい戦いが起こった。しかし、エジプト兵たちは数と武器でまさっていた。槍は彼らが現在も使用している物で、丈夫で長く、盾は鎧や編細工盾よりはるかに大きくて身体を覆い隠しており、肩に掛けられているから、突くのにも便利である。だから、彼らは盾に囲まれて進撃し、相手を撃退した。三四 ペルシア兵たちは手に編細工盾を持っているだけだから、攻撃に耐えられず、敵に打撃を与えたり、敵から打撃を受けたりしながら後退し、遂に戦闘機械の下に入った。彼らが機械の下に入ると、次にはエジプト兵たちが塔から飛道具で傷つけられたのは言うまでもない。キュロス軍の後衛兵たちは味方の弓兵たちにも投槍兵たちにも逃げることを許さず、抜身の剣で彼らに弓を射、槍を投げるよう強要した。三五 人間の大殺戮があり、武具と飛び道具のぶつかる大きな音やたがいに呼びかけ、励まし、神々の名を呼ぶ兵士たちの大きな声がした。

三六　この時、キュロスが自分の正面の敵を追撃してこの場に到着した。彼はペルシア兵たちが持場から後退しているのを目にして悲しんだが、自分が敵の背後に回り込むのが敵を前進させないもっとも早い方法であると見抜き、部下たちに続くように命じて敵の背後に回り込んだ。そして、背を向けている敵兵たちに襲いかかると、打ち倒して多くの敵兵を殺害した。三七　エジプト兵たちはこれに気づき、後ろに敵がいると叫び、打ちあいながら反転した。そこで、敵味方の歩兵たちと騎兵たちが入り乱れて戦うことになった。敵兵の一人が倒れてキュロスの馬の下になり、踏みつけられた時、馬の腹を剣で突き刺した。馬は刺されて棒立ちになり、キュロスを振り落とした。三八　こういう時に、指揮官が部下たちに愛されていることが、いかに価値のあることかが悟られるのである。キュロスのすべての部下がただちに喚声をあげ、襲いかかって戦い、突いたり突かれたり、打ったり打たれたりした。そして、キュロスの護衛兵の一人が馬から下りて彼を自分の馬に乗せた。三九　キュロスは馬に乗ると、すでに至る所でエジプト兵たちが倒されているのを見たが、それは、ヒュスタスパスとクリュサンタスがすでにペルシア軍の騎兵隊を率いて到着していたからであった。しかし、彼はこの騎兵隊にエジプト軍の戦列に突入するのをもはや許さず、外側から槍を投げ、弓を射るように命じた。

彼は敵の背後を回って戦闘機械隊に到着すると、それらの塔の一台に上り、ほかにも敵軍の一部がどこかに留まって戦っていないか見下ろしてみるのがよい、と思った。四〇　彼は上ると、馬、兵士、戦車、逃げる兵士、追跡する兵士、勝利者、敗北者に戦場が満ちているのを眼下に見た。そして、彼はエジプト軍の一部以外にはもはやどこにも踏み留まっている敵の兵力を見ることができなかった。しかも、これらの兵士は絶望し、周囲を円形に囲むと盾の下に蹲り、武具だけを見えるようにし、それ以上は何もしなかったから、手ひどく打ちのめされた。

四一　キュロスは彼らを称賛し、勇敢な彼らが死ぬのを憐れみ、周りを取り囲んで打擲[1]している兵士をすべて退かせ、それ以上打つ[2]のを許さなかった。彼は彼らに使いの者を送り、彼らのすべてが彼らを見捨てた者のために死ぬのを望むのか、それとも救われて勇敢な兵士と見なされるのを望むのか、と尋ねさせた。彼らは答えた、「わたしらは助けられますのに、どうして勇敢な兵士と見なされるのでしょうか」。

四二　キュロスは答えた、「お前たちだけが留まって戦おうとしているのをわしらが見ているからだ」。「だが、わたしらが」とエジプト兵たちは言った、「命を助けられますには、この後どのように面目の立つ行動をすればよいのでしょうか」。キュロスはこれに答えてまた言った、「お前たちが武器を引き渡し、お前たちを破滅させる力があるにもかかわらず、救うのを選んだ者の味方になり、［お前たちの同盟軍を誰も裏切らずに、救われればよいのだ］」。

四三　これを聞いて彼らは尋ねた、「わたしらがキュロス殿下の味方になりますと、殿下はわたしらをどのように扱われるおつもりでしょうか」。

（1）原語は囲んで戦うという意味であるが、前後関係からこのように訳した。

（2）前註参照。

キュロスは答えた、「お前たちに好意を示し、お前たちから好意を受けるつもりだ」。

エジプト兵たちは再度尋ねた、「どのような好意をお示しくださるのでしょうか」。

これにキュロスは言った、「戦争の期間中わしはお前たちが現在受け取っているより多い報酬をお前たちに与えよう。平和になればお前たちのうちでわしの所に留まるのを望む者には土地、都城、婦女たちや召使たちを与えよう」。

四四　これを聞くとエジプト兵たちは、クロイソスへの攻撃に参加するのは免除してほしい、と願った。彼だけは彼らの知人であるからだ、と彼らは言った。他のことについては同意し、信義の誓いを交換した。

四五　その時踏み留まっていたエジプト兵たちは、今に至るもなお王に忠誠を尽くしている。キュロスは彼らに都城を与えた。その一部は現在もエジプト人の都城と呼ばれている内陸部のもので、他は海辺のキュメ[1]近くにあるラリサとキュレネ[2]で、それらの都城には今もなお彼らの子孫が住んでいる。
以上のことを終えると、すでに暗くなっていたから、キュロスは兵を引きあげ、テュンブララに陣営を設置した。

四六　この戦いにおいて敵軍ではエジプト軍のみが高く評価され、キュロス軍ではペルシア騎兵隊が最強である、と思われた。この結果、当時キュロスが騎兵隊のために整えた装備が現在も使用されているのである。

四七　鎌戦車もとりわけ優れているから、今もなお王位の継承者すべての武器になっている。

四八　しかし、駱駝は馬だけを恐れさすが、それに乗っていた騎兵たちは誰も殺害せず、彼ら自身も敵の騎兵たちに殺されなかった。それは、一頭の馬も近寄らなかったからである。四九　駱駝は有用であると思われていた。だが、優れた者は誰も駱駝を飼育して乗物にしようとも、駱駝の上から戦う訓練をしようとも思わないのである。こういうわけで、駱駝は再び駄獣の間で自分の役割を持ち続けている。

第二章

一　キュロス軍は食事を済ますと、必要な歩哨たちを配置して就寝した。しかし、クロイソスはただちに軍隊を率いてサルディス(3)へ向かい逃走した。他の種族の軍隊もそれぞれ夜のうちに故郷への道をできるだけ遠くへと退却していった。

二　夜が明けるやいなや、キュロスはサルディスに向けて軍隊を率いていった。サルディスの城壁に到着すると、彼は城壁を攻撃するかのように機械(4)を組み立て、梯子を用意した。三　これをすると、彼はサルディスの保塁のもっとも険しいと思われている個所にその夜カルダイオイ兵たちとペルシア兵たちに上らせた。彼らの先導をしたのは保塁を守備するある兵士の奴隷になっていたペルシア人で、川(5)への下り道と逆の

(1) レスボス島の南東方向にある小アジア沿岸にある商業都市。九頁註(4)参照。
(2) いずれもキュメ近辺にある都市。
(3) クロイソスの王国リュディアの首都。七頁註(11)、二六九頁註(4)参照。
(4) 第六巻第一章二一参照。
(5) パクトロス川のことを言っている。二六九頁註(4)参照。

上り道に精通していた。

四　保塁のその個所が占拠されたのが明らかになると、リュディア兵のすべては城壁を放棄し、それぞれが都城内の逃げられる所へ逃げ込んだ。キュロスは夜が明けると都城に入り、誰も部署を離れてはならない、と命じた。**五**　宮殿内に閉じ込められたクロイソスはキュロスに呼びかけた。だが、キュロスはクロイソスを見張る兵士たちを残し、自身は確保した保塁へ兵士たちを率いていき、ペルシア兵たちが規律正しく保塁を守備しているのを見た。ところが、カルダイオイ兵たちの部署は無人であった。彼らが家屋の財貨を略奪するために都城内に駆け下りていったからである。彼はただちに彼らの指揮官たちを呼び集め、できるだけ早く軍隊を去るように言った、**六**「わしは規律を守らずに利益を求める者たちを見るのに我慢できないのだ。また、わしと遠征をともにしたお前たちをすべてのカルダイオイ人から羨まれる者にしようとわしが配慮していたのはお前たちのよく分かっているところだ。だが今は、お前たちが去っていく時に、自分より強力な者に出合っても驚くな」。

七　これを聞いたカルダイオイ兵たちは恐れ、キュロスに怒りをやめてほしいと懇願し、奪ったすべての財貨を返還する、と言った。すると、彼はその必要はないと言った、「わしに怒りをやめてほしいとお前たちが願うのなら、奪った物をすべて保塁を警備している兵士たちに渡せ。他の兵士たちが規律を守るほうが利益を得ることを知れば、わしには万事がよしということになるからだ」。

八　カルダイオイ兵たちはキュロスの命じたとおりにした。そこで、忠順な兵士たちは多くの、あらゆる種類の財貨を得た。キュロスは自分の率いてきた兵士たちに都城のもっとも適していると思われる所で休息させ、武器を側において朝食をとるように指示した。

九　これをし終えると、彼はクロイソスを自分の所に連れてくるように命じた。クロイソスはキュロスを見ると、「初めまして、わが君」と言った、「運命が今後はわたしにキュロス殿下をそのように呼び、殿下がその呼びかけをお受けになるようにしているのです」。

一〇「クロイソスよ、お前も無事で何よりとの挨拶を受けるがよい。わしらは二人とも人間なのだからな。ところで、クロイソス、わしに何か助言しようと思うことはないか」。

「いや、わたしも」と彼は言った、「キュロス王様、わが君のためになることを何か見つけたいと思っています。そうすることがわたしのためにもなる、と思いますから」。

一一「では、クロイソス」と彼は言った、「聞いてくれ。わしは兵士たちが多くの苦難に耐え、多くの危険を冒した後、現在バビュロンにつぐアジアのもっとも富裕な都城を占拠しているのを見ると、兵士が報われるのは当然だ、と思うのだ。それは、彼らが苦労の成果を何も得られなければ、彼らを長期に渡って服従させることができない、とわしが認識しているからだ。だが、わしは都城の略奪を彼らに許すつもりはない。そのようにすれば、都城は破壊されると思っているし、略奪ではもっとも悪い者たちがもっとも多くの物を得るのが分かっているからだ」。

一二　クロイソスはこれを聞くと言った、「では、略奪も子供や女の拉致も禁じてくださるとのお約束をわが君からいただいた、とわたしの出会うリュディア人たちに告げますのをお許しください。このかわりにサルディスにあるすばらしい財宝のすべてをリュディア人たちが自発的にわが君にお渡しする、と約束いたします。一三 と申しますのは、彼らがこれを聞きますと、この地にある男女のすばらしい所有物をすべてわが君に差しあげるのが、わたしには分かっているからです。しかも、わが君には来年もまた同じように、この都城が多くのすばらしい物で埋め尽くされておりましょう。だが、わが君が略奪なさいますと、優れた作品の泉と言われます技術さえも破壊されてしまいましょう。一四 わが君はこれらの手に入ります物をご覧になられてからでも、略奪の決定をおくだしになることができましょう。まず、わたしの宝庫へわが君の護衛兵たちをおやりになり、わたしの護衛兵たちから宝物を受け取らせられるとよいのではないのでしょうか」。

キュロスはこれらすべてをクロイソスの言ったとおりにするのを承知した。

一五「ところで、クロイソス、次のことを」と彼は言った、「つまり、お前にはデルポイの神託がどのように成就されたのかを包み隠さず話してくれ。アポロンがお前からこのうえもない尊崇を受け、お前もすべてのことをその神意に従って行なった、と言われているからだが」。

一六「キュロス王様」と彼は言った、「わたしは神託のとおりにしようと思っていました。だが、実は初めからいきなりすべての点で、アポロンのご意志に反した行動をとることになってしまいました」。

「どうしてなのか」とキュロスは言った、「説明してくれ。まったく不可解なことを言うのだから」。

一七「最初、わたしは」と彼は言った、「この神のために何をすればよろしいのか、とお尋ねするのを疎かにしまして、この神が真実を告げられることがおできになるのかを、試してみましたのです。だが、このようなことをいたしますと、神は言うまでもありませんが、優れた人間でさえも、自分が不信の目で見られているのに気づきまして、不信の目で見る者を愛さなくなるものです。一八 ところで、わたしはデルポイから遠く離れていましたが、この神はわたしの実に異常な行為にお気づきになられました。そしてその時に、わたしは息子たちが得られますか、とお尋ねします神託使を派遣いたしました。一九　神は初めわたしに答えを与えてくださいませんでした。そこで、わたしは多くの黄金と銀の捧げ物を贈りましたり、多くの犠牲を献上したりしまして神のお心を和らげたと思われました時に、どうすれば息子たちが授かりましょうかと伺いましたところ、お答えがありました。神は息子たちが得られるだろう、と仰ってくださったのです。二〇　そして、息子たちが授かりました。この点では神はけっして偽りを申されませんでした。だが、生まれてきました息子たちはわたしにはなんの喜びにもなりませんでした。息子の一人は啞のままでしたし、他の一人は実に優れた人物でしたが、人生の最盛期にこの世を去りましたから。息子たちの不運に打ち拉がれましたわたしは再び神託使を送りまして、自分の残りの人生をもっとも幸せに送りますには何をするのがよろしいのでしょうか、とこの神にお尋ねしました。神はわたしに次のようにお答えくださいました。

自分を知れば、クロイソスよ、幸福に暮せるだろう。

二一　わたしはこの神託を聞きまして喜びました。神はわたしにもっとも易しいことをお命じになって幸福にしてくださる、と信じましたからです。と申しますのも、自分以外の場合ですと、ある者を知ることはできましても、他の者を知ることはできません。しかし、自分自身が何者でありますかは、すべての人間が知っている、とわたしは思っていましたからです。

二二　その後、わたしの人生が平穏であります間は、息子の死後もわたしは運命を非難しませんでした。

だが、アッシリア王にわが君方への攻撃を説得されました時、わたしは最大の危機に瀕しました。しかしながら、わたしはなんの危害も受けずに救われました。ですから、このことでわたしはこの神を責めはいたしません。わたしが自分にわが君方と戦う能力のないことを認識いたしました時、わたし自身と部下たちがこの神のご助力を得まして無事に帰ってまいりましたのです。

二三　しかし、今また再び自分の所有いたしております富と、わたしに指導者になってほしいと願います者たちと、わたしに与えてくれました贈り物と、わたしにへつらい、わたしが支配者になるのを望むなら、すべての者がわたしに従い、わたしがもっとも偉大な人間になると言いました者たちとによりまして傲慢になると同時に、このような言葉にものぼせあがりまして、周囲にいるすべての王から戦争の指導者に選ばれました時は、自分がもっとも偉大であるかのように、最高指揮権を受け入れましたが、わたし自身を見誤っていました。二四　それは、まず神々の血を引かれ、次に歴代の王の末裔であられ、さらに子供の時から武勇を磨いておられたわが君にわたしが敵対する力を持っている、と思っていましたからです。ところが、わたしの先祖で最初の支配者[1]は王であると同時に解放自由民であった、とわたしは聞いておりましたのです。このような判断の過ちを犯しましたから、わたしが罰を受けますのは当然であります。

二五　ところで、キュロス王様、今わたしはわたし自身を認識しております。しかし、わが君は、自分を知りますとわたしが幸福になれるとアポロンが告げられましたのは、依然として真実である、とお思いでしょうか。わたしがわが君にお尋ねいたしますのは、わが君が現状ではこのことにもっとももよく判断をおくだしになれる、と信じるからであります。わが君はまたそうすることがおできになるのです」。

二六　すると、キュロスは言った、「クロイソスよ、それには考える時間をくれ。というのも、わしはお前のこれまでの幸福を思い、お前に同情してお前のもとにいた妻とお前の娘と聞いている女性たちを、お前の友人たちと召使たちを、お前たちが使用して人生を楽しんでいた食卓をすぐにも返すが、戦争と戦闘をお前から奪うからだ」。

二七「ゼウスにかけまして、わたしの幸福につきましては」とクロイソスは言った、「もうこれ以上ご返答なさろうとお思いにならないでください。わが君の仰いましたことをわたしにしていただきますと、他の人々がもっとも幸せな人生と見なし、わたしも彼らに同意しましたその人生を、わたしもこれから享受しながら送れることとでありましょう、とわが君に今ここで申しあげられるからであります」。

二八　そこで、キュロスは言った、「その幸せな人生を楽しんでいるのは誰なのだ」。

「キュロス王様、それはわたしの妻です」と彼は言った、「彼女は財宝、快楽、喜びのすべてをわたしと同じように享受していながら、それらを得るための配慮および戦争と戦闘には関わりを持っていないからです。ですから、わたしのこの世でもっとも愛しました彼女が占めていましたような立場にわたしを着かせてくださいますと、わたしがアポロンに新たな感謝の捧げ物をしなければならない気持になる、とわが君もお思いになられましょう」。

(1) ヘロドトス『歴史』第一巻八―一五によると、メルムナス家の最初の支配者ギュゲスはヘラクレス家の王カンダウレスの側近であったが、後に王になっている。

二九　キュロスはこの言葉を聞くと、彼の優れた心情に感嘆し、その後は彼を何かの役に立つと考えたのか、そうするほうが安全であると思ったのか、自分の行く所へ彼を連れていった。

第三章

一　その時、彼らは以上のような話をして床に就いた。翌日キュロスは友人たちと軍隊の指揮官たちを召集した。そして、彼らのある者たちには宝庫を接収せよ、と命じた。また、他の者たちには、クロイソスの引き渡す財貨のうち、まずマゴスたちの指示する物を神々のために選び出し、次に残りの財貨を受け取り、それを箱に入れて馬車に積み、その馬車を籤で分けた後、自分たちの行く方向に馬車を進め、機会が来れば各人が功績に応じて財貨を受け取れ、と命じた。二　彼らは命じられたことを実行した。

キュロスはその場に居合わせた護衛兵を幾人か呼び、「お前たちのうちでアブラダタスを見た者はいなかったか、わしに言ってくれ。以前はしばしばわしらの所に来たのに、今度はどこにも姿を見せないから、わしは不思議に思っているのだ」。

三　すると、護衛兵の一人が答えた、「殿下、あの方は生きておられません。あの方は戦闘でエジプト軍に自分の戦車を突入させて戦死されました。あの方の友人方を除いた他の兵士たちはエジプト軍の密集隊形を見ると退避した、と言われています。四　そして今は、あの方のお妃があの方の死体を抱え上げさせ、自分の乗ってきた馬車に載せさせ、パクトロス川のどこかこの辺りに運ばせられた、ということです。五　あの方の宦官たちと召使たちがある丘に遺骸のために墓を掘り、お妃は大地に座られ、自分の持っておられた装飾品で夫の身体を飾られ、夫の頭を自分の膝の上に置いて抱きしめておられたそうです」。

六 キュロスはこれを聞くと、膝を叩き、すぐさま馬に飛び乗り、騎兵を一〇〇〇騎率いて死体のある悲しい場所へと駆けていった。**七** 彼はガダタスとゴブリュアスに、戦死した愛すべき、立派な勇士のためにできるだけ美しい飾りを持って、自分の後を追い駆けてくるように、と命じた。そのうえ、彼は家畜すなわち牛、馬、多くの羊を連れて軍隊に従ってきた者たちに、アブラダタスへの犠牲に捧げるためにそれらの家畜を、自分のいる所を聞き、そこへ駆り立ててこい、と命じた。

八 彼はパンテイアが大地に座り、死体が横たわっているのを見ると、この悲しい事件に涙を流し、「ああ悲しい、勇敢で忠実な魂よ、お前はわしらを捨てていったのか」と言うと同時に死体の手をとつた。すると、その手は死体から離れて彼の手に握られた。手はエジプト兵たちの剣により切断されていたからである。**九** これを見た彼はさらに激しい苦痛を感じた。パンテイアも大声をあげて泣き、キュロスから手を受け取ると、接吻してできるだけ元どおりにくっつけて言った、**一〇** 「キュロス殿下、夫の身体は他の部分もこのとおりです。でも、ご覧になる必要はございません。夫がこのような目にあいましたのも、その責めはとりわけわたしにございますが、キュロス殿下、おそらく殿下にもわたしに劣らず責任がおありになることが、わたしには分かっています。と申しますのも、愚かなわたしは殿下にふさわしい友人になりますように振舞うことを夫に強く勧めましたし、夫自身も自分が遭遇する危険など気にもとめず、殿下に喜ばれる方法を考えていたのを知っていますから。そういうことで、夫自身は非の打ちどころのない戦死をしましたのに、夫を鼓舞しましたわたしは生きて夫の側に座っているのです」。

一一　キュロスはしばらくの間黙って涙を流していたが、その後彼は大声で言った、「妃よ、彼はこのうえもなくすばらしい最後を遂げたのだ。彼は戦に勝って戦死したのだから。妃はわしから受け取る贈り物で彼を飾るとよい。ゴブリュアスとガダタスが多くの美しい飾り物を携えてきているから。それから、彼がいろいろと名誉を受けるのだが、とりわけ彼の墓碑を多くの者がわしらにふさわしいように築き、立派な勇士にふさわしい犠牲が捧げられるのを、知ってほしいのだ。

一二　妃も一人になることはない。わしは妃を思慮と一切の徳のゆえに、また他の点からも尊敬し、妃自身が行きたいと思う所へ送っていく者を推薦する。ただ、妃が誰の所へ送ってほしいのかだけは、わしに打ち明けてくれ」。

一三　すると、パンテイアは言った、「どうかご安心ください、キュロス殿下、わたしがどなたのもとに参りたいかは、殿下に隠しはいたしません」。

一四　彼は以上のような話をすると、彼女がこのような優れた夫を亡くし、この夫がこのようなすばらしい妻をもはや目にすることなくこの世に残していったのに同情しながら去った。彼女は宦官たちに命じた、「わたしが夫のことを思い残すことなく嘆き悲しむまで、下がっているように」。乳母には側にいてくれるように言い、自分が死ねば、自分と夫を一つの衣服に包んでくれるように、と指示した。乳母はそのようなことをしないでほしいと切に懇願したが、聞き入れてもらえるどころか、彼女が腹を立てているのを見ると、座り込んで泣いた。彼女は以前から用意していた懐剣を引き抜いて自分の心臓を刺し貫き、夫の胸に自分の頭を置いて息を絶えた。
乳母は大声をあげて泣き、パンテイアが命じたとおりに二人を包んだ。
一五　キュロスはパンテイアのとった行動を知ると、驚き、何とかして助けられないか、と急いできた。宦官の三人は彼女の行為を見るや、懐剣を抜き、彼女が命じた場所に立ったまま自分の胸を突き刺した。
[宦官の墓碑は現在に至るも建っていると今も言われている。その上部の柱には夫婦の名前がアッシリア文字で彫られており、「権標捧持者[1]」と彫り込まれた三つの柱が下部にある、と人々は言っている。]
一六　キュロスはこの悲しい場所に近づいて夫人を称え、そして悲しみながら去った。彼がこの夫婦にあらゆる栄誉を得られるように配慮したのは当然であろう。夫婦のために極めて大きな記念碑が築かれたそうである。

第四章

一　その後カリア人が内紛を起こした。彼らは双方がそれぞれの城砦内に住居を構えていたから、たがいに戦うことになり、双方がキュロスに援助を求めてきた。キュロス自身はサルディスに留まり、戦闘機械と服従しない者たちの城壁を破壊するための城壁破壊機[2]を作っていたから、非常に魅力的な、そのうえ多くの

(1) 権標捧持者とは宦官のことを言っている。
(2) 第六巻第一章二一参照。

見識を持ち、戦に優れたペルシア軍指揮官の一人アドゥシオスに軍隊を委ねてカリアへ送り出した。キリキア軍とキュプロス軍が心から望んで彼と遠征を共にした。二　このことがあって、キュロスは一度もキリキア人とキュプロス人を統治するペルシアの太守を送らず、土着の王に満足していた。だが、彼は貢税を受け、必要な時には彼らに遠征を命じた。

三　アドゥシオスは軍隊を率いてカリアに来た。カリア軍の両陣営から、相手側を不利な状況に陥らせるために、到着した軍隊を城壁内に受け入れる用意をした使者たちが彼の所に来た。だが、アドゥシオスは両陣営に同じことをした。彼は両陣営のどちらにも、話し相手の陣営が正義の点でまさったことを言っていると言い、敵側に自分らが味方になったことを隠さねばならないが、このようにするのは敵側がまだ十分な準備態勢を整えていない時に襲撃するためであると言い、さらに、彼はカリア軍が誠実に行動し、彼らが自分らを裏切りなく城壁内に受け入れ、キュロスとペルシア軍に有利な状況をもたらすことを誓約するよう要求し、彼自身は自分を受け入れてくれた者たちに下心なく尽くすために城壁内に入るつもりであることを誓う、と述べた。四　彼は以上のことをすると、同じ夜にそれぞれ相手に気づかれないよう城壁内に攻め入る打ち合わせを両陣営とし、その夜に城壁内へ攻め入り両陣営の城砦を占拠しあった。夜が明けると、彼は軍隊を率いて両者の中央に位置し、両陣営の指導者たちを呼び寄せた。彼らはたがいの顔を見ると、両者とも騙されたと思って怒った。五　しかし、アドゥシオスは次のように言った。

「お前たち、わしを受け入れてくれるお前たちに有利になるように下心なく城壁内に入ることをわしは誓った。だから、わしはお前たちのいずれかを破滅させるのなら、カリア人に災厄をもたらすために入ったことになる、と思う。だが、お前たちに平和をもたらし、双方に土地を耕すための安全を確保するのなら、わしはお前たちの利益になるために来たことになる、と信じる。そこで、お前たちは今この日からたがいに友好的なつき合いをし、大地を安心して耕し、双方が子供を与えたり、貰ったりして結婚させねばならないのだ。これに反して、不正を企てる者がいるなら、キュロス殿下とわしらがその者を敵として扱うだろう」。

六　この後は、城壁の門が開けられ、通路は双方を訪問する者たちで混雑し、土地は耕作者たちで満ちた。また、彼らは祭りを共同で祝い、至る所が平和と喜びに溢れた。

七　この間に、キュロスの所から来た使いの者たちが、彼に軍隊または戦闘機械をさらに必要としないか、と尋ねた。アドゥシオスは自分のもとにいる軍隊をも他の場所に使用できる、と答えた。彼はこのようなことを言うと同時に、それぞれの城砦内に守備隊を残して軍隊を引きあげた。カリア人たちは彼に留まってくれるように願った。だが、彼はそれを望まなかったから、彼らはキュロスに使者を送り、アドゥシオスを自分らの太守として派遣してくれるように、と懇願した。

八　キュロスはこの時ヒュスタスパスに軍隊を率いさせて、ヘレスポントス沿岸のプリュギア[1]に向かわせていた。アドゥシオスが戻ってくると、キュロスは彼にヒュスタスパスの進んだ後を追いかけるように命じたが、それは、プリュギア人たちに他の軍隊も迫ってくると聞かせて、いち早くヒュスタスパスに服従させるためであった。

(1) この個所のプリュギアは小プリュギアのことである。七頁註(10)参照。

九　ところで、海辺に住居を持っていたギリシア人たちは、多くの贈り物をすることにより、城壁内に異国人を受け入れはしないが、貢税を納め、キュロスの命じる所へ遠征する、との取り決めをしていたのである。一〇　だが、プリュギア王は城砦を確保し、キュロスに反抗する準備をし、これに従うべしとの命令をくだした。しかし、部下の指揮官たちが離反して彼は孤立し、最後にはヒュスタスパスの手に落ち、キュロスの裁きを受けることになった。そこで、ヒュスタスパスは城砦にペルシア軍の強力な守備隊を残し、自分の軍隊以外にもプリュギアの騎兵と軽装歩兵を多数率いて去った。一一　キュロスはアドゥシオスにヒュスタスパスに合流した後、プリュギア軍で自分らの味方になるのを選ぶ兵士たちには武器を携行させて率いてくるように、しかし自分らと戦う意欲を持っている兵士のすべてには馬と武器を取りあげ、かわりに投石器を携行してついて来させるように、と指示した。一二　彼らはこのようにした。

ところで、キュロスは多数の歩兵守備隊をサルディスに残し、クロイソスを連れ、あらゆる種類の財宝を多数積んだ多くの馬車を率いてサルディスを出発した。クロイソスは各馬車に積まれた宝物を正確に記した目録を持ってきていた。彼はその目録をキュロスに渡して言った、「キュロス王様、これをお持ちになられますと、誰が自分の運んできた物をわが君に正しく引き渡し、誰がそうしないかがお分かりになりましょう」。

一三　キュロスは言った、「そのように用心するのは、クロイソスよ、確かに正しいことだ。だが、わしから言えば、それらの財宝を所有するのにふさわしい者が運んでいるのだから、彼らがそれらを何か盗めば、自分の所有物を盗むことになるのではないか」。

彼はこのように言うと同時に、その目録を友人たちと指揮官たちに渡し、運搬の監督者たちのうちで宝物を間違いなく彼らに引き渡す者とそうでない者とが分かるようにした。

一四　彼はリュディア軍のうちで武器、馬、戦車を誇りにし、彼の気に入ることはすべて実行しようと努力していると見なした兵士たちにも武器を携行させて率いていった。しかし、彼は不承不承ついて来ていると見なした兵士たちには、彼らの馬を最初から自分と一緒に遠征しているペルシア兵たちに与え、彼らの武器を燃やし、投石器を持たせてついて来るように強制した。一五　彼は降伏した兵士たちのうちで武器を持たない者すべてに投石の訓練をするように仕向けたが、それは、この武器がもっとも奴隷にふさわしい、と思っていたからであった。投石兵たちは他の兵力と一緒にいる場合には非常に役立つこともあるが、投石兵たちだけであれば、総力をあげても接近戦の武器を構えて向かってくるごく少数の敵にさえ耐えられないのである。

一六　バビュロンへの道を進んでいく途中、彼は大プリュギア(1)のプリュギア人たちとカッパドキア人たちを征服し、アラビア人たちを支配下に置いた。彼はこれらすべての種族から得た武器で四〇〇〇騎をくだらぬペルシア軍の騎兵を完全武装し、捕虜から取りあげた多数の馬をすべての同盟軍に分け与えた。彼は極めて多数の騎兵、弓兵、投槍兵、無数の投石兵を率いてバビュロンに到着した。

(1) 大プリュギアについては七頁註(10)参照。

第五章

一　キュロスがバビュロンに到着し、全軍に都城を包囲させると、彼自身は友人たちと同盟軍の主要指揮官たちを従えて都城を駆け巡った。**二**　彼は城壁を見回すと、その都城から軍隊を撤退させる準備をした。だがその時、都城内から一人の脱走兵が出てきて、都城内の兵士たちはキュロスが軍隊を撤退させる時に彼を攻撃するつもりである、と言った、「城壁から見下ろした彼らには、キュロス軍の戦列は弱体に思えたからである」。また、戦列がそのようであるのはけっして不思議なことでない。巨大な城壁を取り囲めば、戦列は浅くならざるをえないからである。

三　これを聞いたキュロスは自分の軍隊の中央に護衛兵たちを従えて立ち、戦列を展開させている重装歩兵隊に両翼の先端から後退し、立ち止まっている主戦列の背後に戻り、両翼の先端が軍全体の中央にいるキュロスの位置で合流するようにせよ、と命じた。**四**　重装歩兵隊がこのようにした結果、立ち止まっていた兵士たちは戦列の深さが二倍になったからただちに勇気を得、後退してきた重装歩兵隊も同じように勇敢になった。後退してきた兵士たちの代わりに、立ち止まっていた兵士たちが敵に向かい合うことになったからである。両側から後退した重装歩兵隊がその先端を合流させると、後退して背後に来た兵士たちは前に位置する兵士たちにより、また前にいる兵士たちは背後に加わった兵士たちによりいっそう強力になって立ち止まることになった。**五**　戦列がこのように後退すると、必然的に最前列と最後列の兵士たちがもっとも優れていることになり、その中間に配置される兵士たちがもっとも劣っていることになる。このように配置された戦列は、敵と戦うのにも、味方の逃走を阻止するのにも適している、とキュロスは思った。両翼の騎兵隊と軽装歩兵隊は戦列が二倍になり、短くなったから、彼らの指揮官にそれだけ何時も近くにいることになった。六　彼らはこのように戦列を密集させると、城壁から放たれる飛道具の射程内にいる間は後ずさりして遠ざかったが、飛道具の届かない所に来ると、城壁に背を向け、まず数歩前進した後左に向きを変えて立ち止まり、城壁を見た。しかし、彼らが城壁から遠のくほど、振返るのも稀になった。そして、彼らは危険がなくなったと信じると、中断せずに後退を続け、陣営の天幕に到着した。

七　彼らがそこに駐屯すると、キュロスは主要指揮官たちを集めて言った、「同盟軍の者たち、わしらは都城を周囲から眺めた。このように堅固で高い城壁を攻撃して奪取する方法など思い浮かばないのではないか。だが、敵が外に打って出て戦わないのなら、より多くの人間が都城内にいることになり、それだけ早く彼らは飢餓により降伏する、と思うのだ。だから、ほかに提案すべき何らかの方法がお前たちになければ、この方法で敵を封鎖するべきだ、とわしは主張する」。

八　すると、クリュサンタスが言った、「この川[(1)]は都城内の中央を流れ、二スタディオン以上の幅があるのではありませんか」。

「そうです、ゼウスにかけまして」とゴブリュアスが言った、「二人の兵士の一方が他方の肩に立ちまして

（1）エウプラテス川のことを言っている。

も、水の上に顔を出せないほどの深さでありまして、この都城は城壁より、むしろ川で強固に護られています」。

九 そこで、キュロスは、「クリュサンタスよ」と言った、「わしらの兵力の及ばないものにはかかわらないことにし、兵士がそれぞれ分担を決めて可能なかぎり幅広い、深い堀を至急に掘り、わしらの必要とする監視兵をできるだけ少数で済ますべきだ」。

一〇 こうして、彼は城壁の周囲を計測した後、巨大な塔を建てるのに十分な距離だけ川から後退し、川で分断された城壁の両側に巨大な堀を掘り、掘り出した土を自分らの側に積みあげた。**一一** そして、彼はまず一プレトロン(1)より短くない棕櫚の幹を土台にして、川の近くに塔を建てた。棕櫚の木はそれより高く成長しており、重量の圧迫を受けると、重荷を背負った驢馬のように上方に湾曲するのである(2)。**一二** 彼は[包囲の準備がされているとの印象をできるだけ強く与えるために]、また川が溢れて堀に流れ込んでも、塔を破壊しないように、これらの棕櫚の木を土台にしたのである。彼はできるだけ多くの監視所を設置するために、掘り起こされた土の上にほかにも多くの塔を建てた。

一三 キュロス軍の兵士たちはこのようなことをしていたが、城壁内の敵兵たちは、二〇年以上の食糧を蓄えていたから、この包囲を嘲笑した。

キュロスはこれを聞くと、軍を一二隊に分け、各隊に一年のうち一ヵ月を監視させるようにした。**一四** バビュロニア兵たちがこれを聞き、いっそう激しく嘲笑したが、それは、プリュギア軍、リュディア軍、アラビア軍、カッパドキア軍のすべてが、ペルシア軍にたいしてより自分らのほうに好意的であると信じ、これらの軍が自分らを護ってくれる、と思っていたからである。
一五　堀はすでに掘られた。キュロスはバビュロニア人のすべてが夜通し飲んで乱痴気騒ぎをする祭りがバビュロンにあると聞いたから、その祭りの日に夜が更けると、ただちに多数の兵士を率いていき、堀を切り開いて川と繋いだ。一六　これがなされると、水は夜の間に堀に流れ込み、都城内を流れる川の底は人間が通行できるようになった。
一七　川の問題をこのように片つけると、キュロスはペルシア歩兵と騎兵の大隊長に大隊を二列縦隊に率いて自分の所へ来るように、また他の同盟軍にこのペルシア大隊の背後から以前に組んだ隊形のままで従ってくるように命じた。一八　彼らが到着すると、彼は自分の護衛兵である歩兵たちと騎兵たちを川床へ下りていかせ、川床が通行可能かどうか調べるように命じた。一九　通行可能であると彼らが報告すると、彼は歩兵隊と騎兵隊の指揮官たちを集めて次のように言った。
二〇「友人たちよ、川はわが軍に都城内への道を開いてくれた。以前は自分らの味方になる同盟軍を有して全軍意気盛んで冷静であった、そして完全武装をして隊列を組んだ敵にわが軍は打ち勝ったのだ。今わが軍の立ち向かう敵は、わが軍の勝ったあの敵なのだ。これを思い、何も恐れず、勇気を出して突入するの

（1）一プレトロンは約三〇メートル。
（2）同様のことがストラボン『地理書』第十五巻第三章半ばに記されている。

だ。二一　しかも、わが軍はあの敵兵の多くが眠り、酔っ払い、敵兵のすべてが統制を失っている今、彼らを襲うのだ。わしらが都城内にいるのに気づけば、彼らは驚愕のあまり今よりはるかに戦闘能力をなくすだろう。
二二　ところで、都城内に侵入する兵士たちにとっては、家の屋根に上がった敵兵たちが両側から飛道具を放つ恐れがある、と気にする者がいるかも知れない。だが、お前たちはそのようなことなど気にするな。屋上に上る者がいても、わしらにはヘパイストスが味方してくださるのだ。というのも、彼らの家の入口は、戸が棕櫚の木で作られ、発火し易い瀝青が塗られていて、燃え易いうえに、二三　わしらには、おびただしい火を素早く点火する多くの松明、それに瞬く間に激しい炎を煽り立てる多くの樹脂や麻屑があるからだ。だから、彼らは屋上からいち早く逃げねばならない。でなければ、たちまちのうちに焼き殺されるのだ。
二四　さあ、お前たち、武器を取れ。わしが神々の援助を得てお前たちを率いていく。ガダタスにゴブリアス、お前たちは道を知っているのだから、案内してくれ。わしらが城壁内に入ると、できるだけ速く王宮へ連れていくのだ」。
二五　「それに」とゴブリュアスの部下たちが言った、「乱痴気騒ぎのようですから、王宮の入口が開いていてもけっして不思議ではありません。今夜は都城全体が祝っていますから。しかし、わたしどもは王宮の入口で衛兵に出会いましょう。そこには何時も衛兵が配置されていますから」。
「一刻の猶予も置かずに突入し」とキュロスは言った、「できるだけ態勢の整っていない兵士たちを捕えるようにするのだ」。

二六　以上のことが述べられると、彼らは進んでいった。彼らの遭遇した敵兵のある者たちは突き殺され、ある者たちは屋内に逃げ戻り、ある者たちは大声をあげた。ゴブリュアスの部下たちは、自分らも飲み騒いでいるように、敵兵たちに合わせて大声をあげた。彼らはできるだけ速く前進して王宮に到着した。二七だが、ゴブリュアスとガダタスおよび彼らの部下たちが目にしたのは、閉まっている王宮の入口であった。衛兵たちの攻撃を命じられた部下たちは明るい松明に照らされて酒を飲んでいる衛兵たちを襲い、すぐさま彼らを敵兵として取り扱った。二八　叫び声と打ちあう音が起こると、王宮内にいる者たちも騒音を耳にし、王も何が起こったのか見てくるように命じたから、数人の者が入口を開いて外に走り出た。二九　ガダタスの部下たちは入口が開いたのを見ると襲いかかり、中へ逃げ戻る敵兵たちを追い、彼らを打ち倒しながら王の所に到達した。彼らがそこで見たのは、すでに立ち上がっている王と彼が手にしている抜き身の短剣であった。三〇　この王をガダタスとゴブリアスの部下たちが打ち倒した。王と共に彼の部下たちも命を奪われた。ある者は何かを盾にするところを、他の者は逃げるところを、さらに他の者はできるだけの防御をするところを殺された。

三一　キュロスは騎兵中隊を道路に送り出し、戸外で出会った者たちは殺害せよと、だが、屋内にいる者たちには、外に出て捕えられると殺されるから家の中に留まっておれ、とアッシリア語を話す騎兵たちに告知するように命じた。

三二　彼らはそのようにした。ガダタスとゴブリュアスが戻ってきた。彼らは不敬な王を罰したことを感謝して、まず神々を崇め、次にキュロスの手と足に接吻し、嬉しさのあまり多くの涙を流して[喜んだ]。

三三　夜が明けると、都城内の保塁を守備していた敵兵は都城が征圧され、王が殺害されたのを見て、保塁も明け渡した。[1] 三四　キュロスは保塁をただちに接収し、守備隊長と守備隊を保塁に送る一方、死者の埋葬を親族に許した。彼は布告使に命じ、すべてのバビュロニア兵に武器を渡すように、と告知させた。しかも、彼は屋内で武器が見つけられた場合は、その家の者すべてが殺害される、と布告した。そこで、彼らは武器を引き渡した。キュロスはそれらを使用しなければならなくなった場合の備えに保塁の中に保管した。

三五　以上のことがし遂げられると、彼はまずマゴスたちを呼び集め、都城が占領されたから神々のために戦利品のうちのもっとも優れた物と神域を選ぶように命じた。この後、彼は達成した勝利に貢献したと見なした者たちに個人の家と公共の建物を分け与えた。このような決定の仕方で、彼はもっともすばらしい物をもっとも勇敢な者たちに分配したのである。なお、他の者と較べて得ている物が少ないと思う者がいると、申し出て説明するように、と彼は指示した。

三六　彼はバビュロニア人たちに土地を耕し、貢税を納め、各人は割り当てられた兵士たちに仕えるように、との布告を発した。この遠征に参加したペルシア兵たちと、同盟軍のうちで彼のもとに留まることを選んだ兵士たちには、彼らの得たバビュロニア人たちに主人として話をするように、と告げた。

三七　それが済むと、キュロスはすでに自分も王にふさわしいと信じ、これに適した振る舞いをしたいとの願望を持っていたが、彼は友人たちの同意を得てそれをし、嫉妬を受けるのをできるだけ少なくするように、稀にそして厳粛に姿を見せるのがよい、と思った。だから、彼は次のようなことを考えだした。つまり、彼は夜が明けると適当と思われる所に立ち、話したい者に会って、答えを与えて送り帰すことにしたのである。三八　すると、人々はキュロスが自分らに会ってくれるのを知り、彼の所へ押しかけ、その数はおびただしかった。彼らは前に出るために押しあい、いろいろと策を講じたり、争ったりした。三九　キュロスの護衛兵たちはできるだけの選別をして、彼らを前に行かせた。

だが、キュロスの友人が一人群集を掻き分けて姿を見せると、彼は手を差し伸べて友人たちを近つけ、次のように言った、「友人たちよ、わしらが群集を処理するまで待っていてくれ。その後で静かに話そう」。そこで、友人たちは待った。だが、群集はますます多く押し寄せたので、夕方になってやっと彼に暇ができ、友人たちと話せるようになった。四〇　すると、キュロスはこう言った、「お前たち、今はもう別れる「時間」だ。明日早く来てくれ。わしもお前たちに話したいことがあるのだ」。

友人たちはこれを聞くと、万やむをえない事情でひどい目にあったのだが、喜んでそこから急いで立ち去った。その時は、彼らはこうして眠りに就いた。

四一　翌日、キュロスが同じ場所に来ると、昨日よりはるかに多くの人が彼に会いたいと願って彼を取り巻いた。しかも、それは彼の友人たちが来た時よりはるかに早かった。そこで、キュロスは自分の周囲に大きな輪を作ってペルシア軍の投槍兵たちを立て、友人たちおよびペルシア軍と同盟軍の指揮官たち以外は誰も立ち入りを許さないように、と命じた。四二　これらの者が集まると、キュロスは彼らに次のように言った、「友人たちと同盟軍の者たち、わしらの欲するもののすべてがこれまでに成就されていないからと言っ

(1) 都城内の独立した保塁、バビュロンには東と西の二箇所にあった。第七巻第二章四参照。

て、わしらは神々になんの非難もできないのだ。しかし、偉大な事業を完成することが、自分の閑暇を持てなくし、友人と楽しむこともできなくするのなら、わしはこのような幸福に別れを告げよ、と自分に命じる。**四三**　というのも、昨日もわしらが朝から来ていた者たちの話を聞き始めて夕方前に終わらなかったのをお前たちはもちろん覚えているし、今もこのように他の者たちが昨日より多く来てわしらを困らせているのをお前たちは見ているからだ。**四四**　このような事柄に専念するようになると、お前たちはわしにごくわずかしか、また、わしはお前たちにほとんど関与しなくなるだろう。しかも、わしが自分自身のことにまったく構っておれなくなるのは、言うまでもない。

四五　さらに、わしはほかにもおかしな目にあっている。わしはお前たちには当然持つべき気持を確かに抱いているが、わしの周りに立っているこれらの者をほとんどと言ってよいほど知らないのだ。しかも、これらの者すべてはお前たちを押し退けて前に出ると、お前たちより早く望むものをわしから得られる、と思っている。だが、わしはこのような者たちがわしに何かを求めるのなら、わしの友人であるお前たちに仕えてから、わしに紹介してもらいたいとお前たちに頼むのが筋である、と思った。

四六　そこで、いったいどうしてわしが最初からこのような手順をとらずに、わし自身を群集の近づきやすいように彼らのなかに置いたのか、と言う者がおそらくいるだろう。だがそれは、わしが戦争では司令官たる者は必要なものを見たり、時機を失せず行動したりするために背後にいてはいけない、と理解しているからだ。稀にしか姿を見せない司令官たちはしなければならない多くのことを見落としている、とわしは信じていた。

四七　ところで、苦労このうえない戦争も終わり、わしの心もある程度の安息を得てもよい、とわしは思っている。しかし、わしらとわしらが配慮しなければならない他の者たちとの関係を良好にするのに、わしはどうすればよいのか分からずに困っている。もっとも有益なことを知っている者がいるなら、助言してほしいのだ」。

四八　キュロスはこのように言った。すると、彼の後に続き、かつて彼の親族と主張したアルタバゾスが立ち上がって言った、「キュロス王様、わが君がこの話を始められましたのは、実によいことです。自分はわが君がまだお若かった時にわが君の友人になりたいと切望し始めましたが、わが君が自分を必要とされておられないのが分かっていましたから、わが君に近づきますのを遠慮いたしておりました。四九　しかし、わが君がかつてキュアクサレス王様の従軍許可をメディア兵たちに［努力して］告げるようにと自分に求められましたが、その時自分はそのことでわが君を積極的に援助いたしますと、わが君と親しくしていただけ、自分の希望する時間だけわが君とお話しできると思いました。そして、自分はそのことを達成いたしましたから、わが君は自分を称賛してくださいました。

五〇　この後、自分らが切実に同盟軍を求めていました時、ヒュルカニア軍が最初に味方になってくれました。だから、自分らは彼らを手厚く迎え、抱きかかえんばかりでした。しかしこの後、敵の陣営が占拠されました時には、わが君にはこの自分にかかわりを持ってくださる余裕がおありでなかった、と思います。また、自分もそのことでわが君を悪く思ったりいたしませんでした。五一　次に、ゴブリュアス殿が自分らの味方になり、自分も喜びました。さらにガダタス殿も味方になりました。こうなりますと、すでにわが君のお気持を自分のほうに向けてくださいますのは困難でありました。ましてや、サカイ軍とカドゥシオイ軍が同盟軍になりましてからは、わが君はこれらの軍隊に配慮されねばなりませんでしたから、それは当然でありましょう。彼らもわが君に尽くしましたのですから。

五二　自分らが出発地点に戻りました時、自分はわが君が馬、戦車、戦闘機械に忙しくかかわっておられるのを見まして、わが君がこれらの仕事に手をとられなくなられると、自分に関心を持ってくださる余裕がおできになるだろう、と思いました。しかし、全世界が自分らを攻撃するために糾合しているとの恐ろしい知らせが届きました時、このことは何よりも重大だ、と認識しました。だが、わが軍がこの戦いを見事に勝ち抜きますと、わが君と自分が実に多くの時間をともにできますのが確信できた、と思いました。

五三　そして今、自分らはこの大戦争に勝利を得まして、サルディスを支配し、クロイソスを服従させ、バビュロンを占拠し、すべての者を征圧しました。昨日も自分は、ミトラス(1)にかけまして、多くの者を殴りませんと、わが君の前へは行けませんでした。しかし、わが君が自分に右手を差し出されて、ご自分の側に留まるようにご指示くださいました時には、自分はわが君と一緒に飲まず食わずに一日過ごしておりましたから、すでに皆の注目を浴びておりました。五四　ですから、今最大の功績をあげました自分らが、わが君ともっとも長く一緒におられますように取り決めていただけますと、すばらしいことなのですが。しかし、そうでない場合には自分はもう一度、わが君のご依頼をお受けしまして最初からわが君の味方でありました自分ら以外の者はすべて、わが君のもとから去っていくように通告したい、と思うのであります」。

五五　この発言にキュロスと他の多くの者は笑った。ペルシア貴族のクリュサンタスが立ち上がって次のように言った。「ところで、キュロス王様、これまでは、わが君ご自身が述べられました理由から、また、わが君がとくに自分らに気をお使いになられる必要もございませんでしたから、わが君ご自身のお姿を民衆にお示しになられたのも当然でございましょう。と申しますのも、自分らは自分のためにわが君と一緒におらせていただきましたが、民衆の場合にはできるだけ喜んで自分らとともに苦労し、危険を冒すのを望むように、あらゆる方法で彼らの好意を獲得する必要がございますから。五六　だが今では、わが君はこのような方法で支配なさるだけでなく、他の方法でも彼らの心の把握がおできになるのでありますから、もう家庭もお持ちになられるべきでしょう。この世で家庭より神聖な、楽しい、親密な場所はございませんから、家庭をお持ちにならず、独身でおられますと、この支配をお楽しみにはなれないでしょう。さらに、わが君が戸外で苦労に耐えておられますのを見ていますのに、自分らが屋内にいましてわが君より気楽にしているように見られますと、自分らは恥かしい気持にさせられる、とお思いになられませんか」。

五七　クリュサンタスがこのように言うと、多くの者が同意見で彼に賛同した。この後、キュロスが王宮に入ろうとした。ちょうどその場所で、サルディスから財宝を運んで来た者たちが、それらを彼に引き渡した。キュロスは中に入ると、まずヘスティアに、次に神々の王ゼウスとほかにマゴスたちの指示する神に犠牲を捧げた。

五八　以上のことをすると、彼はすでに他のことを処理し始めていた。彼は自分の置かれている状況に気

（1）ペルシアの太陽神。

づくと、多くの人々を支配する計画を立て、有名な都市のうちでももっとも偉大な都市に住む準備をし、しかも、その都市が彼にとって人間の考えうるもっとも敵対的な都市であること考慮し、特に自分の身辺を警護する親衛兵が必要である、と考えた。五九 彼は飲食や入浴をしている時、また寝床で睡眠をとっている時に人間はもっとも打倒され易いと自覚していたから、このような場合には自分の周囲にもっとも信頼のおける者として誰を配置するのがよいか考慮した。そして、護衛しなければならない者以外の者を愛している人間は信頼がおけない、と判断した。六〇 したがって、子供や気性の合った妻や愛人を持っている者たちは、生来それらの者たちをもっとも愛せざるをえない、と認識した。だが、宦官たちがこれらの者すべてを必要としていないのを見てとり、彼らが自分らを豊かにしてくれたり、侮辱される場合に助けてくれたり、名誉ある地位につけてくれたりすることができる者たちをもっとも高く評価する、と思った。また、彼はこれらの宦官に好意を示す点で自分にまさる者は誰もいない、と信じた。六一 そのうえ、宦官たちは他の人間に蔑視されており、このために自分らを護ってくれる主人を必要としていた。より強力な権力が反対しなければ、自分が宦官よりまさっていることを誰もが主張するからである。だが、主人に忠実である点で、宦官がもっとも優れた地位を占めるのを妨げるものは何もないのである。六二 一般の人に特に思われているのは、宦官たちが柔弱であるということだが、彼はそのように思わなかった。このことを彼は他の動物からも判断した。悍馬は去勢され、噛みついたり、跳ねたりするのをやめても、戦闘に役立たなくなることはないし、牡牛は去勢されて、気位の高さと不従順さを失っても、強さと勤勉さは奪われないし、犬も同じように去勢されると、主人から逃げることをやめるが、見張りや狩猟の能力を低下させることはないのである。

六三　人間も同じようにこの性的欲望を奪われると、より穏やかになる。しかし、これまでと同じように、命令をなおざりにすることなく、騎兵としても投槍兵としても役に立ち、名誉心も強いのである。六四　彼らが戦争でも狩猟でも心中に競争心を抱いているのは明らかである。彼らは忠実である証拠をとりわけ主人が没落する時に示した。主人が災厄を受ける場合に、いかなる人間も宦官たちより忠実な行動を示さなかったからである。六五　彼らが体力の強さで劣っていると見なされるなら、戦争では剣が弱い者を強い者と同等にする。このことを認識した彼は、門番を始め自分の身辺の世話をする者はすべて宦官にした。

六六　多数の敵対者にはこのような警備では十分でないと思った彼は、ほかにいかなる者たちをもっとも信頼のおける王宮の警備兵たちにすればよいのか考えた。六七　彼はペルシア兵たちが故郷では貧窮のため実に惨めな人生を送り、土地が荒れているうえ自作農をしなければならないために、まことに苦労の多い生活をしているのを知っていたから、彼らが自分の所で生活するのをとくに望んでいるだろう、と思った。六八　そこで、彼はこれらのペルシア兵たちから一万人の槍兵を選んだ。彼らは彼が王宮にいる時は王宮の周囲を日夜警備し、彼が外出する時はその両側に並んで前進した。

六九　キュロスは、バビュロン全体の守備は自分がそこにいようといなかろうと十分なものでなければならないと思ったから、バビュロンにも十分な守備兵たちを配置した。彼はこれらの守備兵への賃金をバビュロニア人たちに支払うように命じたが、それは、バビュロニア人たちの資力を徹底的になくし、彼らをできるだけ従順で抑圧し易いようにするためであった。

七〇　その時に、彼の周囲とバビュロンに設けられた警護と守備は、現在に至るまでそのままの状態で続いている。彼の全領土が確保されるだけでなく、他の領土も加わるようにする方法を考慮すると、彼には数に劣っているこれらの傭兵が従属民にまさっているとは思われなかった。そこで、彼は神々の援助を得て自分に勝利をもたらしてくれた勇敢な兵士たちを集め、彼らに剛勇であるための鍛錬をなおざりにしないように注意すべきである、と考えた。七一　だが、彼は自分が命令したと彼らに思われずに、剛勇になるための鍛錬をするのが最善だと彼ら自身が理解し、その考えを守って鍛錬に励むようになるためにと、貴族たちと自分がもっともよく苦楽をともにできると信じるすべての主要指揮官を集めた。七二　彼らが集まると、彼は次のように言った。

「友人たちと同盟者の者たち、神々はわしらが得るのにふさわしいと見なしていたものを獲得させてくださったから、神々におおいに感謝しなければならない。わしらは現在多くの肥沃な土地とそれを耕してわしらを養ってくれる使用人を、さらに家とそこに置く備品を所有しているからだ。七三　お前たちの誰もがそれを所有しているのだが、自分のものでないものを所有している、と思うな。戦っている者たちの都城が占拠されると、その都城にいる住民の肉体と財産が征服者たちの所有になるのは、すべての人間にとって永遠の法であるからだ。だから、お前たちが所有したいと思うものがあれば、所有しろ。それは不正でないのだ。お前たちが彼らに何かを所有するのを許すのは、親切から奪い取らないだけの話だ。

七四　だが、今後わしらが安逸を求めたり、苦労するのを不幸と、苦労のない生活を送るのを幸福と見なす劣った人間たちの好む奢侈を求めるなら、瞬く間にわしらが自分の目にはとるに足らぬ人間に見えるうえに、いち早くすべての財産を奪われる、との認識をわしは持つのだ。七五　というのも、勇敢な兵士たちになっただけで、勇敢であるための努力をたえずしていなければ、勇敢であり続けることはできないからだ。他の技術もなおざりにされると衰え、健全な肉体も安逸を貪らせると劣悪な状態に戻るのと同じようなものだ。七六　だから、わしらは注意を怠り、目前の快楽に身を委ねてはならないのだ。支配権を獲得するのは偉大な行為だが、獲得したものを保持し続けるのははるかに偉大な行為であるからだ。支配権の獲得は大胆さを示すだけの者によっても達成されるのはよくあるが、獲得したものを維持し続けるのはもはや節度と自制と十分な配慮なしには不可能なのだ。

七七　以上のことを認識したからには、極めて多くの物を所有し、とりわけわしらのように抵抗的な人間たちから財産を得たり、奉仕を受けたりしている者の場合は、非常に多くの者が嫉妬し、陰謀を企て、敵になるのがよく分かっているのだから、このすばらしい成果を獲得した以前よりも今は、はるかによく勇敢であるための鍛錬をしなければならないのだ。

ところで、神々はわしらの味方をしてくださる、と思うべきだ。わしらは策謀して不正に所有したのでなく、陰険な襲撃を受けて復讐したからだ。七八　しかし、わしらは自分自身に神々の恩恵の次に最善であるものを手にいれねばならない。これはわしらが被支配者より優れているから支配を要求する、ということだ。さて、わしらは奴隷にも暑さと寒さ、食べ物と飲み物、労苦と睡眠を分け与えねばならない。しかし、分け与えるにしても、わしらはこれらの事柄においてまず彼らより優れていると見られるように、努めねばならないのだ。七九　だが、耕作者や貢税者にする積りの者たちを軍事的知識や訓練に絶対にかかわらせてはならない。その一方、わしら自身はこれらが自由と幸福を得るための手段だと神々が人間たちに示されているのを認識して、これらの訓練によりわしらの優位性を保たねばならないのだ。わしらは彼らから武器を奪っているが、わしら自身は片時も武器を手放してはならない。それは、武器を何時も身近に置いている者たちには、望めばすべてが至極容易に意のままになることを、わしらがよく知っているからだ。

八〇　わしらがさらに飢えと渇き、労苦と心配に耐えねばならないのなら、熱望していたことを達成したのは、なんの役にも立たないのではないかと思う者は、立派な成果を手に入れるために前もってする苦労が多いほど、成果は多くの喜びをもたらしてくれることを理解すべきなのだ。労苦はよき成果の薬味であるからだ。必要としている者が手に入れるのでなければ、いかなる高価な物を提供されても、嬉しくないのだ。

八一　人間がとくに願望しているものを、神が援助してわしらに入手させてくださり、また、その獲得が自分に最高の喜びをもたらすことが明かである人は、空腹にしておいてもっとも美味の食事をし、喉を渇かしておいてもっとも甘美な水を味わったり、休息を必要にしておいてもっとも快適な休息をとったりすることで、生活に困っている人よりまさろうとするのだ。

八二　そういうわけで、わしらはよい成果をできるだけよく、またもっとも快適に享受し、最悪の目にあわないために、今は勇敢になるように努力しなければならないのだ。よい成果を得られないことの苦しみは、獲得したよい成果を奪われる苦しみほどに辛くないからだ。

八三　ところで、お前たちはわしらが以前より敢えて悪くなるためにする言い訳を考えてみよ。支配者であることが口実になるのか。いや、支配者が被支配者より悪いのはまったく適切でない。それとも、わしらが現在のほうが以前より幸福であると思われているのを口実にできるのか。次に、幸運には悪がふさわしい、と言う者がいるのか。あるいは、わしらが奴隷たちを所有しているから、彼らが悪いと言って懲らしめるのが口実になるのか。八四　また、自分が悪い時には、どうして他の者たちを悪いとの、あるいは怠けているとの理由で罰しえようか。

わしらは自分の家と生命を護る兵士を数多く維持するための準備をすることも心がけるべきだ。だが、わしらの安全は他の槍兵たちにより護られるべきであると考え、わしら自身を自分の槍で護ろうとしなければ、それは恥ずべきことなのだ。自分自身が立派で勇敢であるのにまさる護衛はないことをよくわきまえねばならない。この護衛は常にわしらに随行するに違いないからだ。勇気のない者は他のことにも成功しないのは言うまでもない。

八五　では、わしは何をすべきであり、どのようにして勇気を鍛え、どこでその鍛錬をすべきかを提案しよう。ただし、わしはそれについて何も新しいことを言う積りはない。わしらは貴族であるから、ペルシアの役所で貴族が過ごしているように、あの地で行なったすべてのことをこの地でも熱心に行なわなければならないこと、お前たちも側にいてわしが常に自分の義務に配慮しているかどうかに注目して学ばねばならないこと、わしがお前たちを観察し、立派ですばらしい訓練をする者たちを見ると、彼らに名誉を与えることなどを言うだけである。八六　わしらから生まれる子供たちもわしらがこの地で教育しよう。子供たちに自分自身をできるだけ立派な手本として示そうと願うから、わしら自身がより優れる一方、子供たちはたとえ望んでも容易に悪くならず、いかなる恥ずべきことも目にしたり、耳にしたりせず、立派で勇敢な態度で日を過ごすようになるからだ」。

第八巻

第一章

一　キュロスは以上のように言った。すると、彼に続いてクリュサンタスが立ち上がり、次のように述べた。「いや、お前たち、実際自分は以前にもしばしば優れた支配者が立派な父親となんの違いもないのに、気づいていた。それは、父親たちは子供たちのために善事が彼らを見放さないようにと気を配るが、キュロス王様も今自分らがこのうえもなく幸福であり続けるための助言をしてくださっている、と思うからだ。ところが、王様が必要な説明を十分になさっておられないと思われる点について、それが分かっていない者たちに自分が教えよう。二　お前たちは以下のことを考えてみよ。どのような敵の都城が服従を拒否した兵士たちによって征服されるかを。いかなる味方の都城が不服従な兵士たちによって護られることがあるのかを。反抗的な兵士たちにより編成されている軍隊はどのようなものであれ勝利を得られるのかを。戦場で各人がわが身の安全を考え始めれば、人間にはその場合より容易に戦に負ける方法があるのかを。上官に従わない兵士たちにはどのようなよい成果があげられるのかを。法律に従って統治されているのはどのような都城であり、またどのような家庭が無事に生活できるのかを。さらに、どうすれば船が目的港に到着するのかを。

三　また、自分らは司令官に従う以外に現在得ているよい成果を獲得する方法はないのだ。事実このようにして、自分らは夜であれ昼であれいち早く目的地に到達したのであり、司令官に従い密集隊形を組んで無敵であり、命じられたことを中途半端に放棄することがなかったのだ。だから、よい成果を得るには服従がもっとも重要な要素と思うなら、お前たちは必要なものを保持するためにも、この服従が不可欠な要素だとよくわきまえよ。

四　また、以前は確かに自分らの多くは一人も支配せずに、支配されていたが、今はここにいるお前たちすべてのうちで、ある者たちはかなり多くの者を、他の者たちは比較的少数の者を支配する立場にある。そこで、お前たち自身が配下の者たちの支配を要求するように、自分ら自身も服従しなければならない者たちには服従しようではないか。しかも、奴隷は自分の意志に反して主人に仕えるのだが、自分らは自由であることを求める以上、自ら進んでもっとも価値があると思われることをしなければならない点で、奴隷と異なっていなければならないのだ。国家は独裁制によって統治されていない場合には、支配者たちに服従する意志をとりわけ強く持つのだから、敵への屈服を強要されるのが実に少ないのを、お前たちは理解しよう。

五　そこで、自分らは、キュロス王様がお命じになられるように、この役所前に集まり、必要な物をとりわけよく確保できるように訓練し、必要とされることには何にでも用いていただくように、キュロス王様に自分ら自身を提供しよう。また、自分らは利益を同じくし、敵を同じくしているのだから、キュロス王様がご自身には役立つが、自分らには役立たないものを見出されることなどありえないことも、よく承知すべきだ」。

六　クリュサンタスがこのように話すと、他のペルシア指揮官たちと同盟軍指揮官たちの多くの者が立ち上がって彼に賛同した。そして、貴族たちは常に宮廷に待機し、キュロスが彼らを許すまでは、彼の意図するすべてに役立つよう自分の身を提供することが、決定された。現在でもアジアの王の臣下たちは当時の決定どおりに行動し、支配者たちの宮廷に出仕しているのである。七　すでに話したことで明らかなように、キュロスは自分とペルシア人たちのために支配権を維持する制度を作ったのであるが、彼の後を継いだ王たちがこの同じ制度を今も維持し続けている。八　この点も他のことと同じである。指導者がよければ、法は厳正に運用されるが、指導者が悪ければ、法は悪く運用されるのである。

したがって、貴族たちはキュロスの宮廷に馬に乗り、槍を携えて伺候したのだが、それは、支配権をともに獲得した者たちのうちで、もっとも優れた者たちの決定であったからである。

九　キュロスはいろいろな部署にそれぞれの係官を配置した。すなわち、彼は複数の徴税官、主計官、工事監督官、会計主任、生活必需品担当者を置いたのである。さらに、馬や犬を自分がもっとも効果的に利用できるように提供してくれると見なした者たちを、彼はこれらの動物の担当者に任命した。

一〇　彼はこの成功を自分と一緒に監視する者たちを欠かせないと思ったが、その者たちをできるだけ優れた人物にするための配慮を、他の者に任せられない自分の仕事、と考えた。戦わねばならなくなった場合に、最大の危険をともにしなければならない者たちの中から、自分の脇と背後を固めて戦ってくれる者たちを選ばねばならないのを知っていたからである。また、彼は歩兵隊と騎兵隊の中隊長たちもこの者たちから任命すべきである、と認識していた。一一　そのほかに、彼が不在で司令官が必要とされる場合にも、この者たちから任命されるべきであることを、彼は理解していた。さらに、諸都城と全種族の監視官と太守にもこの者たちの幾人かを任用しなければならず、さらにもっとも重要と見なしている、戦わずに必要なものを入手することのために、この者たちから幾人かを使節として送らねばならないことも、分かっていた。

一二　それゆえ、極めて重要で数多い用務を達成すべき人物の存在が必要であるのに、そのような者たちがいなければ、自分の支配も失敗する、と彼は思った。だが、必要とする者たちがいるならすべてが成功する、と信じた。そこで、このような認識をした彼は、これらの人物を確保する役目を自分が引き受けることにし、自分も同じように優れた資質を研かねばならない、と決意した。自分が手本となるべき人物でなければ、他の者たちを立派で優れた行為に向かわせることなどできない、と思ったからである。

一三　このような考えを持った時、彼はこのうえもなく重要な用務を配慮できるようになるには、まず暇がなければならない、と考えた。ところが、彼は広大な領土を統治するには多くの出費も避けられないと予見していたから、収入を無視することはできない、と思った。だが一方、彼には多くの財貨があったから、彼自身が常にそれにかかわっていると、全領域の安寧に気を配る余裕が彼になくなるのが分かった。

一四　こういうことから、行政が立派に行なわれると同時に暇ができる方法を考察した結果、彼はとにかく軍の編成に思いを致した。たいていの場合、分隊長は分隊員の、小隊長は分隊長の、大隊長は小隊長の、連隊長は大隊長の配慮をしており、しかもこのようにすれば、無数の兵士がいても、誰一人として無視されることはない。そのうえ、司令官は、軍隊を何かの目的に使用しようという意図を持つ場合、連隊長に命令をくだせば十分なのである。一五　そこで、軍の編成が以上であるのに応じて、キュロスも国家機構を中央集権化した。この結果、キュロスもわずかの者と話しさえすれば、行政のいかなることもなおざりにされなくなった。これにより、彼はすでに一家の家政や一艘の船の配慮をする者より多くの閑暇を享受したのである。自分の仕事をこのように処理した彼は、側近たちにもこの処理の仕方を教えた。

一六　彼はこうして自分と側近たちのために暇を作り、統治の関与者たちを必要な能力を持った人物とするように、配慮し始めた。彼はまず他の者たちの労働で生活できる者たちが宮廷に出仕しない場合、その者たちを連れてこさせた。彼らは宮廷にいると支配者の側におり、もっとも優れた者たちにより自分のすることを見られるのが分かっているから、悪いことも、恥ずべきこともしようとしない、と信じたからである。出仕しない者たちは何かやむをえない事情から、あるいは不正のために、さもなければ怠惰から出仕しないのだ、と彼は見なした。

一七　そこで、われわれはまず彼が出仕しない者たちを出仕させるように強制した方法を述べよう。彼は側近でもっとも親しい友人の一人に、自分のものになった財産を持っていくのだと告げて、出仕しない者の財産を没収するように命じた。このようにされると、財産を奪われた者たちは不法な目に遇わされた、とすぐさま訴えに来る。一八　だが、キュロスはこのような者たちに耳を貸して、長時間を無為に過ごしはしなかった。彼は彼らの訴えを聞くと、判決の言い渡しを長く引き延ばした。こうすることで、罰を下して出仕するのを強制する場合より、敵意少なく奉仕するように彼らを慣れさせられる、と考えたのである。

一九　以上が、出仕するのを教えるために、彼のとった一つの方法である。ところが、このほかにも、出仕している者たちにはもっとも楽でもっとも利益の得られる仕事を命じる、という方法があり、さらにそのほかにも、出仕していない者たちにはいかなる物も与えない、という方法があった。二〇　だが、強制のもっとも強力な方法は、これらのことにもぜんぜん従わない者がいると、この者の所有している物を取りあげ、必要な時には何時でも出仕［できる］と信頼している他の者に与えることであった。このようにすることで、彼は無用な者の代わりに有用な友を得たのである。現在の王も出仕を義務づけられている者たちのうちで出仕しない者がいると、連れてこさせている。

二一　彼は出仕しない者たちには以上のように対処した。だが、出仕した部下たちに、彼自身が自分を何人にもまして徳を身につけた者であると示す努力をするなら、彼らの支配者であるから、出仕した者たちにとりわけ立派で優れたものを求めさせられる、と彼は信じたのである。二二　彼は書かれた法律によっても人間はより立派になれるのを理解していると思っている一方、優れた支配者は命令をくだし、無法な者を見て罰することができるから、人間には目に見える法律である、と見なした。

二三　彼はこのように認識していたから、いっそう幸福になったこの時期に神々をさらに畏敬する自分をまず示した。その時マゴスたちが初めて任命された[1]……〈欠落〉……[2]彼は夜が明けると何時も神々への賛歌

（1）これまではマゴスたちはメディアのマゴスたちであった。ペルシア王国が建設され、ここで初めてペルシアのマゴスたちにされたのである。メディアにマゴスたちが存在していたことはヘロドトス『歴史』第一巻一〇一に言及されている。

（2）W. Miller は欠落部に *ἐκ τούτου δὲ αὐτὸς ἤρχετο* を想定している。

を歌い、マゴスたちが指示した神々に毎日犠牲を捧げた。二四　このようにして当時行なわれた慣例は、連綿と続く王により今もなお受け継がれている。彼のこの行為を他のペルシア人たちが最初に真似たのだが、それは、もっとも幸福な人であり、支配者である人がしているように神々を敬うなら、自分らももっと幸福になれると信じ、またこうすることによりキュロスにも気に入られる、と思ったからである。二五　キュロスは不敬を犯したと見なされる者たちとよりも、敬虔な者たちと一緒に航海するのを選ぶ人々と同じ考えをしており、自分の部下たちの敬虔が自分にもよい成果をもたらす、と信じていた。これに加えて、彼は自分を仲間たちの援護者と見なしていたから、仲間がすべて神に畏敬の念を持てば、相互にも、彼自身にも無法な行為をする傾向はさらに少なくなる、と考えた。二六　友人や味方の者にはけっして不正を加えずに、正義を厳しく見つめることを重視する点をも明示するなら、他の者たちも恥ずべき利得を手に入れず、正道を歩むことをいっそう望むようになる、と彼は思った。二七　自分がすべての者に恥ずべき言動をとらないようにして、すべての者にたいして謙虚であるのが明白になれば、すべての者をいっそう謙虚にさせる、と信じた。二八　彼が以上のような結論をくだしたのは、以下の理由からである。それは、支配者にたいしてのみならず、恐怖を抱かぬ者にたいしても謙虚である者たちにたいしては、人々は、謙虚でない者たちにたいしてより、謙虚であるという理由からである。さらに、人々は謙虚であると気づいた婦人たちを見ると、彼女たちにいっそう謙虚に対応しようと思うのである。

二九　また、素直に服従する者たちをもっとも偉大な、苦労に満ちた功績をあげる者たちより尊重すると明示すれば、とりわけ自分の側近たちは服従することを変ることなく心に銘記する、と彼は思った。彼はたえずこのような認識をして行動したのである。

三〇　彼は自分自身が節度を守ることを示して、すべての者にもいっそう節度を守る訓練をさせるようにした。もっとも放埓な振る舞いをしうるキュロスが節度を守っているのを目にすれば、地位の低い者たちはなおさら放埓な行為を示さなくなるからである。三一　[謙虚に振る舞う者たちは人の目につく恥ずべき行為を避けるが、節度を守る者たちは人目につかない恥ずべき行為をも避ける点で、彼は謙虚と節度を守ることを区別した。]　三二　また、自分がこのように一時の快楽により善事から引き離されることなく、先に進んで苦労した後に初めてすばらしい楽しみを得ていることを示せば、節度がもっともよく覚え込まれる、と彼は考えたのである。

三三　このように考えたから、彼は宮廷で下級の兵士たちに規律を厳しく守らせて上官たちに服従させ、たがいに極めて謙虚に振る舞わせ、折り目正しい行動をとらせた。宮廷ではいかなる者も怒って叫んだり、喜んで大声をあげて笑うのを目撃されることがなく、彼らは、人に見られると、本当に上品な生活をしている、と見なされるだろう。

三四　彼らは宮廷でこのようなことをしたり、見たりして日々を過ごした。彼は戦闘訓練のためには、訓練を必要と見なされる兵士たちを狩猟に連れ出した。狩猟は要するに戦闘にとり最善の、馬術にも最適の訓練、と信じていたからである。三五　しかも、狩猟はあらゆる地形の土地で逃げる野獣を追跡することにより、騎兵たちをもっとも確かな馬の乗り手にし、さらに野獣を捕獲しようとする競争心と欲求により、馬上からの活動をとりわけ優れたものにさせるからである。三六　また、狩猟においてとくに自制と労苦、寒さ、暑さ、空腹、渇きに耐えることを彼は仲間たちに慣れさせた。現在に至るも王と王の側近たちは耐えずそのようにしている。

三七　したがって、支配される者たちより優れていない者たちは支配するのにふさわしくないと彼が考えていたのは、これまでに述べてきたことから、さらには側近たちに以上のような訓練をさせる時に自分が自制と戦闘技においてもっとも厳しい訓練をしていたことから、明白である。三八　すなわち、彼は他の者たちを自宅に留まる必要のない場合に限り狩猟に連れ出したが、自身は自宅に留まらねばならない場合でも、自宅の猟場に飼われている野獣を狩猟しており、しかも汗をかく以前には食事をせず、訓練をしていない馬には餌を与えなかったのである。彼はこの猟場の狩猟には権標捧持者たちも呼び寄せた。三九　こういうわけで、彼と側近たちは訓練を絶やさないことにより、すべての主な騎兵の技量において傑出していた。しかも、彼はその模範として自分を提供していたのである。

さらにそのうえ、彼は良いことをとりわけ熱心に求める者たちを見ると、彼らを贈り物、官職、栄誉のある席、その他のあらゆる褒賞で称賛した。そして、すべての者が彼からできるだけ優れた人間に思われたいと願うように、彼は各人に激しい競争心を起こさせたのである。

四〇　キュロスは支配者が被支配者より優れていることにより被支配者を凌駕しなければならないことのみでなく、被支配者を魅惑しなければならないことも考えていた、とわれわれは思うのである。だから、彼自身がメディアの衣服を着用し、統治関与者たちにもそれを着るように説得した。メディアの衣服は肉体に欠陥があってもそれを隠すし、それを着用している者を極めて立派で大きく見せる、と思っていたからである。四一　メディアの衣服を着る者たちは、実際より大きく見られるように、底に目立たなく下敷きを入れた靴も穿いていた。そして、彼らは実際より美しい目をしていると思われるように目を隈取り、生まれつきの肌よりよい色をしていると見られるように化粧するのがよい、と思っていた。

四二　彼は政権関与者たちに人前で唾を吐かない、鼻もかまない、さらには何事にも驚かない人間として何かを見ようとして後ろを振り向かない訓練もさせた。これらすべてのことは、彼の政権関与者たちが被支配者から尊敬を受けるに値する者と見られるのに何らかの寄与をする、と思った。

四三　彼は彼の信じた、支配者でなければならない者たちを、このように自分の示す訓練と彼らにたいする立派な指導により鍛えた。だが、奴隷として仕えるように仕込んだ者たちには、自由人が耐えるべき労苦のいかなる訓練にも駆り立てず、武器の所有も許さなかった。しかし、彼は自由人に仕える訓練をしているという理由から、彼らには飲食の欠乏をけっして味わわせないように、配慮した。四四　すなわち、彼らが野獣を騎兵たちのために平野に追い立てる場合、彼は狩猟に食物を携えていくのを彼らに許したが、自由人の誰にもそのようなことを許さなかったし、行軍の時には彼らを駄獣のように水のある所へ連れていったのである。さらに、彼は、朝食の時には彼らが、激しい空腹に襲われないように、素早くある程度の量を食べ終わるまで、待ってやっていた。こうして、彼はこの者たちが「なんの抵抗もなく奴隷として生き続けられるように」配慮していたから、彼らも彼を貴族たちと同じように父と呼んでいた。

四五　このようにして、彼は全ペルシア王国を確固とした支配下に置いた。一方、彼自身は被征服者から危害を受ける危険がなかったから、まったく安心しておれたのである。彼は彼らが無力であると信じていたし、彼らが無秩序であるのを見ていたうえに、これらの者のうちには昼であれ夜であれ彼に近づく者は誰もいなかったからである。四六　ところで、或る者たちは騎兵隊の、他の者たちは歩兵隊の指揮官たちであるのを知っていた。また、彼らの多くが自分らに統治の能力があるという誇りを持っているのに、彼は気づいていた。これらの者は彼の護衛兵たちにとくによく近づき、しかも彼らの多くはしばしばキュロス自身にも接触したのである。それは、彼が彼らをある目的に用いようとする場合、やむをえないことであった。したがって、彼はとくにこれらの者から多くの方法で危害を受ける危険があったのである。

四七　彼はこれらの者から自分に危険が及ばないようにする方法を考えた結果、彼らから武器を取りあげて、彼らの戦闘能力をなくすのは正しいことでない、と見なした。このようにするのは自分の支配を破滅に導く、と信じて拒否した。だが、彼らを近つけず、信用していないことをあからさまにするのも戦争の始まりだ、と思った。四八　彼はこれらの非常に優れた者に相互への信頼より、自分への信頼を持たせることができるなら、この一つの方法こそ彼自身の安全にとって今述べたすべての方法に代わるもっとも優れたすばらしいものである、と認識した。そこで、彼が彼らの信頼を獲得するに至ったとわれわれが信じている方法を、詳述するように努めよう。

第二章

一　まず、彼は自分を憎んでいると思う者たちを愛するのも、自分に悪意を持っている者たちに好意的であるのも容易でないように、愛を抱き好意を持っているのを相手に認識されている者たちは、愛されていると信じている相手によって憎まれることはありえないと確信していたから、常に自分の心にある親切心をできるだけよく示した。

二　したがって、財貨で好意を示すことがまだ十分にできなかった間は、味方の者たちへの配慮と労苦を、さらに、よい成果には一緒に喜ぶことを、災厄にはともに苦しむことを示して、味方の者たちからの友誼を得よう、と努力した。だが、財貨で好意を示せるようになると、われわれの信じるところでは、彼はまず同じ出費をするなら人間相互にとって飲食を分かち合うことより喜ばしい好意はない、と認識したのである。

三　このような考えであったから、彼は差し当たり自分の食卓に彼自身が食べるのと同じ料理を、非常に多くの人にも十分であるように、何時も載せておくように命じた。そして、彼および彼と食事を共にする者たちが味わった、食卓に出された料理の残りすべてを、自分が記憶しており、好意を持っていることを示したいと思っている友人たちに彼は分け与えた。また、彼は護衛、奉仕、その他の行動において称賛する者たちにも、自分の気に入られたいと願っている彼らの気持に気づいていることを知らせるために、料理を届けさせたのである。

四　彼は召使の誰かを誉める時にも、自分の食卓から料理を与えて称賛したのである。彼はこうすることでも、犬の場合と同じように、自分への好意をある程度抱かせると思っていたから、召使たちへのすべての食べ物を自分の食卓に置かせた。また、友人たちの誰かが多くの者から敬意を受けるのを彼が望む場合、この者にも自分の食卓から食べ物を持っていかせた。現在でも王の食卓から料理が届けられる者を見ると、すべての者は、この者には名声があり、求めるものを獲得してくれる能力があると信じて、この者をいっそう尊敬するのである。さらに、王から届けられる料理はすでに述べた理由により喜びをもたらすだけでなく、王の食卓からの食べ物は事実味覚において優れているのである。**五**　しかし、このようであるのもけっして不思議でない。他の技術が大都城で見事に発展しているのと同じように、王の調理室で作られる料理もまことに美味だからである。小さな都城では同じ者が寝床、戸、鋤、机を作っており、しかもしばしばこの同じ者が家も建てている。そして、こういう者は自分を養いうる雇い主を獲得すると満足している。だから、多くの技術を駆使する人間は、すべての物を立派に仕上げることは不可能なのである。だが、大都城では多くの者が個別の技術を必要とするから、各人は一つの技術で生活するのに十分なのである。しかも、この点ではしばしば一部門の技術全部でなくてよく、たとえば靴では、ある者は男性用の靴を、他の者は女性用の靴を作って生活している。いやそれどころか、靴でもある者は縫うだけで、他の者は皮を靴型に切り取るだけで、さらに別の者は靴の上部を縫い合わせるだけで、最後の者はこれらのことを何もせず、ただこれらの各部分を組み合わせるだけで、生活している場合もあるのである。したがって、もっとも単純化された仕事に従事する者が、仕事を完全に仕上げるようになるのは、当然なのである。

六　食事もこれと同じである。同一人に食事用寝椅子の設置と食卓の用意をさせ、さらに、時にはこの料理を、時には別の料理をというように作らせる者は、個々のことが用意される順序に従って、食事をしなければならない、と思う。だが、一人の者は肉を煮るだけの、他の者は肉を炒めるだけの、別の他の者は魚を煮るだけと魚を炒めるだけの、さらに、他の者はパンを作るだけの仕事を担当すると十分である場合には、しかもそのパンについてもいろいろな種類のものを作るのでなく、一人の者が一種類の見事なパンを提供することで満足される場合には、このように調理された個々の料理は実にすばらしく仕上がっているに違いない、と思う。

七　彼はこのように振る舞っていたから、食べ物により栄誉を与える点で、すべての者をはるかに凌駕していた。また、表彰の他のあらゆる方法においても、彼が群を抜いて優れていたことを今から詳述しよう。彼はもっとも多くの収入を得ていることで他の人々より格段にまさっていたが、もっとも多く分け与えることでなおいっそう人々より抜きん出ていたのである。キュロスはこのような分配を始めたのだが、この惜しみなく与える慣習が今日もなお王たちに受け継がれている。八　富有な友人たちをペルシア王以上に所有しているのを示せる者はいない。ペルシア王以上に側近たちを衣服で美しく飾らせて現われる者はいない。王の贈り物の二、三、すなわち腕輪、首飾り、黄金鋲馬勒をつけた馬のようには、他の誰の贈り物も容易には識別されない。そこでは王が与えなければ、誰もそのような物を持つことができないからである。九　贈り物を多く与えることにより、兄弟、父、子供よりも自分を選ばせるようにしているのは、王を措いてほかにいない、と言われている。何ヵ月道程もかかる遠く離れた所にいる敵に懲罰を加えることは、ペルシア王以外には誰もできないのである。征服して王国を築き、死んだ時に被支配者から父と呼ばれた者は、キュロス以外にいない。この呼び名は略奪者のものであるより、恩恵を施す者のものであるのは、明らかだ。一〇いわゆる王の目、王の耳と呼ばれる者たちを彼は贈り物や名誉を与える以外の方法で獲得しなかったのを、われわれは知っていた。すなわち、王にとって重要なことを知ってほしいと願って知らせてくれた者たちにおおいに報いることで、王に役立つのには何を知らせたらよいのか、と多くの者に彼は聞き耳を立てさせたり、探らせたりしたのである。一一　この結果、多くの目と多くの耳が王のものである、と見なされた。王は一人の目を選ぶべきだという考えの者がいるなら、その者は正しい考えをしていない。一人ならわずかのことしか見えないし、聞けないからである。また、一人だけにそのようなことが命じられると、他の者はいわば注意を払わなくてよい、と命令されているようなものである。そうでなく、何か注意をする価値のあることを聞くか見るかした者すべての言うことに王は耳を傾けるのである。一二　このようにしているからこそ、王は多くの耳と多くの目を持っている、と信じられている。また、人々はどこにいても王が聞いているかのように王に不都合なことを言ったり、王が側にいるかのように王に不都合なことをするのを恐れたのである。したがって、キュロスの悪口を人に言うようなことを誰もあえてしないばかりか、常に側にいる者がすべて王の目であり、耳であるように各人は振る舞った。人々が彼にこのような態度をとったのには、彼が小さな功績にも大きく報いる気持を持っていたことが、もっとも大きな原因である、とわたしは見ている。

一三　彼が贈り物の大きさにおいてまさっていたのは、もっとも富める者であったから、不思議でない。だが、王として友人たちを尊重し、配慮している点で他に抜きん出ているのは、より注目すべきことである。

だから、彼が友人たちへの配慮において劣っているのをもっとも恥じたのは明白である、と言われている。

一四　よい牧者とよい王の仕事は似ている、と言っている彼の言葉も記憶されている。牧者は家畜の幸せの範囲において彼らを幸せにして彼らを利用しなければならないし、王も同じように諸都城や人間たちを幸せにして彼らを利用しなければならない、と彼は言っている。このような考えを持っているのであれば、支配下の者たちへの配慮においてすべての人間を凌駕しようと彼が競うのは、何ら不思議なことでない。一五　この点についても、クロイソスがキュロスに自分一人の家に黄金の財宝をこのうえもなく多く貯えることができても、多く贈与すると貧しくなると忠告した時、キュロスはクロイソスにすばらしい例を示した、と言われている。

キュロスは、「わしは、支配者になって以来お前の助言どおりに黄金を集めていたとすると、どれほど多くの財宝をすでに所有している、と思うのか」と尋ねたそうである。

一六　すると、クロイソスはある大きな額を述べた。そこで、キュロスはこれに答えて言った、「では、クロイソス、お前のもっとも信頼している者をここにいるヒュスタスパスと一緒に行かせよ。ヒュスタスパス、お前はわしの友人たちの所を回り、わしがある軍事行動のために黄金を必要としている、と彼らに言え。実際わしは黄金をさらに必要としているのだからな。彼らがそれぞれわしに渡せる財貨の額を記して封をし、その手紙をクロイソスの従者に渡して届けさせるよう、彼らに要請しろ」。

一七　彼は述べたことを書き記し、封をしてヒュスタスパスに与え、友人たちの所へ届けさせた。しかも、彼はその書状の中にすべての友人にヒュスタスパスも自分の友人として迎えるように、と書いたのである。

ヒュスタスパスがキュロスの友人のもとを回り、クロイソスの従者が手紙を届けた後、ヒュスタスパスは言った、「キュロス王様、わが君は今や自分をも富める者として扱ってくださらねばなりません。自分はわが君の手紙のお陰で莫大な贈り物を得て戻ってまいりましたのですから」。

一八　そこで、キュロスは言った、「こういうわけだから、クロイソス、この者でさえすでにわしらにとり一つの宝庫なのだ。だが、友人たちの書面に目を通し、わしが使用するのに必要なら、どれだけの財貨が用意されるのか、計算してくれ」。

クロイソスは計算し、キュロスが財貨を集めたとして宝庫に所有していると見積もって述べた額より何倍も多い額を見出した、と言われている。一九　このことが明らかになると、キュロスは言ったそうである、「クロイソス、お前はわしも宝物を持っているのを見ただろうな。お前はわしに、宝物を自分の所に集めるのはよいが、その宝物のために嫉妬され、憎まれるから、雇った警備兵たちを宝物のために配置し、これらの者を信用するように、と助言した。だが、わしは友人たちを裕福にしたから、これらの友人はわしの宝庫であるとともにわしとわしらの宝物の警備兵として、わしの雇った警備兵たちを配置した場合より、信頼できると思うのだ。二〇　もう一つ別のこともお前に述べよう。クロイソス、神々がすべての人間を一様に貧しくされて、人間の心に注入された富への欲望をわし自身も超越することはできないし、他の者と同じように財貨にはわしも貪欲なのだ。二一　しかし、わしは次の点で大多数の人間と異なっている、と思う。彼らは十分以上の財貨を手に入れると、それらの一部を地中に隠したり、他を腐らせたり、さらに他の財貨を数えたり、測ったり、量ったり、乾かしたり、見張ったりして苦労する。しかも、彼らは家の中にそれほど多くの物を所有していても、腹に受け入れられる以上には食べられない。彼らの腹が破裂するからだ。また、彼らは身に着けられる以上に多く着ることはできない。多く着用しすぎると窒息するからだ。こうして、彼らは必要以上に多い財貨に苦労する。二二　わしは神々のご意向に従い、常により多くの財貨を求める。だが、それらを手に入れた場合、わしにとって十分以上に財貨のあるのが分かると、わしはそれらの財貨で友人たちの窮乏を補い、人々を富ませ、恩恵を施して彼らの好意と友誼を獲得し、この結果わしには安全と名声が報われるのだ。この所有物は腐敗することも、過量のゆえに苦しめることもない。それどころか、名声は広く行き渡れば渡るほど偉大で、正しく、軽く荷われるようになる。しかも、名声はしばしばそれを荷う者にも心を楽しませるのだ。

二三　次のこともお前に知ってもらうために、言うのだが、クロイソスよ、もっとも多くの物を所有し、それを警備する者たちをわしはもっとも幸福とは見なさないのだ。そういうことだと、城壁を警備する者たちがもっとも幸福であることになろう。彼らは都城にあるすべての物を警備しているからだ。だが、わしは正しい方法でもっとも多くの物［と財貨］を獲得し、立派な意図のもとにもっとも多くの物を使用できる者をもっとも幸福だ、と信じている」。

このように述べたとおりに、彼が実行したのは明らかであった。

二四　そのうえ、多くの人間が健康に生活している場合には食糧を保有し、健康な者たちの生計に必要な物を蓄えるように準備しているのを、彼は知っていた。だが他方、彼らが病気になった場合に、役立つ物を手元に置いておく配慮をまったくしていないのに、気づいていた。そこで、彼はこの問題も解決しよう、と思った。彼は必要経費の支出を用意し、もっとも優れた医者たちを自分の所に集め、医者の誰かが有用であると言った物のうちで、すなわち道具、薬、食料、飲料のうちで、手に入れて自分の所に貯蔵しなかった物はなかった。二五　病気になり、治療を必要とする者が出ると、彼は何時もその者を見舞い、必要な物をすべて与えた。また、医者が彼から薬を受け取り、誰かを治した場合、彼は医者たちに感謝したのである。

二六　彼が、このように様々な工夫をしたのは、自分を愛してくれる者たちの間で第一人者になることを目指したからである。

すばらしい成果を得たいという競争心を起こす意図から、種々の競技を告示し、賞金を提示したのは、キュロスに称賛をもたらした。それは彼らの勇気が鍛えられるように、と彼が配慮したからである。しかし、これらの競技は貴族たち相互の不和と嫉妬を引き起こした。

二七　この他、裁判であれ、競技であれ決定を必要とする事柄に関して、決定を求める者たちは裁定者の決定に同意する、との法的なものをキュロスは制定した。だから、何かを争っている双方がもっとも強力でもっとも味方をしてくれる裁定者を得ようとしたのは、明らかである。だが、裁定で勝てなかった者は、裁定で勝った者たちを嫉妬し、自分を勝者と判定しなかった者たちを憎んだ。これに反し、勝者は勝ったのは当然との態度をとり、誰にも感謝しなくてよい、との考えであった。

二八　キュロスから好意を受けるうえで第一人者であることを願う者たちも、民主国家にいる他の人々のように、たがいに嫉妬心を抱いた。この結果たいていの者はたがいに協力して利益になることを何か仕上げるより、たがいに相手を除去したい、と願ったのである。

このような点からも、彼がもっとも有力な者すべてに相互に好意を持つより、彼に好意を抱かせるように計らったのは、明白であった。

第三章

一　これからは、キュロスが最初に宮廷を出発した時の様子を詳述しよう。出発そのものの壮大さも、彼の支配が軽蔑されないようにする工夫の一つであった、とわれわれは信じるからである。とにかく、彼はまず出発前にペルシア軍と同盟軍の主要指揮官たちを自分の所に呼び集め、メディアの衣服を彼らに分け与えた。この時、ペルシア人たちが初めてメディアの衣服を着用したのである。これらを分け与えると同時に、彼は神々のために選ばれた聖域に赴き、彼らとともに犠牲を捧げるつもりである、と言った。二「だから、お前たちは太陽の上る前にこの衣服で着飾り、宮廷の前に来て、ペルシア軍指揮官のペラウラスがわしに代わって命じるとおりに整列しろ。わしが先導すると、指示どおり整然と並んでついて来い。だが、お前たちのうちでこれからするわしらの行進方法より、他の方法のほうが優れていると思う者がいるなら、わしらが戻ってきた時教えよ。お前たちがもっとも美しく立派であると思う方法で、何事も処理されねばならないからな」。

三　彼はこれらのもっとも卓越した者たちにこのうえもなく美しい衣服を分け与えると、他のメディアの衣服も運び出させた。彼が非常に多くの衣服を調達していたからで、赤紫色、黒色、緋色、赤黒色の衣服などを与えるのを惜しまなかった。彼は各指揮官にこれらの衣服から割り当て分を分け与えると、「わしがお前たちを着飾らせるように、これらの衣服で自分の友人たちを着飾らせよ」と命じた。

四 すると、その場にいた者の一人が彼に尋ねた、「キュロス王様、わが君は何時着飾られるのですか」。彼は答えた、「お前たちを着飾らせると、わし自身が着飾ることになるのだ、と思えないのか。友人のお前たちに恩恵を与える能力がわしにあれば、わしは、たまたま身に着けているのがどんな衣服だろうと、立派に見えるのだ」。

五 こうして、彼らは去っていき、友人たちを呼び寄せ、それらの衣服で着飾らせた。

各人が功績に応じて名誉を与えられるべきだとすることで、ペラウラスがかつて自分に賛同してくれたことから、キュロスは平民の出身であるが、賢明で名誉心があり、規律を守り、自分に気に入られることをなおざりにしない者と信じて彼を呼び、好意を持っている者の目には行進がもっとも美しく映り、悪意を持っている者の目にはもっとも恐ろしく映る方法を相談した。**六** 彼ら二人が考察して意見の一致を見ると、彼らがよいと思ったとおりに、行進を明日挙行するように配慮せよ、と彼はペラウラスに命じた、「わしは行進の隊形については、すべての者がお前に従うように命じた。だが、彼らがいっそう快くお前の命令に従うように、ここにある上着を受け取り、それらを槍兵隊の指揮官たちに、これらの乗馬用上着を騎兵隊の指揮官たちに贈り、さらに戦車隊の指揮官たちにもここにあるこれらの上着を与えるのだ」。

彼はそれらを受け取り、持っていった。**七** 指揮官たちはペラウラスを見ると、「ペラウラスよ、お前はわしらにさえ指示して行動させるのだから、まったく大した奴だよ」と言った。

「ゼウスにかけて、自分は」とペラウラスは言った、「そのようなことをしないのは言うまでもない。自分は一緒に荷物を運んでいるのにすぎないのだ。事実、自分は今ここに二つの乗馬用上着を持ってきている。一つはお前のためで、他はもう一人のためだ。お前はこのうちから気に入るほうを受け取るとよいだろう」。八 この後、この指揮官は乗馬用上着を手にすると嫉妬を忘れてしまい、すぐに彼とどちらを受け取ったらよいのか相談した。彼はどちらがよいかの助言をして言った、「自分がお前に選択を許したとお前が漏らすと、次に自分が分配する時、お前は好意的でない分配者の自分に出合うことになろう」。ペラウラスはこのように命じられたとおりの分配をすると、すぐさま行進のすべてができるだけ立派になるように、手はずをした。

九 翌日になると、日の出前にすべてが整えられ、兵士たちは道路の両側に列を作って立っていたが、現在でも王が駆けていこうとする場所には、兵士たちがこのようにして立ち、この列の間には栄誉を与えられていない者は誰も入るのを許されないのである。当時は鞭を持った警吏たちが配置され、彼らは押し入ろうとする者がいると、打ちのめした。

さて、その時は最初に約四〇〇〇名の槍兵が四列で宮廷の入口の前に立ち、さらに入口の両側に二〇〇〇名の槍兵が立ったのである。一〇 騎兵もすべて来ており、馬から下り、両手を上着の袖に入れていたが、現在でも王が彼らを見る場合、彼らは同じように両手を袖に入れている。ペルシア兵たちは道路の右側に、同盟軍の兵士たちは左側に立ち、さらに戦車も同じように半数ずつ両側に配置された。

一一 宮廷の入口が開くと、最初にゼウスと他の神々のうちマゴスたちが指示した神々に捧げられる実にすばらしい牡牛が、四列になって引かれてきた。ペルシア人たちは他のことについてより、神々について精通している者の意見を聞くのをはるかに必要なこと、と信じているからである。一二　牛の次に、ヘリオスに犠牲として捧げられる馬が引き出された。この後に、金の頸木をつけ、花冠を被せられた白馬に引かれた、ゼウスに捧げられる馬車が出てきた。この次には、ヘリオスに捧げられる、先の馬車と同じように花冠を被せられた白馬に引かれた馬車が来た。この馬車に続き、ほかに三番目の馬車が来たが、この馬車を引いていたのは緋色の馬衣で被われた馬であった。この後に従って兵士たちが大きな竈の火を運んだ。

一三　以上の後にやっと、キュロス自身が冠をまっすぐ頭に載せ、赤紫色の地に白の縞模様のついた上着を着用して戦車に乗り、入口から姿を現わしたが、白の縞模様の上着を着用するのは他の者に許されないのである。そして、彼は脚に緋色のズボンを穿き、深紫紅色の外套を着ていた。さらに、彼は冠にベルトを巻いていた。彼の親族の者たちもこれと同じ印をつけていたが、彼らは今も同じ印をつけている。一四　彼は袖の外に手を出していた。彼の側には背の高い御者が座っていたが、その者は事実にしろ見かけ上にしろ彼より低かったから、キュロスははるかに大きく見えたのである。

彼を見て、すべての者がひれ伏したが、それは、この行為を始めるように命じられた者たちがいたからか、あるいは、彼らが行進の壮大さとキュロスの見せた大きくて立派な姿に驚嘆したからか、のどちらかであった。以前は、ペルシア人のいかなる者もキュロスの前にひれ伏さなかった。

一五　キュロスの戦車が出てくると、四〇〇〇名の槍兵が先導し、二〇〇〇名の槍兵が彼の戦車の両側に平行して従い、彼の側近の権標捧持者約三〇〇名が投槍を携え、騎乗して随行した。一六　次に、キュロスのために飼育された馬約二〇〇頭が黄金の鋲を打たれた馬勒をつけ、縞模様の馬衣に被われて行進した。この後に続いて、二〇〇〇名の投槍兵が進んできた。この後には、最初の頃に訓練を受けた一万の騎兵が一〇〇騎ずつ方陣の隊形を組んで続き、彼らをクリュサンタスが指揮した。一七 彼らの後にさらに一万のペルシア騎兵が同じ隊形を組んで続き、彼らをヒュスタスパスが指揮した。この後に、もう一万の騎兵が同じ隊形を組んで続き、彼らをダタマスが指揮した。一八 この後にメディア騎兵隊、その後にアルメニア騎兵隊、その後にヒュルカニア騎兵隊、その後にカドゥシオイ騎兵隊、その後にサカイ騎兵隊というふうに続いた。これらの騎兵隊の後には戦車隊が四列に隊形を組んで進み、それらをペルシア軍指揮官アルタバタスが指揮した。

一九 キュロスが進んでいくと、実に多くの人々が列の外側を彼に平行してついて行き、各自異なった用件を彼に請願した。そこで、彼は自分に報告を届けるために戦車の両側に三名ずつつき従ってい権標捧持者たちの一部を、彼らの所へ送り、次のように言うように命じた、「わしに何か請願したい者がいるなら、騎兵隊長の誰かに願い事を告げよ。彼らはわしにそれを伝えよう」。すると、彼らはただちに去って、騎兵隊の所へ行き、それぞれ誰の所へ行けばよいのか思案した。

二〇 他方、キュロスは、友人たちのうちで、人々から特に尊敬されてほしいと彼の願っている者たちに使いを送り、各人を個別に自分の所へ呼び寄せ、彼らに次のように述べた、「列について来るこれらの者たちのうちで、お前たちに何かを知らせる者がいる場合、その者がなんの価値もないことを言っていると思えば、その者に配慮するな。だが、正当なことを求めていると思う者がいると、その者のことをわしに知らせよ。一緒に相談してその者の願いをかなえてやろう」。
二一　彼が呼び寄せると何時も、召集を受けた者たちは指示に従い全力で駆けつけ、キュロスの王権を高めると同時に、自分らが真摯に服従しているのを示した。だが、ダイペルネスという者がおり、かなり教養に欠ける心の持ち主で、すぐには従わないほうがより自由な人間に見られる、と思っていた。二二　キュロスはこのことを知り、彼が来て自分と話をする前に、権標捧持者の一人を彼の所へ送り、自分がもはや彼を必要としていないと言うように命じ、その後は彼を呼ぶことがなかった。二三　ダイペルネスより後に呼ばれた者が彼より先に自分の所に駆けつけた時、キュロスは自分に随行する馬から一頭をその者に与え、権標捧持者の一人にその者の指示する所へ馬を連れていくように、と命じた。これを見た者はこれを非常な名誉と思い、それ以後はるかに多くの者が彼の気に入られるようにしたのである。

二四　彼らは聖域に着くと、ゼウスに犠牲を捧げ、牡牛を丸焼きにした。次に、ヘリオスに犠牲を捧げ、馬を丸焼きにした。その後、マゴスたちの指示どおりにガイアに犠牲を捧げるために屠殺した。さらに、アッシリアを支配した英雄たちに犠牲を捧げた。二五　その後、その場所が競馬に適していたから、キュロスはその場所から約五スタディオン離れた所に決勝線を置き、種族ごとに全力でそこを目がけて馬を駆けるように言った。彼自身はペルシア兵たちと馬を競い、大差をつけて勝利を得た。彼は馬術にはとくに力を入れていたからである。メディア兵たちのうちではアルタバゾスが勝ったが、それは、キュロスが彼に馬を与えたからであつた。離反してキュロスの味方になったアッシリア兵たちのうちではガダタスが、アルメニア兵たちのうちではティグラネスが、ヒュルカニア兵たちのうちでは騎兵隊長の息子が勝利を得た。サカイ兵たちのうちでは一兵士が自分の馬を駆って決勝線に入った時、他の馬はまだ走路の半ば近くを駆けていた。
二六　その時、キュロスがこの勝利を得た兵士に、その馬を与えるかわりに王国を受け取らないか、と尋ねたところ、その兵士は、「わたし奴は王国はいただきませんが、勇敢なお方にならこの馬を差し上げ、そのお方からわたし奴に示されます感謝はお受けしたく存じます」と答えたそうである。
二七　すると、キュロスは言った、「それなら、お前が目を瞑って投げても、勇者に当たる場所をわしが示そう」。
「では、どうかわたし奴にこの土塊を投げられるようにお示し願います」とそのサカイ兵は言って土塊を取りあげた。
二八　そこで、キュロスは彼に自分の友人がもっとも多くいる場所を示した。彼が目を瞑って土塊を投げると、側を駆け抜けていったペラウラスに当たった。ペラウラスがキュロスの命令を受け、ちょうどそれを伝達するところだったからである。だが、ペラウラスは土塊に当たっても振り向かず、指示された場所へ行った。
二九　このサカイ兵は目を開けて、誰に当たったのか尋ねた。
「ゼウスにかけて」とキュロスは言った、「ここにいる者の誰にも当たらなかった」。

「ですが」とその若者は言った、「ここにおられないお方でしたら、どなたにも当たるはずはございません」。

「いや、ゼウスにかけて」とキュロスは言った、「お前は戦車の列に沿って速く駆けていったあの者に当てたのだ」。

「それでは、どうして」と彼は言った、「あのお方は向きをお変えになられなかったのでしょう」。

三〇　キュロスは言った、「あいつは狂っているからだ、と思うよ」。これを聞くと、若者は彼が誰であるのか見にいった。そして、若者はペラウラスの顎の所が土と血に塗られているのを見出した。土塊が当たって彼の鼻から血が流れたからであった。若者は近づくと、彼に土塊が当たったのか、と尋ねた。
三一　彼は答えた、「見てのとおりだ」。
「では」と若者は言った、「わたし奴は隊長殿にこの馬を差しあげます」。

彼は尋ねた、「なぜ呉れるのか」。

そこで、このサカイ兵はことの次第を詳しく述べ、最後に言った、「わたし奴は実際勇敢なお方に土塊を当てた、と思っています」。
三二　ペラウラスは言った。「いや、お前が賢明なら、わしより富裕な者に馬を与えていただろうに。だが今は、わしもその馬を受け取ろう。ここで、お前からの土塊がわしに当たるようにされた神々に、わしへの贈り物でお前に後悔させないようにしてください、と祈ることにする。では、お前はわしの馬に乗って駆け去れ。わしは後でお前の所へ行く」。
彼らはこうして馬を交換した。

カドゥシオイ兵のうちで勝利を得たのはラティネスであった。
三三　キュロスは戦車も部隊ごとに競争させた。彼は勝利者すべてに犠牲を捧げて宴会するように、と牛と杯を与えた。彼自身も勝利の賞品として牛を得たが、彼の得る杯はペラウラスに与えた。彼はペラウラスが宮廷からの行進を見事に指示した、と見なしたからである。三四　その時、キュロスによりこのように創始された行進は、王が犠牲を捧げない場合に犠牲獣が欠ける以外、現在もこのように続いている。

行進が終わると、彼らは都城に戻り、家を与えられている者たちは家で、家を与えられていない者たちは宿舎で食事した。

三五　ペラウラスも自分に馬を与えてくれたサカイ兵を招待して饗応し、食卓から溢れ落ちるばかりに多い料理でもてなした。食事を終えると、ペラウラスはキュロスから貰った杯を満たして彼のために乾杯し、その杯を彼に贈った。

三六　サカイ兵も多くの立派な寝具、多くの美しい備品、多くの奴隷を見て、「ペラウラス隊長殿、故郷でも隊長殿は裕福でおられたのでしょうか、仰っていただけませんか」。

三七　すると、ペラウラスは言った、「お前はどういう種類の裕福を言っているのだ。わしは確かに手仕事で生計を立てていた者の一人であった。わしの親父は働きながら辛うじてわしを養い、自分で子供の教育をした。わしが青年になると、親父はわしを養って遊ばせておくことができず、わしを畑へ連れていき、働くように命じた。三八　そこは実に狭い土地であったが、悪くなく、むしろこのうえもなく肥えた土地であったから、そこをわしは自分で掘り返し、種を播き、親父が生きている間は、わしが代わって親父を養った。この種を播かれた土地が立派な実りを誠実に、しかも多くはないが利息もつけてもたらしてくれたからだ。この土地は豊作の時には播かれた物の二倍もの収穫を得させてくれたこともあった。わしは故郷でこのような生活を送っていた。だが、今ではお前が見ている物すべてをキュロス王様がわしに与えてくださったのだ」。

三九　そこで、サカイ兵は言った、「隊長殿は貧しい人から豊かな人になられましたから、とりわけ幸福なお方です。隊長殿は財貨を欠いておられました後で豊かになられましたから、豊かであることをはるかによく楽しんでおられる、と思います」。

四〇　ペラウラスは言った、「サカイ兵よ、お前はわしが多くの物を得られたから、今はそれだけ楽しい人生を送っている、と本当に思っているのか。今わしが貧しかった時より楽しく食事をし、酒を飲み、眠っているのでないのをお前は知らないのだ。このような多くの物を所有していることからわしが受ける利益とは、より多くの物を監視し、他の者たちにより多くの物を分け与え、より多くの者に配慮する苦労をすることなのだ。四一　つまり、今では多くの召使がわしに食べ物を、飲み物を、衣服を求める。またある召使たちは医者を必要とする。また、狼に引き裂かれた羊や、突き落とされた牛を運んできたりする召使がおれば、病気が家畜を襲ったと伝えにくる召使もいるのだ。この結果、わしは以前少しの物しか所有しなかったために苦労したのだが、今は多くの物を所有していることで以前以上に悩んでいる、と思っているのだ」。

四二　だが、サカイ兵は、「いや、ゼウスにかけまして」と言った、「事態が順調でありますから、隊長殿は多くの財産を目にされて、わたし奴の何倍もお楽しみになっておられますよ」。

するると、ペラウラスは言った、「サカイ兵よ、財貨を所有するのはそれほど楽しいことでないのに、それを失うのは苦痛なのだ。わしが真実を言っているのがお前には分かるだろう。富める者で喜びに眠れない者はいないし、富を失った者で苦痛のために眠れる者を、お前は見ることもないからだ」。

四三「だが、ゼウスにかけまして」とサカイ兵は言った、「何か貴重な物を得た者で、喜びのあまり眠りたくなる者を、お目にされることがおありでしょうか」。

四四「お前の言うのももっともだ」と彼は言った、「所有することが獲得することと同じように楽しいなら、富める者は貧しい者よりはるかに幸せだからだ。だが、サカイ兵よ、多くを所有する者は、神々、友人たち、客人たちのために多くを費やさねばならない。だから、財貨を所有するのを非常に喜ぶ者は、それを費やすことで大変な苦痛を味わわねばならないことをよく知っておけ」。

四五「いや、ゼウスにかけまして」とサカイ兵は言った、「わたし奴はそのような人間ではございません。多くを所有する者が多くを消費するのを幸せ、と思っています」。

四六「神々にかけて」とペラウラスは言った、「それでは、お前はすぐに非常な幸せ者になるがよい。そして、わしも幸せにしてくれ。これらすべてを受け取り、所有してお前の思うように使え。わしを客と同じように、いや客よりもっと粗略に扱うとよいのだ。お前の所有する物を共有することで、わしは満足するからだ」。

四七「冗談を言っておられるのでしょう」とサカイ兵は言った。

すると、ペラウラスは真剣に言っているのだ、と誓約して言った、「サカイ兵よ、宮廷に伺候したり、軍務に服すことを免除され、自宅に留まって裕福でいられるという他の特典も、わしはお前のためにキュロス王様から得てやろう。わしはそれをお前とわしのためにするのだ。わしがキュロス王様への伺候や従軍でさらに財貨を得るなら、それをお前に渡し、お前にもっと多く使ってもらうことにする。わしをこの苦労からぜひとも解放してくれ。わしがこれらのことにかかわりを持たなくなれば、お前はわしにもキュロス王様にも非常に役立ってくれることになるからだ」。

四八 彼らはこのように話し、以上のことに合意し、それを実行した。一方のサカイ兵は多くの財貨を支配することで幸福になったと思い、他方のペラウラスは自分の好きなことをする時間を作ってくれる管理人を得たことで、このうえもなく幸福である、と信じた。

四九 ペラウラスの性格は友情に厚く、彼は人々を親切に扱うほど楽しいことはなく、有益なことはない、と信じていた。すべての生き物のうちで人間がもっとも優れており、もっとも強く感謝の念を示すと彼は思っているが、それは、人間が誰かに称賛されると、つぎは自分が称賛してくれた者たちを喜んで称賛し、好意を示してくれた者たちに好意で報いる努力をし、親切にしてくれていると知った場合は、その者たちに親切で報い、自分を愛してくれる者たちを知ると、その者たちを憎むことができず、両親を恩に報いて世話をするのがすべての生き物のうちで群を抜いているのを、それも生きている時にも死んだ後にも世話をするのを、彼は見てきているからである。また、他のすべての生き物が、人間より恩知らずであり、冷酷であるのを彼は認識していた。**五〇** こうして、ペラウラスは自分が財産の配慮から解放され、友人の世話だけができるのを非常に喜び、サカイ兵は多くの物を所有し、多くの物を享受するようになったのを喜んだ。サカイ兵はペラウラスが常に何かを持ってきてくれるので彼を愛し、ペラウラスはサカイ兵がすべての物を喜んで受け取り、ますます多くなっていくのにそれらを管理し、けっして自分に忙しい思いをさせなかったから、彼を愛したのである。

彼らはこのようにして時を過ごした。

第四章

一　キュロスも犠牲を捧げると、勝利の祝宴を開き、友人たちのうちで彼を賛美する気持をもっとも強く示し、またもっとも好意をよせて尊敬するのを明確にしている者たちを招待した。彼らと一緒にメディアのアルタバゾス、アルメニアのティグラネス、ヒュルカニアの騎兵隊長それにゴブリュアスも彼は招待した。二　ガダタスは彼のために宦官を指揮することになっており、宮廷内部における生活の仕方はすべて彼の指示どおりにされるようになっていた。客人たちがキュロスと一緒に食事する時は何時も、ガダタスは席に着かずに彼らの世話をした。だが、彼らだけで食事する場合、彼は何時もキュロスと一緒に食事した。キュロスが彼と一緒にいるのを喜ぶからであった。この行為の報酬として、彼はキュロスとキュロスの影響で他の者たちからも多くのすばらしい贈り物の栄誉を受けたのである。

三　食事に招待された者たちが到着すると、キュロスは各人の好むままに席に着かせず、彼のもっとも尊重している者を自分の左手側に、二番目の者を自分の右手側に、三番目の者を再び左手側に、四番目の者を右手側に席をとらせた。というのも、策略による攻撃に晒され易いのは右手側より左手側のほうであったからである。これ以上多くの者がいる場合にも、彼は同じ順序で着席させた。四　彼が各人をどのように評価しているかが明確にされるのを、キュロスはよいことである、と信じていた。もっとも優れている者でも公に称賛されることも賞を受けることもないとの考えを人々が持つようになると、人々が競い合わなくなるのは、明白であるからだ。しかし、もっとも優れた者がもっとも多くの利益を得ると思われる場合は、すべての者がこのうえもない熱意をもって競争するのは、明らかである。

五 こういうわけで、キュロスは自分の側に仕えるもっとも優れた者たちを、このように、まず彼らの占める席と立つ場所を決めることから始めて、明確に示した。だが、彼は指示した席を永久のものとせず、立派な行為によって昇進し、より栄誉のある席に着くこともあるが、無思慮な行動をとる者がいると、その者はより尊敬の少ない席に下がることを慣行にした。また、もっとも名誉のある席に着いている者が、彼からもっとも多くの財貨を受け取っていないと思われるのを、彼は恥辱としていた。キュロスの時代にこのように行なわれたことが、今も続いているのをわれわれは知っている。

六 彼らが食事していた時、多くの者を支配する人の食卓に個々の食べ物が多く載っていたのに、ゴブリュアスは驚かなかったが、このような偉大なことをし遂げたキュロスが美味な食べ物を手に入れると、それらを一人で食べてしまわず、側にいる者にそれを一緒に食べてほしいと頼む気遣いをすることや、そこにいない友人の何人かに彼のたまたま楽しく味わった美味な食べ物を送ってやるのをしばしば目にして感嘆した。**七** だから、彼らが食事を終え、残った食べ物をすべてキュロスが食卓からいろいろな人に送った時、ゴブリュアスは当然のように言った、「いや、キュロス王様、わたしは以前、わが君が極めて優れた将軍でおられますから、人々よりとりわけ優れておられる、と信じていました。だが今は、神々に誓って言わせていただきますが、わが君は司令官の才能でより、人間愛のほうで人々をしのいでおられる、と思います」。

八　「いや、ゼウスにかけて」とキュロスは言った、「実際、わしも将軍の仕事をするより、人間愛の行動を示すほうがはるかに楽しいのだ」。

「どうしてでしょう」とゴブリュアスは言った。

「前者は」と彼は言った、「人間を不幸にするが、後者は人間を幸福にすることが示されるに違いないからだ」。

九　この後、彼らが食後の酒を飲んだ時、ヒュスタスパスがキュロスに尋ねた、「キュロス王様、知りたいことがありますがお尋ねしますと、お怒りになられますか」。

「いや、神々にかけて」と彼は言った、「それとは反対だ。わしは尋ねたいことをお前が黙っているのに気づくと、不快に思う」。

「では」と彼は言った、「わが君が召集をかけられました時、自分が来なかったことがありましたでしょうか、仰っていただけませんか」。

「尋ねるまでもないことだ」とキュロスは言った。

「では、わが君のご命令に従いますのに、ぐずぐずしていましたでしょうか」。

「そんなことはない」。

「わが君に命じられましたことを達成しなかったことがありましたでしょうか」。

「そんな非難などしたこともないぞ」と彼は言った。

「自分のしましたことで、積極的にあるいは喜んでしなかったことを目にされましたことがございましょうか」。

「それはぜんぜんない」とキュロスは言った。

一〇　「では、神々にかけまして」と彼は言った、「キュロス王様、クリュサンタスに自分より名誉のある席に着くよう指示されましたのは、どうしてでございましょう」。

「言ってよいか」とキュロスは言った。

「ぜひ仰ってください」とヒュスタスパスは言った。

「真実を聞けば、お前も二度とわしに腹を立てなくなろう」。

一一　「いずれにいたしましても」と彼は言った、「自分が正当な処遇をお受けしていますのが分かりますと、嬉しく思います」。

「では言うが、このクリュサンタスは」と彼は言った、「まず、わしらに係わることがあれば、召集を待たずに、その前に来てくれており、次に、命じられたことだけでなく、わしらのためには行なわれたほうがよい、と彼自身が判断したことも行なっていた。また、わしが同盟軍に何か言わねばならない場合には何時も、適切なことを言えるように、助言してくれた。そのうえ、彼はわしが同盟軍に知ってもらいたいと思っていることがあるのに気づき、しかもわしが自分自身のことについて述べるのを恥ずかしがっていると、それを自分の意見として示してくれたのだ。だから、少なくともこれらの点で、わしにとっては彼がわし以上に役だってくれている、と言うのになんの支障もない。しかも、彼自身はすべて手元にある物で満足していると言いながら、わしのためには役立つ物がさらにないかと何時も考慮してくれているのは、明らかなのだ。彼はわしの幸運をわしよりはるかに喜び、誇りに思っている」。

一二　これに答えてヒュスタスパスは言った、「ヘラにかけまして、キュロス王様、自分はこの質問をわが君にしましたのを喜んでおります」。

「どうしてなのだ」とキュロスは言った。

「自分もそうする努力をいたしますから。一つだけが」と彼は言った、「つまり、わが君のご幸運を自分も喜んでいますのをどのようにお示ししましたらよいのかが、分かりません。拍手するとよいのでしょうか、笑うのがよいのでしょうか、どのようなことをするのがよいのでしょう」。

すると、アルタバゾスが言った、「お前はペルシア式の踊りをするとよいのだ」。

この発言で笑いが起こった。一三　祝宴が進むと、キュロスはゴブリュアスに尋ねた、「言ってくれ、ゴブリュアス、お前がわしらと初めて行動をともにした時に較べて、今のほうがここにいる者たちの一人に娘を与えるのを喜ばしいと思うようになっているのではないか」。

「わたしも」とゴブリュアスは言った、「真実を申しあげてよろしいでしょうか」。

「言うまでもないことだ、ゼウスにかけて」とキュロスは言った、「いかなる質問も偽りの返答を求めていないからな」。

「では」と彼は言った、「今ではわたしにとりまして、それははるかに喜ばしいことになっていますのを、よくご承知おきください」。

「お前は」とキュロスは言った、「その理由を言えるだろうな」。

一四 「言うまでもありません」。

「では、言ってくれ」。

「あの当時、わたしはこの方々が労苦と危険を勇敢に耐えておられるのを見ておりましたが、今はこの方々が幸運を自制して耐えておられるのを見ておりますから。キュロス王様、わたしは災厄を立派に耐える人間より、幸運を立派に耐える人間を見出すほうが困難である、と思います。幸運はたいていの人々を傲慢にしますが、災厄はすべての人々に分別を抱かせますから」。

一五 そこで、キュロスは言った、「ヒュスタスパスよ、ゴブリュアスの言ったことを聞いたか」。

「ゼウスにかけまして、確かに聞きました」と彼は言った、「この方がそのような言葉を多く述べられますなら、この方は、多くの酒杯を自分に示されます場合より、はるかに早く自分からの娘ごへの求婚を受けられましょう」。

一六 「わしは」とゴブリュアスは言った、「そのような言葉を確かに多く書き留めており、お前がわしの娘を嫁に貰ってくれるなら、お前にそれらの言葉を惜しみなく述べよう。だが、酒杯はお前に気に入らないように思われるから、ここにいるクリュサンタスがお前の席を奪い取ったので、彼に与えるのがよいのではないか、と思う」。

一七 「では」とキュロスは言った、「ヒュスタスパスよ、それに列席の他の者たちよ、お前たちのうちの誰かが結婚しようと思う場合に、わしに言ってくれれば、わしがお前たちにどのような援助をするのかが、分かるだろう」。
一八　すると、ゴブリュアスが言った、「娘を嫁がせたいと思っている者がおります場合、その者はどなたにそのことを申しあげればよろしいのでしょうか」。
「そのことも」とキュロスは言った、「わしに言ってくれ。その技術にわしは非常に優れているからだ」。

「どのような技術でしょうか」とクリュサンタスは尋ねた。
一九　「各人にとってどういう結婚が適しているかを知っていることだ」。
そこで、クリュサンタスは言った、「では、神々にかけまして、自分にはどのような女性がもっとも適しているとお思いでしょうか、仰っていただけませんか」。

二〇　「まず」と彼は言った、「背の低い女性だ。お前自身も背が低いからだ。お前が背の高い女性と結婚すると、まっすぐ立っている彼女に接吻しようと思えば、子犬のように跳びつかねばならないだろう」。

「それは確かに」と彼は言った、「正しい配慮をなさっておられます。自分にはまったく跳躍能力がございませんから」。
二一　「次に」と彼は言った、「お前には反り鼻の女性が非常によく合うだろう」。
「それはまたどうしてでしょう」。

「お前が」と彼は言った、「鉤鼻だからだ。反り鼻には鉤鼻がもっともよく合うのは、分かりきったことではないか」。

「わが君は」と彼は言った、「今の自分のように十分に食事をした男には、食事をしていない女が適している、と仰るのでしょうね」。

「ゼウスにかけて、そうだとも」とキュロスは言った、「腹一杯食べた人の腹は脹れるが、食べない人の腹は凹んでいるからだ」。
二二　すると、クリュサンタスは言った、「神々にかけまして、冷たい心の王様にはどのような女性が適している、とわが君は仰られるのでしょうか」。
そこで、キュロスは声をあげて笑い、他の者たちも同じように笑った。
二三　彼らが笑うと同時にヒュスタスパスは言った、「キュロス王様、自分はこの王国におきましてはとりわけわが君をこのことでお羨み申しあげております」。
「どのことでだ」とキュロスは言った。

「わが君が冷たいお心の持主でおられますのに、自分らを笑わせることがおできになられるからです」。

すると、キュロスは言った、「なるほど、お前は機知に富んだ男であるとの尊敬をさる女性から得たいと願い、今言った機知がその女性にぜひとも伝わってほしいのではないか」。

このように冗談が交された。
二四　この後、キュロスはティグラネスに女性の装身具を持ってきて、彼の妻が勇敢にも夫と遠征を共にしたからと言って、それを彼女に与えるように命じ、アルタバゾスには金の酒杯を、ヒュルカニア王には馬と他の多くのすばらしい物を贈った。「ゴブリュアス」と彼は言った、「お前には娘に婿をとらせよう」。
二五　「では、自分を」とヒュスタスパスが言った、「その娘ごにお与えくださり、あの名言集も自分の手に入るようにしていただけませんか」。

「いったいお前には」とキュロスは言った、「その娘の身分にふさわしい財産があるのか」。

「ゼウスにかけまして」と彼は言った、「その何倍もの財貨がございます」。

「では、どこに」とキュロスは言った、「お前の言う財産があるのだ」。

「そこの」と彼は言った、「わが君もお座りになっておられます場所にです。わが君は自分の友人でおられますから」。

「わたしにはそれで十分です」とゴブリュアスは言ってすぐに右手を差し出し、「キュロス王様」と言った、「この方をお与えください。わたしはお受けいたします」。
二六　そこで、キュロスはヒュスタスパスの右手を取ってゴブリュアスに与えると、彼はその手を握った。この後、キュロスが多くの立派な贈り物をヒュスタスパスに与えると、彼はそれを娘に贈った。また、キュロスはクリュサンタスを抱き寄せて接吻した。
二七　すると、アルタバゾスが言った、「ゼウスにかけまして、キュロス王様、わが君が自分に与えてくださいました酒杯は、クリュサンタスに与えられました贈り物と同じ黄金で作られました物ではございません」。
「いや、お前にも」と彼は言った、「与えるだろう」。

彼は尋ねた、「何時になりましょうか」。

「三〇年後だよ」と彼は言った。

「では、自分が」と彼は言った、「それまで死なないで待っておられますように、ご配慮くださいますようお願いいたします」。

その時はこうして宴会が終わり、彼らが立ち上がると、キュロスも立ち上がり、彼らを送って一緒に出口まで行った。

二八　翌日、彼は自由意志で彼の同盟軍になった各軍隊を故郷へ送り返したが、彼らのうちで彼の所に住むのを望んだ者たちは除外された。彼は彼らに土地と住居を与えた。当時そこに定住した者たちの子孫は、今もなおその土地と住居を所有している。また、この子孫の大部分はメディア人とヒュルカニア人である。一方、故郷へ帰っていく者たちに彼は多くの物を与え、指揮官たちをも兵士たちをも満足させて送り返した。二九　この後、彼は自分の直属の兵士たちにもサルディスで手に入れた財貨を分け与えた。さらに、彼は連隊長たちや自分の従者たちにも功績に応じて各人に選り抜きの物を与え、残りは分配した。しかも、彼は各連隊長に分け前を与える際に、彼自身が彼らに分配したように、それを配下の者たちに分配するのだ、と彼らに指示したのである。三〇　そこで、指揮官たちは、それぞれが自分の配下の指揮官たちを調査して、残りの財貨を分け与えた。最後の財貨は、班長たちが自分の部下の兵士たちを調べ、その功績に応じて各兵士に与えた。このようにして、すべての者が正当な分け前を受けたのである。

三一　彼らはその時与えられた物を受け取ると、ある者たちはキュロスについて次のように語った、「王様はわしらそれぞれにもこのように多くの物を与えてくださったのだから、王様自身はきっと多くの物を持っておられるに違いないだろう」。

だが、彼らの他の者たちが言った、「ああ、王様が多くの物を所有しておられるんだって。キュロス王様は私腹を肥やすことのおできになる性格の方ではないよ。あの方は受け取られるより、与えられるのをお喜びになられるのだ」。

三二　キュロスは自分についてのこのような評価を聞くと、友人や主要指揮官をすべて集め、次のように言った「友人たちよ、自分が実際持っているより多くの物を手に入れたと思われたい、と願っている者たちをわしは見てきている。それは、彼らがこのように思われることで、より立派な人間に見られる、と信じているからだ。だが、わしはこのような者たちは自分の思惑と反対の結果を招いている、と見る。多くの財貨を所有していると思われる者たちが、その財貨に応じた援助を友人たちにしないことが明らかになれば、卑しい心の持ち主との非難を招くことになる、と信じるからだ。

三三　他方、自分の所有している財産を知られたくない、と思っている者たちがいる。この者たちもまた実際友人たちにとっては卑劣な人間だ、とわしは思う。友人たちは実情を知らないから、困った時でも仲間たちに打ち明けるわけにいかず、しばしば貧窮に苦しむことになるからだ。

三四　わしは財産を明らかにし、その財産をもとに志操の高尚さを競うのがもっとも誠実な人間のすることだ、と思う。だから、わしも所有している物のうちで見ることのできる物はお前たちに示し、見ることのできない物は詳細に述べよう」。

三五　彼は以上のように言って、多くのすばらしい財宝を示し、保管されて見るのが容易でない物は詳述した。最後に彼は次のように言った、三六「お前たち、これらすべての物をわしの物でもあればお前たちの物でもある、と見なすべきだ。わしはこれらを自分自身の消費のためや浪費のために集めたのでないからだ。わしはそのようなことなどできないのだ。わしはお前たちのうちで優れた功績をあげた者に何時も与えることができるように、また何かが必要だと思う者がいるなら、その者がわしの所に来て必要とする物を受け取れるように、と集めているのだ」。

このような話がされたのである。

第五章

一　すでにバビュロンの状況もよくなり、そこを離れてもよいと思った時、彼はペルシアに向かって行軍する準備を始め、他の者たちにも指示した。そして、彼は必要と思われる物を十分に携えたと見なすと、出発した。

二　彼の軍隊が大軍であるにもかかわらず、秩序正しく準備を整え、迅速に必要な場所に陣営を設置した様子を説明しよう。すなわち、王が陣営を設置する場所ならどこへでも、王の従者すべてが夏でも冬でも天幕を持ってついて行くのである。

三　キュロスは最初に自分の天幕を東に向けて張るように定めた。それからまず、彼は、護衛の槍兵たちが自分の天幕を張る際に、王の天幕から離れるべき距離を指示し、この後、パン職人たちには右手側の、料理人たちには左手側の、馬には右手側の、他の駄獣には左手側の場所をというように決めた。そして、その他のことも、各人が自分の場所をその大きさと位置から見分けられるように、整えられた。

四　彼らが陣営を引き払う場合、各人は自分が使用するように割り当てられていた荷物を纏める一方、他の者たちがそれを駄獣に載せることになっている。この結果、すべての輜重兵は、率いるように指示されている駄獣の所に行き、それぞれが同時に荷物を自分の駄獣に載せるのである。このようにすれば、一つの天幕を撤収するのに必要な時間で、すべての天幕も十分に撤収できるのである。

五　荷物を解くのもこれとまったく同じである。すべての食事を適切な時に作るのも、同じようにして各人に作るべき物が割り当てられ、これにより一人分の食事を作る時間ですべての者の食事が作られるのである。

六　食事に携わる召使たちがそれぞれふさわしい場所を所有していたように、彼の兵士たちもそれぞれの武器にふさわしい場所を占めており、彼らはその場所の形状を知っていて、すべての兵士が間違いなくその場所に到達したのである。**七**　キュロスは家の中で家具調度がよく整えられているのをよい生活習慣、と見なしていた。というのも、よく整頓されていると、何かが必要になる場合、どこへ行って手に入れるとよいのかが分かっているからである。そして、戦いを有利に導く機会は実に速く過ぎ、この機会に遅れる者たちの損害が非常に大きいだけに、軍隊の規律がよく守られるのはそれだけ非常に重要だ、と彼は信じていた。なお、機会に間に合った者たちが得た戦における有利さはこのうえもなく価値のあるもの、と見ていた。このことから、彼はとにかくこの整頓する習慣にとりわけ配慮したのである。

八　そして、彼自身は自分の場所として陣営の中央を占めたが、その場所がもっとも安全であるからであった。次に、彼は何時もしているように自分の周りにもっとも信頼のおける者たちを置き、この者たちに続いて騎兵たちと御者たちを円形に配置した。九　これらの者が陣営にいる時は戦う場合に使用する武器を手近に置いておらず、完全武装して戦に役立とうとすると、かなりの時間を必要とすることから、彼らにも安全な場所が必要である、と彼は考えていたからである。

一〇　彼と騎兵たちの右手側と左手側に軽装歩兵たちの場所があった。また、彼と騎兵たちの前後が弓兵たちの場所であった。一一　彼は重装歩兵たちと大盾を持った兵士たちをすべての者の周りに城壁のように配置したが、それは、騎兵たちが武装しなければならない場合に、たじろぐことのまったくない兵士たちが前方にいて、騎兵たちに完全武装を安全にさせるためであった。

一二　重装歩兵たちと同じように、彼は軽装歩兵たちと弓兵たちにも隊伍を組んだまま眠らせたが、それは、重装歩兵たちも接近戦を挑んでくる敵を打ち倒す準備をしているように、弓兵たちや投槍兵たちも、攻め寄せる敵がいると、必要なら夜でも重装歩兵たちの頭越しに槍を投げ、弓を放つ用意を整えておくためであった。

一三　指揮官たちはすべて自分の天幕に印をつけていた。都城においても賢い召使たちが市民のほとんどすべての家を、とりわけ高官たちの家を知っているように、陣営内の指揮官たちの場所をキュロスの伝令たちは熟知しており、各指揮官の印も見分けていた。したがって、彼らはキュロスの必要とする指揮官を探すことなく、最短の道を通って各指揮官の所へ急いでいった。一四　軍の各隊は明確に区分されているから、秩序がよく保たれている場合も、指示されたことが実行されていない場合も実によく分かった。このような状態であるから、敵が夜であれ昼であれ攻撃してきた場合、陣営を襲うのは待伏せ場所に突っ込むようなものである、と彼は信じていた。

一五　彼はまた戦列を巧みに広げたり、深めたり、行進隊形から戦闘隊形を作ったり、敵が右側から、左側から、背後から現われても的確に対応して戦線を展開することのみを戦術と見なしたのでなく、必要なら軍を分散させ、それらの分散させた各部隊をもっとも役に立つ働きをする場所へ配置し、敵に先んじて到着する必要のある所へは行進を速めさせることも戦術である、と見なしていた。以上のことおよびこれと似たことすべての措置をとるのが戦術家の資格であると彼は信じ、これらすべてのことを同じように心がけた。

一六　そして、彼は行軍している時は常に周囲の状況に対応した命令を与えながら進み、陣営ではたいてい先に述べたような配置をした。

一七　彼らが行軍してメディアに着くと、キュロスはキュアクサレスのもとを訪れた。彼らがたがいに挨拶を交した後、キュロスはまず、キュアクサレスに彼がバビュロンに来た時キュアクサレス自身の家に入れるようにと邸宅と公邸が選ばれていることを告げ、その後さらに多くのすばらしい贈り物を彼に与えた。一八　キュアクサレスはそれらを受け取ると、黄金の冠、腕輪、首飾りそれにこのうえもなく美しいメディアの衣服を持ってきた娘を彼に引き合わせた。一九　その女の子はキュロスに冠を被せた。キュアクサレスは言った、「キュロスよ、わしはわしの娘であるこの女自身も妻としてお前に与えよう。お前の父もわしの父の娘と結婚し、その娘からお前が生まれた。お前が子供でわしらの所にいた時、よく可愛がってくれたのがここにいるこの娘なのだ。この娘は誰と結婚するのかと尋ねられると何時も、キュロス様と結婚する、と答えていた。わしには嫡子がいないから、わしは彼女にメディア全体を持参金として与えよう」。

二〇　キュアクサレスはこのように述べたが、キュロスは答えた、「キュアクサレス王様、わたしは叔父上のご一家と娘ごと贈り物には満足しています。だが、わたしは父上と母上の承諾を得ましてから、叔父上の申し出をお受けするつもりです」。

キュロスはこのように言ったが、この娘にはキュアクサレスにも喜ばれると思われた贈り物をすべて与えたのである。このようなことをした後、彼はペルシアに向かって進んでいった。

二一　彼は行進してペルシアの国境に到着すると、軍隊はその場所に残し、友人たちと一緒に都城に入った。彼はその際すべてのペルシア人のために犠牲を捧げて宴会をするのに十分な犠牲獣を連れていく一方、彼の父、母、他の友人たち、行政官たち、長老たちそれにすべての貴族たちにふさわしい贈り物を携えていった。また、彼はペルシアの男性と女性すべてに贈り物を与えたが、このように贈り物を与えることを現在でも王はペルシアに帰国するたびにしているのである。

二二　この後、カンビュセスはペルシアの長老たちともっとも重要な政務を司る行政官たちを集め、キュロスも呼んで次のように言った、「ペルシア人たちとお前、キュロスよ、わしはお前たち双方に当然だが好意を持っている。わしはお前たちの王であり、キュロスよ、お前はわしの息子だからだ。だから、わしが信じている、双方にとってよいと認識していることを腹蔵なく話すのは、わしの義務なのだ。

二三　過去においてお前たちは、キュロスに軍隊を与えて司令官に任命し、名をあげさせた。キュロスはその軍隊を率い、神の加護のもとに、ペルシア人たちよ、お前たちをすべての人間から称賛され、全アジアにおいて尊敬されるようにした。また、彼と一緒に遠征した者たちのうちでもっとも優れた者たちを富ませ、多くの者に給与と食糧を与えた。さらに、彼はペルシア人たちの騎兵隊を創設し、ペルシア人たちに平原も領有させるようにした。

二四　お前たちが今後もこのように認識するなら、相互にたいしよい成果をもたらせるだろう。だが、キュロスよ、お前が現在の幸運に増長し、権力欲から他の国々を支配したのと同じようにペルシアも支配しようと企てたり、あるいは、国民よ、お前たちがこのキュロスの権力を妬んで彼を政権から追放しようと試みるなら、お前たちは多くのよい成果をあげるのをたがいに妨げ合うことになる、とよく心得よ。二五　だから、このような状況でなく、よい状況が生じるには、お前たちが一緒に犠牲を捧げたうえで、キュロスよ、お前はペルシアの領土に攻め寄せたり、ペルシア法の廃止を企てたりする者がいると、全力をあげてペルシアを救援するという、他方、ペルシア人たちよ、お前たちはキュロスを権力の座から追い落とそうと意図する者や、彼の臣下たちの間に離反する者がいると、キュロスの命じるところに従いお前たち自身とキュロスを援助するという協定を、神々が証人となって、結ぶのがよい、とわしは思うのだ。

二六　わしが生きているかぎり、ペルシアの王位はわしのものであるが、わしが死ぬと、それは、キュロスが生きているなら、彼のものであるのは、言うまでもない。このキュロスがペルシアに帰国する度に、今わしが犠牲に捧げているような犠牲獣をお前たちのために神々に捧げるのは、お前たちが当然受けるべき神聖な権利なのだ。また、彼が国を離れている時に、彼の一族でもっとも優れているとお前たちの信じる者が神々への義務を遂行するのは、お前たちにとってよいことだ、とわしは思う」。

二七　カンビュセスは以上のように述べると、キュロスとペルシアの行政官たちはそれに賛成した。当時彼らはこの協定を、神々が証人となって、結んだのであるが、現在でもペルシア人たちと王はこのようにしてたがいに協定を結び続けている。この協定が結ばれると、キュロスは出発した。

二八　キュロスはそこを去ってメディアに到着すると、父と母の同意を得ていたから、キュアクサレスの娘と結婚した。彼女は実に美しい、と今も語られている。［一、二の歴史家は彼が母の妹と結婚した、と述べている。だが、そうであるならその娘は非常に年をとっていたことになるだろう。］彼は結婚すると、彼女を連れてただちに出発した。

第六章

一　彼はバビュロンに到着すると、すぐに太守を支配下の諸領地に派遣することを決定した。しかし、彼は城砦の守備隊長や国中に配置されている守備大隊長たちに、彼自身の命令以外にはいかなる者の命令にも従わせないようにしよう、と思った。彼がこのように配慮したのは、太守で自分の所有する物の豊かさと自分の支配下にある人間の多さに増長して、彼への服従を拒否する者がいると、その者が自分の任地内でただちに攻撃を受けるようにしよう、と考えたからである。二　そこで、彼はこれを実行しようと思い、まず主要な部下たちを集め、これらの者に前以て太守として任地に赴く条件を述べて、それを承知させておくのがよい、と判断した。というのは、こうするほうが、彼らは快く引き受けてくれる一方、太守に任じられた後で条件を知ると、自分らを信用していないからそのように扱われたと受けとめ、不快に感じるだろう、と思ったからである。三　こういうわけで、彼は彼らを集めて次のように述べた。

「友人たち、支配下の諸国にはわしらが以前そこに残してきた守備兵たちと守備隊長たちがいる。わしはそこから去るにあたり、彼らに城砦を守備する以外は何にもかかわらないように、と命じておいた。彼らは指示されたことを忠実に守って来たから、わしは彼らをその役目から外さず、他の者たちを太守として派遣し、その者たちに住民を統治させ、税を徴収して守備兵たちに給料を支払わせ、その他の必要なことを行なわせるのがよい、と思う。四　わしは、この地に留まっているお前たちのうちからこれらの諸種族の土地に派遣し、任務遂行の苦労をさせる者たちのために、この地で税が徴収されるばかりでなく、彼らが任地に赴いた場合にも、自分の家に住めるように、その地に土地と家屋を所有させるのがよい、と思うのだ」。

五　彼はこう言い[1]、多くの友人に支配下すべての領地に設けた住居と召使たちを与えた。当時これらの物を受け取った者たちの子孫はそれぞれの領地にそれぞれの地所を今もなお所有し続けている。だが、これらの子孫自身は王の所に住んでいるのである。

六　「ところで」と彼は言った、「これらの国々に赴く太守としては、ここにいるわしらも至る所にある立派な物を共有できるように、それぞれの国にある美しい物、すばらしい物をこちらへ送るのを覚えてくれる者たちをわしらは選ばねばならない。どこかで危険が発生すれば、それを防がねばならないのはわしらであ

(1) この任務については本章二、一六に記されている。

るからだ」。

七　彼はこのように言って話を中断した。だがその後、友人たちのなかに彼の述べた条件で太守として行くのを希望する者たちがいるのを知ると、彼はその者たちのうちからもっとも太守に適していると思われる者たちを選んで任地に派遣した。すなわち、メガビュゾスをアラビアに、アルタバタスをカッパドキアに、アルタカマスを大プリュギアに、クリュサンタスをリュディアとイオニアに、アドゥシオスをカリア人が懇願したからカリアに、パルヌコスをヘレスポントス沿岸のプリュギアとアイオリスに派遣したのである。八　彼はペルシア人たちをキリキア、キュプロス、パプラゴニアを統治する太守として派遣しなかったが、それはこれらの国の者たちが自発的にバビュロンへの遠征に参加した、と見なされたからであった。しかし、彼はこれらの者にも税を納入するように命じた。

九　キュロスが当時設定したように、現在もなお城砦の守備隊は王の配下にあり、守備大隊長は王に任命され、王の手元にある名簿に登録されている。

一〇　彼は派遣される太守のすべてに、彼らが見た彼のするすべてのことを模倣するように、命じた。それらは、まず彼らに従ってきたペルシア軍と同盟軍から騎兵隊と戦車隊を編成すべきこと、次に土地と公邸を得る者たちは太守の宮廷に伺候し、節制に励み、太守が必要とするなら役立ててもらうべくわが身を太守に捧げねばならないこと、さらに生まれてくる子供たちを太守の宮廷で、キュロスの宮廷におけるように、教育しなければならないこと、最後に、太守は従者たちを宮廷から狩猟に連れ出すこと、そして、太守自身と彼に従う者たちが軍事訓練に励まなければならないことであった。

一一「兵力に比して」と彼は言った、「もっとも多くの戦車、もっとも多くの優れた騎兵を提示する者を、わしは有益な同盟者であり、ペルシア人たちとわしの主権を見張ってくれる優れた監視者だ、と評価する。わしと同じように、お前たちももっとも優秀な部下たちを席によって栄誉を与えられるようにするのだ。わしの食卓のように、お前たちの食卓もまず召使たちを養うために、次に友人たちに食べ物を分け与えるために、さらには優れた功績をあげた者を日々顕彰するために、十分な食べ物の用意がなされるべきだ。

一二　お前たちは猟場を確保し、動物を育てろ。お前たち自身は苦労せずに食糧を手に入れたり、訓練しない馬に飼料を与えたりしてはならないぞ。人間の勇敢さをもってしては、わし一人でお前たちすべての財産を護ることはできないし、わしが勇敢であっても、お前たちを援助するには、わしの勇敢な側近たちの協力を得なければならないからだ。同じように、お前たち自身が勇敢であっても、わしの同盟者であるためには、お前たちと行動をともにする勇敢な者たちの助力がなければならない。

一三　わしが今お前たちに指示したいかなることも、奴隷には命令しないことを知ってくれ。お前たちにしなければならないのだとわしが言ったことすべてを、わし自身も実行するように努力する。わしがお前たちにわしの模倣を命じたように、お前たちも職務に就いている自分の部下たちにお前たちの真似をすることを教えよ」。

一四［当時キュロスは以上のように指示したが、現在でも同じで、王の命令下にある守備隊はそのように守備をし、首長たちの宮廷は同じような伺候を受け、大小すべての住居も同じように管理されており、何処においても出席者たちのうちでもっとも功績のある者たちが席によって名誉を受けるのであり、行進もすべて同じ方法で隊列を組まれて行なわれ、行政はすべて少数の責任者に委ねられている。」

一五　彼はこのように各太守がとらなければならない行動を述べると、各太守に兵力を与えて送り出した。その時、彼はすべての太守に翌年遠征があり、兵士、武器、馬、戦車を提示する用意をしておくように通告した。

一六　キュロスが始めた以下のことが現在も続いていると言われていることも、われわれは知っていた。すなわち、毎年一人が必ず軍隊を率いて巡察することである。それは、太守たちのうちに救援を必要とする者がいると、その太守を救援し、傲慢な振る舞いをする太守がいると、その太守に節度を持たせ、税の納入や住民たちの警備、土地の耕作を等閑にし、その他の命令を無視する太守がいるなら、それらをすべて元に戻させ、正しい秩序を保たせるためである。だが、それができない場合は、巡察者がそれを王に報告する。これを聞いた王は、この不法者について協議することになる。これらの巡察者としては、しばしば王の息子、王の兄弟、王の耳が来ると言われるが、時には現われないこともある。彼らは皆王が命令するとどこからでも引き返すからである。

一七　彼がほかにも王国の巨大さに即して、いかに遠く離れた土地であっても、その土地の状況をいち早く知る工夫をしていたのをわれわれは知っていた。彼は馬が一日に持続しうるだけ疾走して進める道程を調べ、駅停をそれだけの距離を置いて設置し、それらの駅停に馬と馬の世話をする者たちを配備し、さらに各駅停に有能な役人を置き、その者に運ばれた手紙を受け取って先へ引き渡し、疲れた馬と乗り手たちを引き取って別の元気な馬と乗り手たちを送り出す役目を与えた。一八　時には夜もこのようにして手紙を運ぶのをやめず、昼の使者から夜の使者が受け継ぐこともある、と言われている。このようにすることで、この手紙の運送は鶴より速く達成された、と言う人もいる。これが事実を述べていないとしても、人間が陸上を進んでいくのに、この方法がもっとも速いのは明白である。とにかく、すべてのことをもっとも速く知って、もっとも速く対処するのは、すばらしいことである。

一九　年が巡ると、彼は軍隊をバビュロンに集めた。彼の兵力は約一二万の騎兵、約二〇〇〇の鎌戦車、約六〇万の歩兵であった、と言われている。二〇　彼は以上の準備を終えると、あの遠征を開始した。この遠征で彼はシリアの国境外からインド洋までの間に住むすべての種族を征服した、と伝えられている。この後、エジプトへの遠征が行なわれ、エジプトを征服した、という話である。

二一　その後、東に向かってはインド洋が、北に向かっては黒海が、西に向かってはキュプロスとエジプトが、南に向かってはエチオピアが彼の王国の境界となった。この王国のもっとも遠い土地のうち、ある地域は熱さのために、他の地域は寒さのために、さらに他の地域は水のために、最後の地域は水不足のために、居住には不適当である。二二　彼自身は王国の中央に居を定め、冬の季節にはバビュロンで七ヵ月を過ごした。この地方は暖かかったからである。春の季節には三ヵ月をスサで暮した。真夏には二ヵ月をエクバタナ(1)で過ごした。彼はこうすることにより常に春の暖かさと涼しさの中で時を送った、と言われている。

二三　すべての種族が自分の土地で実ったすばらしい果実、飼育された立派な動物、作られた美しい工芸

(1) メディアの首都。

品を、キュロスに贈り物として送らなければ、不利な状況におかれると信じたほど、人々は彼に忠実な態度を示した。すべての都城も同じ態度をとった。私人のすべてもキュロスに喜ばれることをすれば、豊かになれる、と信じていた。キュロスは各人が多量に所有している物から与えてくれる物を受け取る時、彼らにも必要な物があるのを知ると、その必要な物をかわりに与えていたからである。

第七章

一　こうして、彼の人生は成功裡に過ぎていった。キュロスも非常に年をとり、ペルシアに戻ったが、彼自身の統治下では七度目であった。彼の父も母もすでにかなり以前に亡くなっていたのは、当然である。キュロスは慣習に則った犠牲を捧げ、祖国のしきたりに従って、ペルシア人の合唱隊の先頭に立ち、彼が常にしているようにすべての者に贈り物を分け与えた。

二　彼は宮廷で眠っている時、次のような夢を見た。とてつもなく大きな姿をした者が彼に近づき、「キュロスよ、準備せよ、お前はもう神々のもとに行くのだから」と言った、と彼は思った。彼はこの夢を見て目を覚まし、人生の終わりが来ているのをほぼ間違いなく知った、と信じた。三　そこで、彼は犠牲獣を受け取り、ペルシア人たちが犠牲を捧げるしきたりどおりに、それらを先祖伝来のゼウス、ヘリオスその他の神々に山の高みで捧げ、次のように祈った、「先祖伝来のゼウス、ヘリオス、すべての神々よ、多くの立派な成果への感謝の供儀を、あなた方が犠牲獣、天空の前兆、鳥、言葉でわたしのすべきことと、してはならないことをお示しくださったことへの感謝の贈り物をお受け取りください。わたしもあなた方のご配慮を認識していましたし、わたしの成功が人間の能力を超えると自慢することなどけっしてなかったことをあなた方のお陰、とおおいに感謝しています。今もわたしはあなた方にわたしの子供たち、妻、友人たちに幸運を与えてくださるように、またわたしにはあなた方が与えてくださった生涯にふさわしい人生の終末を与えてくださるように、お願いします」。

四 彼はこのようなことをすると、気持よく休みたいと思い、宮廷に戻って横になった。時間が来ると、当番の召使たちが来て彼に入浴するように勧めた。だが、彼は休んでいるのが気持よい、と言った。時間が来て、また当番の召使たちが食事を整えた。しかし、彼には食欲がなく、喉の渇きを覚えていたので、飲むのが快かった。

五 同じことが彼に翌日にも翌々日にも起こった時、彼は息子たちを呼び集めた。彼らは彼に同行してちょうどペルシアに来ていた。彼は友人たちやペルシアの行政官たちを呼び、すべての者が来ると、次のように話し始めた。

六 「わしの息子たちとここにいるすべての友人たちよ、わしの人生の最期はすでに来ている。わしはこのことを多くの理由から明確に認識している。わしが死ねば、お前たちはわしが幸運な人間であったことを念頭においた言動を常にとるようにしなければならない。わしは子供の時には子供の間ですばらしいと、青年になると若者の間で優れていると、成年になると大人の間で立派だと見なされた成果を享受してきた、と思うからだ。時が経つとともに、わしの力の絶えざる増大を認識したと思ったから、わしの老年がわしの若年より力がなくなっている、とはまったく感じなかった。そして、わしが計画したり、求めたりしたもので、手に入れなかったものなどわしは知らないのだ。

七　そのうえ、友人たちがわしにより幸福になり、敵対した者たちがわしにより隷属させられたのをわしは見てきた。また、わしはアジアにおいて以前は勢威のなかった祖国を現在は尊敬される国として残していく。わしは獲得した領地のうちで保持し続けなかった領地など［目にした］ことはまったくない。過去においてもわしは願ったとおりに事を達成した。だが、将来苦しいことを見たり、聞いたり、経験したりするのではないかという、わしにつきまとってきた恐怖は、わしを絶対に度を超して喜ばせたり、傲慢にさせたりしなかったのだ。

八　さて、息子たちよ、わしは今死ぬと、神々がわしに生ませられたお前たちをさらに生き続けるように、また祖国と友人たちを繁栄するように、と後に残していくことになる。九　だから、わしは正当に祝福された者として永遠に記憶されることになるのだ。

だが、わしは王位の継承が不確實なためにお前たちを苦しめることのないように、それをただちに明確にして後に残さねばならない。わしは、息子たちよ、お前たち両方を愛している。だが、会議の議長役と重要と見なされる事柄の指導をわしは先に生まれた、当然より多くの経験を積んでいる者に委ねる。一〇　わし自身もわしとお前たちのこの祖国によってそのように教育され、年長者たちに、それも兄弟たちのみならず市民たちにも道、席、発言を譲るようにしたのだ。そういうことで、息子たちよ、わしはお前たちを初めからこのように年長者たちには畏敬の念を示し、年下の者たちからは尊重されるように教育してきた。だから、お前たちはわしが語る古くからの慣習および法として守られてきたものを受け入れよ。一一 カンビュセス[1]よ、神々と王位に就いているわしが与えるのだから、王位を受け継げ。

タナオクサレスよ、お前をメディアとアルメニアそれに三つ目の領地であるカドゥシオイの太守にする。お前をこれらの領地の太守にすることで、わしは兄にはより巨大な支配権と王国の名前を、お前にはより憂いのない幸せを残せる、と信じる。一二 お前がどのような人間的な幸せを必要とするのか、わしには分からない。だが、人間を楽しませると思われるあらゆるものをお前は所有するだろう。より実現の困難なことを熱望し、わしの業績にたいする競争心に刺激されて平静にしておれず、陰謀を企てたり、企てられたりすることは、お前によりもむしろ王である者につきまとうに違いないのだ。これらのことは楽しみを非常に妨げるのをよく知っておけ。

一三 だから、カンビュセスよ、この黄金の王笏が王位を維持するのでなく、信頼のおける友人たちが王にとって正真正銘の確固たる王笏であるのを、お前も知っているはずだ。人間が忠実な者として生まれついている、と思うな。でなければ、他の自然物がすべての者に同じに見えるように、同じ者がすべての者に忠実に思われるからだ。だから、各人は自分自身のために信頼すべき者たちを獲得しなければならない。だが、彼らはけっして強制によって得られず、好意によって得られるのだ。一四 ところで、お前は他の者たちにも一諸に王位を守らせる努力をする場合、けっして同じ血筋の者より先に守らせ始めるな。また、同市民た

(1) 大キュロスの息子。大キュロスの父と同名。

ちは異国民たちより親しい人間たちであるし、同じ食卓に着く者たちは離れて食事する者たちより親しいのだ。同じ種子から生まれ、同じ母親に育てられ、同じ家で成長し、同じ両親に愛され、同じ人を母と呼び父と呼んでいる者たち、この者たちがすべての者のうちでもっとも親しいのは、言うまでもない。一五 したがって、神々がお前たち兄弟の絆のために示してくださった恩恵をけっして無駄にせず、その恩恵に基づいて他の愛の事業を構築しろ。こうすれば、お前たちの愛は永遠に他の者たちに凌駕されないだろう。兄弟のためを思う者は、自分のことを配慮しているのだ。偉大である兄は弟にもっとも大きな名誉となる。巨大な勢力者がいると、その兄弟はもっとも畏敬されるのだ。兄が偉大であれば、その弟に害を加えることをもっとも恐れるに違いない。

一六 だから、お前がもっとも早くこのカンビュセスに仕え、もっとも心をこめた援助をしなければならないのだ。このカンビュセスに良きにつけ悪しきにつけお前ほど深く関係する者はいないからだ。次のことをよく心得ておけ。お前は誰に奉仕すれば、カンビュセスに奉仕する場合より多くの利益を得られる、と期待しているのか。誰を援助すれば、お前はカンビュセスより強力な同盟軍を得られるのか。誰を愛さないことが兄弟を愛さないことより恥ずべきことなのか。すべての人々のうちで誰を尊重すれば、兄弟を大切に思うことより立派なことになるのか。カンビュセスよ、お前だけが兄弟なのだから、タナオクサレスにもっとも重視されても、他の者に嫉妬されることはないのだ。

一七 では、父祖伝来の神々にかけて、息子たちよ、お前たちがわしを喜ばせようと心がけるなら、互いに尊敬しあえ。というのは、わしがこの世の生を終えれば、もはや存在しなくなるというような考えなどお前たちも持っていないのは確かだ、とわしは思うからだ。それは、お前たちが今もわしの魂は見ていないが、わしの魂のし遂げたことで、その存在を推測しているからだ。一八　だが、お前たちは、非道に倒された者たちの魂が殺害者たちにどのような恐怖心を起こさせるのか、また不敬者たちにどのような復讐霊を差し向けるのかについては、これまでのところ気づいてこなかったのだ。死者たちの魂がなんの力も持たなくなっても、死者たちへの畏敬の念がなお続いていくとは、信じられないのだ。一九　息子たちよ、魂は人間の死すべき肉体の中にいるかぎり生きているが、それから離れると死んでしまう、とはけっしてわしは信じなかった。わしは魂が死すべき人間の肉体の中にいるかぎり、その肉体を生かしている、と思っている。二〇　だが、わしは魂が知性のない肉体から離れるとその魂は知性のないものになる、とは信じない。そうでなく、精神は分離され、純粋で汚れのないものになった時に、もっとも知性的になるのは当然である、と信じてきた。人間は死ぬと、魂を除いてその各構成部分が同種のものの所へ去っていくのは明白である。しかし、魂だけは存在する場合も去っていく場合も目に見えないのだ。

二一　この世では夢より死に近いものはない、と心得ておけ。実際人間の魂はそういう時にもっとも神的な態度を示し、未来のことを予見するのだ。そういう時に魂がもっとも自由なのは明白であると、思われる。

二二　以上わしの思うとおりであり、魂が肉体を離れるのであれば、お前たちはわしの魂に畏敬の念を示して、わしの願うことをしてくれ。だが、そうでなく、魂が肉体の中に留まり一緒に死んでいくのなら、永遠に存在し、すべてを見そなわされ、あらゆる能力を持たれ、全世界のこの秩序を不滅の、不老の、無欠の、美と偉大さにおいて筆舌に尽くしがたい状態に維持される神々には少なくとも恐懼し、不敬と瀆神の行為をけっして行なわず、また行なおうとする考えを持たないようにしろ。

二三　神々の後には、言うまでもなく、たえず生まれ続ける人間の種族すべてに敬意を示せ。それは、神々がお前たちを闇の中に隠されないから、お前たちの行為はすべての者の目に絶えることなく明白に生き続けねばならないからだ。お前たちの行為が純粋で不正に汚れていないことが明かになると、その行為はすべての人間にお前たちを有力者として示すであろう。だが、たがいに不正を意図しあうなら、お前たちはすべての人間に信頼されなくなろう。もっとも愛されるべき者が害を加えられるのを見れば、いかに努力しようと誰もお前たちを信頼することなどもはやできないからだ。

二四　わしがたがいにとってどのような人間でなければならないかを十分に教えたのなら、よいのだが。そうでないなら、お前たちは先人からも学べ。彼らの教えは最善であるからだ。たいていの場合は、両親は子供に、兄弟は兄弟に愛情を持ち続ける。だが、このような親しくしなければならない者の幾人かは、すでにたがいに敵対行動さえとり合ったのだ。そこでお前たちは上記のどちらの者によってとられた行動が有益であるのかを知り、正しく考慮して、有益な行動を選べ。

二五　これらのことについてはおそらくもう十分だろう。

わしの身体は、息子たちよ、わしが死ねば、黄金の棺にも、白銀の棺にも、その他の棺にも横たえずにできるだけ早く大地に返してくれ。すべての美しいもの、すべての良いものを生み出し、育てる大地と一体になることより幸せなことはないのだ。わしはとにかく人間を愛していたし、今もわしは人間に善事をもたらすものを共有することが喜びである、と信じている。

二六　だが、すべての人の魂が離脱し始めると言われている部分から、わしの魂も去っていくように思われる。だから、お前たちのうちでわしの右手を掴みたいと思ったり、わしの顔をまだ生きているうちに見たいと思う者がいるなら、近寄るがよい。しかし、わが子たちよ、お前たちに頼むが、わしが顔を覆えば、もう誰も、いやお前たち自身さえわしの身体を見ないようにしてくれ。
二七　だが、お前たちはわしの墓にすべてのペルシア人と同盟者を集めて、わしがこれからは神のもとにいようと、存在しなかろうと、もはやいかなる災厄も受けない安全な状態にいるのをわしと一緒に喜んでくれ。そして、来てくれた者たちには幸運であった者を称える際の習慣になっている恩恵を施して、帰らせよ。
二八　わしの最後の言葉として、お前たちは味方に親切にすれば、敵を懲罰することができるということを覚えておけ。では、愛するわが子たちよ、さようなら。お前たちの母上にもわしからの言葉として「さようなら」と伝えてくれ。また、すべての友人よ、ここにいる友人も、いない友人も、さようなら」。
彼はこのように述べると、すべての者に右手を差し伸べた後、顔を覆った。こうして、彼は世を去った。

第八章

一　[キュロスの王国がアジアの王国のなかでもっとも立派でもっとも大きかったことは、それ自体が証明しているところである。すなわち、その王国は東に向かってはインド洋を、北に向かっては黒海を、西に向かってはキュプロスとエジプトを、南に向かってはエチオピアを境にしていた。王国はこれほど巨大であったが、キュロスの意思一つで統治されていた。そして、彼は自分の臣下たちを自分の子供たちと同じように大切にし、面倒を見ており、臣下たちもキュロスを父親のように敬っていた。二　しかし、キュロスが死ぬと、彼の子供たちはすぐに争い、諸都城も諸種族もただちに離反し、すべてが悪くなっていった。わたしが真実を述べていることを、神への畏敬の念から説明し始めよう。

以前は王と彼の部下たちは、もっとも非道な罪を犯した者にさえ、彼らが誓言すればそれを信じたし、彼らが右手を出して約束すればそれを守ったのを、わたしは知っている。三　だが、彼らがこのような人格をしておらず、このような名声を得ていなければ、誰一人として彼らを信じなかったろう。それは、ちょうどペルシア人たちの不敬が認識されて以来現在では誰も彼らを信じないのと同じである。このようであれば、あの時もキュロス(1)と一緒に首都に攻め上った司令官たちはペルシア人たちに信頼を置かなかったであろう。ところが、この司令官たちは以前のペルシア王たちの名声を信じ、身を任せたのである。すると、彼らは王の前に連れていかれ、首を刎ねられることになった。一緒に遠征した夷人の兵士たちも、多くはそれぞれの約束を信じて裏切られ、滅んでいった。

四　だが現在では、彼らは以下のようにはるかに悪くなっている。以前は王のために危険を冒すか、都城または種族を服従させるか、あるいは彼のためにすばらしいことか善いことを達成する者がいると、称賛された。しかし今では、ミトラダテスのように父アリオバルザネス(2)を裏切り、レオミトレス(3)のように自分の妻と子供らや友人たちの子供らをエジプト王のもとに置き去りにし、もっとも重要な誓約を破ってペルシア王のために有利な計らいをしたと見なされる者がいると、その者たちは最大の栄誉で報われるのである。

五　だから、アジアの人たちはすべてこれを見て、不敬を心がけ、不正な行為をするようになった。支配者たちの人格がどのようであれ、彼らに支配される者たちの人格もたいてい彼らの人格のようになるからである。今はこの点で彼らは以前より無法になってしまった。

六　彼らは、財貨に関しては、次のようにいっそうひどいことをしている。すなわち、彼らは多くの罪を犯した者たちだけでなく、不正な行為をぜんぜんしていない者たちをも捕縛し、財貨の支払いを不当に強要するのである。この結果、多くの財貨を所有していると思われる者たちは、多くの罪を犯している者たちに劣らず恐怖を抱くのである。そして、この者たちは権力者たちと緊密な関係を持とうとしない。この者たちは王の軍隊に参加する危険など冒さない。七　したがって、彼ら権力者たちと戦う者はすべて、彼らの神々にたいする不敬と人間たちにたいする不正から、戦をせずに彼らの領地内で自分の思いどおりに行動することができるのである。このように、現在ではペルシア人たちの考えはあらゆる点で以前より悪くなっている。

八　彼らが以前のように身体に配慮しないことを、わたしはこれから詳述しよう。唾を吐かないこと、鼻水をかまないことが彼らの習慣であった。彼らがそれを習慣にしたのは、身体にある水分を大切にするからでなく、労働と汗を流すことで身体を鍛えようと思ったからであるのは、明らかである。ところで、唾を吐

（1）小キュロスのこと。五頁註（1）参照。
（2）アルタクセルクセス・ムネモン統治下におけるイオニア、リュディア、プリュギアの太守。
（3）エジプト王タコス支援のために派遣されたが、裏切ってペルシア王アルタクセルクセスに資金と船を提供した。

かず、鼻水もかまないのは今も続いているが、それにより身体を鍛える努力がされているのではない。

九　彼らは以前一日中活動し、鍛錬するために、食事を一度だけとるのが習慣であった。今も食事を一度とることは確かに続いているが、彼らはもっとも早い者たちが朝食をとる時に食事を始め、もっとも遅い者たちが就寝するまで飲食を続けるのである。

一〇　また、宴席に便器を持ち込まないのが彼らの習慣であった。飲みすぎないと、心身を不安定にする場合が少ないと彼らが信じたからであるのは、明白である。今も宴席に便器が持ち込まれないのは続いているが、それは彼らが飲みすぎたために、立ち上がって外に出られない場合、便器を持ち込むかわりに彼ら自身が運び出されるからである。

一一　行軍中に飲食しないことや、飲食の結果必要となる排便を人に見られずにすることも、彼らの習慣であった。今も同じようにこれらを避けることは続いている。しかし、彼らの行軍は非常に短いから、彼らがこれらの生理的欲求を耐えるのに、もはや誰も感心しないのである。

一二　さらに、彼らは以前しばしば狩猟に出かけ、狩猟が彼らと馬の十分な鍛錬になっていた。だが、アルタクセルクセス王とその廷臣たちが酒に溺れるようになってからは、彼ら自身がもはや以前のように狩猟に出かけず、他の者たちも連れ出さなかった。それどころか、彼らは鍛錬を好む者たちが自分らの騎兵たちとともにたびたび狩猟をすれば、あからさまに嫉妬し、自分らより優れた者たちとして憎んだのである。

一三　また、少年たちが宮廷で教育されることも続いている。しかし、馬術を学び、それに習熟することはその技術を示して高い評価を得る機会がなくなったことから、消滅してしまった。以前少年たちは宮廷で裁定が正しくくだされるのを聞いて正義を学んだ、と信じていた。だが、それもまったく逆になってしまった。少年たちは多くの金銭を与えたほうが裁判に勝つのを、明確に見ているからである。一四　少年たちは以前有益な物を使用し、有害な物を避けるために、大地から生え出る物の特性を学んでいた。しかし今は、彼らがそれを学ぶのは、できるだけ多くの悪事を行なうためであるように思える。とにかく、あの地ほど多くの人が毒薬で死んだり、殺されたりした所はどこにもないのである。

一五　さらに、現在ではキュロス[1]の時代より彼らははるかに柔弱である。かつて、彼らはペルシア人たちから受け継いだ教育と節制をまだ守ってメディア人たちの衣服と優雅さを享受していたが、今はペルシア人たちから継承した忍耐を彼らは消失するに任せ、メディア人たちの柔弱さを保持しているからである。

一六　わたしは彼らの虚弱さも明らかにするつもりである。すなわち、寝床を柔らかく敷くだけでは、彼らを満足させず、床が彼らの足に固く当らず、敷物が足に柔らかい感触を与えるように、彼らは実際寝床の脚も敷物の上に置いたのである。また、以前に考え出された食卓に載せられる料理は、どれも見捨てられずに、常に別の新しい工夫が加えられている。それに副食物も同じようにされている。彼らがこれら主食と副食の両分野において新しい物を創り出す料理人を手に入れたからである。

一七　そのうえ、冬には彼らは頭と胴と脚を被うだけで満足せず、手を毛皮の袖で被い、手袋もはめている。ところが、夏には木や岩の陰に彼らは満足せず、これらの陰の中で奴隷たちが彼らの側に立ち、さらに

---

(1) 大キュロスのこと。五頁註(1)参照。

別に人工の陰を彼らのために作るのである。

一八　彼らはできるだけ多くの酒杯を持っているのを誇りにしている。しかも、それらが不正な手段で手に入れられたのが明らかであっても、彼らはそれを恥じない。不正を行ない、不当な利益を得ることが、彼らの間で著しく増加したからである。

一九　ところで、以前は徒歩で行くところを見られないようにするのが、彼らの国の習慣であった。その理由は、できるだけ優れた騎兵になること以外になかった。だが現在では、彼らは寝床に被せるよりも多くの毛布を馬に被せている。彼らは馬に乗ることより、馬上に柔らかく座ることに関心を持っているからである。二〇　戦闘能力については、彼らがあらゆる点で以前より劣っているのは、言うまでもない。かつては、土地の所有者たちがその土地から必要なら遠征する騎兵たちを提供し、領地の守備をする者たちはその勤務の報酬を受けるのが、かの地の慣習であった。しかし今では、門衛、パン焼職人、料理人、酌人、浴室係、使用人頭、給仕、就寝係、目覚し係、目の隈取をし、美顔料を塗り、その他のことも美しく整える化粧係、以上のすべての者を支配者たちは騎兵にして、自分らの傭兵として仕えさせたのである。二一　したがって、以上の者たちからも軍隊は編成され、その軍隊は確かに大軍に見える。だが、彼らは戦争にはなんの役にも立たない。このことを事実そのものが証明している。彼らの土地を敵軍のほうが味方の者より容易に動けるからである。二二　キュロス(1)は飛道具による遠くからの戦いをやめ、騎兵と馬に鎧を着用させ、各騎兵の手に投槍を一本ずつ与えて接近戦を行なった。しかし現在では、彼らはもはや飛道具の戦いもしないし、接近戦もしない。二三　歩兵たちもキュロスの時に戦った歩兵たちのように編細工盾、手斧、刀を携えてはいる。

だが、これらの歩兵たちには接近戦を戦う意欲がないのである。

二四　彼らは鎌戦車をキュロスが作った目的のために使用していない。それは、キュロスは御者たちを重装歩兵の戦列に突入する兵士たちと見なして、栄誉で称え、賛嘆すべき者たちとしていたが、現在の指揮官たちは戦車に乗る者たちを認識しておらず、訓練されていない御者たちも訓練された御者たちと同じように自分らの役に立つ、と思っているからである。二五　これらの御者は前進していくと、敵中に入る前にある御者たちは故意でなく戦車から落下し、他の御者たちは意図的に戦車から飛び降りるので、頸木に繋がれた馬は御者たちがいなくなったためにしばしば敵より味方に多くの損害をもたらすのである。二六　しかし、彼ら自身も自分らの戦闘能力がどのようなものであるのかを認識していたから、自信のある態度をとらず、ペルシア軍がたがいに戦い合う場合でも、ギリシア軍が彼らに戦いを挑んでいく場合でも、ギリシア軍の援助なしには彼らのいかなる者ももはや戦争をするようなことはなく、ギリシア軍にたいしてさえ、彼らはギリシア軍の援助があって戦争しうるのだ、と認識しているのである。

二七　わたし[2]は以上で自分に与えた課題が達成された、と思う。わたしはペルシア人たちと彼らの従属者たちが現在は以前より神々に不敬に、同族の者たちに冷酷に、他の者たちに非道に、戦争に臆病になっているのを示した、と主張する。わたしと反対の認識をしている者がいるなら、彼らの行為を考察してくれると、それがわたしの主張の証明になるのが分かってくれるだろう。]

---

(1) 大キュロスのこと。　(2) クセノポンのこと。

ペルシア王国（前550-330年頃）

解説

一

クセノポンは、前四三〇年頃グリュロスとディオドラの子として、アテナイのエルキア区に生まれた。富裕な騎士階級の出身である彼は、アテナイの過激な民主制を嫌って軍隊を好んだが、とくに馬術に専念した。彼の馬術の知識については、その著作『馬術について』に記されている。また、彼は冒険を愛した。だから、彼は、有名なソクラテスの弟子になったが、他の弟子たちのように、その人生を哲学に捧げるようなことはしなかった。そして、前四〇一年に、彼は、ボイオティア生まれの友人プロクセノスに勧められ、キュロス(1)の傭兵隊であるギリシア軍に加わった。

小キュロスが、兄であるペルシア王アルタクセルクセスに謀反を起こし、王を攻撃するために小アジアの奥地に進軍すると、クセノポンも傭兵のギリシア軍とともにそれに従った。バビュロン付近のクナクサにおける合戦で、ギリシア軍は王の軍隊を撃破したが、小キュロス自身は戦死した。小キュロスの死後、ギリシア軍は、北方の黒海を目指して撤退を考えるが、小キュロスの敵であった狡猾な小アジアの太守ティッサペルネスの術策にはまり、指揮官と彼らに従った隊長や兵士たちが処刑された。一万人ものギリシア傭兵軍は、指揮官もなく、敵地のまっただ中に取り残されて、途方に暮れた。

この絶望的な状態に陥ったギリシア軍を救ったのが、プロクセノスの友人として従軍していたクセノポンであった。彼は、指揮官と隊長を新たに選出する提言をし、総指揮官になったスパルタ出身のケイリソポスを助ける。そして、ギリシア軍の大部分をアテナイの敵であるペロポネソス出身者たちが構成しているにもかかわらず、彼は、彼らをよく統率して北に向かい、彼らを率いて雪の降る厳冬のなかで住民と戦いながら進む行軍を遂行し、アッシリア、アルメニアを経て黒海沿岸のトラペズスに着いた。それ以後は、黒海の南岸に沿って、海路と陸路を西行した。その途中で遭遇した幾多の苦難も、彼の優れた指揮により切り抜けることができたのである。

前四〇〇年の冬には、クセノポンとギリシア軍は、トラキアでセウテス王に迎えられ、各地を転戦した。しかし、春になる頃、給与の支払い問題が端緒になり、彼と王との関係がこじれた。しかも、クセノポンは、将兵から疑われて窮地に陥った。だがその時、幸運にもペルシアとの対決に踏み切ったスパルタの小アジア派遣軍から合流の勧誘を受け、前三九九年三月にクセノポンの率いるギリシア軍は、ペルガモンでスパルタの将軍ティブロンの配下に入った。この一万人の退却は、ヨーロッパ文学の名著とされる彼の『アナバシス(内陸への遠征)』に記されている。

彼が配下になったディプロンは、間もなくデルキュリダスと交替し、さらに前三九六年からはスパルタ王

(1) 本編の主人公と区別するために小キュロスと呼ばれる。以下こう記す。前四〇一年死去。

アゲシラオスが、アジア遠征軍の総司令官になった。小キュロスに傾倒したクセノポンは、今度はアゲシラオスに心酔することになる。二人とも人心の収攬(しゅうらん)術に長け、戦略、戦術に優れ、戦闘に勇猛果敢であり、まさに将たるにふさわしい器を備えていた。彼のアゲシラオス王への賛美は、その作品『アゲシラオス』で知りうる。

二

ところで、クセノポンがアテナイから追放されたのには、幾つかの理由が考えられる。まずペロポネソス戦争に敗れた祖国アテナイが、三〇人政権や民主政体に統治されて政治的安定を得ていない時に、祖国を突然去り、それもアテナイの敗北に重要な役割を果たした小キュロスのもとに行ったこと、次にスパルタ軍に加わって各地に転戦したこと、最後にギリシアで反スパルタ連合軍が結成され、アゲシラオスが帰国してこの連合軍と戦った時、彼がアゲシラオスと行動をともにし、前三九四年のコロネイアの合戦においてボイオティアとアテナイの連合軍と戦い、祖国アテナイと敵対することになったことである。これらのいずれを主な原因とすべきかは判断のつかないところであり、いずれもの相乗効果で追放されたのであろう。なお、ソクラテスの弟子であったのも、彼には不利であった、と思われる。

クセノポンがコロネイアの合戦でアテナイに弓を引くまでの過程は、次のとおりである。小アジアにおいて、アゲシラオスの率いるギリシア軍に刃向かえず、しかも前三九五年に主要人物のティッサペルネスを失ったペルシアは、多くの金銀を使ってギリシア本土に反スパルタの連合勢力を形成しようとした。スパルタに反感を持っていたテバイ、コリントス、アテナイなどは、これに応じて前三九四年に反スパルタ同盟を結んだ。この事態に危機感を抱いたスパルタ本国は、アゲシラオスに帰国命令を出した。彼は、北方から陸路帰国の途についた。クセノポンも、先に記したように彼に同行した。この帰国の途中、アゲシラオスは、ボイオティア地方のコロネイアで、テバイ中心の同盟軍と激突してこれを破った。アテナイ軍もこれに加わっていたから、クセノポンは追放を受ける大きな原因の一つを作ったわけである。

祖国を失ったクセノポンは、その後もアゲシラオスの配下として、反スパルタ連合軍との戦いに参加したのであろう。スパルタと反スパルタ連合国が戦いに疲れた頃、ペルシアの介入により、ギリシアにとって屈辱的な「アンタルキダスの和平協定」が結ばれ、スパルタはアジアから手を引くことになった。その後も、スパルタは、ギリシア本土での優位を保っていたが、前三七一年にスパルタ軍は、強大になったテバイの将軍エパメノンダスによってレウクトラで破られた。こうしてスパルタは、長年にわたるギリシアでの覇権を失ったのである。

だがこの後、事態はまた変った。これまでテバイと反スパルタの連合を組んでいたアテナイが、強大化したテバイを恐れ、今度は前三七〇年にスパルタと同盟を結ぶことになった。そして、クセノポンも追放を解除されたようである。しかし、前三六二年にはマンティネイアにおいて、スパルタ軍はエパメノンダスの指揮するテバイ軍に破れた。この時には、エパメノンダスも戦死したのである。

三

クセノポンは、アテナイから追放された後、スパルタからエリスのオリュンピアに近いスキルスに、彼の失った財産の代償として土地を提供され、妻ピレシアと二人の息子グリュロスとディオドロスを連れてそこに移り住んだ。クセノポンが妻を娶ったのは、アゲシラオスと一緒にギリシア本土に帰った後、と見られる。

クセノポンは、ここで狩猟と馬術を楽しみながら、文筆活動をした。彼の著作の大部分は、この地で書かれたものである。だが、一五年余続いたスキルスでの平和な生活も、前述のレウクトラにおける戦いの後は、エリスが反スパルタ陣営に入ってスキルスを奪回したから、クセノポンは一家とともにコリントスに逃げねばならなかった。彼は、おそらくこのコリントスでその波瀾に富んだ生涯を閉じた、と思われる。だから、アテナイとスパルタが同盟関係に入り、彼の追放が解除された後も、彼は、アテナイに帰らなかったのであるが、先に挙げたマンティネイアの戦いには彼の息子二人をアテナイの騎士として参加させたのである。長男のグリュロスは、ここで華々しい戦死を遂げ、その戦功は後々まで称えられた。また、この戦死の報せを受けたクセノポンは、犠牲を捧げて花冠を頭にしていたが、それを頭から取り、息子の勇ましい戦死を聞いて再び花冠を載せたそうである。彼は、コリントスにおいても執筆を続け、死去したのはおそらく前三五四年以後であろう。

彼の著作としては、本書の『キュロスの教育』のほかに、本解説の初めに記している彼の小キュロス軍遠征への参加を述べた『アナバシス』がまず挙げられる。次にトゥキュディデスの『歴史』の続編として前四一一年以降前三六二年のマンティネイアの戦いに至るまでの歴史を記している『ギリシア史』がある。この作品は、アテナイ崩壊後の部分になると彼のスパルタ贔屓の気質を見せ、アゲシラオスにたいする非難を許さない片寄りを見せているが、無視できない史料である。彼の師ソクラテスに関するものとしては、『ソクラテスの弁明』『ソクラテスの思い出』『饗宴』『家政論』がある。これらの作品のソクラテス像は、深い哲学的思索よりもむしろ人生訓を教える者として示されており、見解の別れるところであるが、プラトンの描いているソクラテス像より本物に近いのではないか、と想像される。『ソクラテスの思い出』は、長い年月にわたって書かれており、ソクラテスに関する様々な覚え書を集めたもので、作者の想像も混じった一種の創作、と言える。『弁明』は短いソクラテスの弁護論、『饗宴』は話者の素養という論題についての食卓の会話であり、『家政論』は家政について述べられている。

そのほかに人物論として、『ヒエロン』と『アゲシラオス』がある。前者では、僭主が庶民ほど幸福でないこと、僭主が自己の幸福を獲得するために家臣から好意を受ける方法が、僭主ヒエロンと詩人シモニデスの対話に記されている。後者では、クセノポンの徳の理念、「敬虔」「正義」「自制」「勇気」「知恵」を具現した王としてアゲシラオスが見られている。

政治論としては、『ラケダイモン人の国制』と『政府の財源』がある。前者において、クセノポンは、「最高の知恵者」と賛美するリュクルゴスの制定した法について語りながら、ラケダイモン人の偉大さと名声を示している。後者は、アテナイの国が自然に恵まれて農作物の収穫が多く、大理石と銀が得られ、在留異国人の地位向上策がとられていること、そして税収には貿易と銀の採掘が役に立つことが述べられているが、何よりも平和が国民生活を豊かにして税収を増加させることを強調している。

軍事論には、『騎兵隊長について』と『馬術について』がある。前者で、クセノポンは、軍隊における騎兵隊長の任務とその重要性を説き、騎馬練習、戦闘訓練、隊形のとり方、観閲式と行軍時の注意、敵状偵察、待ち伏せなどを論じている。後者において、彼は若馬の購入と育成、調教の助言と乗馬の注意、さらに騎手と馬の訓練方法などを述べている。

教育論には、『狩猟について』があり、狩猟の技術を詳述するとともに、狩猟を非難する者にたいしては、狩猟家が苦労に耐え、正義を愛するから、有徳の士である、と主張している。なお、クセノポンの名が冠せられた作『アテナイ人の国制』があるが、現在では偽作とされ、前四三〇年以降の作と見なされている。

四

ところで、本書の『キュロスの教育』は、八巻から成っていて、キュロス王(1)の生涯が述べられ、その教育の在り方が伺えるようになっている。以下にまず、本作品を書いたクセノポンの意図を記そう。

第一巻の冒頭で、次のようにクセノポンは述べている。いろいろな政治体制が、反対の体制を望む者たちによって転覆させられている。たとえば、民主制が他の政治体制を支持する者たちによって、君主制や寡頭制が民衆によって打倒され、僭主になることを意図した者が追放されており、人間支配は実に困難である。家畜は、牧夫の指示どおりに行動し、牧夫に彼らから得られる利益を思いどおりに使用させている。そして、自分の支配者以外への服従を拒む。しかし、人間は自分を支配しようとする者に反抗し、それ以外の者には反抗の行動をとらない。

このように、本来人間にとっては、人間を支配するより、他の動物を支配するほうが容易なのである。だが、ペルシア人にキュロスという人物がおり、多くの人間、都城、種族と広大な領土を支配し、しかもその統治下の者たちは、一度も彼を見たこともなかった者たちさえ彼に服従した。このことを知ると、人間を支配するのは、賢明な方法ですれば、不可能でない、と考え直さざるをえない。キュロスは、広大な領土において、相互に言葉の通じない諸種族を統治したが、自分から受ける恐怖を行き渡らせ、誰にも自分を攻撃させなかった。しかも、彼は自分を喜ばせたいという願望を人々に抱かせ、彼の意志によって導かれたい、と思わせた。クセノポンは、このようなキュロスに賛嘆し、人間支配に優れた彼の素性、性格、彼の受けた教育、さらには彼について知ったこと、理解したことを詳述することにしたのである。以上が本作品を執筆したクセノポンの目的である(『キュロスの教育』第一巻第一章)。

前四世紀のギリシアでは、国家の統治問題に大きな関心が寄せられていた。このことは、プラトン、イソ

(1) アナバシスの主人公と区別して大キュロスと呼ばれている。区別に必要な場合にのみ大キュロスと記す。前五五九―五二九年在位。この後の解説では小キュロスとの

クラテス、アリストテレスなどの著作からも伺えるところである。クセノポンもその一人であった。彼は、この理想的な支配者像を歴史上の人物であるペルシア王キュロスに求めた。なぜ彼がキュロスを選んだかということについては、いろいろと議論されているところであるが、まず彼が、狭隘な愛国心に囚われずに、彼の経歴が示すように、広く国外のものにもこだわりのない目を向けていたことが挙げられる。次に歴史上の人物を選んだのは、彼と同時代からは彼の理想にふさわしいモデルが得られなかったことと、時間と距離を隔てることが彼にモデルを構想する自由を与えたからである、と思われる。さらにペルシア人を選んだ理由としては、彼がペルシアについての知識を豊富に持っており、とりわけ小キュロスとの交流は彼に大きな影響を与えていたことがある。事実、『アナバシス』で述べられている小キュロスは、『キュロスの教育』における大キュロスのイメージに似ているのである。しかも歴史上のキュロス王も、クセノポンが強調するような特質、すなわち征服した種族にたいする温和と寛容を備えていた。またキュロスの王国がギリシア人に巨大に見えたことは、キュロスをモデルにする意味が大きい、とクセノポンは見なしたのであろう。彼はこのようにキュロスに惹かれたのであるが、アンティステネス、イソクラテス、プラトンもキュロスには関心をもっていたようである。

以上のように見てくると、『キュロスの教育』を著したクセノボンの真の意図は、ペルシア人にたいしてギリシアを再結集することにあり、キュロスとペルシア人をアゲシラオスとラケダイモン人に、アッシリア人をクセノポンと同世代のペルシア人に置き換えれば、そこに歴史的寓意が見出せるという現代の学者の説[1]には賛成できないのである。もし、クセノポンの目的がペルシアとオリエントの世界を征服するための手引書を作ることにあったのであれば、理想的統治者のモデルにペルシア王国の創設者であるキュロスを選んだのは奇妙なことである、と言わねばならない。『キュロスの教育』にはギリシア再結集を促し、ペルシアへの戦争を勧める言葉は、見当たらない。クセノポンは、キュロスを純粋に立派な支配者と見なして、その人間性と教育それに優れた統治を述べているのであり、そこにはギリシア対ペルシアという敵対感情は伺えないのである。

ところで、本書の最終章（第八巻第八章）では、キュロスの死後その息子たちが争い、王国が混乱し、その結果クセノポンの時代のペルシア人たちは堕落し、不正に麻痺し、身体を鍛えないために戦闘能力を失っている、と指摘されている。この章の凋落したペルシアの与える暗い印象と他の部分におけるペルシアが発展を続けた明るい雰囲気は、非常に対照的である。このように、ペルシアがキュロスの死後急速に退廃したのは、彼の息子たちにたいする教育の失敗である、とプラトンは主張している。[2] この意見を参考にして、衰退したペルシアの状況描写は、『キュロスの教育』の他の部分を批判するものであり、この批判は他の作者の手になるものだ、と見なす見解[3]も近年表明されている。だが、最終章が改作者の手でつけ加えられたものだろうか。このような主張は受け入れられない、と思う。

（1）Luccioni, J.: *Les idées politiques et sociales de Xénophon*, Paris, 1947, 203.

（2）プラトン『法律』第三巻六九四A―六九六B。

（3）Hirsch, S. W.: *The Friendship of the Barbarians, Xenophone and the Persian Empire*, Hanover and London, 1985, 57f.

クセノポンの『ラケダイモン人の国制』においても、かつてスパルタが極めて人口の少ない国でありながら、リュクルゴスの法に基づき節度のある独特な生活様式と他国と異なる優れた教育、政治、軍事の制度により強力な国家に発展したことが述べられながら、最後から二章目の第十四章でクセノポンの時代のスパルタが過去の面影もなく堕落し、ラケダイモン人たちがリュクルゴスの法に従わない、と嘆かれている。『キュロスの教育』とは比較にならない短い作品である『ラケダイモン人の国制』には、過去の繁栄を否定する改作者の手が入っている、とは考えられないだろう。クセノポンは、スパルタが神話的人物であるリュクルゴスの制定した法の基にすばらしい監察官（執政官）や王により非の打ちどころのない統治をされて、他国からも尊敬される国家になったのに、為政者たちの心得違いにより、ラケダイモン人たちはリュクルゴスの法に従わず、黄金を持つことを誇りにする腐敗した人間になって、他国民から非難の目を向けられていることをなんの含むところもなく述べている。彼は繁栄した国家も、無能な後継者たちの失政から衰退するという歴史的事実を淡々と記しているのである。

『キュロスの教育』も膨大な作品であるが、これと同じである。その最終章には、キュロスの樹立した巨大な王国も、息子たちが優れた教えを受け、兄弟愛、人間愛、友人を大切にし、法を守るようにとの遺言を与えられながら、人間的資質に劣っているために遺言を守れず、兄弟間に不和を起こして継承した王国を混乱に落し入れ、ペルシア人たちに不敬を心がけさせ、不正を行なうようにさせて、国家を衰亡させたこと、さらにクセノポンと同時代のアルタクセルクセスのペルシアがはるかにひどくなっていることが述べられている。すなわち、後継者たちに資質がなければ、先代から受け継いだ王国を維持できなくなる事実をクセノポンは書いているのである。しかし、彼はこの事実から巨大王国の継承は不可能である、と言っているのではない。それは、困難なことであろうが、不可能なのではない。立派な資質を持ち、人間的魅力を備えた人物たちが優れた教育を受けて心身を鍛えれば、王国の継承は可能だと彼は見ており、それに希望を抱いている、と推定できる。現に、クセノポンは、キュロスに「わしらは注意を怠り、目前の快楽に身を委ねてはならないのだ。支配権を獲得するのは偉大な行為だが、獲得したものを保持し続けることははるかに偉大な行為であるからだ。支配権の獲得は、大胆さを示すだけの者によっても達成されるのはよくあるが、獲得したものを維持し続けるのは、もはや節度と自制と十分な配慮なしには不可能なのだ」(『キュロスの教育』第七巻第四章七六)と言わせている。したがって、最終章におけるクセノポンと同時代のペルシアの記述からは、現実から受ける教育にたいする彼の絶望も、繰り返しになるがペルシアにたいする敵対意識も感じられないのは、当然であろう。

五

さて、キュロスは、ペルシア王カンビュセスとメディア王アステュアゲスの娘マンダネの間に生まれ、容姿は極めて美しく、精神は非常に優しく、このうえもなく知識欲があり、名誉心は人並み以上に強く、あらゆる苦難に耐え、あらゆる危険に立ち向かった。このようなキュロスが、ペルシアの法律に従って教育されたのである(第一巻第二章一―二)。ところで、ペルシアの教育制度は、先に述べたとおりリュクルゴスの定めたスパルタの教育制度によく似ている。スパルタでは、人々は少年、青年、壮年、老年の四段階に分けられ、各年齢層の者たちは、それぞれ定められた躾や鍛錬を受けたり、競争させられたりすることになっている。まず、少年たちの指導には少年教育監督官たちが当たり、彼らに質素な衣食住に耐えられるようにさせると同時に、指導者たちに服従し、人々にたいして謙虚に振る舞うようにさせている。青年たちには傲慢にならないように、快楽に耽らないようにさせるために、暇のない仕事を与え、重い労苦を負わせるようにしている。そして、役人と親族にその管理をさせている。壮年期に達した者たちからは国家に役立つ者たちが出てくるから、この年齢層の者たちは重視され、勇敢になるようにと勇気の競争をさせられている。すなわち、壮年者のうちから近衛騎兵隊指揮官たちが選ばれ、この者たちが選択の基準を設けて、騎兵隊員を徴募し、採用による名誉の獲得を競わせたのである。このために壮年者たちは立派な人間になるための修練をし、健康保持にも留意した。壮年を経て老年に達した者たちから監督官になる者たちも出てくるのであるが、この年齢層の者たちも国家のために若者たちと同じように兵役に服せるよう、狩猟を仕事とする制度が作られている（『ラケダイモン人の国制』第二―四章）。

このスパルタの教育制度と同じように、ペルシアにおいても年齢層が四段階に分けられ、各年齢層に応じた指導、教育がなされている。少年層（一六、一七歳まで）には長老たちのなかから少年たちをもっともよく教育すると思われる者たちが指導者に選ばれ、彼らに節制とくに飲食に耐えることの指導をすると同時に弓と槍の訓練をさせ、さらに正義を教えて正邪の判断をくだせるようにしている。青年たち（一六、一七―二六、二七歳）には国家の警備と節制のために屋外の役所の周りで寝させている。また、青年たちの半分は、しばしば行なわれる狩猟に参加して、早起きと寒暑に耐え、飲食を減らすことに慣れ、歩き走る鍛錬をし、獲物に弓を射たり槍を投げたりする訓練をし、さらには強暴な野獣にも立ち向かう勇気を持つようになるのである。つまり、狩猟は戦争の訓練になり、戦争にあって狩猟にないものを見出すのは容易でない（『キュロスの教育』第一巻第二章三－一〇）。このことはクセノポンの『狩猟について』（第十二章一－八）にも指摘されている。なお、狩猟に行かずに残留している青年たちは、弓、槍の訓練をし、賞を目指して技を競い合う。また、犯罪の発見や盗賊の追跡にも、残留の青年たちを使うのである（『キュロスの教育』第一巻第二章一二）。

青年たちは以上のようなことをして一〇年過ごすと、壮年のグループ（二六、二七－五一、五二歳）に入る。国家が必要とする場合、壮年たちは思慮を持ち、力のある者として、青年たちと同じように役所に身を委ねる。そして、彼らは遠征する場合、弓、槍を持たずに、接近戦用の武器として胸鎧を着用し、左手に編細工盾、右手に短剣か斧を持っていく。また、少年の指導者たちを除いて、役人はすべて壮年のグループから選ばれている。壮年になって二五年過ごすと、五〇歳を超え、長老たちの仲間入りをする。長老たちとは、あらゆる徳を身につけた者たちである。彼らは自国外への遠征に参加せず、国に留まって、公共と個人の事件すべてに判決をくだすのである。ペルシアではこのような教育制度において、正義を守り、法に定められたことを遂行し、官職に就いて名誉を得、徳を身につけることにより、もっとも優れた者になれる、と信じられていた（第一巻第二章一二－一六）。

ところで、キュロスの優しい精神、知識欲、名誉心、危険を恐れない勇気、指導者から学んだ正義などについては、本書の第一巻第三章以下のメディア滞在中における彼の行動からもすでに知ることができる。

母マンダネの父であるメディアの王アステュアゲスに呼ばれ、母に連れられてメディアを訪れた少年キュロス(一二、一三歳)は、祖父、友人たち、給仕たちに温かい配慮を示した。祖父がキュロスのために故郷への思いを弱めようとして豪華な料理を作らせた時、彼が意図せずにペルシアの質素な食事のほうを好む言葉を洩らすと、アステュアゲスはこれに応じて多くの肉を彼の前に置かせた。彼は、この肉を自分の思いどおりにしてよいとの許可を得ると、母と自分に親切にしてくれた召使たちに礼を言って分け与えた。母がペルシアへ帰った後も、キュロスは祖父の希望でメディアに留まることにした。母はキュロスが正義を身につけているか心配したが、彼はすでに教師から正しい裁定の訓練を受け、正義を十分に心得ていることを、実例を挙げて詳しく説明した。さらに、母はペルシアとメディアでは正義が同じでなく、ペルシアでは平等の権利を持つことが正義であり、王は国家の指示を受ける最初の人として国家の命令を遂行し、法が基準であると彼に言い聞かせ、祖父のようにメディアのすべてのものを支配者としてすべての者より多く所有しなければならないと信じる僭主の原則を学ばないように、と彼に注意した。これにたいして、キュロスは祖父がすべてのメディア人に自分より少なく所有させるようにしているから、安心するとよい、と巧みな返答をしているのである(第一巻第三章一―一八からの要約)。

ここで述べられているペルシアの正義と法、国家と王の関係は、『ラケダイモン人の国制』(第十、十五章)において述べられている内容とよく似ている。そして、スパルタは完全な市民権を得ているスパルティアタイと隷属住民のヘイロタイから構成されているが、ペルシアでもホモティモイの貴族階級とデモタイの平民階級から成り立っている。しかも、平等の権利はスパルタではスパルティタイにのみ、ペルシアではホモテイモイにのみ与えられている。ただし、『キュロスの教育』では、平民の出身者でも優れた功績をあげれば、貴族たちと同じように重要な指揮官に抜擢されている。この点については後で触れるだろう。すなわち、階級に囚われない能力主義をクセノポンはキュロスに認めさせているのである。しかし、クセノポンは、王も法の下にあるペルシアのようないわば立憲君主制のほうがメディアのような専制君主制より優れている、と見なしているわけではないようである。

キュロスは、メディアに留まった。彼は、ペルシアでは同年齢の者たちの間で投槍と弓にはもっとも優れているとの名声を得ていたが、ペルシアは山地が多く乗馬に適しておらず、馬術には劣っていた。だから、彼は、平地の多いメディアで乗馬を学ぶことにした。彼は、懸命に乗馬に励み、馬術では瞬く間に同年齢者たちを追い越した。しかし、彼は、驕ることなく、競い合う競技の種目でも、自分のまさっている種目を相手に勧めず、自分の劣っている種目で競い、自分が負けると、自分を笑い飛ばしていた。しかし、彼は、負けた種目も努力して相手の者と同等の域に到達するか、相手の者にまさるほどになったのである。彼は、このように友人たちを思いやりながら、名誉心を満たしていった。だから、彼は、友人たちから、その魅力的な性格を愛されたが、先にも触れたように、彼も、彼らの要求にできるだけ応じる優しい精神を持っていた。いや、その優しさは、祖父が病気になった時、彼が心配して祖父の側を離れず、泣きやまなかったことに現われている。また、彼は、知識欲が強く、人にいろいろ尋ねて知識を吸収し、人から聞かれると頭脳明晰であったから即座に答えていた。

キュロスは狩猟も好んだ。狩猟でも彼は、強暴な野獣に立ち向かい、これを倒して危険を恐れない勇気を示した。また、彼は、仲間たちのために祖父に狩猟会を催してもらい、彼らとともに狩猟を楽しんだ。こうして、彼は、すべての者に楽しみを与え、いかなる人にも苦しみを与えずに、大部分の時間を過ごしたのである。

一五、六歳の頃、キュロスは、アッシリア軍との戦闘で卓抜した状況判断、見事な戦術、驚くべき勇敢さを示し、アステュアゲスを感嘆させた。だが、彼は、父カンビュセスの命令でペルシアに戻ることになった。彼が帰国する時には、すべての者が見送り、涙を流さずに帰った者は誰もいなかった、と言われた（第一巻第四章）。

キュロスはペルシアに戻り、もう一年間少年のグループにいた。少年たちは、初め彼がメディアで豊かな生活に慣れてきたと思ったが、彼が自分らと同じ質素な飲食をするのを見、宴会で彼が自分の分け前を人に与えて、自分の分け前をさらに要求することなどしないことに気づき、そのうえ彼が他のことでも自分らより優れているのを知った時には、彼に平伏した。彼が少年の教育段階を終え、青年のグループに入った時も、彼は、義務を遂行し、忍耐し、年長者たちを尊敬し、役人たちに服従する点で抜きん出ていたから、すべての者から尊敬された。

その後、メディアで祖父のアステュアゲスが死去し、その息子で彼の叔父になるキュアクサレスが王位を継いだ。その時、アッシリア王が近隣諸国を従え、メディアに向かって攻めてきた。キュアクサレスは、ペルシア王カンビュセスに使者を送って援軍を依頼し、キュロスには司令官としてペルシア軍を率いてくるように求めた。彼は、すでに青年のグループで一〇年を過ごし、壮年のグループに入っていた。キュロスがキユアクサレスの求めに応じると、ペルシアの長老たちは、彼をメディアに向かう軍隊の司令官に選び、貴族たちから指揮官クラスの兵士一〇〇〇人と平民から軽装歩兵一万人、投石兵一万人、弓兵一万人を与えた。キュロスは、選んだ貴族たちを集めると、次のような演説をして励ました。彼らを選んだのは、彼らには立派で優れた行動をする訓練を積んでいる自覚があるが、敵はその訓練を、つまり弓、槍、乗馬を心得ていても、戦争の苦労に耐える訓練をしていないからだ。敵は、起きていなければならない時に眠りに負けるが、彼ら貴族たちおよびペルシア兵たちは、夜を昼と同じように利用でき、空腹を調味料にし、水を飲まないのに耐え、名誉を得るために喜んで危険を冒すからだ。敵が、不正な攻撃をし、友人たちが彼らを援軍として呼んでいるから、勇気を出して出発しよう、と(第一巻第五章)。

この後、キュロスは出発した。メディアの国境まで父親カンビュセスが同行し、その途中司令官の責務について教えた。司令官は、食糧など必需品の調達を常に心がけ、兵士たちの健康に留意し、戦争技術を心得、部下に服従されたうえで、戦術をたてねばならない。戦術は司令術の一部なのである。司令官は、兵士たちに必需品をもっとも多く携えさせると同時に、肉体をもっとも優れた状態に維持させるようにし、軍事に習熟させるために戦闘競技の修練をもっともよくさせねばならない。また、兵士を服従させるには、服従を強制するのでなく、進んで服従させるほうがよい。それには、司令官が部下より賢明である、と思われるようにしなければならない。そして、司令官は、あらゆる点で部下たちより耐久力がなければならないが、司令官であるという自覚と名誉が、司令官の苦労を軽減させる。さらに、敵を攻撃するには、敵を欺いて油断させ、無防備にして襲い、追跡では敵を無防備にして逃走させ、不利な土地に誘い込んで攻撃するのがよい。

それには、新しい戦術が効果を有しているから、これを考案すべきである。平地で武装した両軍が戦う場合は、兵士たちの肉体を鍛錬し、精神を研磨し、戦術を研究して準備しておくと、優位にたてる。その他、戦闘隊形の組み方、狭い道、広い道、山道、平地の道を行進する仕方、野営の仕方、敵への前進、敵からの退却の仕方、川や谷の渡り方、敵が前方以外から現われた場合の対処法などはすべて戦術として知っていなければならない（第一巻第六章）。

以上のような教えをキュロスは父から受けたが、以後はこの教えと彼の優れた資質、思いやりのある温かい精神、苦労に耐えることを重視する考えに基づいた行動により、軍隊を整備し、時宜を得て必要な教えを部下たちに与えて戦をし、勝利を収めて支配を広げていくのである。

メディアの国境で父のカンビュセスはペルシアに戻り、キュロスはキュアクサレスのもとに向かった。

第二巻ではキュアクサレスの所でメディア軍と敵軍の戦力と戦法についての情報を得たキュロスは、率いてきたペルシア全軍に同じ武装をさせたい、とキュアクサレスに要望した。キュアクサレスがこの要望を入れると、彼は部下たちと話しあい、この武装をして訓練をすることになったが、この武装とは鎧を着用し、武器として盾、剣あるいは斧を携えることであった。キュロスは、これらの武器を平民出身のペルシア兵たちに与える時、彼らがこれまで食糧入手のために弓、槍の訓練を貴族たちと同じようにはできなかったが、この斧や剣を使用すれば、敵を打ち損じることがないから、条件は貴族たちと同じであり、この武器ではすべての者が勇気以外に敵には勝てない、と言った。そして、この武器を使用するのを希望する者は自分の所属する中隊長に登録してもらうように、と彼はつけ加えた。これを聞いた平民のペルシア兵たちが、同じ苦労をして同じ報酬を受けることを選んだのは、当然である（第二巻第一章六―一九）。この点にキュロスの階級にこだわらない兵士たちの扱い方が、明確に現われている。しかし、この同じ報酬というのは、勝利の報酬を戦功にかかわらずに平等に分ける、という意味ではない。これについては、後で述べる。

キュロスは、敵が近づいてくるまでの間、部下たちの肉体を鍛え、戦術を教え、精神をたくましくする努力をした。また、彼は、兵士たちを競わせて、激しい訓練をする意欲を持たせ、この競争に賞を提示した。それは、自分の中隊を最強の状態に仕上げた中隊長を大隊長に、同じく小隊長を中隊長に、分隊長を小隊長に、班長を分隊長に、自分をもっともすぐれていると示す兵士を班長の地位に就かせることであった。さらに、これらの優秀な指揮官たちには、他の名誉も付随した。こうして、称賛に値する指揮官たちは、大きな希望を抱けるようになった（第二巻第一章二〇―二三）。つまり、キュロスは、部下たちの名誉心に訴えて競わせたのであるが、それは先に述べたように彼も強い名誉心を持っていたからである。

彼は、中隊長たちを食事に招待する時は、何時も食卓において快適で士気を高揚する談話を持てるように配慮した。だが、勝利の分け前がすべての者に平等に与えられるべきか、各人の業績に比例して与えられるべきかということに話が及んだ時には、キュロスの提案でこれを軍隊の集会で討議することになった（第二巻第二章一七―二一）。

この討議で、ペルシアの貴族で、思慮に優れた中隊長のクリュサンタスが、功績をあげない兵士たちでも、他の兵士たちが戦功を立てると、同じ分け前を得られるというのであれば、力のある勇敢な兵士たちが戦闘意欲をなくす、と主張した。また、ペルシアの平民でありながら、キュロスに気に入られ、信頼されて中隊長になっているペラウラスが次のように言った。同じ食糧を得て肉体を鍛え、盾と斧か剣という同じ武器を使用するという、技術よりも勇気が問題となるこの戦であるから、平民の者たちは貴族の人たちと喜んで競い合う。しかもこの場合、平民たちと貴族たちは同じ危険を冒しているのではない。貴族たちは快適で名誉のある人生を賭けるのに、平民たちは苦労の多い、名誉のない、悲惨な人生を賭けるのである。貴族たちは軽い武具を着用して、飢えと渇きと寒さに耐える訓練をしているが、平民たちは苦しく貧しい生活のために飢えと渇きと寒さに慣れ、大きな荷物を背負うよう強制されていたから、武器の重さは荷物より羽に似ている、と思っているぐらいである。だから、キュロスには功績に応じた平民たちへの評価を願い、平民たちには教育を受けた貴族たちとの戦闘競技を始めるように勧める、と。　この功績に基づく戦利品の分配を支持するペラウラスの発言に貴族と平民の多くが賛同した（第二巻第三章一―一六）。

これを見ると、すでに触れているように、クセノポンがキュロスのみならずペルシアの貴族たちにも、階級にこだわらない、しかも悪平等でない能力主義を是認させているのが分かるだろう。いや、こればかりではない。キュロスは、中隊長たちに、自分の中隊をペルシア兵だけで充足させようと思わないで、他種族の兵士でも優れておれば採用するように、と言っている（第二巻第三章二六）。ここで、クセノポンは種族に囚われない能力主義をキュロスに表明させているのである。

キュロスがペルシア軍の閲兵と行進の観閲をしていた時、インド王の使者がキュアクサレスのもとに来た。彼らはキュアクサレスに戦争の原因を尋ねた。彼はアッシリア王になんの不正も加えていないと言い、彼に呼ばれたキュロスも、アッシリア王が自分らから不正を受けたと言えば、自分らはインド王を裁判官に選ぶ、と述べて使者を去らせた。この頃、アルメニア王がメディアから離反する動きを示している、との情報が入った。キュロスは、この動きを封じ、彼にキュアクサレスのもとへ軍隊を派遣させ、貢税を送らせるために、密かに軍隊を動かして、アルメニア王を急襲する決意をした。彼は、この計画を立案すると、アルメニアの国境で大規模な狩猟を催し、攻撃の意図を隠してアルメニア領内に侵入し、王の避難する山を先手を打って占拠した。この一方で、王に使者を不意に送り、キュロスができるだけ早くキュアクサレスに貢税と軍隊を送るように命じている、と伝えさせた（第二巻第四章）。

六

第三巻は、キュロスの使者が伝えた「貢税と軍隊を送れ」との言葉に動揺したアルメニア王が、自分の兵士を集める所から始まる。彼は自分の妻、息子たちの妻、娘たちそれに次男のサバリスに高価な金属類を携えさせ、護衛をつけて近くの山に避難させたが、先回りしていたキュロスの兵士に捕えられた。しかも、アルメニア王自身も、自分の兵士たちから、キュロスがすでに近くに来ていると聞き、戦わずに近くの丘へ逃げた。だが、彼も、丘をキュロス軍に取り囲まれて降伏し、キュロスの裁判を受けることになった（第三巻第一章一―八）。

この時ちょうど、王の長男でキュロスの猟友であったティグラネスが、旅から戻ってきた。ティグラネスは、キュロスの許可を得て、父の弁護をした。彼は、キュロスが父を処罰することにより、有力な味方になる勢力を失って大きな損失を被ること、妻子を奪われ、王位を失うことを覚悟している父が支配権を維持することができれば、キュロスに最大の恩義を感じることなどを述べた。このティグラネスの説得をキュロスは受け入れ、アルメニア王を許し、王位の確保を認めるという措置をとった。この結果、キュロスは約四〇〇〇のアルメニア騎兵と約二万のアルメニア歩兵を従軍させ、一〇〇タラントンの財貨をキュアクサレスに貢税させることができたうえに、別に一〇〇タラントンを借用したのである（第三巻第一章七－三四）。そしてこれは、キュロスがその寛容な人間性でもって敵を処遇し、強力な同盟者として獲得し、自分の勢力を拡大していった第一歩であったのである。

この後、キュロス、アルメニア王、ティグラネスなどが食事したが、その解散の時、ティグラネスが尊敬しており、キュロスも知っていたソフィストのことをキュロスは尋ねた。そのソフィストは、ティグラネスを堕落させた廉で父のアルメニア王によって処刑された、と言うことであった。アルメニア王によれば、ソフィストが父親よりも自分を賛嘆させるようにしたから、彼を処刑した、と言うのが理由であった。つまり、妻と一緒にいた男を捕えた夫は、妻を愚かにしたからではなく、自分への妻の愛情を奪ったから殺すのと同じことだ、と言うのである（第三巻第一章三八－三九）。このような嫉妬は、後でキュアクサレスがキュロスに抱く感情と同じであろう。

また、家に戻ったティグラネスが、自分の妻にキュロスを立派だと思わないか、と尋ねたところ、彼女はキュロスを見ていないで、妻を奴隷にしないためには自分の命を投げ出すと言ってくれた夫のほうを見ていた、と答えたことをクセノポンは短く述べている（第三巻第一章四一）。この夫婦愛は本作品の後半で述べられているパンテイアとアブラダタスの美しい夫婦愛と同質のものである、と言える。クセノポンは夫婦というものの人間的結合の美しさを人生にとって何ものにも換えがたい価値のあるもの、として表現しているのである。

キュロスは、当時アルメニアの領地をたえず略奪してアルメニア人を苦しめていた隣国のカルダイオイ人たちが占拠していた両国の境界にある山頂を攻撃してこれを確保した後、両種族に以後の友好協定を結ばせる仲介をした。この後、インド王に財貨を求めるキュロスの使者が、カルダイオイ兵とアルメニア兵の案内で派遣されることが決まった（第三巻第二章）。

キュロスは、山頂に築かれた城砦に守備隊を置き、多くの財貨を得るとともに自分の率いてきた軍隊とアルメニアの軍隊およびカルダイオイから得た約四〇〇〇の兵士を加えてメディアに帰った。彼はそこで自分の部下を功績に応じて表彰し、「財貨を手に入れた原因は、必要とあれば眠らないでいること、努力すること、敵に屈しないこと」（第三巻第二章八）であり、「服従、忍耐、適切な時機における労苦と危険が大きな喜びと富をもたらすのだ」（同箇所）との持論を述べた。

キュロスは、その後キュアクサレスにアッシリア軍への攻撃を進言し、キュアクサレスもそれに同意した。彼らは、アッシリア領内に進撃した。両軍が接近した時、アッシリア軍とその同盟軍は堅固な陣営を構えた。戦を前にして、キュロスは貴族たちに、自分たちが勇敢であることを部下たちに示すには、言葉でなく行動で勇敢を教えることだ、と励ました。その間にアッシリア軍は、陣営から出てきて、戦列を組んだ。アッシリア王が戦列に沿って進み、兵士たちに、逃げる者が踏み留まる者より殺害されやすいのが分かっているのだから、勝利を得たいと望むなら逃げずに戦え、と演説していた。一方、ペルシア軍では、貴族のクリュサンタスが、キュロスに兵士たちを激励するように、と頼んだ。しかし、キュロスは、臆病者を即座に勇敢にするような都合のよい激励の言葉はなく、正しい教育により前以て勇敢で称賛される行動をとれる習慣を身につけていなければならないのだ、と答えた（第三巻第三章九―五二）。つまり、クセノポンは、平素の教育によってのみ、勇敢になれるのだという見解を、キュロスに述べさせているのである。

この時、キュアクサレスが使者をよこして、キュロスに敵への進撃を促した。キュロスは軍を率いて出撃した。キュロスは「守護者であり導き手であるゼウス」という合言葉を伝達させ、慣例の軍歌を歌うと、すべての兵士たちがたがいに励ましあって前進し、走って敵の戦列に突入していった（第三巻第三章五六―五九）。この戦闘状況は、『アナバシス』のギリシア傭兵隊が、「救いの神ゼウスと勝利（の女神）」を合言葉にし、戦の歌を歌って敵陣目がけて前進し、最後には軍神を称える鬨の声に似た叫び声をあげて走り出し、敵陣に突っ込んだ情景（第一巻第八章一六―一八）を思い起こさせるのである。

こうして、ペルシア軍は、弓の射程外から突撃してアッシリア兵を逃走させ、陣営の入口まで追跡した（『キュロスの教育』第三巻第三章六〇―七〇）。

この後、第四巻で、キュロスは、敵の陣営から適当な距離を撤退して野営し、この戦闘における兵士たちの功績に報いるが、とりわけ自分の命令を即座に忠実に守ったクリュサンタスを褒め、大隊長に任命した

（第四巻第一章一―四）。この点には、クセノポンの服従こそ敵にとってもっとも恐ろしいものであるとの信念が、キュロスを通じて表明されている。

この戦闘で、総司令官のアッシリア王が戦死した敵は、戦意を失い、夜の間に多くの兵士が逃亡した。キュロスは、翌朝敵の陣営を略奪した後、キュアクサレスに敵の追跡を進言した。キュアクサレスは、勝利を味わうことをキュロスに勧めたが、無理強いせず、メディア騎兵の志願者たちを率いて敵を追跡することを許した（第四巻第一章八―二四）。

アッシリアの支配下にあったヒュルカニア軍が、アッシリアから離反してキュロスと同盟を結ぶために使者をよこし、ペルシア軍を先導してアッシリア軍を攻撃するとの意向を伝えた。キュロスは、ヒュルカニアの使者の申し出を信頼して受け入れ、ヒュルカニア軍が約束を果たせば、友軍として扱うことを約束した。ここでも、帰順する敵を厚遇するキュロスの寛容な性格が示めされており、このような敵への対処の仕方が、彼の支配を拡大していくうえでおおいに役立ったのである。

ヒュルカニアの使者に案内されたキュロス軍は、敵に追いつき、敵の後衛を務めていたヒュルカニア騎兵隊とともに敵を襲って逃走させた。メディア軍とヒュルカニア軍の騎兵たちが敵を追跡する一方、キュロスとペルシア軍は、敵の陣営に留まり、キュロスは、敵を追跡している兵士たちのために立派な食事を提供する準備をさせたが、ペルシア兵たちには、メディアとヒュルカニアの騎兵たちが戻ってくるまでに、食事をとらせなかった。それは、戦い続けている同盟軍にたいするキュロスの配慮であり、またこれができたのは、ペルシア兵たちが食欲抑制の鍛錬をしていたからであった。さらに、キュロスは、敵から獲得した財貨の分配をティグラネスおよびヒュルカニア兵たちとメディア兵たちに委ね、ペルシア兵たちも、これらの同盟軍が分配してくれるものを、取り分として受け取ることに満足した。彼らは、利得を抑制することも心得ていたのである（第四巻第二章）。

敵を追跡したメディア騎兵たちは、妻女を乗せた馬車や物資を積んだ荷馬車を捕えて戻ってきた。メディアとヒュルカニアの騎兵たちの活躍を見ていたキュロスは、騎兵の必要性を痛感し、ペルシア騎兵隊を創設する考えを述べ、ペルシア兵たちの賛同を得た（第四巻第三章）。

メディアとヒュルカニアの騎兵たちは、追跡から多くの馬と兵士を捕えて連れ戻った。捕虜の兵士たちは、武器を渡せば祖国で平和に暮せる、とキュロスから約束された（第四巻第四章）。

同盟軍の兵士たちが、捕獲物で食事をし、酒を飲み、笛で楽しんでいたが、ペルシア兵たちは、陣営を取り巻いて警戒し、財貨を盗んで逃亡する者たちを捕えた。ところが、キュアクサレスは、多くのメディア兵がキュロスに従ってアッシリア連合軍を追跡したのを知って衝撃を受け、キュロスに使者を送り、キュロスへの怒りとメディア兵たちの復帰を促す命令を伝えた。キュロスは、使者を歓待して引きとめる一方、ペルシアに援軍を求める使者をキュアクサレスのもとに立ち寄らせ、自分らに共通の利益を達成すると戻るからメディア兵たちを呼び帰さないように、と頼んだ。また、キュロスは、同盟軍に戦利品の分配を任せ、ペルシア騎兵隊創設に必要な馬、馬具、馬卒を受け取った（第四巻第五章）。

アッシリアの太守ゴブュリアスが、従者を伴ってキュロスの陣営を訪れ、彼と同盟を結びたいと願い出たが、それは戦死したアッシリア王の跡を継いだ王の息子が自分の息子の殺害者であり、その仇を討ちたいからであった。キュロスは、ヒュルカニア軍の場合と同じように、彼の願いを受け入れて同盟者とし、アッシリア王への復讐を約束した（第四巻第六章）。

七

第五巻では、まず、キュロスが、少年の頃からの友人であるメディアのアラスパスに、先のアッシリア連合軍との戦においてスサの王アブラダタスの妻で捕虜になった、アジアでもっとも美しい女性であるパンテイアを警護するように、と命じた話が述べられる。パンテイアを一目見るように勧められたキュロスは、彼女に魅せられて重要な用務に支障を起こさないようにするために、彼女に会うことを拒否する。すなわち、ペルシア兵たちに、飲食を始めすべてに節度のある態度をとるように指導してきたキュロスは、女性との関係においても、前以て危険を避ける抑制した行動を示したのである。この後、両者の間に愛についての論争が行なわれ、「愛することは自由意志の問題」（第五巻第一章一一）であると言うアラスパスは、キュロスの危惧にもかかわらず、自分が恋の力に勝てると主張し、美しくて品格のあるパンテイアの警護を引き受けた。だが、彼は彼女の魅力に捕えられ、彼女を愛するようになった。一方、キュロスは、メディア軍と同盟軍にキュアクサレスの命令に従って彼のもとに戻るかどうかを選ばせるが、彼らはキュロスと行動をともにすることを望んだ（第五巻第一章）。

キュロスは、軍隊を率いてゴブリュアスの城砦に行った。そこで、彼は、ゴブリュアスから娘と多くの財宝を託され、再度息子の復讐を嘆願された。彼は、それを再度確約した。しかし、その際、キュロスは財宝を娘と結婚する男に与えると約束し、自分が友人に不敬な行動をとらず、財貨のために不正を犯さず、進んで協定を破らない人間であるのをすべての人々に示してくれたこと（第五巻第二章一〇）を、ゴブリュアスのかけがえのない贈り物としてもらっていく、と言った。このキュロスの誠実な精神、物欲のない人柄、贈り物による見事な人心収攬が、理想的な統治者の資質を伺わせている、と言える。また、ゴブリュアスは、キュロスやペルシア兵たちと食事をした時、彼らが粗末な料理にもかかわらず、節度のある食事のとり方をし、しかも楽しい質問をしたり、楽しい冗談を言ったりしているのに感心した。キュロスの飲食に耐えさせる指導の成果が、ここでも示されている。

その後、キュロスは、ゴブリュアスとヒュルカニア王とで新しいアッシリア王との戦いを協議し、アッシリア王に敵対しているカドゥシオイ族とサカイ族を自分らに合流させ、さらにアッシリア王に去勢されるという残忍な仕打ちを受けた強大な太守ガダタスを味方にすることを決めた。ただし、ゴブリュアスは、ガダタスへの道がバビュロンに接近しているから危険である、との懸念を示した。心配するゴブリュアスに、キュロスは、先の戦闘に敗北したアッシリア軍は恐怖を抱いているから、彼らに向かって進軍するほうが彼らを威圧できる、との意見を述べた（第五巻第二章）。

アッシリアに入ったキュロスは、騎兵に敵地を見回らせて家畜を捕獲させ、それをゴブリュアスに与えた。キュロスは、バビュロン前方に進み、アッシリア王に戦いを提案したが、王は戦闘準備の未完了を理由に、三〇日後での戦いを逆提案した。キュロスは、敵の領地の境界にある堅固な城砦を入手するために、そこを攻撃すると見せかけ、ゴブリュアスを通じて援助を口実にその城砦に向かわせるガダタスにそこを確保させることにした。ガダタスは、それを実現して城砦にキュロスを迎え入れ、彼と初めて会い、アッシリアから離反したことを鮮明にした。また、ヒュルカニア王は、これに感激し、カドゥシオイ、サカイ、ヒュルカニアの諸族がこの城砦を共同で管理することをキュロスに申し出て、許可された。こうして、キュロスの軍隊には、カドゥシオイの軽装歩兵約二万、騎兵約四〇〇〇、サカイの弓兵約一万、騎馬弓兵約二〇〇〇というように加わった。さらに、ヒュルカニアは、できるだけ多くの歩兵を追加させ、騎兵を約二〇〇〇に強化させた。

城砦の事件を知ったアッシリア王は、ガダタスの領地に攻め込む準備を始めた。これを伝令から聞いたガダタスは、キュロスに告げ、急ぎ領地に引き返した。キュロスは、「わしらが……好意を持ってくれる者にはそれを凌駕する好意を寄せる者であることをすべての者に示す」(第五巻第三章三一)のだ、と言い、自軍と同盟軍を率いて、時を置かずに彼の後を追うことにした。また、彼は、友人に誠意を尽くし、全力を挙げて苦境から救うことにより、「多くの者が……味方なること」(第五巻第三章三二)も望んだ。ところで、キュロスは、このガダタスを救援する戦いに向けて進撃する隊列を組んだ際、指揮官の名前を呼んで隊列の位置を指示し、記憶力の良さを示して、部下への配慮を常にしていることをさとらせたのである(第五巻第三章)。

領地に残っていたガダタス配下の幹部一人が、彼を裏切り、アッシリア王と謀って罠を仕かけた。これにはまったガダタス一行は、危うくアッシリア軍に破滅させられるところであったが、後を追ってきたキュロスの軍隊に救われた。負傷したガダタスは、見舞いに来たキュロスに救援を感謝し、彼の信義と友誼の厚さを称えた。こうして、キュロスは、ガダタスの心を強くとらえたのである。しかし、この戦闘ではカドゥシオイ軍は、後衛を務めていたから、この救援に加われず、目だった働きを示せなかった。そこで、カドゥシオイ王は、独断でバビュロンに向かう地域に侵攻した。アッシリア王は、単独でいるカドゥシオイ軍に気づき、強固な戦列の軍隊でそれを撃破した。これを知ったキュロスは、彼らの救助に駆けつけ、食糧を与え、負傷した兵士に手当てを受けさせ、手当てを受けずに放置される兵士がいないか見回った。しかも、彼は、この事件を教訓にして、今後は許可なく単独行動をとらないようにと全軍を穏やかに戒めるだけで、カドゥシオイ王を責めなかった。それどころか、敵に報復するために、敵の領地で略奪を行なったのである。こうして、人の失敗を責めない彼の温かい性格は、同盟軍を彼に心服させた。その後、彼は、アッシリア王と耕作についての協定を結び、アッシリア領内で双方の味方が相手から攻撃されないで耕作できるようにした。ガダタスは、キュロスと自分の領地の安全を図った後、全財産を携えてキュロスに随行した。キュロスは、バビュロンの側を通り、最初に出陣したアッシリアとメディアの境界に到着した(第五巻第四章)。

キュロスは、キュアクサレスを招待した。彼は自分の率いるわずかな兵士とキュロスの強大な軍隊を較べて傷ついた。彼は、キュロスに背を向けて接吻せず、涙を流して自分が惨めな人間に見られるのに、キュロスは偉大な人間として賛美される、と言った。さらに、彼は、自分の部下たちも自分より強力になって自分を出迎え、自分から害を受けるより、自分に害を加えることができるようになっている、と嘆いた。そして、彼は、キュロスの率いてきたペルシア軍を誰かがキュロスによりもその者自身に従うように仕向けた場合、その者をキュロスは友人と見なせるか、と問いかけたのである。これは、アルメニア王があのソフィストを処刑したのと同じ理由であった。キュロスは、キュアクサレスにこれ以上の非難はやめるようにと言い、自分の行動が彼の利益を意図したものであることを理解し、自分を彼の援助者と見なしてほしい、と頼んだ。頑なであったキュアクサレスも、遂にキュロスの頼みを入れて非難をやめ、彼の接吻を受けた。仲直りの後、キュロスは、軍隊をアッシリア連合軍への攻撃に向かわせる努力をした（第五巻第五章）。

第六巻はキュアクサレスの司令部前で幕が開く。キュアクサレスが同盟軍の前に姿を見せるまでの間に、キュロスがペルシアに戻るとの噂を聞いた同盟軍の将兵から軍隊を離れないでほしい、との嘆願を彼は受けた。キュアクサレスが現われると、軍隊を解散せず、アッシリアとの戦争を継続する、と決議された。キュロスは、多くの城砦を構築すること、敵の城砦を破壊する機械と堅固な塔を構築する大工を用意することを提案し、この仕事に必要な間軍隊が駐屯するための健康によい場所を選んだ。また、その間に彼は、ペルシアの騎兵を強化する一方、従来のような戦車の扱い方を改め、戦車に丈夫な車輪と長い車軸を取り付けて転覆しがたくし、御者たちのために座席を小さな塔のように組み立てて、座席越しに手綱を取れるようにし、敵中に突入するために車輪の輻と車軸に鎌を取り付けた。キュロスはこのように新しい武器と戦法を考え出したのであるが、こうすることは、すでに彼が父カンビュセスから教えられていたことであった（第六巻第一章一―三〇）。

キュロスは、アッシリア王の考えを、美しいパンテイアを警護しているアラスパスに探らせようとした。ところが、アラスパスは、先に記したように、パンテイアの魅力に抗しきれずに彼女を愛してしまい、自分の愛の受け入れを彼女に強要した。彼女はやむをえず助けをキュロスに求めた。キュロスは、アラスパスを呼び寄せた。しかし、キュロスは、恥じ入って罰を覚悟したアラスパスに美しい彼女の警護をさせた自分にも責任があるのだと言って、その人間的な過ちを許し、極秘裏に敵状偵察の任務を彼に与えて敵陣に潜入させた。アラスパスは、他の者たちにはキュロスの罰を恐れて逃亡した、と思われた（第六巻第一章三一－四四）。

一方、パンテイアは、キュロスにアラスパスの代わりに敵陣にいる自分の夫アブラダタスを、彼の忠実な部下として推薦した。彼女の夫は、キュロスの許しを受けた彼女の暗号文で事情を知り、彼らの夫婦間を裂こうとしたアッシリア王を無法者と見なしていたので、アッシリア王から離反して、キュロスの陣営に来た。キュロスの命令で、彼に会う前に再会したパンテイアから、キュロスの自分の妻にたいする好意ある扱いを聞いたアブラダタスは、キュロスのもとへ行き、自分の身を彼の同盟者として捧げることを誓った。また、彼は、キュロスに鎌戦車や戦闘機械（移動式塔）の製作において力を貸した（第六巻第一章四五－五五）。

アルメニアからキュロスによって派遣された使節に応じて、インド王からの使節が財貨を持ってきた。キュロスは、彼らのうちから三人が敵陣に行って敵状を探ってくれるように、と依頼した。彼らは快く引き受けた。キュロスは、すでに軍事行動のための準備をほとんど整え、兵士たちの士気も盛んであった。だが、敵状の探索に行ったインドの使者たちから、リュディア王クロイソスが、アッシリア連合軍の総司令官になり、強大な戦力で攻撃してくるとの報告を受けると、キュロス軍の兵士たちは恐怖に囚われ、戦意は急速に衰えた。この様子を見て、キュロスは、自軍がすでに敵を打ち破ったことがあり、その時に得た勝利の感動を心に抱きながら、今はその何倍もの兵力で、優れた武装の騎兵隊として、鎌戦車隊として、戦闘機械隊として攻撃するのだから、その戦力は敵よりはるかにまさっていると強調して、兵士たちに自身を持たせた。クリュサンタスも、勇気を出してリュディアにある財宝の分け前に与ろう、と励ました。この結果、できるだけ早い敵への進撃が決定され、キュロスは、兵士に携行すべき必要物を細かく指示した（第六巻第二章）。

キュロスは軍を進めたが、キュアクサレスはメディア軍の一部とともに後方に留まった。キュロスは、偵察隊の捕えた敵兵たちから敵軍の接近とその行動を聞き出す一方、敵陣から帰ってきて味方の兵士たちを驚かせたアラスパスから敵の戦力と戦列の詳細な報告を受け、自軍を包囲する敵の作戦を知った。彼は、ただちに自軍の戦列を組み立てるように命令した。なお、アブラダタスは、籤で敵の戦列の正面に向かう位置を占めた（第六巻第三章）。

キュロス軍は立派な武装をしていたが、アブラダタスの武具は、妻パンテイアの配慮により人目を奪う一際見事なものであった。彼が戦闘に向かう時、「自分の夫を自分の命より大切であると見なす女性がいますなら、わたしもこのような女性の一人と認識してくださいますよう……わたしは恥辱をうけた夫とともに恥辱を受けた妻として生きますより、あなたという勇敢な夫と一緒に大地に葬られるほうを選びますのは間違いない、と誓います……わたしたちはキュロス殿下にも大きな恩義を受けていると思います。殿下は……あなたのためにわたしを兄弟の妻のように受け取り、護ってくださいましたから」（第六巻第四章五－七）と言った。アブラダタスは、妻にふさわしい夫としての、キュロスにふさわしい友としての働きを示させてほしいとゼウスに祈り、戦車に乗った。パンテイアは、戦車に心を込めて接吻した。この別れの場面は、実に美しい情景であり、『イリアス』第六歌におけるヘクトルとアンドロマケの別れの場面を思い起こさせる。だが、パンテイアとアンドロマケとでは、それぞれの夫の死後における身の処し方は違っている。ところで、キュロスは、進撃の直前にもう一度指揮官たちを集め、彼らを勇気づけた（第六巻第四章）。

八

第七巻は、まず犠牲が捧げられ、朝食がとられた後、吉兆のもとに進軍が開始されたことから述べられる。そして、三度の休憩の後、キュロスは、敵軍を視野に入れた。敵は味方を包囲し始めたが、これはキュロスの予期しているところであり、これに対応する指示をすると、戦列に沿って駆けながら、兵士を勇気づけ、各部署の指揮官に戦闘への注意を与えた。

敵の総司令官クロイソスは、キュロス軍を囲むように、正面と両翼に戦列を進めた。だが、キュロスは、敵の左翼を襲う一方、アルタゲルセスにも駱駝で敵の左翼を混乱させた。彼は、部下を率いてこの混乱した敵に襲いかかった。これと同時に、戦車隊が敵の右翼と左翼を攻撃し、多くの敵兵を捕えた（第七巻第一章一一二八）。

この時、アブラダタスの戦車隊も、正面に陣取るエジプト軍の戦車隊に突入した。彼のすぐ側に配置された戦車兵たちも、一緒に攻め込んだ。ここで、クセノポンは、「戦列は、親しい親友たちで作られているのが、もっとも強固である」（第七巻第一章三〇）と述べている。激しい戦いと混乱のなかで、堆積物に車輪を取られて跳ね上がった戦車から放り出されたアブラダタスは、敵のエジプト兵たちに切り殺された（第七巻

第一章二九―三二）。

このエジプト軍は、ペルシア軍をも攻撃した。ペルシア軍は、戦闘機械の塔まで後退し、そこでエジプト軍と殺戮戦を展開した。その時、ヒュスタスパス、クリュサンタスの騎兵隊が、到着して敵を攻撃した。このために、多くのエジプト兵が倒された。キュロスが敵の背後を回ってきて塔に上がり戦況を見ると、敵の兵力は、エジプト軍の一部を除いて、見ることはできなかった。キュロスは、これらのエジプト兵を許し、温かく処遇した。この結果、彼らはキュロスのもとに留まり、彼に変らぬ忠誠を尽くした（第七巻第一章三三―四八）。キュロスの寛容な性格が、味方をさらに増やしたのである。

クロイソスは、逃走してサルディスに戻った。キュロスは、サルディスに向かい、夜の間に敵の夢想もしなかったサルディスのもっとも堅固な保塁を密かに占拠させ、夜が明けると門を開かせて都城内に入った。このような都城の攻略は、彼が父親から教わった敵の意表を突く方法であり、彼の軍略の巧みさを示している。また、彼は、カルダイオイ兵たちが略奪しているのを見て怒り、罰として彼らの奪った財貨を命令に従って城壁を警備していた兵士に与えさせ、規律を守ることが利益を得るのだ、と悟らせた（第七巻第二章一―八節）。

この後、キュロスは、クロイソスと会い、彼から兵士が略奪せずに財貨を得る方法を助言してもらい、さらに、デルポイの予言を受けてからとった彼の行動とアッシリア連合軍の総司令官を引き受けた彼の率直な心境を聞いた。キュロスは、戦争と戦闘の権限以外はすべてクロイソスに返却して、彼を伴っていくことにした。この措置を受けたクロイソスは、これでもっとも幸福な人生を享受できるとの気持を表明した。これを聞いてキュロスも、クロイソスの心情に感動した（第七巻第二章九―二九）。

キュロスは、翌日アブラダタスの痛ましい戦死の報告を受けた。彼は、ただちに勇敢な友を立派に埋葬するための準備を命じ、夫の遺体の側で悲しんでいるパンテイアのもとに駆けつけ、夫を死に追いやった自分の言葉を恨む彼女の嘆きを聞いた。キュロスは、アブラダタスに勇士としての栄誉を与え、彼女には望みどおりのことをしよう、と言って引き返した。だが、彼女は、乳母の留めるのも振り切って、夫の亡骸に身を寄せ、自らの命を絶った。この報せを受けた彼は、この夫婦のために大きな記念碑を建てた（第七巻第三章）。このように、パンテイアは夫に殉じて自害したが、先に挙げたアンドロマケは夫へクトルの戦死後、トロイアが陥落し、息子のアステュアナクスが敵の手で殺された後も、アキレウスの息子ネオプトレモスの奴隷女となって苦悩のうちに生き続けた（エウリピデス『トロイアの女たち』）。パンテイアとアンドロマケとではこのように人生の処し方が違っているが、どちらがよいかの判断は、人によって異なるだろう。

その後、カリアに内紛が起こり、二つの党派ともキュロスに援助を求めた。彼は、アドゥシオスをカリアに派遣した。アドゥシオスは、策でもって両者を屈服させ、和解させた。その頃、キュロスは、ヒュスパスタスを小プリュギアに派遣していたから、アドウシォスに彼の後を追うように命じた。ギリシアの諸都市は進んで彼らに服従したが、小プリュギア王のみは服従を拒んだ。しかし、部下の離反により、彼は孤立し、ヒュスパスタスの手に落ち、キュロスの裁きを受けた（『キュロスの教育』第七巻第四章一―一一）。

この後、キュロスは、クロイソスとともにサルディスを出発し、バビュロンに向かった。途中、彼は、大プリュギア、カッパドキア、アラビアを支配下に置いて、バビュロンに到着した（第七巻第四章一六）。

キュロスは、バビュロンの都城を包囲し、堀を掘り、塔を建てて、都城を籠城させる構えを見せた。敵兵はこれを嘲笑したが、祭りの日に夜通し飲んだ敵兵が眠った時、キュロスは、堀を切り開いて川と繋ぎ、川の水を堀に流し込んだ。彼は人間の通行可能になった川床から都城内に兵士たちを侵入させ、態勢の整っていない敵兵を襲わせた。王宮内にいたアッシリア王は、ゴブリュアスとガダタスの部下に命を奪われた（第七巻第五章七―三〇）。ここでも、キュロスは、篭城攻めをすると見せかけて敵を欺き、祭りの夜に川床から兵士たちを都城内に攻め入らせるという敵の思いも寄らない方法で、バビュロンを征圧したのである。

キュロスは都城を接収した後、戦利品を部下の功績に応じて分配した。バビュロニア人たちは、耕作を許されたが、貢税の義務を課せられ、ペルシア軍や同盟軍の兵士たちに仕えさせられることになった（第七巻第五章三三―三六）。

これが済むと、キュロスは、自分も王にふさわしいと信じ、これに適した振る舞いをしたいとの願望を持ち、彼および彼の友人たちと他の者たちすなわち民衆との関係を良好にするための助言を友人たちに求めた。その際、彼は民衆が彼に何かを求めるなら、彼らはまず彼の友人たちに仕えてから、彼に紹介してほしいと願いでるのが筋である、とつけ加えた。すると、アルタバゾスが、キュロスを王と呼び、彼と最大の功績を挙げた自分らがもっとも長く一緒におられるようにしてほしい、と願い出た。また、クリュサンタスが、キュロスに今では自分ら友人たちに気を使う必要もないし、民衆に姿を見せることなく他の方法で彼らの心を掴むことができるから、もう家庭を持ってほしい、と言った。そして、彼は、独身のキュロスが戸外で苦労しているのを見ると、恥かしい気持になる、とつけ加えた。この意見には多くの者が賛同した（第七巻第五章三七－五七）。

こうして、キュロスは王としての生活をすることにし、まず自分の身辺の警護を、それも飲食、入浴、睡眠中の警護を誰にさせるかを考えた。彼には信頼する友人が多くいたが、彼らを身辺の警護役に就かせるのはあえて避けた。というのは、護衛しなければならない者がいながら、それ以外に愛する者がいる人間には最終的な信頼を置けない、と判断していたからである。ところが、宦官たちにはそのような者がいないうえ、彼らは自分らを名誉のある地位につけてくれた者たちにもっとも高い評価を与えていたから、彼らを優遇する点でキュロスは自分にまさる者はいない、と思っていた。そこで、彼は、主人に忠実である点では宦官がもっとも優れていると見なし、彼らを身辺警護の親衛兵にしたのである（第七巻第五章五八－六五）。この判断には、友人たちを深く信頼して、彼らに功績を挙げさせてきたキュロスでありながら、愛する身内を持っている者たちにはその者たちをもっとも愛せざるをえないという人間の本性があることを見抜いて、身辺警護を友人たちでなく宦官に委ねたという彼の支配者としての極めて冷厳な態度が示されている、と言える。

次に、王宮の警備には、祖国で貧困な生活をしてきたペルシア兵たちが自分のもとでの生活を望んでいるのを知って、キュロスは、彼らから一万人の槍兵を選び、日夜の警備と外出時の護衛をさせた。さらに、バビュロン全体のためにも十分な守備兵たちを配置した。このようにしておいて、キュロスは、主要な指揮官たちを集めて、「劣った人間たちの好む奢侈を求めるなら、いち早くすべての財産を奪われる……獲得したものを維持し続けるのは、もはや節度と自制と十分な配慮なしには不可能なのだ……このすばらしい成果を獲得した以前より……はるかによく勇敢であるための鍛錬をしなければならない……どのようにして勇気を鍛え、どこでその鍛錬をすべきかを提案しよう……わしらは貴族であるから、ペルシアの役所の側で貴族が過ごしているように、あの地で行なったすべてのことをこの地でも熱心に行なわねばならない」（第七巻第五章七四―八五）と言った。つまり、飽く迄ペルシアの教育に従い、以前より一層苦労に耐えて勇気を鍛えねばならないことが強調されたのである（第七巻第五章六六―八六）。

九

第八巻では、まずクリュサンタスの演説が行なわれる。彼は、優れた王と臣下の関係は父親と子供の関係と同じだと言った後、服従こそ軍隊を最強にするように、支配を維持する最善の方法も服従することだと主張して、他の指導者たちの賛同を得、キュロスの宮廷に常に待機して彼らの身を彼に提供することを決定した。こうして、キュロスは、自分とペルシア人のために支配権を維持するための制度を作り、後継の王たちがこの制度を今も維持しているのである（第八巻第一章一―八）。ただし、支配者がよければ制度や法は正しく運用されるが、悪ければ不正に運用されるのは、当然のことであろう。

キュロスは、宮廷と国家の役職に有能で信頼の置ける人間を任命し、彼自身が彼らの模範にならなければならない、と思った。また、国家の統治が有効に機能するように、軍隊の編成に習い、国家機構を中央集権化した。これにより、彼は、わずかの者たちと話さえすれば、行政のすべてを処理できるようになり、側近たちにもこの処理の仕方を教えた。彼は、側近たちに、こうして得られた時間的余裕を、徳を身につけ、正義を厳しく見つめ、謙虚に振る舞い、規律と節度を守り、服従を重視することに費やさせたのである。また、彼は戦闘訓練のために狩猟を行なった。ところで、すでに述べたように、彼は、支配される者たちより優れていない者たちは支配するのにふさわしくないと考えていたから、側近たちと一緒に行なう自制と戦闘技の訓練では、自分にもっとも厳しい訓練を課したのである。そして、すべての主な騎兵の技量においては、彼が傑出していた（第八巻第一章九―三九）。

キュロスは、被支配者たちに立派に見られるように、統治関与者たちにメディア風衣服の着用を勧める一方、奴隷には自由人たちのするような鍛錬と武器の使用を禁止した。しかし、彼らには、自由人に仕えるための体力を維持するように、彼は飲食の欠乏を味わわせないようにした。この結果、奴隷たちも彼を父と呼んだのである。また、彼は被支配者の貴族たちにも自分への好意を持たせるように努力した（第八巻第一章四〇―四四）。

こうして、キュロスは、「全ペルシア王国を確固とした支配下に置いた」（第八巻第一章四五）。だが、統治能力を持っているとの誇りを持ち、事実キュロス自身も信頼を置いている優れた指揮官たちにも、彼と接触する機会があり、彼らから危害を受ける可能性がある、と彼は思った。この点では、温かい精神を持ったキュロスであったが、身辺の警護を宦官に委ねたのと同じような考え方をしていた。彼は、彼らから武器を取りあげたり、自分に近つけないようにするのは、彼らの不信を招き、自分の支配を維持できないようにする、と信じた。そして、彼は、彼らに相互への信頼より、自分への信頼を持たせる方法を考えたのである（第八巻第一章四五―四八）。

彼は、「愛されていると信じている相手によって憎まれることはありえないと確信していたから、常に自分の心にある親切心を示し」（第八巻第二章一）てきた。つまり、彼らの「よい成果には一緒に喜び……災厄にはともに苦しむ」（第八巻第二章二）態度を示すことにより、これまでも彼らの友誼を得ようと努力していた。そして、彼は、多くの財貨を獲得すると、自分の食卓から他の食卓に着いている者たちに料理を与える好意により、また王からの贈り物と識別される価値のある物を与えられる栄誉により、受け取った者たちに家族の者たちや仲間たちより自分のほうを選ぶようにさせたのである。この結果、彼は重要な情報をもたらして自分に報いてくれる王の目、王の耳と呼ばれる者たちを獲得した。こうして、人はどこにいても王に聞かれているように思い、王に不都合なことを言ったり、したりすることを恐れるようになった。ここには、服従こそ力であるというキュロス＝クセノポンの信念が示されていると同時に、支配下の人間の自由が彼への服従を前提として許されるという彼の専制的な統治の本質が伺えるのである。彼には優しい精神と反逆を許さない峻厳な心が共存しているように思える（第八巻第二章一―一二節）。

キュロスは財貨を得られるようになってから、これらの財貨で友人たちを裕福にし、彼らの好意と友誼を獲得し、自分が依頼すれば、彼らから財貨を得られるようにした。これにより、彼が友人たちに与えずに一人で財貨を溜めた場合より、はるかに多くの財貨を確保できるようになったのである（第八巻第二章一三―二三）。

また、彼は、分業を勧め、製品の質を高めると同時に製作時間を短縮させた（第八巻第二章五）。なお、彼は国民の健康にも留意し、そのために医者の便宜を計ったり、病人を見舞ったりした。この一方で、彼は、賞金を提示して競技を開催し、有力者の間に競争心を植えつけた。この結果、彼らは、彼からもっとも多くの好意を受けようと、競争相手を除去したいと願い、相互への好意を持つより、キュロスのほうへ好意を抱くようになったのである（第八巻第二章二四―二八）。

キュロスは、王宮から犠牲を捧げる聖域への盛大な行進を行なうことにし、平民から登用したペラウラスにそれをとり仕切らせた。その一方で、彼は、ペラウラスに軍服の上衣を指揮官たちに与えさせ、行進の指示をするペラウラスに不満を持たせないようにした。多くの槍兵、投槍兵、騎兵、戦車兵などが、キュロスの戦車の前後を華々しく行進した。行進の間、多くの者が請願しようと彼に近づいたが、彼はそれを騎兵隊長たちに向けるようにした（第八巻第三章一―一九）。

聖域に着き、犠牲が行なわれると、その後競馬が催された。この勝利者たちのなかには、名馬を駆って優勝したサカイ兵がいた。キュロスは、このサカイ兵にその名馬と王国を交換しないか、と尋ねた。だが、サカイ兵は、自分の馬を王国とは交換しないが、勇士には与える、と答えた。キュロスが目を瞑って土塊を投げても、勇敢な戦士に当る場所を教えると、その場所にサカイ兵は土塊を投げた。これにあたったのがペラウラスであり、彼はサカイ兵と自分の馬を交換した。ペラウラスは、サカイ兵を食事に招待し、自分の人生を語り、人生の幸福について話しあった。彼は、祖国の貧しい生活の後、従軍してキュロスから財貨を得て豊かになったが、召使たち、家畜、財貨の管理に貧しかった時よりはるかに悩んでいることを述べ、気に入ったこのサカイ兵に財産を委ねて管理を任せ、友人たちに親切を尽くすという自分にとってもっとも楽しいことに専念することにした（第八巻第三章）。

この時、キュロスも宴を設け、友人たちを招待した。しかし、彼は、友人たちを好むままに着席させず、彼らの功績に応じて席を定めてその席に着かせた。その一方で、彼は美味な食べ物を一人で食べず、彼らに分け与えた。招待されていたゴブリュアスは、これを見てキュロスを司令官の才能でより、人間愛で人々をしのいでいる、と賛嘆した。キュロスも、彼に前者は人間を不幸にするが、後者は人間を幸福にする、と答えた。この言葉には、キュロスの人間性が如実に表われている(第八巻第四章一―八)。

この食後の酒席で、ヒュスパスタスが、嫉妬からキュロスに自分がクリュサンタスほど栄誉を与えられていないと訴えたが、その理由をキュロスから聞かされて納得した。キュロスは、このヒュスパスタスにゴブリュアスの娘を妻にするように仕向け、ヒュスパスタスはそれに応じて求婚し、ゴブリュアスの了承を得た(第八巻第四章九―二六)。

その後、キュロスは、同盟軍の各兵士に多くの物を与えて帰郷を許したが、彼のもとに留まって居住するのを望んだ兵士たちは除外され、土地と住居を与えられた(第八巻第四章二八)。彼は、自分の直属の部下たちにも、功績に応じて財貨を与え、明示した財産を基にして志操の高尚さを競うのがもっとも誠実な人間のすることであり、これらの財産はすべて彼の物であると同時に彼らの物であると見なすべきだ、と言った(第八巻第四章二九―三六)。ここに、キュロスの財貨にたいする考え方、その真の生かし方、物欲に囚われない性格が見られるのである。

彼は、ペルシアへ行軍することを決め、それを指示した。これに続いて、行軍の秩序と陣営設置の様子が詳しく述べられている。ペルシアへの途中、キュロスは、キュアクサレスを訪問し、多くの贈り物をした。

キュアクサレスは、キュロスに自分の娘との婚約を申し出、メディアの国を持参金にした。キュロスは、両親の許可を前提としてこれを受け入れた（第八巻第五章一―二〇）。

ペルシアに到着したキュロスは、主力軍を国境に残し、父母、親族、指揮官、長老、貴族さらにはペルシア人すべてに与える贈り物を携えて都城に入った。父のカンビュセスは、長老たちと行政官たちを前にして、キュロスを王位継承者にすると述べ、キュロスにはペルシアの領土を攻め、ペルシアの法の廃止を企てる者がおれば、全力を挙げてペルシアを救援し、長老たちや行政官たちにはキュロスを権力の座から追い落とそうとする者がいると、キュロスの命を受けて彼を援助するという協定を結ぶように勧めた。キュロスとペルシアの長老たちや行政官たちは、これに賛成して協定を結んだ。キュロスは、一方で巨大な専制君主制の王国を樹立しながら、祖国では立憲君主制のような制度で国の運営にかかわるという『ラケダイモン人の国制』や『アゲシラオス』のスパルタに見られるような制度を受け入れたのである。キュロスは、ペルシアを去り、メディアに到着すると、父母の同意を得ていたから、キュアクサレスの娘と結婚した（第八巻第五章二一―二八）。

バビュロンに戻ったキュロスは、友人たちを太守に任命して、支配下の諸領地に派遣した。しかし、彼は、諸領地内にある城砦の守備隊長や駐屯部隊の大隊長を王の任命として軍事の統率権を自分が把握することにより、太守に権力の集中するのを回避した。そして、物の豊かさと人間の多さに増長する太守に謀反の兆しがあると、ただちに彼の任命した城砦や駐屯部隊の指揮官たちから任地内で攻撃を受けるようにしたのである（第八巻第六章一―九）。ここでも、彼は、信頼を置いている部下たちであっても、彼らの権力は分散させるという統治の要諦を怜悧に実践していた。

また、彼は、太守のすべてに、彼を真似て彼らの主要な部下たちに、宮廷への伺候、節制、太守への献身、宮廷での子弟の教育、狩猟と軍事訓練をさせるように、と命じた。彼は、毎年軍隊を率いた巡察使を派遣し、太守たちの統治を調べさせ、不都合があればそれを是正させた。彼は、また駅停を設け、書類を馬により非常に速く伝達するようにした。彼は、その後バビュロンから新しい遠征をし、この遠征によりその版図を東はインド洋、北は黒海、西はキュプロスとエジプト、南はエチオピアに拡大した（第八巻第六章一〇—二三）。

高齢になったキュロスは、ペルシアに戻ったが、それは七度目であった。その時、彼は夢を見て死期の近づいたのを悟った。彼は、犠牲を捧げて家族と王国の安寧を祈った後、自分の二人の息子、友人たち、行政官たちを呼び、王位継承者に長男のカンビュセスを、次男のタナオクレスをメディア、アルメニア、カドゥシオイの太守に任命し、兄弟が愛しあい、尊敬しあい、助け合い、信頼すべき友人たちを獲得して王位を護る努力をすると同時に、神々と後世の人間に畏敬の念を持つことを息子たちに求めた。そして、彼は自分の遺体の埋葬を指示し、親しい者たちに別れを告げて亡くなった（第八巻第七章）。


第一巻第一章の説明においてもすでに触れているように、クセノポンは、この最終章で自分らと同時代のペルシア人たちが無法であり、不敬な振る舞いをし、不正を犯すのが常態化していること、しかも自分らの戦闘能力が劣っているのを認識して、ギリシア軍の援助なしには戦争しなくなり、戦争に臆病になっていることを述べている。だが、クセノポンは、自分の記した大キュロス治下におけるペルシア人たちの誠実、質実剛健、優れた鍛錬は真実であり、それを信じていたからこそ小キュロスに従ったギリシアの重要な指揮官たちがペルシア王の前に連れていかれ、裏切られて殺害された、と強調している（第八巻第八章）。

では、どうしてクセノポン当時のペルシア人たちはこのように腐敗堕落したのだろうか。それは、大キュロスが強調しているように、支配を獲得するよりも、それを維持するほうが困難であり、支配を維持するには、節度と自制と配慮を一層強く身につけ、勇敢であるための鍛錬をさらに激しく継続して、支配下の人間たちより優れていなければならないのに、大キュロスの息子や子孫たちがこれを怠ったために自滅の道を進んでいった、とクセノポンは見なしているのである。これを短い最終章で指摘することにより、統治と軍事の成功者である大キュロスの偉大さを、彼は浮かび上がらせている、と言える。

一〇

クセノポンの作品は、先に記したように一四編ある。彼の作品は、歴史、哲学、随筆の分野に大別される。ところが、本作品の『キュロスの教育』は、このいずれの分野にも当てはまらない。この作品は、歴史的であるが歴史でなく、哲学的対話を多く含んでいるが哲学でなく、教育、倫理、政治、戦術について論じているが随筆でなく、伝記的であるが伝記でない。しかもこれは、文学作品上もっとも魅力のある作品の一つとして、パンテイアとアブラダタスの夫婦愛についても語っている。そこで、本作品はヨーロッパ文学における先駆的歴史小説、と言ってよいだろう。

したがって、『キュロスの教育』においては、歴史的に疑問と思われる記述が時々出てくる。たとえば、この作品ではメディアがキュアクサレスにより彼の娘の持参金として大キュロスに譲渡されたことになっている。だがヘロドトスでは、アステュアゲスの生存中に、大キュロスが自分を抹殺しようとしてきたこの祖父を武力で倒し、その領土を手中にしたのである。アステュアゲスの息子になっているキュアクサレス自身は、クサノポンによる以外は知られておらず、彼はおそらくクセノポンにより創作された人物である、と思われる。大キュロスに帰せられているエジプトの征服も、ヘロドトスでは、彼の息子カンビュセスによって成し遂げられている。さらに、この作品では大キュロスは平穏に死去したことになっているが、同じくヘロドトスは、女王トミュリスの率いるマッセゲタイ軍との激戦において彼は戦死した、と述べている。

また、本作品にあるようなペルシア人の国制は、アジアには見当たらず、むしろラケダイモン人の国制に似ており、クセノポンがアゲシラオスとラケダイモン人の規律を賛美し、理想的な国制として大キュロスのペルシアに投影した、と推定できる。本作品のペルシア人は、英雄たちを崇拝する。彼らは、合言葉を交して戦闘の準備をし、勝利の歌を歌って戦い、栄光を得ている。だが、これらは実際のペルシア人の行なわなかったことで、『アナバシス』においてギリシア軍の行なったことが、ペルシア軍の行動に置き換えられている、と見ることができる。クセノポンが記述するペルシア人の質素な食糧や衣服も、ラケダイモン人の禁欲的な生活と一致している。さきに指摘しているように、本書の第一巻第二章に記されているペルシア人の教育にもスパルタの教育が移されている、と言えよう。また、大キュロスの無敵の戦列は、ラケダイモン人の強固な軍団のものと、行軍や激戦において大キュロスのとった戦法も、アジアからギリシアへの有名な一万人の脱出を指揮した有能なクセノポンのものと非常に似ているのである。

『キュロスの教育』という題名において、教育を大キュロスが受けたものと理解するなら、この題名は全八巻のうち最初の一巻に関係するだけである。だが、教育には受動的な面のみでなく、能動的に他を教育する面もあるのは言うまでもない。残りの七巻において、彼の多くの軍事的成功が語られているが、そこではそれらの成功は、彼が自分の受けた教育とそれを基にして考え出した新しい戦略、戦術と統治法を部下の将兵たちや新しい支配下の種族に適用した成果であることが示されている。すなわち、いかに指揮し、服従させ、支配すべきか、また、いかに指揮され、服従し、支配されるべきかを、彼は教えているのである。したがって、大キュロスを教育することを扱っている第一巻は、すでに統治の大問題に答えているのであって、この題名が、作品全体に当てはまっているのも当然と言える。いや、大キュロスの行為はすべて彼の教育とその成果を示すものとして、クセノポンは述べているのである。

『キュロスの教育』における教育の基本的理念を理解するうえで一つの鍵になるのは、この作品のほぼ中央に位置する大キュロスとゴブリュアスの間で交される対話(第五巻第二章八―一二)である。この対話で、大キュロスはゴブリュアスの財宝と彼の娘をゴブリュアスの誠実さが示されるものとして受け取るが、その財宝をその娘および彼女と結婚する男に与えると言った後で、自分はけっしてバビュロンの財宝と交換することのできない唯一の贈り物を、すなわち自分の受けた教育の成果が友人に不敬な行動をとらず、財貨のために不正を働かず、協定を進んで破ろうとしない誠実さを身につけていることであるとすべての人々に示せることを、ゴブリュアスから得たのだと述べているが、ここを読めばこの作品を一貫するクセノポンの思想を把握することができるだろう。

『キュロスの教育』は、クセノポンが文筆活動において得たほとんどすべての結果を総合して創作した作品である、と言える。この例を若干選んで以下に述べてみよう。『アナバシス』に記されている諸事件は、本作品における地理、歴史、慣習などの背景を提供している。本作品における倫理、指揮能力、政治的手腕についての論議には、『ソクラテスの思い出』が寄与していると思われる。大キュロスの王国は理想の国家として描かれているが、その基盤は『アゲシラオス』と『ラケダイモン人の国制』において述べられている。『馬術について』と『狩猟について』において示されているクセノポンの見解は、『キュロスの教育』の多くの個所で反映されている。『家政論』では結婚生活における理想的夫婦関係についてのクセノポンの見解が明らかにされているが、その見解がまたこの作品のアブラダタスとパンテイアの愛情物語において具象化されている。

二

『キュロスの教育』の舞台は地方色に彩られたアジアの地域であるが、本書に隈なく行き渡っているのは、クセノポンを育てた文化と彼の抱いた教育理念である。彼は、自分の求める教育制度を有するラケダイモン人の国制を、専制政治のイメージの強い、一見不適切にも見える、しかし彼が愛着を持ち、好意を寄せるアジアの地域に移したのである。そして、彼がそれをペルシア人の国制に表現したのは、すでに述べたとおりである。この国制における基本理念が、「法を基準とする権利の平等」（第一巻第三章一八）である。大キュロスの物語を書くクセノポンの主目的は、一言で言えば、自分の教育的理念により得られる理想の君主に支配された理想の国家を示すことであった、と言えよう。本書では、大キュロスによる巨大王国の成立が記述されているのであるが、今触れたペルシアの国制が賛美されているように、クセノポンは立憲君主制のような政体も認めている、と思われる。要するに、クセノポンは、国家はその形体を問わずに理想の支配者に統治されることによって繁栄するのだ、と主張しているのであろう。なお、主人公の大キュロスは、ソクラテス、小キュロス、クレアルコス、アゲシラオスそれにクセノポン自身といった諸人物が合成されて理想的に作りあげられた人物像として描かれているようである。

本作品は、アテナイでも受け入れられた可能性はあるが、ローマではとくに好まれ、カトとキケロは法の権威、正義と公正に基礎を置いて帝国を構築するように強く訴える教訓を本作品に見出しており、小スキピオはこの作品を手にしていた、と言うことである。また、文学的価値の点でも、本書はクセノポンの作品のなかでは『アナバシス』と並んでもっとも優れている、と言ってよいだろう。

参考文献

Anderson, J. K.: *Xenophon*, New York, 1974.

Due, B.: *The Cyropaedian: Xenophon's Aims and Methods*, Aarhus University Press, 1989.
Higgins, W. E.: *Xenophon The Athenian, The Problem of the Individual and the Society of the Polis*, Albany, 1977.
Hirsch, S. W.: *The Friendship of the Barbarians, Xenophon and the Persian Empire*, Hanover and London, 1985.
Luccioni, J.: *Les idées politiques et sociales de Xénophon*, Paris, 1947.
Nadon, Chr.: *Xenophon's Prince, Republic and Empire in the Cyropaedia*, University of California Press, Berkeley, Los Angeles, London, 2001.
Tatum, J.: *Xenophon's Imperial Fiction, On the Education of Cyrus*, Princeton, New Jersey, 1989.

この翻訳に当っては、クセノポンの『小品集』の場合と同様に、京都大学教授中務哲郎氏に種々の便宜を計って頂いた。この場を借りて重ねて感謝の意を表したい。

索　引

1．クセノポン『キュロスの教育』の固有名詞および事項索引を収載する。

2．ローマ数字の大文字、小文字は言及される巻および章を、算用数字は節を示す。

例：*Ii1* は「第１巻第１章第１節」を、*Ii1, 3* は「第１巻第１章第１節」と「第１巻第１章第３節」を表わしている。また、passim は作品全体にわたってその名が現われることを示す。

ア　行

アイオリス Aiolis　小アジア北西部、およびその沿岸すなわちエーゲ海北東部海上の島々の地域　*VIIIvi7*

アイオリス軍　上掲地域出身の兵士により編成された軍隊　*VIii10*

アグライタダス Aglaitadas　厳格な中隊長　*IIii11, 13—16*

アシアダタス Asiadatas　騎兵連隊長　*VIiii32*

アジア Asia （本書ではペルシア王国の版図を指していると見てよいだろう）　*Ii4, iii8; IIi5; IVii2, iii2, v16, vi11; Vi7; VIi27, ii10; VIIii11; VIIIi6, v23, vii7, viii1, 5*

足罠　*Ivi28*

アステュアゲス Astyages　メディアの王。キュロスの母方の祖父　*Iii1; iii1, 2, 4—6, 8—10, 11, 13—15, iv2, 5, 7, 10—15, 18, 20, 22—26, v2, 4; IIIi10, 21, ii25; Vi25*

アッシリア Assiria　ティグリス川上、中流のメソポタミア東部地域　*Iiv16, 18; IIi5, iv17; IIIiii22; IVii1, 3, 4, v56, vi1; Vii12, iii24, iv51, v24; VIi5, 17, 27, ii22; VIIIiii24*

アッシリア王

(1) 上掲地域の王　*Iiv16, v2; IIi5, iv7, 8; IIIiii29, 46, 50, ; IVv40, vi2; Vi3; VIIii22*

(2) 上掲の王の息子　*Iiv16; IVvi2—6; Vii23, 25, 26, iii5, 6, 8, 10, 12, 19, 26, 27, 30, iv1—4, 9, 12, 15, 16, 24, 27, 34, vi2; VIi25, 31, 45; VIIv28—30, 32, 33*

アッシリア騎兵　*Viv4, 5*

アッシリア軍　*IIIiii26, 28, 43, 67; IVi8, ii1, 3—6, 14, v15, 23, 56; Vi3, iii23, iv1; VIii10, 19*

アッシリア人　*Ii4; IVii1, vi2; Vii26*

アッシリア兵　*Iiv18; IIIiii44, 60, 66; IVii1, 31; Vii30, iii25, iv26; VIii19; VIIIiii25*

アッシリア歩兵（隊）　*Iiv23; Viv9*

アッシリア文字　*VIIiii15*

アドゥシオス Adusios　ペルシア軍の幹部。カリアの内紛を治めるために派遣される。後プリュギア王の反乱を鎮圧する。カリアの太守　*VIIiv1, 3, 5, 7, 8, 11; VIIIvi7*

アブラダタス Abradatas　スサの王。パンテイアの夫。アッシリア王から離反してキュロスの味方になり戦死する　*Vi3; VIi45—48, 50, 52, ii7, iii35, 36, iv2, 4, 5, 9—11; VIIi9, 15, 16—18, 29—32, iii2, 7*

アポロン Apollon　ゼウスとレトの息子。デルポイ神託の神　*VIIii15, 16, 25, 28*

編細工盾　*Iii13; VIIi33, 34; VIIIviii23*

アラグドス Aragdos　アラビア王　*IIi5*

アラスパス Araspas　キュロスのメディア時代の友人。パンテイアの保護を命じられ、彼女を愛す。敵陣へ密偵として送り込まれ敵状を報告する　*Vi2—4, 8, 9, 13, 16, 18; VIi31—38, 44, 45, iii16—18, iv8*

アラビア Arabia　南メソポタミアのエウプラテス川左岸に沿った地域。アッ

シリアの支配下にあり。後キュロスに征服される *Ii4; IVv56; VIi27; VIIIvi7*
アラビア王　上掲地域の王 *Iv2; IIi5; IVii31*
アラビア軍 *IVv56; VIii10; VIIv14*
アラビア人 *VIIiv16*
アラビア兵 *IVii31; VIi27*
アリオバルザネス Ariobarzanes　リュディア、イオニア、プリュギアの太守。息子のミトラダテスに裏切られる *VIIIviii4*
アリバイオス Aribaios　カッパドキア王 *IIi5; IVii31*
アルケウナス Alceunas　カドゥシオイの騎兵隊長 *Viii42*
アルサマス Arsamas　ペルシア軍連隊長 *VIiii21; VIIi3, 8*
アルタオゾス Artaozos　歩兵大隊長 *VIiii31*
アルタカマス Artacamas
(1) 大プリュギアの支配者 *IIi5*
(2) 大プリュギアの太守 *VIIIvi7*
アルタクセルクセス Artaxerxes　ペルシア王。ダレイオスの息子。小キュロスの兄 *VIIIviii12*
アルタゲルセス Artagerses　歩兵大隊長 *VIiii31, 33; VIIi22, 27, 28*
アルタバゾス Artabazos
(1) キュロスの親族と自称するメディアの若者 *VIi9, 34, 35; VIIv48—54; VIIIiii25, iv1, 12, 24, 27*
(2) ペルシアの軽装歩兵と弓兵の指揮官 *Viii38*
アルタバタス Artabatas　ペルシアの戦車隊長。カッパドキアの太守 *VIIIiii18, vi7*
アルトゥカス Artuchas　ヒュルカニア軍の指揮官 *Viii38*
アルメニア Armenia　エウプラテス川とティグリス川の上流。カッパドキアの東。メディアの北西地域 *IIi6, iv16, 21; IIIi29, ii2, 20, iii1; VIIIiv1, vii11*
アルメニア王　上掲地域の王 *IIiv12—14, 22, 31; IIIi1, 5—7, 9, 13, 31—33, 35, 37, 39, 40, 42, ii1, 11, 14—17, 19—21, 24, 28, iii1—4*
アルメニア王の娘たち *IIIi2, 4, iii2*
アルメニア王妃 *IIIi37, 41, iii2, 3*
アルメニア騎兵隊 *Vv5; VIIIiii18*
アルメニア人 *IIiv23, 32; IIIi4, ii4, 12, 18, 21, iii2, 18*
アルメニアの貴族 *IIIi8*
アルメニア兵 *IIIii5, 8, 9, 21, 31; IVv1, 2; Viv13; VIIIiii25*
アルメニア歩兵隊 *Viii38*
アンダミュアス Andamyas　メディア歩兵隊の指揮官 *Viii38*
イオニア Ionia　小アジア西岸中部の地域 *VIIIvi7*
イオニア軍　上掲地域の種族により編成された軍隊 *VIii10*
石目鑢 *VIii32*
イリュリア Illyria　現在のアルバニア地域 *Ii4*
イリュリア王　上掲地域の王 *Ii4*
インド India　パンジャブ地域のみを指す。現在はインドとパキスタンに分属している *Iv3; VIii3*
インド王　上掲地域の王 *IIiv7, 8; IIIii25, 27—30; VIii1, 2*
インド人 *Ii4*
インドの使者 *IIiv1, 7—9; VIii2, 3, 9*
インド洋　キュロス王国の東の境界 *VIIIvi20, 21, viii1*
牛飼 *Ii2*
馬の飼育者 *Ii2*
占師 *Ivi2*
エウプラタス Euphratas　戦闘機械隊長 *VIiii28*
エウプラテス川 Euphrates　メソポタミアの巨大な川。源流はアルメニア。バビュロンを通過して流れる *VIIv8—10, 15—18, 20*
駅停 *VIIIvi17*
エクバタナ Ecbatana　メディアの首都。キュロス時代は彼の夏の首都 *VIIIvi22*
エジプト Aigyptos　キュロス王国の西の境界 *VIIIvi20, 21, viii1*
エジプト王　上掲地域の王 *VIIIviii4*
エジプト軍 *VIii10, iii19, 20; VIIi30,*

カ　行

サ　行

タ 行

VIi27
トロイア式　戦車の使用法　*VIii8*

ナ　行

轅　*VIi51, 52, iv2*
投槍　*Iii9, 13; IIi21; VIii4, 32; VIIi33*
投槍兵（隊）　*IIIiii57, 60; VIii15, 36, iii24; VIIi34, iv16, v41, 63, VIIIv12*
鉈鎌　*Iii9*
荷物運搬者　*Viii40, 41*
荷馬車隊　*VIiii8*

ハ　行

バクトリア Bactria　アフガニスタン北東部、オクソス川中流南部の地域　*Iv2; IVv56*
バクトリア王　上掲地域の王　*Vi3*
バクトリア人　*Ii4*
パクトロス川 Pactolos　サルディスを通過するリュディアの川　*VIii11, iii4; VIIIiii4*
梯子　*VIIii2*
伐採用斧　*VIii36*
バビュロニア人 Babylonia　ティグリス川とエウプラステス川下流の豊かな地域に居住する種族およびバビュロンの住民を指す　*Ii4; Viv41; VIIv15, 36, 69*
バビュロニア兵　*VIIv14, 34*
バビュロン Babylon　バビュロニアの首都　*IIi5; Vii8, 29—31, 37, iii5, 43, iv15, 24, 34, 41; VIi25, ii10; VIIii11, iv16, v1, 15, 53, 69, 70; VIIIv1, 17, vi1, 8, 19, 22*
バビュロンの王　アッシリア王のこと　*VIii10*
パプラゴニア Paphlagonia　黒海の南岸地域　*Iv3; IIi5, VIIIvi8*
パプラゴニア軍　上掲地域に居住する種族により編成された軍隊　*VIii10*
パプラゴニア人　*Ii4*
はみ　*IViii9*
パルヌコス Pharnuchos　騎兵大隊長　*VIiii32; VIIi22; VIIIvi7*
馬勒　*Iiii3; IIIiii27; IVii28; VIIIii8; iii16*
班　*IIi22, 26, 30*
班長　*IIi22, 23, 26, 30*
パンテイア Pantheia　アブラダタスの妻　*VIi31, 41, 45, 47, 50, iii14, iv2, 3, 5, 9—11; VIIiii8, 9, 13—15*
碾臼　*VIii31*
碾割大麦　*VIii28*
額盾　*VIiv1; VIIi2*
ヒュスタスパス Hystaspas　ペルシアの貴族　*IIii2—5, 15; IVii46, 47; VIi1—5, iii13, 14; VIIi19, 20, 39, iv8, 10, 11; VIIIiii16, 17, iv9, 10, 12, 15, 17, 23, 25, 26*
ヒュルカニア Hyrcania　カスピ海南東地域　*Iv2; IVii1, 10; Viii24, VIIIiv1*
ヒュルカニア王　上掲地域の王　*IVv22, 23, 26; Vi28, ii23, 25, iii20, 22; VIi7; VIIIiv24*
ヒュルカニア騎兵（隊）　*IViv1; Vv5; VIIIiii18*
ヒュルカニア軍　*IVii2, 9, 15—18, 27, v35, 36, 43, 52; Vi22, iii2, 11, 24, 38; VIIv50*
ヒュルカニア人　*Ii4; IVii1, 8; VIIIiv28*
ヒュルカニアの騎兵隊長　*VIIIiv1*
ヒュルカニアの使者　*IVii1, 10, 13, 14, 16, 18, 19*
ヒュルカニア兵　*IVii19—21, 23, 31, 32, 43, iii3, v2, 11, vi12; Viv13; VIi1; VIIIiii25*
フェニキア軍 Phoinicia　シリアとパレスティナの間の沿岸地域に居住する種族により編成された軍隊　*VIii10*
フェニキア人　*Ii4*
武装兵隊　*VIii35, iii3*
部族　*Iii5*
葡萄酒　*Iiii8—11; VIii22, 26—28*
プリュギア軍　両プリュギア軍のこと　*VIIv14*
分隊（員）　*IIi22, 23, 26, 30, IVii27; VIIIi14*
分隊長　*IIi22, 23, 26, 30; IVii27; VIIIi14*
兵役年齢　*Iii4*

マ　行

ヤ　行

ラ　行

ワ　行

訳者略歴

松本仁助（まつもと　にすけ）

一九二七年　大阪市生まれ
一九五一年　京都大学文学部卒業
同志社大学教授、大阪大学教授、大阪学院大学教授を経て
大阪大学名誉教授
二〇一六年十一月　逝去

主な著訳書

『「オデュッセイア」研究』（北斗出版）
『ギリシア叙事詩の誕生』（世界思想社）
『ギリシア文学を学ぶ人のために』（編著、世界思想社）
『アリストテレース詩学・ホラーティウス詩論』（共訳、岩波文庫）
クセノポン『小品集』（京都大学学術出版会）
プルタルコス『モラリア８』（京都大学学術出版会）
プルタルコス『モラリア３』（京都大学学術出版会）

キュロスの教育（きょういく）　西洋古典叢書　第Ⅲ期第１回配本

二〇〇四年二月十五日　初版第一刷発行
二〇二〇年六月十日　初版第三刷発行

訳者　松本（まつもと）仁助（にすけ）

発行者　末原達郎

発行所　京都大学学術出版会

606-8315 京都市左京区吉田近衛町六九 京都大学吉田南構内
電話 〇七五-七六一-六一八二
FAX 〇七五-七六一-六一九〇
http://www.kyoto-up.or.jp/

印刷／製本・亜細亜印刷株式会社

ISBN978-4-87698-149-6

定価はカバーに表示してあります

西洋古典叢書［第Ⅰ期・第Ⅱ期］既刊全46冊（税込定価）

＊印は近刊書です。

【ギリシア古典篇】

アテナイオス　食卓の賢人たち　1　柳沼重剛訳　3990円
アテナイオス　食卓の賢人たち　2　柳沼重剛訳　3990円
アテナイオス　食卓の賢人たち　3　柳沼重剛訳　4200円
アテナイオス　食卓の賢人たち　4　柳沼重剛訳　3990円
アリストテレス　天について　池田康男訳　3150円
アリストテレス　魂について　中畑正志訳　3360円
アリストテレス　ニコマコス倫理学　朴　一功訳　4935円
アリストテレス　政治学　牛田徳子訳　4410円
アルクマン他　ギリシア合唱抒情詩集　丹下和彦訳　4725円
アンティポン／アンドキデス　弁論集　高畠純夫訳　3885円
イソクラテス　弁論集　1　小池澄夫訳　3360円
イソクラテス　弁論集　2　小池澄夫訳　3780円

プラウトゥス　ローマ喜劇集 1　木村健治・宮城徳也・五之治昌比呂・小川正廣・竹中康雄訳　4725円
プラウトゥス　ローマ喜劇集 2　山下太郎・岩谷　智・小川正廣・五之治昌比呂・岩崎　務訳　4410円
プラウトゥス　ローマ喜劇集 3　木村健治・岩谷　智・竹中康雄・山沢孝至訳　4935円
プラウトゥス　ローマ喜劇集 4　高橋宏幸・小林　標・上村健二・宮城徳也・藤谷道夫訳　4935円
テレンティウス　ローマ喜劇集 5　木村健治・城江良和・谷栄一郎・高橋宏幸・上村健二・山下太郎訳　5145円